Nicolas Chorier

Die Gespräche der

Aloisia Sigaea

(Aloysiae Sygeae Toletanae satira sotadica
de arcanis Amoris et Veneris)

D1662921

Nicolas Chorier: Die Gespräche der Aloisia Sigaea

Berliner Ausgabe, 2013
Vollständiger, durchgesehener Neusatz bearbeitet und eingerichtet
von Michael Holzinger

Erstdruck: Lyon [um 1659].
Nicolas Chorier veröffentlichte die Dialoge unter dem Pseudonym
Johannes Meursius. Die erste französische Übersetzung erschien
unter dem Titel »L Académie des Dames«, Venice (P. Aretin) [=
Grenoble] 1680. Druck der ersten deutschen Übersetzung von
Heinrich Conrad in »Priapische Romane«: Leipzig (Insel) 1903.
Das Werk wurde auch bekannt unter dem abweichenden Titel:
»Die Akademie der Damen«.
Textgrundlage ist die Ausgabe:
Meursius: Gespräche der Aloisia Sigaea. Deutsche Übertragung
von Dr. H. Conradt, Leipzig: Insel, 1903, [Limitierter Privatdruck
des Verlags, Auflage von 1200 Exemplaren, Ex. Nr. 853].

Herausgeber der Reihe: Michael Holzinger

Reihengestaltung: Viktor Harvion
Umschlaggestaltung unter Verwendung des Bildes:
Modigliani, Amedeo: Junge Frau

Gesetzt aus Minion Pro

Verlag, Druck und Bindung:
CreateSpace Independent Publishing Platform, North Charleston,
USA, 2013

Inhalt

Erster Teil

Erstes Gespraech

Geplaenkel

TULLIA: Wie reizend, liebstes Bäschen, wie reizend ist es, dass endlich deine Hochzeit mit Caviceus verbrieft und abgemacht ist; denn die Nacht, die dich in seinen Umarmungen zur Frau machen wird, diese Nacht wird dir, glaube mir, die allerhöchste Wonne bringen – wenn anders Venus dich beglückt, wie deine himmlische Schönheit es verdient.

OCTAVIA: Heute früh hat meine Mutter mir gesagt, übermorgen würde sie mich mit Caviceus vermählen. Und wie ich sehe, wird bei uns zu Hause bereits alles mit grösster Sorgfalt gerüstet, was dazu erforderlich ist: das Bett, das Brautgemach usw. Aber dies flösst mir wahrhaftig weniger Freude als Furcht ein; denn was das für eine Wonne sein kann, von der du, geliebte Base, die ich höher halte als alle Wonnen, mir sprichst, das weiss ich nicht, ja, ich kann mir nicht einmal eine Vorstellung davon machen.

TULLIA: Dass du in deinem zarten Alter – du bist ja kaum fünfzehn – davon nichts weisst, ist durchaus kein Wunder, denn ich selber war bei meiner Heirat, obwohl ich damals älter war als du jetzt bist, völlig unwissend in diesen Dingen, die meine Pomponia mir in Aussicht stellte und auf Grund ihrer dreijährigen Erfahrung als etwas Köstliches pries.

OCTAVIA: Ah! dass du von diesen Dingen nichts gewusst hast – erlaube mir, in diesem letzten Augenblick vor dem Verlust meiner Mädchenfreiheit ein wenig freier zu sprechen – das wundert mich wirklich sehr! Denn wenn du sie auch natürlich aus eigener Erfahrung nicht kennen konntest, so hätte doch deine grosse Gelehrsamkeit dir die Zugänge zu diesem Allerheiligsten öffnen müssen. Wie oft höre ich, dass man mit begeistertem Lob deine Kenntnisse bis über die Wolken erhebt und von dir rühmt, du beherrschest die lateinische und griechische Litteratur und fast alle freien Künste so gründlich, dass du anscheinend *alles* wissest.

TULLIA: Ich danke es hauptsächlich meinem Vater, dass ich nach dem Ruhm strebte, ein gründlich gebildetes junges Mädchen zu sein, während fast alle anderen nur für schön und anmutig gelten wollen. Und man behauptet – denn man schmeichelt ja lieber als dass man die Wahrheit sagt – seine Mühe sei nicht ganz vergeblich gewesen.

OCTAVIA: Leute, die gewiss nicht schmeicheln wollen, behaupten auch, unsere Mitschwestern, die als gelehrt gelten und darin ihren Ruhm suchen, könnten kaum als züchtig und sittsam angesehen werden.

TULLIA: Wollen sie mir etwa meine Sittsamkeit abstreiten, wenn sie mich als gelehrt anerkennen?

OCTAVIA: Nein doch! Nichts hat dir so die allgemeine Bewunderung gewonnen, wie gerade das, dass deine guten Sitten, deine Keuschheit unter deiner Gelehrsamkeit nicht gelitten haben. Du stehst darum wie ein wahres Wundertier da! Aber wie ist es möglich, dass man die Musen, die doch selber für Jungfrauen gelten, der jungfräulichen Ehre gefährlich glaubt? Sie, die doch gleichsam Fackeln sind, an denen sich die Seelen entzünden, sie, die uns alle, Männer wie Weiber, zu grossem und löblichem Tun entflammen, sie sollen unsere Seelen beflecken? Gewiss missgönnen uns die Männer aus böswilliger und törichter Anmassung jene Schätze, mit denen sie selber prahlen, und haben in solcher Abgunst unseren Verkehr mit den Musen mit ihrem Fluch belegt. Gifte und schädliche Kräuter fliehen die Männer ebenso ängstlich wie wir, die sie das ›schwächere Geschlecht‹ nennen – denn ein Pestkeim, der uns das Leben rauben kann, kann auch ihnen es rauben. Wenn also für uns die gelehrte Bildung ein Gift, ein Pestkeim ist, wie sie verleumderischer Weise behaupten – wie kann denn ein so schlimmes Ding plötzlich völlig seine Natur ändern, sodass es den Männern zum Nutzen ist? Denn dass es ihnen zum Nutzen sei, leugnen sie nicht. Wenn ihrer Eigenart nach die Gelehrsamkeit für uns gleichsam eine Quelle alles Bösen und alles Unheils ist, wie kommt es dann, dass sie, die Männer, aus demselben Born den Nektar unsterblichen Ruhmes trinken – wir aber, wir unglücklichen, elenden Weiblein, eine Art stygischer Flüssigkeit, einen Schwefeltrank, der unser Herz zu jenen Lüsten anreizt, zu denen sie uns durch ihr Machtgebot zwingen oder durch ihr Beispiel verlocken? Ich erinnere mich: so sprachst du dieser Tage, als du mit meinem Caviceus einen Disput hierüber hattest. Wahrlich, du kannst es dir zur Zier. anrechnen, dass du bis auf den heutigen Tag den Ruf der Ehrbarkeit unversehrt bewahrt hast – du, ein Weib, dessen Schönheit auch die Kältesten entflammt, dessen Gelehrsamkeit auch die fesselt, die gegen deine Schönheit unempfindlich sind.

TULLIA: Ei, wie du zu reden verstehst! Wie du schon weisst, dass die Liebe die Herzen der Menschen entflammt! Du bist nicht mehr so völlig unerfahren, wie ich glaubte!

OCTAVIA: Könnte ich denn so gänzlich unwissend sein, da meines Caviceus Augen, Stirn und ganzes Antlitz so oft zu mir sprachen, auch wenn er selber schwieg? Ja freilich, als er vor acht Tagen sich mir gegenüber etwas frei benahm, da habe ich mich wohl gewundert, wie man zu so stürmischen Küssen sich kann hinreissen lassen. Was aber dieser stürmische Drang, diese Hitze bedeutete, das habe ich nicht recht begriffen.

TULLIA: War deine Mutter nicht zu Hause? Warst du allein? Hattest du gar keine Angst vor ihm?

OCTAVIA: Meine Mutter war ausgegangen. Warum aber hätte ich vor ihm Angst haben sollen? Ganz gewiss hatte ich *keine* Angst!

TULLIA: Ausser den Küssen verlangte er nichts von dir?

OCTAVIA: Nein; und auch diese hat er mir gegen meinen Willen geraubt, indem er mit seiner glühenden Zunge an meinen Lippenrändern hin- und herfuhr – der Wahnsinnige!

TULLIA: Was für ein Gefühl hattest du dabei?

OCTAVIA: Ich will es nur gestehen: eine bis dahin nie gekannte, unbeschreibliche Glut durchfuhr mich: wie Feuer brannte es mir in allen Gliedern. Ob er wohl glaubte, es sei Schamröte, was mir ins Gesicht stieg? Er hielt einen Augenblick in seinem tollen Treiben inne und zog seine vorwitzige Hand zurück.

TULLIA: Weiter!

OCTAVIA: Ewig werde ich diese räuberischen Hände hassen – so sehr haben sie mich gequält, müde gemacht, in Glut versetzt.

TULLIA: Ein schöner Grund für solchen Hass!

OCTAVIA: Was hatte das zu bedeuten? Er fuhr mir mit der Hand an den Busen, packte erst die eine dann die andere Brust und als erst die eine, dann die andere von seinem Griff hart wurde, presste er seine Finger dagegen, dann warf er mich trotz allem Sträuben rücklings hintenüber.

TULLIA: Du wirst rot. Die Sache ist vor sich gegangen!

OCTAVIA: Seine linke Hand gegen meinen Busen gestemmt – ich erzähle den Hergang, wie er sich zutrug – wurde er mit leichter

Mühe aller meiner Widerstandsversuche Herr; mit der Rechten aber griff er mir unter den Rock. Ich schäme mich – ich schäme mich, weiter zu erzählen ...

TULLIA: Lass doch diese lächerliche Schamhaftigkeit; denke, du erzähltest dir selber, was du mir sagst!

OCTAVIA: Bald hatte er den Rock bis über meine Kniee hochgehoben und griff mir an die Schenkel. O, wenn du gesehen hättest, wie seine Augen funkelten!

TULLIA: Wie glücklich warst du in jenem Augenblick!

OCTAVIA: Indem nun seine Hand höher glitt, richtete sie ihren Angriff gegen jene Stelle, die uns, wie man sagt, von dem anderen Geschlecht unterscheidet und aus welcher mir, jetzt seit einem Jahre, allmonatlich einige Tage lang eine Menge Blut zu rinnen pflegt.

TULLIA: Bravo, Caviceus! Hahaha!

OCTAVIA: O der schlechte Mensch! ›Dieses Plätzchen‹, rief er, ›wird mich bald mit der höchsten Wonne beseligen. Bitte, lass mich gewähren, meine Octavia!‹ Ich wäre bei diesen Worten beinahe in Ohnmacht gefallen.

TULLIA: Nun, und was machte er dann?

OCTAVIA: Du wirst es kaum glauben – aber ich habe an jener Stelle nur eine ganz ganz schmale Ritze.

TULLIA: Aber eine heisse, eine feurige!

OCTAVIA: In diese Ritze steckte er seinen Finger, und da die betreffende Stelle sehr empfindlich ist, so verursachte er mir damit einen heftigen, brennenden Schmerz. Er aber rief: ›Ich habe eine Jungfrau!‹ und mit diesen Worten bog er mir geschwind die Schenkel auseinander, obwohl ich sie mit aller Kraft zusammenpresste, und warf sich auf mich, während ich auf dem Rücken lag.

TULLIA: Du schweigst plötzlich? Hat er blos seinen Finger da hineingesteckt?

OCTAVIA: Wie könnte ich wohl so schamlos sein, hiervon noch weiter zu erzählen!

TULLIA: Oh! Auch ich, auf die du doch so grosse Stücke hältst, habe das durchgemacht. Niemand ist kecker als ein Verlobter, den jede Verzögerung, bis er die Blume seiner Braut gepflückt hat, geradezu ausser sich bringt.

OCTAVIA: Bald fühlte ich zwischen meinen Beinen etwas Schweres, Hartes, Heisses. Er drang mit Gewalt auf mich ein; mit einem heftigen Stoss suchte er jenes Harte in meinen Leib und in die Ritze hineinzupressen. Ich aber nahm alle meine Kräfte zusammen, warf mich auf die Seite, brachte meine linke Hand zwischen ihn und mich und legte sie schützend auf die Stelle, um die ein so wilder Kampf gekämpft wurde.

TULLIA: Konntest du mit *einer* Hand eine so gewaltige Kriegsmaschine zur Seite lenken?

OCTAVIA: Ja, es gelang mir. ›Nichtswürdiger‹, rief ich, ›was quälst du mich so furchtbar? Verzeih, aber wenn du mich liebst, so sage mir, was habe ich getan, dass ich solche Strafe verdiene?‹ Und Tränen entströmten meinen Augen. Aber dabei war mein Geist in solcher Verwirrung, dass ich nicht einmal wagte, den Mund aufzutun oder um Hülfe zu schreien.

TULLIA: Hat dich denn Caviceus nicht mit seiner Lanze durchbohrt und deine Verschanzung durchbrochen?

OCTAVIA: Ich streckte meine Hand aus, packte sie und lenkte sie zur Seite. Aber o Greuel! Sofort fühlte ich mich von einem glühendheissen Regen überströmt, der mich ganz durchnässte, da ich bis zum Gürtel nackt war. Ich streckte abermals die Hand aus; als ich aber in den Saft fasste, womit der wilde Mensch mich besprengt hatte und der sich klebrig anfühlte, da wich voll Angst und Abscheu meine Hand zurück.

TULLIA: So ist also weder ihm noch dir der Sieg geblieben; denn es hat nicht viel gefehlt, so hätte er einen vollständigen Sieg davongetragen.

OCTAVIA: Seit jenem Tage erscheint Caviceus mir viel angenehmer. Und von einer seltsamen, ohnmächtigen Begier brennt mir die Seele. Was ich begehre, weiss ich nicht und vermag es nicht zu sagen. Nur soviel weiss ich, dass von allen Sterblichen Caviceus mir bei weitem am besten gefällt; von ihm allein erwarte ich mir die höchste Wonne, die ich mir nicht vorstellen kann, da ich nicht weiss, was und wie sie sein wird. Ich wünsche nichts und doch sehne ich mich nach etwas.

TULLIA: Gut, dass du mich hast, die in diesen Irrgängen deiner Gedanken dir als rätsellösender Oedipus dienen kann. Die Verse, die der Lehrmeister und Dolmetsch der Liebeskunst, Ovidius Naso, auf Biblis schrieb,[1] passen sicherlich geradezu köstlich auf deinen Fall:

Anfangs begreift sie nichts von diesen verzehrenden Gluten,
Glaubt nichts böses zu tun, da sie stürmisch die Küsse erwidert –
Denn sie kennt sich selber noch nicht; in der Unschuld der Sinne
Keimt kein Wunsch noch empor, obgleich in Flammen sie lodert.
Dennoch huscht im Wachen sogar eine lüsterne Hoffnung
Manchmal ihr durch den Geist; und tuht sie in friedlichem
    Schlummer
Ach, da sieht sie gar oft den Geliebten – und brünftig umschlingen
Ihre Glieder des Bruders Leib. Sie errötet im Schlafe;
Aber ist sie erwacht, dann sinnt sie schweigend dem Traum nach,
Der ihr die Ruhe gestört, und ruft mit zagendem Her zen:
»Ach, ich Arme! Was wollen die Bilder der schweigenden Nacht
    mir?
Möchten sie nie verwirklichen sich! Wie träum' ich nur solches?«

Man schämt sich des Traums – und doch liebt man ihn. Und während die Seele spielend an dem Bilde der Lust sich ergötzt, vergehen die Sinne, in höchster Wonne schmelzend. Du errötest? Das ist mir ein Geständnis und mir ist, als sagtest du mir:

Wenn nur im Wachen ich nicht in solche Versuchungen falle,
Nun, dann möge recht oft ein solcher Traum mir erscheinen!
Ohne Zeugen naht sich der Traum, doch nicht ohne Wonnen.
O du Göttin der Liebe und du, geflügelter Knabe –
Welche Wonne ward mir zuteil! Wie drang mir die Wollust
Tief in die Seele hinein und tief in das Mark meiner Glieder!
Süss ist es, dran zu denken – doch ach, wie kurz war die Freude?
Neidisch eilte die Nacht hinweg und kürzte mein Glück mir!

OCTAVIA: Ich will es nicht leugnen: Tag und Nacht steht mir Caviceus vor Augen und meinen Geist beschäftigt ganz und gar die Hoffnung auf eine unaussprechliche Wonne. Und wahrhaftig, oft habe ich meinem Caviceus eine ähnliche Gelegenheit gewünscht, wie ich an jenem Tage in meiner Unbeholfenheit und Unerfahrenheit sie leider ungenutzt gelassen habe.

TULLIA: Was würdest du dann tun?

OCTAVIA: Das kannst du dir selber sagen. Ich wüsste dann schon besser Bescheid und er wäre glücklicher. Ich hatte mich noch nicht beruhigt, hatte kaum mein Kleid wieder heruntergelassen und er hatte kaum das Hemde wieder hineingestopft, das aus seinem Hosenlatz heraushing – da kam meine Mutter zurück.

TULLIA: Du Arme! Ich kenne ja ihre Sittenstrenge!

OCTAVIA: Sie hat jedoch weder zu mir noch zu Caviceus etwas Unangenehmes gesagt. Sie fragte lächelnd, was wir denn mit einander sprächen? wer von uns beiden am verliebtesten wäre? ›Denn wer von euch am meisten Liebe verdient‹, sagte sie, ›danach frage ich nicht: das bist du, Caviceus, und dagegen wirst du, Octavia, denke ich, nichts einzuwenden haben. Doch möchte ich wohl, da ja Hymens Bande euch bald vereinen werden – und wie ich hoffe, zu Glück und Segen – dass du, Caviceus, meine Octavia, die ja auch die deine ist, nicht nach ihrer geringen Würdigkeit, sondern so liebst, wie dein edles Herz es dir eingeben wird. In solchem Herzensbunde werdet ihr beide glückseligste Jahre verbringen.‹

TULLIA: Aber wie wurde es denn, als Caviceus fortgegangen war?

OCTAVIA: Sie begann mich auszufragen, was mit uns beiden los wäre. Denn dass etwas vorgefallen sei, hätte sie mit eigenen Augen uns angesehen. Ich wollte mich entschuldigen; meine Mutter aber drängte mich, ich möchte die Wahrheit gestehen. Da klagte ich ihr denn, er habe mir beinahe Gewalt angetan; was er von mir gewollt und begehrt habe, das wisse ich nicht; so viel mir indessen bewusst sei, habe ich einen Fehltritt nicht begangen. – Sie fragte weiter und wollte wissen, ob er mir einen Schaden an meinem Leibe getan. Ich sagte: nein. Hierauf ermahnte sie mich, ich sollte mich ja vor ihm in Acht nehmen; und wenn ich auf ihren Rat nicht hören wollte, so drohte sie mir mit schlimmen Folgen: ›denn sieh mal‹, sprach sie, ›nur wenige Tage noch und du bist mit ihm vermählt, liebes Kind! Aber verlass dich drauf, wenn er vorher die letzte Gunstbezeugung von dir erlangt, so wird er dich entweder auf immer verlassen, oder er wird, wenn ihm am Ruf eines beständigen Mannes gelegen ist und er daher sein Wort hält, dich im Grunde seiner Seele verachten. Von diesen beiden Möglichkeiten ist die eine ebenso traurig wie die andere, und eine Tochter aus gutem Hause darf sich keinesfalls ruhig in solches Geschick ergeben, sie muss sogar den Tod vorziehen.‹ Seit jenem Tage wachte meine Mutter über mir mit unruhiger Sorge, sodass Caviceus mich niemals wieder allein gefunden hat; auch hat er kein Wort unter vier Augen mehr mit mir gesprochen.

TULLIA: Das ist gewiss und diese Wahrheit ist auch dem weisen Stagyriten nicht entgangen: Wenn ein ganz junger Mensch – wie Caviceus es ja ist – den ersehnten Leib einmal in unumschränktem Besitz gehabt hat, so hasst er, kaum dass das Werk vollbracht ist, meistens dieselbe, nach der er sich vorher in wahnsinniger Liebe verzehrte. Ich freue mich aber deiner Offenheit, Octavia, und will zum Dank dafür ebenso offen gegen dich sein, damit du nicht den geringsten Zweifel an mir hegest: deine Mutter hat mich selber gebeten, dir die intimsten Geheimnisse des Ehebettes zu enthüllen, dich zu belehren, wie du dich gegen deinen Gatten benehmen musst, ferner wie dein Mann sein wird, und dich überhaupt über jene Sächelchen aufzuklären, über die die Männer so sehr in Feuer und Flamme geraten. Damit ich dich über dies alles recht unumwunden belehren kann, so werden wir heute nacht zusammen in meinem Bette schlafen. Möchte ich von diesem sagen können, es sei die süsseste Stechbahn der Venus gewesen! Später wirst du einen besseren Bettgenossen haben, als ich dir Bettgenossin sein konnte.

OCTAVIA: Du machst dich über mich lustig, liebste Tullia! Unterlasse bitte solche Bemerkungen. Sie beeinträchtigen meine Liebe zu dir in einer Weise, dass du es nicht würdest ertragen können, wenn du mich wirklich aus Herzensgrunde liebtest!

Fußnoten

1 Metamorphosen, Buch IX, Vers 456 ff.

Zweites Gespraech

Tribadikon

OCTAVIA: Nun, da liegen wir also in deinem Bett: Du hast ja so oft gewünscht, ich möchte während der Abwesenheit deines Gatten Callias einmal eine ganze Nacht nicht nur an deiner Seite, sondern in deinen Armen verbringen.

TULLIA: Und ich, ich habe in diesem Bett gar viele schlaflose Nächte verbracht, weil die Liebe zu dir alle meine Adern durchströmte; denn in dieser Liebe verzehrte ich mich und sie versengte mich wie ein Feuerbrand.

OCTAVIA: Du liebtest mich? du liebst mich also jetzt nicht mehr?

TULLIA: Ich liebe dich, teuerstes Schwesterchen, und ich sterbe an dieser Liebe eines elenden Todes.

OCTAVIA: Du stirbst? Ist das dein Ernst? Für dich würde ich ja gerne mein Leben hingeben! Was ist denn das für eine Krankheit, an der deine Seele leidet? Denn dass du dich körperlich wohl befindest, daran kann ich ja nicht zweifeln – –

TULLIA: Wie du deinen Caviceus liebst, so liebe ich dich.

OCTAVIA: Drücke dich klar und deutlich aus! Was besagen diese verschleierten Worte?

TULLIA: Sei's – aber höre: du bist so reizend, so schön, so zärtlich – lass vor allen Dingen alle Schamhaftigkeit beiseite!

OCTAVIA: Du wolltest ja, dass ich mich ganz nackt in dein Bett legte. Ich habe dir diesen Gefallen getan. Du wolltest mich so in deinem Bette haben, wie ich mich meinem Caviceus ergeben würde. Habe ich denn nun noch nicht alle Schamhaftigkeit von mir abgetan?

TULLIA: Jene Königin von Lydien sagte ja allerdings: ›ich habe mit meinem Hemde zugleich auch alle meine Scham abgestreift‹.

OCTAVIA: Deinem Rat bin ich gefolgt und habe meine Schüchternheit überwunden; wie du habe ich über mich selber triumphiert.

TULLIA: Gib mir einen Kuss, liebenswürdiges Kind!

OCTAVIA: Warum nicht? So viele du willst und so feurig du sie willst!

TULLIA: Oh! wie göttlich ist die Form deines Mundes! Oh! wie leuchten deine Augen – heller als der Tag! Oh! wie ist deine Schönheit einer Venus würdig!

OCTAVIA: Und du wirfst auch noch die Decken ab? Ich weiss nicht – ich möchte Angst bekommen, wenn du nicht Tullia wärest. Und ich bitte dich, sage mir, was bedeutet dies? Du hast mich ja nackt; was willst du denn noch?

TULLIA: O Götter! wie sehnlich wünsche ich, ihr gestattetet mir, des Caviceus Stelle zu vertreten!

OCTAVIA: Was heisst das? Wird etwa Caviceus meine beiden Brüste ergreifen, wie du es jetzt tust? Wird er so stürmisch seine Küsse mit den meinigen verschmelzen? Wird er meine Lippen, meinen Hals, meinen Busen mit seinen Zähnen beissen?

TULLIA: Dies, mein Herzchen, wird das Vorspiel zum Kampf sein, die Einleitung zum Feste der Venus.

OCTAVIA: Hör' auf! Deine Hand gleitet über meinen ganzen Leib hin; und jetzt geht sie gar noch tiefer hinunter! Was betastest du meine Schenkel? Ah, ah, ah! Tullia – was kitzelst du mich da unten? Du wendest ja deine Augen nicht mehr davon ab.

TULLIA: Mit wollüstiger Neugier betrachte ich mir diesen Tummelplatz der Frau Venus; er ist nicht gross, er ist nicht geräumig, und doch ist er voll köstlichster Wonnen; deine unersättliche Venus wird dar auf die Kräfte deines Mars bis aufs letzte erschöpfen.

OCTAVIA: Du bist von Sinnen, Tullia; wenn du Caviceus wärest, ich wäre nicht in Sicherheit! Was hast du dich jetzt aufrecht gesetzt und verschlingst mit deinen Augen alle meine hingestreckten Glieder von vorne und hinten? An mir ist doch nichts, was deine eignen Reize überträfe. Sieh nur dich selber an, wenn du etwas sehen willst, was deiner Liebe und deines Lobes würdig ist.

TULLIA: Es wäre eine Dummheit von mir und keine Bescheidenheit, wenn ich leugnen wollte, mit einiger Schönheit begnadet zu sein. Ich stehe in der Blüte des Alters, bin kaum sechsundzwanzig geworden und habe meinem Callias nur ein einziges Kind beschert. Wenn deine Sinne sich an mir irgend eine Wonne verschaffen können, so geniesse ihrer; ich werde dir's nicht wehren, Octavia!

OCTAVIA: Und auch ich werde es dir nicht wehren. Koste jede Lust, die ich dir bereiten kann; ich erlaube es dir. Aber ich weiss recht wohl, eine Jungfrau, wie ich, vermag überhaupt keine Wollust zu bereiten, und ebensowenig kann ich Wollust an dir finden, obwohl du wirklich ein Zaubergarten voll von allen möglichen Wonnen und Genüssen bist.

TULLIA: O nein! Einen Garten hast du! – einen Garten, worin Caviceus seine wollüstige Begier mit gar saftigen Früchten laben wird.

OCTAVIA: Ich habe keinen Garten, den nicht auch du hättest, und die Früchte des meinigen sind auch in dem deinen in reichster Fülle. Was nennst du denn einen Garten? Wo ist er? Welches sind seine Früchte?

TULLIA: Ich verstehe dich, du kleine Unart! Du hältst mir meinen Garten vor, weil du den deinen vollkommen so genau kennst, wie ich den meinen.

OCTAVIA: Vielleicht bezeichnest du mit diesem Namen jenen Teil, auf den du deine rechte Hand gepresst hältst, den du mit deinen Fingern bearbeitest, den du mit deinen Nagelspitzen kitzelst?

TULLIA: Ganz recht, lieb Schwesterchen! Du weisst nur noch nichts damit anzufangen, mein süsses Dummchen; aber ich werde es dich schon lehren.

OCTAVIA: Wenn ich's vor meiner Hochzeit lernte, so wäre ich nicht mehr keusch und wäre auch nicht mehr deiner Liebe würdig, denn dann wäre ich ja ganz anders als du! Sag mir nur, wozu der Garten dient! Vor allen Dingen aber strecke dich im Bett aus; denn wenn du so sitzen bleibst, machst du uns alle beide müde!

TULLIA: Den Gefallen will ich dir tun. Nun aber spitze die Ohren; denn verlass dich drauf: je aufmerksamer du die Ohren spitzest, desto leichter und häufiger wird auch Caviceus etwas spitzen. Das gebe Frau Venus! Und nimm du es als gutes Zeichen an, Octavia!

OCTAVIA: Ich tu's ... Du lachst laut auf! Was für ein boshafter Sinn versteckt sich denn hinter deinen Worten. Wahrhaftig – ich vermag ihn nicht zu entdecken.

TULLIA: Aber du wirst sehr wohl fühlen, dass ich mit diesem Glückwunsch deinem Gärtchen viele Wonnen wünsche.

OCTAVIA: Du sprichst zu tauben Ohren!

TULLIA: Gebe Venus, dass du verstehest und begreifest. Dieses dein Gärtchen, dem ich wünsche, dass ihm niemals, weder im Lenz noch im Winter, die Früchte fehlen – dieses Gärtchen ist die Stelle, die unter der Erhöhung des Unterleibes ein dichtes Vliess – bei dir nur erst ein leichter Flaum – bedeckt. Man nennt sie die Scham. Wenn dieser Flaum zuerst erscheint und zu spriessen beginnt, so ist das ein Anzeichen, dass hier eine Jungfernschaft für Venus reif geworden ist und gepflückt werden kann. Cymba, navis, concha, saltus, clitorium, porta, ostium, portus, interfemineum, lanuvium, virginal, vagina, facandrum, vomer, ager, sulcus, larva, annulus – dies sind die lateinischen Bezeichnungen dafür. Die Griechen dagegen nennen es: αἰδοῖον, δέλτα, χοῖρος, ἐσχάρα. Julia, die Tochter des Augustus, sagte oft, sie wäre sicher, ihrem Gatten Agrippa nur Kinder zu schenken, die ihm ganz und gar ähnlich wären, weil sie nur dann Fahrgäste in ihren Kahn aufnähme, wenn dieser schon voll wäre. Ἐσχάρα bedeutet Herd und Kamin; χοῖρος Sau; δέλτα ist der vierte Buchstabe, Δ, d, den die Griechen so nannten; aber die Form dieses Buchstabens weicht von der unseres Gärtchens ganz beträchtlich ab. Wenn diese Nacht herum ist, dann sollst du, Schwesterchen, aus meinen Armen klüger hervorgehen, als wenn du auf dem Parnass geschlafen hättest; du sollst auf Griechenart Beben können: was das bedeutet, hast du aus dem Juvenal gelernt.

OCTAVIA: Ich möchte lieber so gelehrt sein wie du, liebe Schwester; das stände mir höher als die Sättigung mit allen Wollüsten. Wenn ich dich so jung und so gescheit sehe, da möchte ich, du wärest Caviceus. Mit welcher Freude würde ich alle Schätze meiner Schönheit dir ausliefern!

TULLIA: Umarme mich, liebes Kind! Ich brenne vor Liebe zu dir. Lass meine Blicke und Liebkosungen überall umherschweifen! Caviceus wird dadurch um nichts zu kurz kommen – und du auch nicht! Ach, wie eitel und vergeblich ist all dies mein Bemühen! Was will ich denn nur eigentlich, ich Unglückliche? Wie heiss, wie innig liebe ich dich!

OCTAVIA: Lösche die Glut deiner Begierden, überlass dich dieser Trunkenheit deiner Sinne. Was du willst, das begehre auch ich mit allen Fibern!

TULLIA: Nun, so lass denn dein Gärtchen mein eigen sein; lass mich seine Herrin sein – leider, ach, eine ohnmächtige Herrin! Denn ich habe weder den Schlüssel, um sein Pförtlein zu öffnen, noch den Klopfer, um daran anzupochen, noch den Fuss, um das Gärtlein zu betreten.

OCTAVIA: Ich gebe dir das Gärtlein ganz und gar zu eigen, denn ich selber bin ja ganz und gar dein. Was ist denn an mir, das nicht gänzlich dir gehörte? Aber wie? Du legst dich auf mich? Was soll das bedeuten?

TULLIA: Weiche doch nicht zurück, Liebling! Oeffne die Beine!

OCTAVIA: Du siehst, ich hab's getan. Und nun hast du mich ja ganz und gar: dein Mund ist auf meinen Mund gepresst, deine Brust auf meine Brust, dein Schoss auf meinen Schoss: darum will auch ich dich umklammern, wie du mich umklammert hast.

TULLIA: Hebe die Unterschenkel noch höher! Schliesse deine Lenden über meinen Lenden zusammen. Ich lehre dich in deiner holden Unerfahrenheit jetzt eine neue Venus kennen. Wie eifrig du mir gehorchst! Schade, dass ich nicht so gut kommandieren kann, wie du exerzierst!

OCTAVIA: Ach! ach! meine liebe Tullia, meine Herrin, meine Königin! Wie du mich stössest, wie du dich hin- und herbewegst! Ich wollte, diese Lichter würden ausgelöscht; ich schäme mich, dass das Licht es mit ansehen soll, wie ich dir unter liege.

TULLIA: Gib doch acht, was du zu tun hast! Wenn ich stosse, so musst du gegenstossen; rüttle, bewege deine Hinterbacken, wie ich die meinen bewege; hebe sie so hoch, wie du nur kannst! Fürchtest du, die Luft könnte dir ausgehen?

OCTAVIA: Wirklich, du machst mich mit deinen schnellen Stössen ganz müde; du pressest mich zusammen; glaubst du, ich würde mir von einer anderen in so wilder Weise Gewalt antun lassen?

TULLIA: Komm, Octavia, umklammere mich! Nimm mich hin! Da! Da strömt mein Leben! ... Oh! wie glüht mir der Busen! Ach, ach, ... ach!

OCTAVIA: Dein Gärtchen setzt das meinige in Brand. Hör doch auf!

TULLIA: Endlich, meine Göttin, bin ich dir Mann gewesen ... meine Braut! meine Gattin!

OCTAVIA: Oh, wollte der Himmel, du wärest mein Gemahl! Welch eine liebende Gattin würdest du an mir haben! welchen angebeteten Gatten würde ich besitzen! Aber du hast mein Gärtchen mit einem Regen überschwemmt; ich fühle mich ganz und gar nass! Mit was für Greueln hast du mich überströmt, Tullia?

TULLIA: Ja, freilich – ich bin fertig geworden. Aus dem untersten Kielraum meines Schiffchens hat in blinder Trunkenheit die Liebe ihren Venussaft in deinen jungfräulichen Kahn geschleudert. Aber, sage mir: hat in deinem Innersten jemals eine grössere Wollust alle deine Sinne in Aufregung gebracht?

OCTAVIA: Ueberhaupt keine ... möge Venus mir verzeihen, aber was du tatest, das hat mir, soviel ich bemerkte, gar keine Wonne bereitet. Ich war ein bisschen aufgeregt, als ich fühlte, dass du im allerhöchsten Entzücken schwebtest, und einige Funken deiner Flamme fielen in jenen Teil, den du so eifrig mit deinen Stössen bedrängtest; aber sie haben mich nur darauf aufmerksam gemacht, dass

es bei dir brannte, mich selber haben sie nicht in Flammen gesetzt
... Aber sage mir, Tullia, verfolgt denn diese Leidenschaft, die dich
beseelt, auch andere Frauen, sodass sie junge Mädchen lieben und
umarmen?

TULLIA: Alle Frauen lieben sie und schliessen sie brünstig in ihre
Arme, wenn sie nicht stumpfsinnig und kalt wie Stein sind. Denn
was gibt es Wonnigeres als ein frisches, reines Mädchen – frisch und
rein, wie du selbst es bist? So war, vor ihrer Verwandlung in einen
Knaben, Iphis[1] in Liebe zur Ianthe entbrannt:

Iphis liebt und verzweifelt, jemals die Geliebte zu freien:
Höher nur lodert darum die Liebe des Mädchens zum Mädchen.
Tränen im Auge ruft sie: Was wird das Schicksal mir bringen?
Mir, der mit nie zuvor gekannter, mit grausiger Liebe
Venus das Herz erfüllt? Wenn hold die Götter gewesen,
Hätten den Tod sie mir gesandt, doch sollte ich leben,
Warum gewährten sie nicht die Lust mir *natürlicher Liebe*! ...
›Sieh, kein strenges Gebot des Vaters wehrt dir – die Freundin
Schmiegt sich willig dir an – und doch wird niemals das Glück
    dir
Lächeln, mögen auch Menschen und Götter mit Hilfe dir nahen!‹
    ...
Was ich wünschte, ist Alles erfüllt nun – huldvoll gewährten,
Was sie nur konnten, die Götter; es haben meinem Verlangen
Sich ohne Murren gefügt der Vater, die Braut und der Schwäher.
Doch die Natur, die mächtiger ist als Menschen und Götter,
Die unerbittlich ist – ihr Machtwort hat sie gesprochen.
Endlich ist er gekommen, der Hochzeitstag, und Ianthe
Wird jetzt mein – o nicht doch! Wie Tantalus dursten am Quell
    wir!
Sag, was willst du bei uns, o eheschüttende Iuno?
Wer von uns beiden soll zu deinem Altare die andre
Führen, o Hymen? wir tragen ja beide den Schleier der Jungfrau!

Ich muss es dir gestehen, Octavia: wir Frauen sind recht liederlich,
wenigstens die meisten von uns. Weisst du, was bei Petronius die
Quartilla sagt? ›Möge Junos Zorn mich treffen, wenn ich mich erinnern kann, jemals Jungfrau gewesen zu sein! Als ganz kleines Gassen-
mädel habe ich mit meinen Altersgenossen schlechte Sachen getrieben;
später, im Lauf der Jahre, habe ich mich grösseren Knaben hingegeben, bis ich schliesslich zu dem Alter heranwuchs, in dem ich jetzt
stehe.‹

OCTAVIA: Bis jetzt, Tullia – davon hast du dich ja selber überzeugt – bin ich keusch an Leib und Seele geblieben. Du schiltst mich stumpfsinnig und dumm; aber jetzt fühle ich mich von sinnlichen Lüsten, von verliebten Begierden gekitzelt. Mein Hochzeitstag naht – und dessen bin ich froh, denn, wie ich glaube, können wir nur in den Armen eines Mannes, an dessen Seite wir ruhen, einer wahren echten Wonne geniessen.

TULLIA: Darin hast du recht, und du wirst es nächste Nacht erfahren. Möge die Wonne von Lampsakos dich glücklich machen! Aber das Anschwellen des Leibes, die Schwangerschaft, die Niederkunft sind leider die unmittelbaren Folgen der allzu unbekümmerten Belustigungen der Männer mit uns und der ›turgentis verbera caudae‹.[2] Ausserhalb der Ehe ist diese Liebesglut, die die jungen Mädchen zum vollständigen Beischlaf lockt und treibt, von Gefahren und Leiden vergiftet; unter dem Deckmantel der Ehe dagegen geht alles frei und fröhlich zu. Der Schleier, mit dem die Jungvermählten sich das Haupt umhüllen, dient zugleich dazu, ihre sündigen Ausschweifungen zu verbergen; dank diesem Schleier entziehen sie sich aufs beste dem wachsamen Auge der Gesetze und der Oeffentlichkeit. Folglich, meine Octavia, müssen die Jungfrauen und die unvermählt Bleibenden auf einem anderen Wege die Liebeswonne suchen, zu der es – so sagt Lucrez – alle Geschlechter lebender Wesen mit einer Gewalt treibt, die nichts besänftigen kann, als die Gewalt der Venus selber. Es ist also nicht zu verwundern, wenn eine Jungfrau von einer Jungfrau geliebt wird, da ja die erlauchtesten Heroen einst bei ihrem eigenen Geschlecht Befriedigung ihrer Liebesbrunft fanden.

OCTAVIA: Aber du – du bist ja keine Jungfrau, du hast schon mit einem Mann zu tun gehabt; es steht dir jederzeit frei, die Wonnen der Liebe in ihrem ganzen Umfang auszukosten. Wie ist es also möglich, dass du mich liebst, dass du die Freuden der Liebe in diesen Künsten suchst, mit denen Venus sich selbst betrügt?

TULLIA: Ich will vor dir aus all meinem Tun kein Hehl machen: meine geliebte Pomponia, meine vertrauteste Freundin von der Wiege an, sie war es, die vor einigen Jahren zuerst diesen Tanz mit mir zu tanzen begann. Pomponia ist in der Liebe höchst erfinderisch, aber auch höchst schamlos: ausschweifend wie keine, aber dabei auch vorsichtig wie keine. Anfangs hatte ich Ekel vor einem solchen Geschmack; die Erfüllung ihrer Wünsche erschien mir als eine wahre Qual – allmählich aber gewöhnte ich mich daran. Pomponia ging mir mit gutem Beispiel voran; sie begnügte sich nicht damit, meinen Launen den Genuss ihres Leibes zu überlassen, sondern sie befahl mir, kühn meinen Wünschen zu folgen; so war sie mir süsse, hingebende Geliebte und verschaffte zugleich sich selber himmlische Genüsse. Nachdem ich eine lange Lehrzeit in allen diesen Liebesfreuden durchgemacht hatte, kam es schliesslich so weit, dass ich meine Freundin kaum entbehren konnte. Seitdem aber du, Octavia, mit unzähligen Pfeilen mir das Herz durchbohrt hast, bin ich in solcher Liebe zu dir entbrannt und brenne noch so stark, dass ich im Vergleich mit dir alle Menschen hasse, selbst meinen lieben Callias. Mir ist's, als umschlössen deine Umarmungen alle Wollust, die es gibt. Halte mich darum nicht für schlechter als die anderen: dieser Geschmack ist fast über die ganze Welt verbreitet. Die Italienerinnen, die Spanierinnen, die Französinnen lieben gern ihre Geschlechtsgenossinnen, und wenn die Scham sie nicht zurückhielte, würfen sie sich am liebsten brünftig einander in die Arme. Besonders bei den Lesbierinnen herrschte dieser Brauch: Sappho hat den Namen ›Lesbierin‹ berühmt, ja sie hat ihn adelig gemacht. Wie oft haben ihre Lieblinge Andromeda, Athys, Anaktoria, Mnais und Girino die Wonnen ihres Leibes genossen! Die Griechen nennen die Heldinnen dieser Art *Tribaden*; die Lateiner bezeichnen sie als *Frictrices* und *Subagitatrices*. Philaenis, die sich dieser Lust leidenschaftlich hingab, gilt als die Erfinderin derselben; durch ihr Beispiel – denn sie war eine hochangesehene Frau – verbreitete sie unter Frauen und Mädchen den Geschmack an einer vor ihrer Zeit unbekannt gewesenen Wollust. *Tribaden* nannte man sie, weil sie abwechselnd pressen und sich pressen lassen; *Frictrices*, weil sie ihre Leiber an einander reiben; *Subagitatrices* von den heftigen Bewegungen ihrer Lenden ... Was willst du noch mehr, liebste Octavia? Machen und sich's machen lassen – so ziemt sich's für eine Frau, die keine dumme Gans ist und der das Herz kräftig in der Brust schlägt.

OCTAVIA: Himmlische Güte! Du erzählst mir von niedlichen Dingen – aber sie sind nicht weniger ungereimt als spasshaft. Nun, du bist also heute Abend Tribade sowohl wie Frictrix und Subagitatrix gewesen. Aber wie willst du denn nun mich nennen?

TULLIA: Meine zärtliche, meine reizende, meine göttliche Cypris! Uebrigens habe ich nichts gemacht, was deiner jungfräulichen Unbescholtenheit den geringsten Schaden hätte zufügen können, habe kein Hülfsmittel angewandt, um dieses Pförtchen zu erbrechen, um die Blume deiner Jungfernschaft zu pflücken.

OCTAVIA: Wie wäre dir denn auch so etwas möglich gewesen?

TULLIA: Die Milesierinnen machten sich aus Leder Dinger von acht Zoll Länge und entsprechender Dicke. Aristophanes sagt uns, die Frauen seiner Zeit hätten sich solcher Werkzeuge bedient. Auch heute noch nimmt bei den Italienerinnen, und besonders bei den Spanierinnen, auch bei unseren asiatischen Geschlechtsgenossinnen, dieses Instrument den Ehrenplatz auf dem Putztisch der Damen ein und ist der kostbarste Gegenstand der ganzen Einrichtung. Es ist sehr teuer.

OCTAVIA: Ich begreife nicht, was das für ein Ding ist und wozu es gut sein kann.

TULLIA: Du wirst es später schon begreifen ... aber sprechen wir von etwas anderem.

Fußnoten

1 Ovid, Metamorph. Buch IX, Vers 723 uff.

2 Horaz, Satiren, zweites Buch. VII, 57.

Drittes Gespraech

Anatomie

OCTAVIA: Hahaha! Wie stürmisch du dich, auf mich geworfen hast! O, hätten doch die Götter dich als Mann geschaffen!

TULLIA: Ebenso wird sich dein Gatte auf dich stürzen, wenn du mit gespreizten Schenkeln daliegst. Deinen Mund wird er mit Küssen bestürmen, wird an dem Schwesternpaar deiner schwellenden Brüste saugen, wird seinen Busen gegen den deinigen pressen, wird dich drücken, mit Stössen dich erschüttern, aber viel stärker, viel kräftiger als ich es habe tun können, denn er wird stärker sein und kräftiger als ich. Stossen wird er, dass dein Bett erzittert, ja sogar der Fussboden deines Schlafzimmers. In jener ersten Nacht, da Callias meiner jungfräulichen Scham Gewalt antat, stürzte er sich mit solcher stürmischen Anspannung aller Kräfte auf mich, dass das Krachen meines Bettes von denen gehört wurde, die im Nebenzimmer mir zur Ehren die Nachtwache der Venus hielten. Sieh nur, wie mich dieser Kampf mitgenommen hat, und doch bin ich als Siegerin aus ihm hervorgegangen.

OCTAVIA: Wie wird es denn wohl mir ergehen, wenn ich mit solch einem gewaltigen Athleten zu tun bekomme? Du warst ja doch um mehrere Jahre älter als ich bin, und warst körperlich reifer, als du in deines Callias Hände gegeben wurdest. Ich sehe, es steht mir eine grausame Marter bevor.

TULLIA: Ich will es dir nicht verhehlen, Octavia: du wirst eine harte Mühsal zu erdulden haben. Wenn ich versuchte, es zu leugnen, so würde ich mit deiner Unwissenheit Missbrauch treiben. Die Geschichte wird folgendermassen vor sich gehen.

OCTAVIA: Unterrichte mich recht genau über alles, was für mich zu wissen von Wichtigkeit ist. Was wird das für ein Schmerz sein, den ich werde auszuhalten haben? Ist er sehr heftig, dauert er sehr lange? Lieber wäre es mir, er wäre heftig und kurz, als schwächer und von langer Dauer.

TULLIA:

Dir auch bleibt der Schmerz nicht erspart – doch nur in der ersten Nacht ist er nennenswert; leicht wird er später dir sein.

OCTAVIA: Gewiss werde ich ihn ertragen, und wie ich hoffe: mutig und standhaft. Was sollte ich auch anders machen? Aber sage mir: was werde ich auszuhalten haben?

TULLIA: Jenen Teil unseres Körpers, von dem wir bereits gesprochen haben, nennen die Lateiner und unsere Landsleute, die Italiener: *vulva, cunnus, fregna, fica, potta*. *Vulva* bedeutet Tasche, Ficke. Bei *Cunnus* denkt man an *Cuneus*, den Keil, den man hineintreiben muss, weil es bei den ersten Versuchen eines grossen Kraftaufwandes bedarf. Man leitet das Wort auch vom griechischen κυνὸς ab, um damit gleichsam anzudeuten, dass jener Geruch, den das Maul eines Hundes aushaucht, auch jenem unserem unteren Munde entströmt; oder man führt es auf das griechische Wort κόννος zurück, das ›Bart‹ bedeutet; Spassvögel behaupten nämlich, wir hätten unseren Bart da unten, und nennen ›Bart‹ jenes Vliess, das unsere Scham ganz und gar umgibt und bekleidet. In Wirklichkeit aber kommt cunnus wohl von κοννειν, was bedeutet: mit Vernunft begabt sein; wie mentula von mens abzuleiten ist, so würde cunnus mit dem Begriff der Vernunft in Zusammenhang zu bringen sein. So viel ist gewiss: wie die mentula, das männliche Glied, sich selber regiert, wie wenn es mit eigenem Willen begabt wäre, und wie es sich um den Willen, der seinen Sitz oben im Kopfe hat, nur sehr wenig kümmert, so verhält sich auch das andere Organ: es hat seine eigenen Begriffe und richtet, gegen alle Gesetze der Vernunft, Empörungen an, die sich durchaus nicht durch mentale Einwirkungen, sondern nur durch die der mentula beschwichtigen lassen. Wir Frauen nennen dieses Ding, mit einem schicklicheren Namen, *die Scham*. Die Lippen, die ihren Eingang verschliessen, nannte man, wie ich bei einem alten Grammatiker las, Schamlefzen. Gegen diese Stelle wird Caviceus mit aller Kraft den

Stoss seiner gewaltigen Lanze richten; in jenem Augenblick wird er dir eine furchtbare Folterqual antun, bald nachher aber dir noch viel grössere Wonnen verschaffen.

OCTAVIA: Möchten diese Wonnen recht, recht schnell den Schmerz vergessen machen!

TULLIA: Du siehst, wie wundervoll dieser Körperteil gebaut ist. Zunächst bildet die Scham einen Vorsprung, dank jener Erhöhung, die bei dir von einem leichten Flaum bedeckt ist. Und glaube nicht etwa, sie sei zwischen den Schenkeln verborgen, wie ein Ding, dessen man sich zu schämen habe. *Hiermit* hat die Scham nichts zu tun! Sie nimmt im Gegenteil diesen Platz deshalb ein, weil sie so bequem für den Gebrauch gelegen ist, zu dem sie bestimmt ist. Diese Erhöhung wird *Venusberg* genannt, und wer diesen einmal erklommen hat, der zieht ihn für immerdar dem Parnass, dem Olymp und den allerheiligsten Bergen vor.

OCTAVIA: Gebe der Himmel, ich bekomme einen so fröhlichen Bergsteiger, wie du es bist! Dann brauchte ich den Parnass nicht um seinen Apollo und den Olymp nicht um seinen Jupiter zu beneiden!

TULLIA: Hier befinden sich nun zwei Oeffnungen, eine unter der andern, mittels deren dieser Venusberg zum vollständigen und vollkommenen Beischlaf sich öffnet. Die erste hat man als ›grosse‹ bezeichnet, die andere ist tiefer nach innen zu gelegen. Die Weite der erstem ist sehr bequem für die Niederkunft; wir sind in der Tat, meine liebe Octavia, sozusagen Werkstätten, in denen das Menschengeschlecht angefertigt wird. Wenn diese Oeffnung enger wäre, so liesse sie sich, in dem Augenblick, wo der Foetus das Licht der Welt erblickt, nicht ohne fürchterliche Schmerzen genügend ausweiten; es ist daher sehr notwendig, dass sie recht dehnbar und weit ist. Junge Leute, die zum ersten Mal da herumstöbern dürfen, bilden sich ein, Jungfrauen und Frauen seien so weit gebaut, wie es nach dieser Aussenpforte den Anschein hat; ich habe Dummköpfe gesehen, die bei diesem Anblick entsetzt zurückprallten. Aber die innere Pforte ist enger. Die Lippen, die den Rand der grossen Oeffnung bilden, nennt man, wie gesagt, Schamlefzen; innerhalb der kleineren, versteckter gelegenen Oeffnung befinden sich Lappen, die bei mir sehr weit hervorragen. Bei Jungfrauen, wie du es bist, befinden sich unter diesen Lappen ausserdem noch vier Klappen. Sie versperren den Weg zur Gebärmutter, jenen Weg, den bei den ersten Liebesumarmungen der Mann seinen wollüstigen Begierden nicht ohne grosse Mühe und gewaltige Anstrengungen zu bahnen vermag.

OCTAVIA: Ich ahne schon: während dieser Bemühungen macht sich der Schmerz, von dem du sprachst, am heftigsten bemerkbar.

TULLIA: Lass mich nur meine Beschreibung erst zu Ende bringen! An ihrem Vereinigungspunkt bilden diese vier Häutchen eine kleine Röhre von der Form einer Gewürznelke. Sie versperren nicht in die Quere, etwa wie ein vorgezogener Vorhang, den Weg zum Uterus; sie bilden vielmehr einen Vorsprung vor dem äusseren Eingang des Gartens; an der oberen Seite öffnen sie sich jedoch ein wenig und auf diesem Wege fliessen die Ausscheidungen ab, die die Natur aus unserem Leibe hervortreibt. Aber ich habe vergessen, dir von der Klitoris zu sprechen. Diese ist ein häutiger Körper, der unter dem Schamberg sitzt und im kleinen die Gestalt eines männlichen Gliedes hat. Und wie wenn sie eine Rute wäre, so bringt die verliebte Begier sie zur Erektion und entflammt sie zu einem so starken Jucken, dass eine Frau oder ein Mädchen mit einem nur einigermassen feurigen Temperament, wenn man zur Kurzweil die Klitoris mit der Hand berührt, meistens ihren Saft fliessen lassen, ohne auch nur auf den wackeren Reiter zu warten. Mir selber ist das oft genug begegnet, wenn Callias seine ruchlosen Lüste an mir ausliess, wenn er den Kitzler streichelte und betastete. Seine Hände, die sich tändelnd ergötzen, überfliesst aus meinem Gärtlein plötzlich ein reichlicher Tau. Das ist für ihn Anlass zu einer Menge von Witzen, von guten und schlechten Scherzen. Aber was kann ich dabei machen? Er lacht laut heraus, ich lache ebenfalls; ich werfe ihm vor, er sei zu stürmisch, er wirft mir vor, ich sei zu wollüstig; so werfen wir einander den Ball zu und während wir so zum Scherz streiten, stürzt er plötzlich sich auf mich, streckt mich auf den Rücken, mag ich mich wehren oder nicht, fährt in mich hinein, und erstattet mir in reichlicher Menge den Saft zurück, den, wie er scherzhaft bemerkt, mein Gärtchen verloren habe; er tue das, sagt er, damit ich mich nicht beklage, durch seine Schuld zu kurz gekommen zu sein.

OCTAVIA: Ihr beide führt ein glückliches und von Wonne erfülltes Leben. Ihr genügt euch vollkommen zu eurer gegenseitigen Glückseligkeit.

TULLIA: Der Raum ferner, der vom Eingang des Gartens bis zu dessen Hintergrund sich erstreckt, ist ›Scheide‹ genannt worden. In diese wird die Rute eingeführt, wenn das Weib den Stoss empfängt. Die Aerzte nennen sie Gebärmutterhals oder Uteruskanal oder auch wohl innere Scham. Diese Scheide umschliesst und umfasst saugend das männliche Glied, sobald es in sie eindringt: sie ist, meine Octavia, gleichsam der Schacht, durch den das menschliche Geschlecht aus den finstern Tiefen des Nichts an das Licht des Tages gefördert wird.

OCTAVIA: Du weisst so trefflich zu schildern, dass es mir ist, als sehe ich selber all dieses in meinem Leibesinnern verborgene so deutlich vor mir, wie wenn es offen vor meinen Augen daläge.

TULLIA: Bei dir, liebe Base, stehen diese innere Oeffnung und der an sie sich anschliessende Gang nicht so weit offen wie bei mir. Wohlan! Dies alles mit trunkenen Blicken zu betrachten, ist auch eine Art von Wollust: Spreize die Schenkel so weit du kannst, ohne dass es dir Schmerzen macht.

OCTAVIA: Da liege ich. Aber was willst du denn von mir mit deinen Schelmenaugen? Du biegst mit deinen Fingern diese beiden Lippen zur Seite; was siehst du drinnen?

TULLIA: Süsses Mädchen! Ich sehe eine Blume, die jeder, der sie erblickt, allen Blumen und allen Düften vorziehen wird!

OCTAVIA: Ach, Tullia! Ich bitte dich, halt ein mit deiner geschäftigen wollüstigen Hand! Ziehe diesen Malefizfinger zurück, den du hineingesteckt hast. Du hast mir wirklich weh getan, als du tiefer eindrangest.

TULLIA: Du tust mir leid, kostbare Muschel, die du würdiger bist, Venus erstehen zu sehen, als jene, aus der der Sage nach Venus hervorgegangen sein soll. Unter glückverheissenden Zeichen wahrlich ist dieser Caviceus geboren, dem aus dieser Muschel eine neue Venus erstehen wird!

OCTAVIA: Und doch sagst du, ich tue dir leid?

TULLIA: Ja, denn ich sehe dich schon auf erbarmungswürdige Weise zerfetzt.

OCTAVIA: Wie wird es damit sein? ... Aber du bist überrascht? Warum denn?

TULLIA: Da dein Gärtchen nur ein ganz enges Pförtchen, einen sehr schwierigen Zugang besitzt, so fürchte ich, deinem Caviceus wird eine Arbeit beschieden sein, die, so angenehm sie auch an und für sich ist, doch nicht verfehlen kann, ihm – mindestens anfangs – weniger süss als peinvoll zu sein. Du hast den Rammbock gesehen, womit er Bresche in deine Festung legen soll?

OCTAVIA: Nein, gesehen habe ich ihn nicht; aber, beim Castor! ich habe gefühlt, dass er war, wie man die Keule des Herkules abbildet: dick, steif und sehr lang!

TULLIA: Deine Mutter hat mir in der Tat gesagt, er sei bewunderungswürdig ausgestattet, und sie ist dessen herzlich froh; ihrer Meinung nach ist in der ganzen Stadt niemand besser versehen als er. Auf ihre Prahlereien habe ich geantwortet, meines Mannes Callias Dolch sei acht Zoll lang. – ›Das ist garnichts‹, antwortete sie mir, ›im Vergleich mit dem, den Caviceus hat.‹ Sie beklagte dein Schicksal und beneidete dich zugleich darum; im Ganzen genommen hielt sie dich für recht glücklich. Sie behauptet, Caviceus habe einen Penis von elf Zoll Länge und von der Dicke deines Armes, wie er am Handgelenk ist.

OCTAVIA: O dieses ganze ungeheure Ding wird er mir mit Gewalt in den Leib stossen? Werde ich das aushalten können? Mir wird schwach, wenn ich an das Unheil denke, das mich armes Mädchen erwartet!

TULLIA: Nun, verliere nur nicht den Mut! An Länge kann Callias es mit Caviceus nicht aufnehmen, dafür aber übertrifft Caviceus an Dicke keineswegs meinen Callias. Siehst du meinen Arm?

OCTAVIA: Gewiss sehe ich ihn: ich wäre blind, wenn ich ihn nicht sähe.

TULLIA: Nun, zu solcher Dicke schwillt ihm das Glied an, wenn es gegen mich in Wut gerät; und doch passt diese Klinge sehr bequem in meine Scheide.

OCTAVIA: Was ist denn diese glorreiche Scheide, diese verwetterte Scheide! Das möchte ich wohl wissen!

TULLIA: Der Unterschied zwischen einer stechenden Wanze und einer stechenden Lanze ist nicht grösser als der zwischen deiner und meiner Scheide. Hier hast du sie: sieh sie dir an, betrachte sie, untersuche sie!

OCTAVIA: Strecke dich im Bett aus und biege dich zurück. Denn wenn du sitzest, kann ich sie nicht ordentlich sehen.

TULLIA: Hier liege ich. Sieh dir nur alles recht genau an. Dir wird das nützlich sein und ich werde auch mein Vergnügen daran haben.

OCTAVIA: Ich sehe einen Schlund! Ich sehe den Abgrund, in den Curtius sich stürzte und der ihn mitsamt seiner Rüstung und seinem Streitross verschlang! Ich will die Hand daran legen und die Seitenwände auseinander halten; ich könnte wahrhaftig in aller Bequemlichkeit die ganze Hand hineinstecken, wenn ich wollte. Ich begnüge mich aber, meinen Finger einzuführen – natürlich den Venusfinger – und ich übertrage ihm die Aufgabe, dieses Land zu erforschen, um mir darüber zu berichten und mir zu sagen, wie weit es ist, wie hoch und wie das männliche Glied seine Bequemlichkeit darin findet ... Prächtig! Priapus selber würde damit zufrieden sein, und sogar einer, der noch besser beraten wäre als Priap. Aber an meine Nase dringt ein garstiger Duft –

so dringet aus schwarzen
Schlünden betäubender Pestgeruch in die Nase.

Wie übelriechende Blumen trägt doch dein Garten! Venus würde sich's verbitten, wollte man ihr ein Blumengewinde oder einen Kranz daraus flechten.

TULLIA: Du bist lustig, liebes Herzchen, und deine Scherze sind recht niedlich. Auch du wirst einmal so werden wie ich jetzt bin und zwar binnen wenigen Monaten – sobald du nämlich geboren hast. Dann wird dir ein unermesslicher Spalt klaffen, wie du ihn bei mir jetzt klaffen siehst; dir wird drinnen der Muttermund offen stehen, wie es jetzt bei mir der Fall ist. Und du, deren unterer Mund so frischen Atem ausduftet wie der obere, du wirst meine Nase mit giftigem Dunst anhauchen und wirst meine Hand beflecken, wenn sie dich berührt. Das sind die Uebelstände des Heiratens, das sind die bösen Folgen unserer Wonnen. Ja, verlass dich darauf, so wird es sein!

OCTAVIA: Und wie wird es denn so werden? Das möchte ich wissen!

TULLIA: Wenn das Glied des Mannes zu seiner vollen Grösse angeschwollen ist, dringt es mit solcher Begier in unseren Leib ein, dass es drinnen jedes Stellchen besudelt, befleckt, bespritzt.

OCTAVIA: Aber vergiss nicht, was du mir versprochen hast!

TULLIA: Ich verstehe, was du wünschest, und bin schon mit der Antwort bei der Hand. Dieses so echt männliche, so unartige, so stolze Glied weiss ein liebendes Weib, eine, die es kennen gelernt hat, nicht hoch genug zu preisen. Dass Eine, die es kennen gelernt hat, es nicht liebt, kommt gar nicht vor.

OCTAVIA: So werde also auch ich es leidenschaftlich lieben, wenn ich es kennen gelernt habe!

TULLIA: Vortrefflich ... Die Lateiner nennen dieses Glied teils in wörtlicher, teils in übertragener Bedeutung: veretrum, mentula, penis, phallus, taurus, machaera, pessulus, peculium, vas, vasculum, pomum, nervus, hasta, traps, palus, muto, verpa, colei, scapus, caulis, virga, pilum, fascinum, cauda, mutinus, noctuinus, columna. Die Griechen haben ebenfalls mehrfache Bezeichnungen dafür: bei ihnen heisst es nämlich φλεψ, καυλος, γονιμη, οὐρα, κριθη, πεος, σαθη, ἐμβολον, σημα, συρινξ, καπρος, τυπας, τυλος, κωλη, ῥαψη, ἀναγκειον, ἀφιδος. Wenn es nicht zum Dienst der Venus gebraucht wird, hängt das männliche Glied schlaff herab; zu jenem Dienste aber richtet es sich auf, schwillt an, gerät in Raserei und wächst zu solcher Grösse, dass es uns anfangs einen heftigen Schreck einjagt, bald auch der Jungfrau einen brennenden Schmerz verursacht, dann aber der Entjungferten die höchste Wonne, hinter der die Furcht und der Schmerz weit zurücktreten.

OCTAVIA: Von der Wonne weiss ich nichts und von dem Schmerz möchte ich am liebsten nichts wissen. Mein Hauptgefühl ist die Angst vor jenem Ding.

TULLIA: Unten an der Wurzel des Gliedes und im Zusammenhang mit demselben befindet sich ein Sack, den man scrotum oder Hodensack nennt; er ist mit dichten, gekräuselten, ziemlich harten Haaren bekleidet und bewachsen. In diesem Sack befinden sich die Zeugen der Männlichkeit, die für uns zugleich die freundlichen Zeugen der Liebe sind, die die Männer uns zollen.

OCTAVIA: Von diesen Zeugen habe ich niemals etwas gehört noch gesehen. Sage mir schnell, was das ist!

TULLIA: Es sind zwei kleine Kugeln, die jedoch immerhin nicht gar zu klein sind; sie sind nicht von völlig runder Gestalt, ziemlich hart, und je härter sie sind, desto besser sind sie zum Dienste der Wollust geeignet. Weil sie zwei an der Zahl sind, haben die Griechen sie διδυμοι genannt und viele grosse Männer haben diesen Namen getragen. Manchem hat die Natur in ihrer Freigiebigkeit noch ein Kügelchen hinzubeschert, sodass sie drei hatten. Zu diesen gehörte der Tyrann von Syrakus, Agathokles, den man daher Triorchis nannte. Berühmt in dieser Hinsicht ist bei uns das edle Geschlecht der Coleoni, dem jener gewaltige Held der italischen Kriege, Bartolomeo Coleoni, angehört. Fast alle männlichen Angehörigen dieses Geschlechtes sind mit drei Testikeln begabt und sind kräftig in den Kämpfen der

Venus, wie sie hochherzig in die Schlachten des Mars hineingehen. Glücklich können ihre Gattinnen sich preisen! Denn in den Höhlungen der Hoden ist gleichsam die Werkstatt, in der jener ambrosische Tau bereitet wird, der uns so wonnig kitzelt und der die Wunden, welche beim Eindringen in unseren Leib der Penis verursacht hat, so wundersam heilt, dass sie nicht lange schmerzen. Diesem Tau verdanke ich mein Püppchen, ihm verdanke ich alle meine Freuden; ihm verdankt das Menschengeschlecht sein Dasein. Gemeiniglich nennt man ihn semen oder sperma; beide Wörter bedeuten Samen, das eine ist lateinischer, das andere griechischer Herkunft. Dieser Samen, in die Furche des Weibes ausgestreut, bildet sich nämlich bald zu einem Menschen. Von allen Tieren gibt der Mensch die grösste Menge Samen von sich. Diejenigen aber, bei denen drei Arbeiter an demselben Werkstück schaffen – wie unter anderen Fulvius, der Bruder meiner Freundin Pomponia – die überströmen natürlich die Weiber mit einem noch reichlicheren Regen als andere Männer, die nur zwei Zeugen haben. Die Sache verhält sich, wie ich dir sage.

OCTAVIA: Vielleicht hat auch Caviceus drei, denn er besprengte mich mit jenem Tau bis zum Gürtel hinauf und machte mein ganzes Hemd nass.

TULLIA: Für einen kräftigen Jüngling, den heisse Begier nach deiner Liebe erfüllte, liebe Base, wäre es schmachvoll gewesen, mit leeren Gefässen dir und deiner Venus zu libiren. Aber ich bin noch nicht fertig und will fortfahren: diese schaumige, weisse, klebrige Flüssigkeit, die das Glied ausspritzt, wird von jener Stelle, an der es destilliert ist, bis an die Spitze der Rute gebracht und springt aus dieser mit solchem Ungestüm hervor, dass der Mann, der sie von sich gibt, den Strahl nicht weniger als drei Fuss weit fortschleudert. Wenn daher nach vielen Stössen das Werk sich seinem Ende naht, so wird der Saft mit solcher Gewalt in die Tiefen des Uterus hineingespritzt, dass keine Frau – es müssten ihr denn alle Sinne erlahmt sein – sich von diesem heissen Regen getroffen und benetzt fühlen kann, ohne dass ihr die Wollust alle Glieder durchzuckt. Es fehlen mir die Worte, liebe Octavia, um dir diese Wonne gebührend zu beschreiben; binnen wenigen Stunden wirst ja du selber es dir sagen können.

OCTAVIA: Aus dem Kopf der Rute entströmen also diese Milchbache? Dass Priapus einen solchen Kopf hat, will ich nicht leugnen; er zog sich ja von der menschlichen Gesellschaft von Lampsakos zurück, weil er ein so ungeheures Glied hatte, und gewiss auch um den Göttinnen nahe zu sein, von denen du mir erzählt hast – aber ich wusste nicht, dass auch bei den Menschen dieses Glied einen Kopf hätte. Dass also jeder Mann zwei Köpfe hat, davon wusste ich in meiner Dummheit nichts.

TULLIA: Und wahrlich, selig und glücklich wäre und ruhmvoll unter den Heroen würde wandeln, wer auch drei Glieder hätte! Den länglichen obersten Teil des Penis nennt man Kopf, balanus, Eichel, und wenn du diesen Kopf mit den Fingerspitzen drücktest, so bürdest du ihm damit nicht im geringsten wehtun, sondern ihm nur ein recht süsses Jucken verursachen. Und wenn du in höchster sinnlicher Begier brennst, wirst du niemals auf leichtere und schnellere Weise als durch dieses Mittel deinen Caviceus von allen anderen Gedanken ablenken und ihn dahinbringen, dich als Gatte brünftig zu umfangen. Und bedeckt ist dieser Priapskopf mit einem Käppchen; man nennt es Vorhaut, und der wackere Nachtarbeiter legt es fast niemals ab, es sei denn, um dich zu begrüssen und mit entblösstem Haupte den Vorhof der Herrin zu betreten.

OCTAVIA: Du bist wundervoll! Dich anzuhören, werde ich niemals satt bekommen. Möchte auch Callias, wenn er bei dir schläft, nimmer zu ersättigen sein!

TULLIA: Meine Augen sind bereits schlummerschwer, denn langes Wachen zu ertragen, bin ich nicht geschaffen. Und was du eben sagtest, das hast du denn auch wirklich erst gesagt, als du bemerktest, dass ich bereits halb im Schlafe sprach, während ich dir meinen Vortrag über diese Dinge hielt.

OCTAVIA: Bitte, bitte, schlafe doch nicht! Tu mir den Gefallen, da ich dich doch so hübsch artig bitte!

TULLIA: Bei deiner Venus und bei meiner und auch bei der Venus deines Caviceus: du hast den Schlaf noch nötiger als ich: denn in der nächsten Nacht wirst du bei deines Gatten Umarmungen, Küssen, Umklammerungen, Stössen und Liebesrasereien keinen Schlaf zu sehen bekommen. Ruhe deinen so zarten, so verwöhnten Körper aus! Bereite dich vor, den Kampf wacker zu bestehen!

OCTAVIA: Ich werde tun, was du wünschest, aber mir liegt deine Gesundheit mehr am Herzen als die meinige: schlafe also nur ruhig ein, ich werde kein Sterbenswörtchen mehr sagen.

TULLIA: Gib mir einen recht, recht süssen Kuss; das wird meine Wegzehrung für die Nachtruhe sein!

OCTAVIA: Ich liefere dir meinen Mund, meine Lippen und meinen ganzen Leib aus. Geniesse meiner und ergötze dich an mir, soviel du willst. Ich bin ganz und gar die Deinige!

TULLIA: O Küsse, um die Jupiter mich beneiden würde! O wonnige Umarmungen! O verführerische Berührungen! Erlaube mir, dass ich mit dem Gesicht zwischen deinen beiden Brüsten einschlafe, die eine Hand an deinem Gärtlein, die andere an deine harten, festen Hinterbacken gepresst. So pflegt Mars in den Armen seiner Cypris zu schlafen! Wenn nicht mehr der Schlaf meine Glieder in Banden hält, werde ich meine Belehrung fortsetzen und werde mit der gleichen Gewissenhaftigkeit, mit der ich begann, dir sagen, was noch übrig ist, meine süsse Jungfrau, meine Gebieterin!

OCTAVIA: Jetzt bist du geschwätziger, als eigentlich der Sache angemessen ist; schweig und schlafe! Mach es nur so, wie du es dir so schön ausgedacht hattest.

Viertes Gespraech

Der Zweikampf

TULLIA: Ich kann dir gar nicht sagen, wie wundervoll erfrischt ich mich nach diesem langen Schlummer fühle, der sieben Stunden hintereinander alle meine Glieder umfangen hielt. Du aber, Octavia ...?

OCTAVIA: Ich bin schon seit einer Stunde wach, nachdem ein fürchterlicher Traum, ein Albdrücken, mich zitternd und bebend aus dem Schlafe aufgeschreckt hat.

TULLIA: Erzähle mir diesen Traum, wenn's gefällig ist!

OCTAVIA: Mir war's, liebe Tullia, als sei ich mit Caviceus zusammen und lustwandelte mit ihm am schattigen, grünen Ufer des Po unter dem Dach der Weidenzweige, die uns gegen den Sonnenbrand schützten. Caviceus liebkoste mein Ohr und meine Seele mit den sanftesten Bitten, in denen seine Liebe ihn sich ergiessen liess. Er bat mich um einen Kuss – ich verweigerte ihn. Mir war's, als redetest du mir zu, ich solle ihn geben. So gab ich ihn denn – und er nahm ihn. Als er auch mit der einen Hand an meinen Busen griff und mit dem anderen Arm mich umschlang, da vermochte ich kaum, dank dir, dank deinen Ratschlägen, seiner Umklammerung mich zu entwinden. Als ich von ihm frei war, ergriff ich die Flucht – er verfolgte mich. Und als er mich gerade erreichen will, wende ich mich um – und ach, Tullia! was für ein Ungeheuer erblicke ich!

TULLIA: Hatten sich etwa Wölfe auf Caviceus gestürzt, um deinen Herzallerliebsten zu zerreissen? oder hatte er sich selber mit seinem Schwert durchbohrt?

OCTAVIA: Was für Witze! Möchte er mich lieber mit seinem Dolch durchbohren!

TULLIA: Schau das Mädchen, was für ein drolliges Gesicht sie macht, die Schelmin!

OCTAVIA: Ich sehe ihn in das gräulichste Tier verwandelt; er sah genau wie ein Satyr aus, wie wir sie auf Bildern gemalt sehen, und gar nicht mehr wie Caviceus. Von Haaren starrte sein ganzer Leib, auf seinem Kopf waren zu beiden Seiten der Stirn ein Paar Bockshörner gewachsen, die in eine lange Spitze ausliefen. Ohren aber, Stirn, Augen, Nase und das ganze Antlitz waren genau wie bei Caviceus sonst. Mit einer Lanze zielte er nach mir, die doppelt so lang und so dick war wie bei dem wackersten Mann, der unter dem Zeichen der Venus ficht; der übrige Teil des Körpers hatte wieder Bocksgestalt. Er stürzte sich auf mich, wollte mich schänden, presste seinen Mund auf den meinigen. Was soll ich noch weiter sagen? Dieses so ungewohnte Schauspiel erschreckte mich tötlich. Kannst nun du, die du mit diesen Sachen so gut Bescheid weisst, mir sagen, welches Unheil mir dieser Traum bedeutet?

TULLIA: Ich kann es dir sagen, liebe Base, und werde es dir zur rechten Zeit sagen. Unter den gegenwärtigen Umständen hat es keinen Zweck, dass du es wissest.

OCTAVIA: Lass mich doch nicht länger von Wissbegierde verzehrt werden, meine Gebieterin, mein teurer Gatte –

Sags! ich beschwöre dich, wenn dir je zur Wonne mein Leib war.

TULLIA: Süsse Früchte der Liebe mit anderen sagt dir, der blühenden, zarten Schönheit, dieser Traum voraus, dem Caviceus aber kündet er, wenn auch keinen Schmerz, so doch die Verletzung seines ehelichen Lagers.

OCTAVIA: Ferne, ferne sei mir solche Schmach!

TULLIA: Die Männer, deren Ehefrauen nicht der ehrbaren Venus huldigen, sondern aus Wollust von anderen Männern sich besteigen lassen – diese Männer nennt man gemeiniglich Böcke und Hörnerträger.

OCTAVIA: Ich verstehe. So werde ich also in solche Treulosigkeit verfallen? ich werde den Genuss meines Leibes nicht meinem Caviceus allein vorbehalten? Lieber will ich sterben, als mich solcher Schmach überantworten! Oder hast etwa auch du mit ehebrecherischer Wollust zu tun gehabt? Möchte ich so etwas nicht von dir denken müssen! Möchtest du nicht etwa hoffen, mich je zu Aehnlichem bereit zu finden!

TULLIA: Hierüber, liebes Mädchen, wollen wir zu geeigneterer Zeit uns unterhalten, wenn du deine Jungfernschaft verloren hast, und wenn Caviceus etliche Monate hindurch dich bei Tag und bei Nacht zerquetscht, zermahlen, zerrieben hat. Andere Zeiten, anderer Sinn – verlass dich drauf, das weiss ich ganz genau.

OCTAVIA: Du musst ganz anderen Sinnes geworden sein; und deine Meinung kann jetzt nicht mehr die gleiche sein, wie damals, als du Callias heiratetest. Wie könntest du sonst so von mir denken!

TULLIA: Wer möchte dir's zum Vorwurf machen, wenn du einem unwiderstehlichem Drange nahgäbest, wenn das Geschick dich zur Liebesraserei treibt, zu der es auch mich getrieben hat, der auch Minerva selbst nicht entgehen könnte? Aber hast du in deinem Traum sonst nichts an Caviceus gesehen?

OCTAVIA: Ganz und gar nichts weiter. Als ich hell wach lag, während du noch von tiefem Schlummer umfangen lagst, da habe ich die ganze Zeit bis jetzt in meiner Seele alles das erwogen, was deine Worte mir von den Geheimnissen der Liebe enthüllt hatten.

TULLIA: Dies geht Caviceus an und nicht deine Mutter, die dich mir zugeschickt hat, damit ich dich unterrichte. Je besser eingeweiht du aus meinen Umarmungen in die des Caviceus übergehst, mit desto köstlicheren Früchten wird deine Venus ihm lohnen. Was aber alle diese Früchte seien, das verlangt dich zu wissen, und mich verlangt es, es dir zu sagen, welche unsäglich süsse Lust du nach dieser ersten Nacht kosten wirst. Du weisst bereits, dass zwischen deinen Schenkeln durch die beiden Oeffnungen, die ich dir beschrieben habe, jene Lanze eindringen soll, die dich bis zur siebenten Rippe durchbohren wird.

OCTAVIA: Du lachst, Tullia! Wie wäre dies möglich? Du machst dich über mich lustig!

TULLIA: Und doch ist es so: jenen Dolch, der das Zeichen seiner Männlichkeit ist, wird er in jenen Teil deines Leibes senken, der das

Zeichen deiner Weiblichkeit ist. Geschlecht wird sich mit Geschlecht vermischen, und in dieser Umschlingung könnte man euch für einen Menschen halten, während ihr in Wirklichkeit zwei seid. Dieses aber ist ganz und gar deine Sache allein!

OCTAVIA: Ich möchte alles genau wissen, und habe doch Angst es zu hören. Ich möchte in meines Caviceus Armen liegen und bin doch um meiner selbst willen bange davor.

TULLIA: Zunächst wird er mit seinem Arm dich wie mit Fesseln umklammern, sodass du ihm nicht entrinnen kannst; nackt wird er deinen nackten Leib in engster Umarmung umschlingen.

OCTAVIA: Erzähle mir doch, liebe Schwester, von Callias! Wie machte er bei dir sein Mannesrecht geltend, als du ihm zur Gattin gegeben wurdest? ... denn über Caviceus kannst du nichts Gewisses sagen.

TULLIA: Ich will deinen Wunsch befriedigen, und du müsstest von Stein sein, wenn du nach meiner Schilderung des Spieles, das Callias mit mir spielte, als er meiner Jungfernschaft den Gnadenstoss gab, nicht errietest, welches Spiel du mit Caviceus wirst zu spielen haben. Niemals wird die Erinnerung an die Scherze dieser köstlichen Nacht meinem Gedächtnis entschwinden.

OCTAVIA: Im Hause schnarcht noch alles. Der Sonnengott, das Auge der Natur, der Vater der Tage, öffnet kaum erst seine schlafschwere Wimper über der Erde; die Augen der Sterblichen schwimmen in stillem Schlummer und in sanfter Ruh; überall herrscht tiefes Schweigen. So sind wir in jeder Beziehung sicher, ob wir nun schwatzen oder ob wir Liebesscherze mit einander treiben wollen.

TULLIA: Ganz recht. Also höre: Nachdem meine Mutter mich entkleidet und ins Brautbett gebracht hatte, legte sie ein Tüchlein unter mein Kopfkissen auf den Pfühl; dann gab sie mir wie auch Callias einen Kuss und sagte diesem, er solle mir in ihrer Gegenwart einen Kuss geben. Im Bette liegend und von Scham ganz rot übergössen, empfing ich diesen Kuss; dann ging meine Mutter, verschloss die Tür unseres Zimmers und nahm den Schlüssel mit in ihr Zimmer, wo viele von unseren Verwandten sich aufhielten und unter anderen auch meine liebe Pomponia.

OCTAVIA: Du meinst jene Freundin, die mit dir im gleichen Alter stand, die mit dir in innigster Gemeinschaft verbunden war und die du mehr liebtest, als alle deine anderen Gespielinnen?

TULLIA: Wenn du die bezaubernde Anmut, den Geist dieser Frau kenntest, so würdest du Pomponia ebenso innig lieben wie ich. Einige Monate zuvor hatte sie Lucretius geheiratet, einen durch Gaben des Geistes wie auch durch körperliche Schönheit hervorragenden jungen Mann. Sie hatte mich über alles aufs beste unterrichtet, hatte mir gesagt, was ich bei den ersten Angriffen würde auszuhalten haben, was ich zu tun und zu sagen hätte; kurz, sie hatte es dahingebracht, dass ich auch mit den geringsten Einzelheiten des im Dienste der Venus zu bringenden Opfers Bescheid wusste. Mit beredten Worten hatte sie die Wonnen gepriesen, die uns dabei erwarten – Wonnen, hinter denen, bei meiner Juno! alle anderen Genüsse weit zurückbleiben. So vorbereitet und belehrt, erwartete ich meinen Kameraden, dem ich an Kräften nachstehen mochte, aber an mutigem Entschluss sicherlich nicht nachstand. Wenn ich mich nur nicht so geschämt hätte!

OCTAVIA: Aber wozu sollte das Tüchlein dienen, das deine Mutter dir unter's Kopfkissen gelegt hatte?

TULLIA: Das wirst du gleich sehen.

OCTAVIA: Dass du dich in jener Nacht ganz nackt mit Callias ins Bett legtest, nimmt mich nicht Wunder, denn ich weiss, dass meine Mutter jede Nacht mit meinem Vater nackt zusammen schläft.

TULLIA: Bezähme ein kleines bisschen deine Begierde, alles, was für dich zu wissen freilich von grossem Interesse ist, auf einmal erfahren zu wollen. Du wirst von mir alles hören, aber alles an seinem rechten Ort ... Als meine Mutter hinausgegangen war und Callias sah, dass ich ihm allein auf diesem Turnierplatz der Venus in die Hände gegeben war, warf er so hastig die Kleider ab, dass er an der inneren Bettseite nackt neben mir stand, ehe ich auch nur dachte, dass er schon ausgezogen sein könnte. Das Zimmer war so hell wie am Mittag, da überall eine grosse Anzahl von Wachskerzen brannte. Ich sah einen prächtigen, weissen, von Saft und Kraft strotzenden Körper, und als ich in erheuchelter Scham den Blick senkte, sah ich wie stattlich und prächtig ihm das Glied herabhing, das im selben Augenblick sein Haupt erhob, wie wenn der Diener meiner Wonne aufstände, um mich zu begrüssen und mir die schuldige Ehre zu erweissen. Die Decken, mit denen ich mich im Bette umhüllt hatte, warf er bald zur Seite – denn unsere Vermählung fand zu Anfang des Junimonats statt – und stellte meinen nackten Leib seinen Augen zur Schau. Ich bemühte mich, mit der einen Hand meine Brüste, mit der anderen mein Gärtlein vor ihm zu schützen und sie seinen Blicken zu entziehen; er aber schob meine beiden Hände mit Gewalt zur Seite, griff an meine Brüste und legte seine flache rechte Hand auf die Furche, in die er bald seinen Pflugschar versenken sollte. Gleichzeitig verschlang er mit gierigem, scharfem Blick die Blüte der Schönheiten aller meiner Glieder und bedeckte mit tausend Küssen meine Augen, meinen Mund, meine Wangen, meinen Hals, meine Brüste, meinen Leib. Dann steckte er seinen Mittelfinger in meinen Garten; und dies tat er – er hat es mir später in einer innigen Umschlingung selber zugestanden – um meiner Jungfräulichkeit ganz sicher zu sein; denn er glaubte, mit seinem Finger könnte er sich verlässlicher überzeugen, als es mit seiner langen, dicken Stange möglich sein werde.

OCTAVIA: Wie dieser Mann doch schlau war!

TULLIA: In dieser Beziehung ist ein Mann wie der andere. Sie sind alle gleich neugierig; das hast du selber an deinem Caviceus ja auch erfahren. Dieses Misstrauen können und müssen wir ihnen schon verzeihen. Gewiss fühlt ein keusches, junges Mädchen sich von grosser Freude durchdrungen, wenn sie sieht, dass ihr Blümchen ungepflückt befunden wird, und ebenso durchdringt den Gatten eine selige Freude, wenn er sie so findet; denn, um dir die Wahrheit zu gestehen, liebes Mädchen: echte Jungfrauen, wie du es bist und wie ich in meiner Brautnacht es war, haben stets einen ganz sicheren Beweis ihrer Jungfräulichkeit an jener Stelle, wohin sie gehört. Jene Blume der Schamhaftigkeit, die die Alten hymen oder eugium nannten, ist ein Beweis, dass das Mädchen, das sie besitzt, eine Jungfrau ist. Denn ein Mädchen, dem diese Blüte fehlt, sodass man sie nicht wahrnehmen kann – ein solches Mädchen ist ganz gewiss keine Jungfrau; und wenn sie nicht mit einem Mann zu tun gehabt hatte, so hat ohne allen Zweifel ihre eigene Wollust ihr den Mann ersetzt: diese Jungfrau hat sich selber ihre Jungfernschaft geraubt, hat sich selber Gewalt angetan.

OCTAVIA: Dank deiner Erklärung begreife ich, wie eine Jungfrau sich selbst entjungfert.

TULLIA: Ich habe noch recht viel hierüber zu sagen; aber alles zu seiner Zeit. Als Callias durch seinen tastenden Finger sich überzeugt hatte, dass mein Pförtlein einen so engen Zugang bot, dass ohne Zweifel ein Mann diesen Pfad noch nicht beschritten haben konnte, da stürzte er sich aufs Bett, umarmte mich und spornte mich mit den sanftesten Worten, mit den lieblichsten Scherzen zum Werke der Venus an.

OCTAVIA: Und du, du warst ganz stumm? du warst ein Stück Holz, ein Stein? Du, die du sonst so heiter, so drollig, so geistreich bist?

TULLIA: Die Stelle der Worte vertraten die Seufzer, die sich meinem wogenden Busen entrangen: ich stiess ihn von mir, rief ihn zu mir; ich wich vor ihm zurück, schmiegte mich an ihn an; die Scham drängte meine Wollust zurück und entflammte sie zugleich:

...und diese verhaltene Wonne
Reizte nur schärfer die Liebeswut ...

Callias merkte, wie ich unwillkürlich in Glut geriet und sagte: ›Nun denn, meine Tullia, so neide mir doch nicht meine Glückseligkeit, die ganz von dir abhängt, ganz auf dir beruht. Lass mich, o meine Gebieterin, deinen holden Garten betreten. Oeffne mir du selber dieses Heim der Venus und des Cupido in deinem Garten! Hier ist der Schlüssel!‹ So sprach er lächelnd und legte dabei meine linke Hand an seine Rute. Er bat mich, ich möchte sie anfassen; ich weigerte mich. ›Was fürchtest du denn‹, sagte er, ›meine Bitten zu erhören, um mir zu Gefallen zu sein? Du bist ja doch ganz mein, und was noch mehr ist, du willst ja ganz die meine sein!‹ – ›Gewiss will ich die Deine sein‹, antwortete ich, ›aber mit solchen Schändlichkeiten will ich mich nicht besudeln, und gerade deshalb nicht, um deines Lobes würdig zu sein. Wenn du mich liebst – was ist denn diese deine Liebe, dass du mich zu beflecken suchst? Solche Liebe von dir sieht mehr nach Hass aus als nach Liebe. Hab Mitleid mit mir! Lass deine Seele von diesen Tränen rühren!‹

OCTAVIA: Du vergössest wirklich Tränen?

TULLIA: Ja, ein paar Tränlein rannen mir aus den Augen. ›Ei, Tullia!‹ rief er, ›wenn du mich liebst, so lass diese ganz unangebrachte Schamhaftigkeit für heute Nacht bei Seite! Du liegst nackt an meiner Seite – und wagst es, mir, der ich ebenfalls nackt bin, mit vielen Worten von deiner Schamhaftigkeit zu reden? Von nun an wirst du niemals keuscher sein, als wenn du in diesem unserem Hochzeitsbett dartust, dass für dich eine Schamhaftigkeit nicht mehr am Platze ist, die deinem Gattinnenberuf und meiner Liebeswonne zuwiderläuft. Denn die Liebeswonne muss dir von nun an Pflicht und Beruf sein. Sei gegen alle anderen kälter als Schnee – das ist mir sehr recht; bei mir aber sei wollüstiger als eine Taube. Was ich also mit vollem Recht von dir verlange, das musst du tun und darüber hinaus freiwillig noch mehr.‹ Unterdessen war ihm auf wunderbare Weise der geile Schwanz gewachsen und klopfte zitternd gegen meinen einen Schenkel an.

OCTAVIA: Ach! ich habe Angst um dich! Ich zittere, wenn ich an die Wunden denke, die du empfangen sollst.

TULLIA: Du redest Unsinn, Possenreisserin! Höre eine ernste Sache ernsthaft an. Das musst du, wenn du bei Sinnen bist!

OCTAVIA: Hahaha!

TULLIA: Callias sagte kein Wort mehr, sondern drängte den einen Schenkel gleichsam wie einen Keil zwischen meine Schenkel, und bahnte so seinem ganzen Körper eine Bahn zwischen meine Lenden. Er warf sich auf mich und presste seine Brust gegen die meinige. Warum sollte ich es leugnen? als ich plötzlich ein solch ungewohntes Gewicht auf mir fühlte, bekam ich eine heftige Angst. Er aber zügelte mit der einen Hand seinen rasenden Priapus, setzte seine Wurfmaschine gegen mein Pförtchen und führte den Priapskopf in meine jungfräuliche Grotte ein. Einen Augenblick später tat er einen mächtigen Stoss, wie wenn er von oben auf mich herabfiele und drängte sich mit gewaltiger Anstrengung in mich hinein. Trotzdem nützte ihm dies nichts: denn Wall und Mauer meiner Festung waren stark und von grosser Widerstandskraft. Mit dem ersten und zweiten Stoss drang er nicht einmal um eines Nagels Breite in das verschanzte Lager ein; beim dritten und vierten Stoss aber fühlte ich seinen Priapus den Geist aufgeben, schwach und weich werden. Der Geist des Priapus ist natürlich jener Same, das heilige Werkzeug der Fortpflanzung und der Liebeswonne. Wie ein Wasserfall brach er hervor und überströmte in vollem Strome den Eingang meiner Grotte. Es war mehr ein Scharmützel gewesen als ein Gefecht nach allen Regeln der Kunst. Trotzdem verspürte ich infolge der heftigen Stösse einen heftigen Schmerz an jener Stelle, wo wegen der Schwierigkeit des Zuganges der Hebel kräftig angesetzt worden war.

OCTAVIA: Konntest du dich enthalten, in ein lautes Geschrei auszubrechen?

TULLIA: Einen Schrei stiess ich aus und sogar einen ziemlich lauten.

OCTAVIA: Aber als du merktest, dass die Sache schon zu Ende war, als sie kaum begonnen hatte, hast du da ein gehöriges Geschrei erhoben?

TULLIA: Ich erstickte sofort meine Stimme, und im selben Augenblick sprang Callias munter und lachend von mir herunter und streckte seinen Leib an meiner Seite aus. Indem er aber seinen einen Schenkel über meine Lende schlug, gab er seiner strotzenden Rute eine solche Lage, dass sie beinahe bis an meinen Nabel reichte, und indem er unaufhörlich Tropfen um Tropfen hervorquillen liess, benetzte er meinen ganzen Unterleib. Da erinnerte ich mich der Worte meiner Mutter, nahm das Tuch, das sie unter mein Kopfkissen gelegt hatte, und trocknete zuerst meines Callias Rute, hierauf mein Gärtchen und den ganzen Bauch, den er nass gemacht hatte. Und während ich Callias abwischte, küsste er mich und entbrannte zu heftigster Glut und fühlte neuen Drang in sich erwachen. Von dem Saft aber, den er gegen die Wände meiner Scheide gespritzt hatte, war ein grosser Teil auf die Betttücher herabgeflossen und hatte da Flecke gemacht, die ich nicht wegwischen konnte. Ueber diese grosse Ueberschwemmung machte Callias nachher viele Witze, wie auch über mein Jungfernblut, das die Leintücher überall befleckt hatte.

OCTAVIA: Aber du sagtest doch, des Callias Dolch sei nicht tief in dich eingedrungen?

TULLIA: Du möchtest ihn wohl tiefer drin haben? Nun, in mich drang er nachher auch tiefer hinein und aus dieser Wunde strömte die Menge Blut. Nach diesem Scharmützel ruhte Callias sich einen Augenblick aus. Dann sagte er: ›Ich will des Todes sein, liebe Tullia, wenn ich dich nicht mehr liebe als meine Augen, mehr als mein Leben! Nichts Schöneres kann man unter allen Menschen sehen als dich. Bist du Göttin oder Weib? Wie schwellend deine Brüste! Und doch sind sie nicht von übertriebener Grösse: Wie sind sie fest! wie köstlich ist der Zwischenraum, der sie scheidet!‹ Zugleich betastete er sie mit der Hand, dann küsste er die Spitzen, nahm sie in den Mund, knabberte leise mit den Zähnen und sog mit den Lippen daran. Dies reizte mich, mehr als ich's je gedacht hätte, zur Wollust und entflammte mich zu einer Glut, die mich ganz und gar verzehrte. Dann liess er auch seine eine Hand zwischen meinen Schenkeln herabgleiten und spielte mit den Fingern in dem Flaumhaar des Venusberges; bald auch drückte er die Schamlippen mit den Fingern zusammen und zog sie dann wieder auseinander und entzündete mein ganzes Wesen zur höchsten Glut der Sinnenlust. ›Fort!‹ rief ich, ›fort mit deiner brandstifterischen Hand! Lass ab! Was quälst du mich?‹ Er aber war hocherfreut über mein Geständnis, dass ich in Feuer geriete. Er ergriff meine linke Hand und sprach: ›Dir zu Ehren entzünde ich diese Fackel der Venus; den Brand, den sie hervorgerufen hat, wird sie selber löschen.‹ Er befahl mir, die Fackel anzufassen; ich war schon kühner geworden und nahm sie in die Hand; kaum vermochte ich sie mit meinen Fingern zu umspannen. Ich erschrak vor dem harten, steifen, heissen Ding. ›Mit diesem Keil‹, fuhr er fort, ›werde ich deine so enge, so schmale und so fest versperrte Pforte sprengen. Sei guten Mutes, meine Nymphe! Um diese Hoffnung verwirklicht zu sehen, hat deine Mutter dich mir überliefert. Wenn sie zu uns käme und ich dich ihr unberührt und in dem Zustand zurückgäbe, wie ich dich von ihr erhalten habe, so würde sie ihren

Eidam der Schlaffheit beschuldigen und sie würde mich nicht zu ihrem Eidam haben wollen, da ich dir nicht hätte Gatte sein können.‹ – ›Ich vermag es nicht auszuhalten‹, versetzte ich; ›du würdest mich töten, wenn du einen so gewichtigen Pflock ganz und gar in meinen Leib hineinschieben wolltest.‹ – ›Sei du selber‹, antwortete er, ›Schiedsrichterin und Leiterin des Kampfes; bohre du selbst mit eigenen Händen diesen Wurfspiess, so tief es geht, in diese reizende Zielscheibe, die Amor selbst und Venus für ihn aufgestellt haben.‹ Er bittet mich, ich möchte den Speer nicht aus meinen Händen entschlüpfen lassen; ich gehorche seinem Befehl. Abermals besteigt er mich; ich setze das Ding an meine Pforte, damit es unter meinen Auspizien verstohlen hineinschlüpfe. Er hatte sich zwischen meine Schenkel geworfen und hob den einen davon hoch empor, indem er ihn mit der Hand stützte. Ich setzte den Spiess an die Oeffnung, und sofort begann er mit grosser Kraft zu stossen. Obgleich die Stösse zum guten Teil ausserordentlich heftig waren, ertrug ich sie doch mit starkem Mut. Mit drei Fingerspitzen hielt ich den Speer unverrücklich fest, damit er nicht von dem rechten Wege abkäme, der in den Garten führte. Bald geriet Callias in immer wildere Aufregung und nun drehte er mit solcher Gewalt den Speer in mich hinein, dass er zwei Zoll tief in meine Scheide eindrang.

OCTAVIA: Hattest du dabei gar keine Schmerzen?

TULLIA: Im Gegenteil: ich hatte Schmerzen, die ich nur mit der äussersten Anstrengung ertragen konnte. ›Du tötest mich, Callias!‹ schrie ich, jammerte ich mit kläglicher Stimme. Dann schrie ich nicht mehr, sondern heulte laut auf. Er liess sich aber dadurch gar nicht rühren. Da zog ich den Speer heraus. Wütend wurde er und warf mir vor: Das sei eine schändliche und unverschämte Frechheit von mir – so drückte er sich wörtlich aus. Dann zwang er mich, den Spiess wieder in die Oeffnung zu stecken, aus der ich ihn herausgezogen hatte. Im selben Augenblick aber fühlte ich einen milchigen Regen, einen sanften Balsam für die Wunde, die er mir zugefügt, aus der Röhre auf meinen Garten niederströmen. Zusammensinkt und schlaff wird das bis dahin so wilde, jetzt machtlose Glied. Mir wird ein kurzer Waffenstillstand bewilligt.

OCTAVIA: Floss jener Regen bis in den innersten Teil deines Gartens hinein?

TULLIA: Gewiss nicht, süsses Mädchen – nicht ein einziges Tröpfchen; dieser Boden wurde erst im allerletzten Augenblick mit dem köstlichen Tau besprengt. Sobald Callias nun heruntergestiegen war, verlangte er, ich solle ihn abtrocknen. Dann beklagte er sich bitterlich über mich. ›Wenn du mich liebtest, Tullia‹, so sprach er, ›du würdest mir Unglücklichem, der ich vor Liebe zu dir brenne, nicht die wirklichen Früchte deiner Liebe vorenthalten.‹ – ›Ich liebe dich‹, antwortete ich, ›ich liebe dich über alle Massen. Aber was soll ich denn tun, ich Aermste, in diesem verstümmelten Zustand?‹ – ›Weisst du denn nicht‹, fuhr er fort, ›dass jener Teil deines Körpers nicht mehr dir gehört, sondern nach vollem, unzweifelhaftem Rechte mein ist? Was hinderst du mich denn, über mein Eigentum frei zu verfügen? Schickt es sich für eine in den schönen Wissenschaften erzogene Frau, wie du, meine Gattin, meine süsse Wonne, es bist – schickt es sich für eine solche Frau, ihre Pflicht so nachlässig zu erfüllen? Denn deine Pflicht ist es, mir die Gaben der Venus nicht streitig zu machen.‹ – ›Ach, Callias!‹ antwortete ich, ›wenn du nur wüsstest, wie arg jener Schmerz ist, den du mir zufügst – du würdest Mitleid haben mit deiner Tullia, wenn du sie liebst!‹ – ›Dieser Schmerz ist Ehre und Zier für dich!‹ rief er aus; ›je heftiger dieser Schmerz hervortritt, um so ehrenvoller stehst du da. Aber dieser Schmerz wird nicht ewig währen; ewig dagegen wird die Wonne sein, die in Zukunft dich aufs höchste beseligt. Ferner wirst du des Fehls schuldig befunden werden, eine so grosse Menge keimfähigen Samens nicht in deine Furche empfangen zu haben, durch den ich ja doch hätte Vater werden können. Das ist ein Verbrechen, glaube mir's, das allerschändlichste Verbrechen: du selber tötest deine und meine Kinder, ehe sie noch geboren sind, du raubst ihnen die Seele, ehe sie sie noch haben; dein Mangel an Standhaftigkeit ist verbrecherisch, ist geradezu schändlich.‹ Hierauf antwortete ich: ›Ich will nicht mit dir, süssester Gatte, über diese Frage streiten. Ich bekenne mich schuldig – verzeih mir! Zukünftig wirst du ein gehorsames Weib haben; allen Schmerz werde ich mit unbeweglicher Seele und mit unbeweglichem Leibe ertragen, um dir angenehm zu sein.‹ – ›Aber wirklich, mein Püppchen‹, sagte er, ›woher nimmst du nur den Mut, dir einzubilden, du könntest dem Schicksal entgehen, das alle Frauen, seien sie welches Standes immer, täglich ertragen müssen! Und dabei sind noch viele von ihnen, wenn sie die Ehe eingehen, viel jünger als du. Nein, von dieser Dienstpflicht kann dich nichts befreien! Du bist belesen in der griechischen und lateinischen Literatur und du hast dich, als wärest du eine Unwissende, eine dumme Gans!‹ ... Da rief ich lachend: ›So steh denn du mir bei, Göttin Pertunda![1] Befiehl mir, lieber Callias, was ich tun soll, und ich werde die gefällige Dienstmagd deiner Wollust sein und will's mit tapferem Herzen sein. Aber ich sehe schon, wenn Pertunda ihres Amtes waltet, werde ich bald zerquetscht sein.‹ Hierüber lachte Callias so laut, dass im Nebenzimmer meine Pomponia das Gelächter hörte. Nachdem aber sein Lachen sich gelegt hatte, sagte er: ›Jetzt bereite dich auf den nächsten Versuch vor! Mein Glied hat eine wahnsinnige Lust auf dich bekommen. Wenn ich mich auf deine geliebte Brust stürze, dann umschlinge mich mit deinen Armen, und nichts darf deine Umschlingung lösen! Tu alles, was ich dir befehle, wenn du willst, das ich dein Gatte sei; tu alles, um was ich dich bitte und anflehe, wenn du willst, dass ich dein Liebhaber sei. Also auf! Hebe die Schenkel empor, so hoch du kannst, bis deine niedlichen Füsschen mit den Fersen deine so glatten Hinterbacken berühren.‹ Ich versprach ihm, dies zu tun.

OCTAVIA: Und hast du dein Versprechen gehalten?

TULLIA: ›Sei nur getrost‹, fuhr Callias fort, ›für dich würde ich auch den Tod bestehen – und deine Weichlichkeit will sich meiner Liebe widersetzen? In diesem Widerstreit musst du mir deine Liebe bezeugen. Du kannst es so leicht und darum musst du es auch.‹ – ›Lieber wollte ich‹, so antwortete ich, ›den Zorn der Venus auf mich nehmen als den deinigen.‹ Er verschloss mir den Mund mit Küssen und schwang sich behende wieder auf mich hinauf. Ich hebe nun die Schenkel so hoch wie möglich, und umklammere ihn so eng wie möglich. Er bringt seine Fackel an die Pforte des Tempels, schiebt mit den Fingern die Schamlippen zur Seite, steckt die Spitze hinein, legt sich dann mit aller Macht auf mich und stösst die Lanze in jenen halboffen stehenden Teil meines Leibes hinein. Gleich bei den ersten Stössen stak der Dolch drin: ich fühlte nämlich, dass er viel tiefer in mich eingedrungen war als vorher. Mir war's, als würde ich auseinander gespalten, und ich brach in ein langes Jammergeschrei aus, während Tränenströme mir aus den Augen stürzten. Einen Augenblick hielt Callias inne, indem er sagte: ›Ich bewillige dir einen kleinen Aufschub, liebe Tullia; ich habe jetzt schon ungefähr den halben Weg zurückgelegt; sieh selber!‹ Mit diesen Worten führte er meine Hand an jene Stelle und sagte, ich möchte mich selber überzeugen, ob er löge; der letzte Teil des Hindernisses könnte fast ohne Mühe durchbrochen werden, wenn ich mich zur Mitwirkung bequemen wollte ... Ungefähr die Hälfte des Gliedes war noch draussen, aber allerdings gerade der dickste Teil. Er gab mir nun vibrierende Zungenküsse und zugleich mit der Lanze den Todesstoss. Ich jammere, ich schreie, Tränenbäche schiessen mir aus den Augen hervor und ich rufe: ›Weh mir! du tötest mich! mildere doch wenigstens ein kleines bisschen diese furchtbaren, wilden Stösse!‹ Dabei hielt ich ihn aber immer innig umklammert und liess auch meine Schenkel in derselben Lage. Durch diese Stellung meines Körpers erleichterte ich dem Stürmenden das Eindringen. Endlich gelang es dem Feinde, mit einer letzten Anstrengung in seiner ganzen Grösse in meine Schanze hineinzugelangen – aber das war auch ein Stoss, wie ich ihn bis dahin noch nicht erlebt hatte. Das Bett krachte bei diesem Ansturm, dass die im Nebenzimmer Anwesenden glaubten, es wäre in Stücke gegangen. Da stiess ich ein

Geheul aus, wie jemand, dem die Eingeweide mit einer Lanzenspitze durchbohrt werden. ›Mein ist‹, rief er, ›das keuscheste Weib, das einst die keuscheste Jungfrau war! Uebrigens hast du jetzt nichts mehr zu befürchten: offen steht dir und mir der Weg, auf dem wir beide in das Reich der Wollust wandeln können.‹ Mit diesen Worten begann er sich auf und ab zu bewegen, und es tat auch wirklich nicht mehr weh – wenigstens nicht so, dass ich hätte schreien müssen. Einen Augenblick darauf fühlte er den Höhepunkt der Wollust sich nahen und sagte: ›Tullia, bald werde ich das Innerste deines Gartens mit dem Venussaft betauen; ich gebe dir einen Kuss, wenn die Flut beginnt.‹ Kaum hatte er dies gesagt, so gab er mir den Kuss und ich fühlte mich tief unter dem Herzen von. einer reichlichen Menge heissen Blutes überströmt; aber abgesehen von einem leichten Kitzeln fühlte ich dabei überhaupt keinen Genuss. Er dagegen gab durch stürmische Küsse, durch Bewegungen, durch abgerissenes Stammeln kund, dass er von der höchsten Wollust durchdrungen war, die er an jener Stelle gefunden hatte, bis zu der er sein lüsternes Glied hineingeschoben hatte. Als nun das Werk vollbracht war, stieg er doch nicht gleich aus dem Sattel, sondern sagte: ›Jetzt will ich meinen Lohn für die aufgewandten Kosten haben, liebe Tullia, meine süsseste Tullia! Da ich jetzt die Burg deiner Schamhaftigkeit besetzt halte, so will ich's nach Siegerart machen!‹ – ›Wie machen's denn die Sieger?‹ fragte ich ihn; ›sag mir's doch, bitte, bitte, lieber Callias. Du hast mich besiegt und ich bin in deiner Gewalt. Ich will dir als deine Sklavin dienen, wenn du's verlangst; ich will dich hoch in Ehren halten, wenn du mir die Freiheit schenkst!‹ – ›Die Burg, deren Einnahme mir soviel Mühe und Blutvergiessen gekostet hat, werde ich nicht so schnell wieder räumen, wie du dachtest. Du sollst wissen und merken, dass ich der Sieger bin, und deine erbrochene und halbeingerissene Schanze soll die Herrschaft meines siegreichen Gliedes anerkennen.‹ – ›Gewiss!‹ antwortete ich, ›eingerissen und erbärmlich zerfetzt ist sie. Was für eine weite Grotte hast du aus diesem kleinen Löchlein gemacht! O, ich Arme – ich fühle, dass es jetzt bei mir so weit offen steht wie eine Flügeltür.‹ – ›Nun‹, sagte er, ›je weniger weit du wärest, desto mehr hätte ich zu leiden.‹ Nach diesen Worten fühlte ich in meinem Leibe sein Glied anschwellen, das, nachdem es den Saft ausgespritzt hatte, kurz vorher mir noch schlaff und welk und winzig klein vorgekommen war. Er heisst mich guten Mutes sein und fragt mich, wie es mir gehe; ich antworte, von den Schmerzen sei nichts mehr zu spüren, worauf er sagt, das freue ihn ausserordentlich, und mir einen Kuss aufdrückt. ›Aber‹, fuhr er fort, ›hast du denn auch deinen Anteil an meiner Wollust gehabt?‹ – ›Nicht den geringsten‹, antwortete ich; ›welchen Geschmack von Wonne hätte ich denn auch bei dieser wilden Vergewaltigung durch dich haben können?!‹ – ›Du wirst bald anders reden, Tullia, und wirst gestehen, dass es für uns

Menschen nichts Süsseres gibt als die Liebe. Aber sei so gut und tu auch ein bisschen für mich: Wenn ich mein Gesäss abwärts bewege, so stosse. mit dem deinigen nach oben und bewege es, so heftig du nur irgend kannst! Willst du das? Du kannst es sicherlich und besser als irgend ein anderes junges Mädchen – du mit deinem frischen, starken, kräftigen Körper!‹ Ich verweigere es ihm, indem ich sage, ich wisse nicht, wie diese Bewegung gemacht werde, die mir so völlig ungewohnt sei. Er aber befiehlt mir, ich solle den Rumpf vorstossen. Ich tu's. Dann lässt er mich dasselbe mit einem heftigen Stoss wiederholen. Ich gehorche. Kurz und gut, er machte meine Hinterbacken beweglicher als seine eigenen waren; und als er sah, dass ich die Sache hinlänglich verstanden, bat er mich, ich möchte auch meine Lenden nicht schonen. Er stösst heftig; ich stosse noch heftiger zurück. Mit meinen Stössen von unten her dränge ich mich ihm entgegen; er bearbeitete mich mit aller Kraft und so vergalt ich ihm ebenfalls mit aller Kraft die Stosse, die er auf mich führte. Ich rutschte hin und her, er bewegte die Hinterbacken, und während wir so ineinander verschlungen arbeiteten, schien es, als sollte davon unser Bett in Stücke gehen; denn es krachte so laut, dass man den Lärm auf eine weite Entfernung hörte. ›Meine Seele, meine Venus‹, flüsterte Callias, ›wie glücklich machst du mich! Welcher Mann ist seliger als ich! Ach, ach! meine Seele, es fliesst mir – es kommt die süsseste Wonne!‹ – ›Ich fühls‹, rief ich, ›ach, ach, ach! Was ist denn das, was ich fühle, mein süsser Callias?‹

OCTAVIA: Du machst mich tot mit deiner Erzählung! In der Erwartung solcher Wonne sterbe ich!

TULLIA: Enger umschlang mich Callias; in meine Scheide stiess er mit solcher Gewalt den glühenden Schwanz hinein, dass es wahrhaftig aussah, wie wenn er selber ganz und gar in meinen Leib hineinfahren wollte: da strömte in mich hinein ein köstlicher Regen, und zugleich fühlte ich auch mich zerfliessen, aber mit so unglaublich grosser Wollust, dass ich in meiner Liebesraserei Anstand und Scham so ganz und gar vergass, dass ich selber mit unermüdlichen Stössen von unten auf meinen Callias anfeuerte und ihn bat, er möge schneller machen. Dann lösten sich unsere Glieder, und wir beide sanken zu gleicher Zeit kraftlos hin. Und ich glaube, wenn Venus selbst bei uns als Kampfrichterin ihres Amtes gewaltet hätte, sie wäre im Zweifel gewesen, wem von uns sie den Lorbeer hätte reichen sollen. Kaum hatten wir wieder etwas Atem geschöpft, der bei der langen Dauer des Kampfes, bei diesem, Doppelritt beinahe ganz uns ausgegangen war, da hörten wir, wie der Schlüssel ins Loch geschoben wurde und die Tür sich öffnete, und zugleich stürzten meine Mutter und Pomponia fröhlich ins Schlafgemach; hinter sich schlössen sie zu, damit niemand mit ihnen eintrete, und schoben den Riegel vor.

OCTAVIA: Aber wohl nicht solchen Riegel, wie der war, womit Callias deine Tür gesperrt hatte. Hm, hm, hm. Und sollten nicht etwa deine Mutter und Pomponia sich untereinander gelegt haben, um ein Stück von diesem Riegel zu erwischen? Hm, hm, hm!

TULLIA: Du machst noch Witze? Warte nur, binnen wenigen Stunden wirst du an deiner Tür einen zweipfündigen Riegel spüren!

OCTAVIA:

Est hic, est animus fiili contemptor, et illum
Qui cuno bene credat emi, quo tendit amorem.

So hast du selber diese beiden Virgilischen Verse travestirt. Gewiss werde ich mein Bestes hergeben als Preis für die Liebe des Caviceus und für solche Wonnen. Fahre in deiner Erzählung fort.

TULLIA: Geschwind zog ich die Decken herauf, die Callias gleich zu Anfang über das Fassende des Bettes zurückgeschoben hatte, und bedeckte damit des Callias Körper und den meinigen, damit nicht die Augen meiner Mutter durch den Anblick beleidigt würden; um die Pomponia bekümmerte ich mich weniger, denn diese kannte mich so gut, wie ich dich kenne. Meine Mutter lief auf Callias zu, umarmte ihn und rief: ›Mein Sohn, hast du wacker gefochten? Dass du Sieger geblieben bist, hat mir das Geschrei meiner Tullia bezeugt; ich wünsche dir zu deinem Siege Glück, dir und auch der Tullia. Wenn du nicht gesiegt hättest, wäre sie Braut und zugleich Witwe.‹ – Pomponia aber schlang ihre Arme um mich, küsste mich und überströmte mit ihren Tränen meine Wange. ›Wie fürchterlich hat dieser Henker dich hergerichtet!‹ flüsterte sie leise; ›als ich dich so schreien hörte, Schwesterchen, habe ich die rücksichtslose Geilheit dieses Taugenichts verflucht. Aber wie geht es dir?‹ – ›Ausgezeichnet‹, antwortete ich; ›wenn auch der Weg sehr schwierig war, bin ich doch endlich zu dem ersehnten Genuss gelangt. Durch Todesängste und -schmerzen hindurch bin ich der vollen und höchsten Freuden des Lebens teilhaftig geworden.‹ – ›Bist du jetzt Frau?‹ fuhr sie fort. – ›Gewiss bin ich es, und wenn ich mir die Wonnen überdenke, die ich gleich das erste Mal genoss, nachdem meiner Jungfernschaft ein Ende gemacht ist, so bin ich erstaunt, dass man so viel Glück fast umsonst erkaufen kann. Von nun an möchte ich lieber, der Tag hätte kein Sonnenlicht, als dass die Nacht ohne die Werke der Venus wäre.‹ – ›Gut, ganz ausgezeichnet!‹ sagte sie; ›gewiss, die Frau, die nicht in ihrer Jugend die Gaben der Venus geniesst, die hat, glaube ich, ihr lebelang von ihrem Leben keinen Genuss.‹ Und damit lief sie auf Callias zu, gab ihm einen Kuss und nannte ihn ihren Kaiser, unter dessen Fahnen Venus einen so schnellen Sieg über eine so reine, so kampfbereite Jungfrau erfochten, nachdem sie die Feinde Eugium,[2] Nympha und Hymen erschlagen. Wie du weisse, ist Pomponia in der klassischen Literatur sehr bewandert. Meine Mutter reichte hierauf dem Callias in einem ziemlich grossen Becher gewürzten Wein zu trinken, indem sie sprach: ›Dies wird dir das Herz erfrischen und dir neue Kräfte geben, mein Sohn. Aber wenn ich dir raten darf, so gönnst du dir ein wenig Ruhe. Du hast heute Nacht Ruhmes genug errungen, indem du der Jungfernschaft meiner Tullia den Todesstoss gegeben hast.‹ Mir aber gab sie drei gezuckerte Nüsse zu essen, die sie mitgebracht hatte, und flüsterte mir ins Ohr, ich solle meinen Gatten dahin bringen, dass er sich und mir ein paar Stunden Ruhe gönnen möge. So kräftig er auch sei, so brauche er nach einer solchen Anstrengung doch Schlaf und Ruhe. Hierauf gingen sie beide. Pomponia wünschte beim Abschiednehmen meinem Callias neuen Mut und neue Glut, mir aber Lust und Liebe zum Dinge und unbesiegbare Standhaftigkeit. Während nun meine Mutter und Pomponia sprachen und meine Mutter die Betttücher und Decken in Ordnung brachte, streckte Callias von unten her die Hand nach mir aus und liess sie über meine Brüste, meinen Leib und das ganze Schlachtfeld der Venus schweifen, auf dem er so tapfer gekämpft hatte. Augenblicklich erwachten seine Kräfte von neuem, und er rief Pomponia zurück, die gerade schon hinausgehen wollte: ›Ich will, Schwesterchen‹, sagte er, ›dass du selber Zeugin seiest, wie fürchterlich ich meine Königin behandle, deine Schwester – ich Taugenichts, der ich bin!‹ Damit sprang er vor ihren Augen auf mich hinauf und bohrte seine Riesenlanze in meine blutige Scheide hinein. In neuem Schmerz brannten die Wunden, die er mir gestossen und in grimmigster Pein mich windend, stiess ich ein lautes Stöhnen aus. Und ich rief: ›Ach, meine liebste Pomponia, komm mir zu Hilfe, komm schnell!‹ Aber sofort liefen Pomponia und meine Mutter laut auflachend aus dem Zimmer. Nach etlichen, allerdings sehr heftigen Stössen, verschwand jeglicher Schmerz und es folgte ein so scharfes Jucken, wie ich niemals für möglich gehalten hätte. Ich ahme die Bewegungen meines Callias nach und drehe die Hinterbacken hin und her. Für diese Bewegungen, die ich ganz aus freiem Antrieb machte, dankte er mir mit einem zärtlichen Kuss, wie wenn ich ihm den angenehmsten Liebesdienst erwiesen hätte. Dieser Ritt dauerte ein wenig länger als die anderen. Endlich fühlte ich mich im tiefsten Innern der Scheide mit Samen überströmt, und zugleich loste sich in meinem eignen Leibe ein unbekanntes Etwas, wovon ich mit wonnigstem Jucken gekitzelt wurde. Und alle meine Sinne fühlten, eine grössere und süssere Wonne könnte es nicht geben. Als die Sache zu Ende war, zog Callias aus meiner Muschel sein Glied heraus, das bereits ruhmlos den Kopf hängen liess. Ich wollte es mit dem Tuch abtrocknen, Callias aber sagte: ›Das ist nicht nötig, mein Aal ist so trocken und rein, wie wenn er gar nicht in diesem Wonneteich herumgeschwommen wäre.‹ Zugleich fasste er mit der Hand an meine Grotte und steckte den Mittelfinger ganz tief hinein; er fand die Scheide trocken, ohne ein Tröpflein Saft. Da rief er: ›Mögen die Götter uns hold sein! Diesmal, geliebte Seele, hat ohne Zweifel dein Schoss empfangen! Deine Gebärmutter, die mir meine Kinder bringen soll, hat meinen und deinen Samen ganz und gar eingesaugt. Gestehe es, geliebtes Herz: schien dir nicht, als du empfingst, die Wonne grösser zu sein als alle Wonnen, von denen du jemals in deinem ganzen Leben überströmt worden bist?‹ – ›Ich gestehe es‹, antwortete ich; ›was mich aber vor allen Dingen mit dem höchsten Reiz des Genusses kitzelte, das war der Gedanke, dass ich ihn von dir hätte, dass aus deinem Leibe in den meinigen jene Wonnen flössen, und dieser Gedanke, schon erhob mich auf den Gipfel des Glücks.‹ Er küsste mich auf den Mund und sagte dann: ›Ruhe jetzt ein wenig, geliebte Tullia, bis ich zu neuen Minnekämpfen dich auffordere und mit neuen Wonnen deinen Kahn belade.‹ Wir waren beide müde und ein freundlicher Schlummer umfing uns, hielt uns drei Stunden hintereinander in seinen Armen und gab uns neue Kraft. Als Callias erwachte, bedeckte er mich mit vielen Küssen, vermochte mich aber doch nicht dem Schlummer zu entreissen – so bleiern lastete auf mir die Mattigkeit. Abermals schob er die Decken ans Fussende des Bettes zurück. Da lag ich vor ihm ausgestreckt, die Schenkel geöffnet und bot seinen Blicken den Zirkus zur Schau, den er schon fünfmal mit heissen Achsen durchmessen hatte. Er betrachtete die Anmut meines Leibes – denn die Kerzen waren noch nicht heruntergebrannt – und sah lachend die Fugen meines Schiffchens klaffen. Von diesem Schauspiel entflammt, stürzte er sich plötzlich auf mich und stiess sein strotzendes Glied tief in meine Scham hinein. Ermuntert schlug ich die Augen auf. – ›Das ist recht!‹ rief er, ›du lebst, teure Gattin! ich fürchtete schon, es mit einer Toten zu tun zu haben, wie man von Periander, dem Tyrannen von Korinth, erzählt.‹ – ›Du wirst schon fühlen, dass ich lebendig bin!‹ versetzte ich. – ›Lass mich's nur fühlen, du kannst mir keinen grösseren Gefallen tun‹, ruft er, indem er mir einen Kuss gibt.

OCTAVIA: Was tatest du denn, um ihn fühlen zu lassen, dass du lebtest? Ich kann mir freilich schon so ziemlich denken, was du gemacht haben wirst!

TULLIA: Was hab ich denn wohl deiner Meinung nach getan?

OCTAVIA: Du hast dich so heftig wie möglich unter ihm hin- und her bewegt.

TULLIA: Du hast's gesagt! Das Gesäss hoch in die Luft erhebend, antwortete ich mit unaufhörlichen Stössen so geschickt auf die Stösse des Callias, dass ich jedesmal von unten herauf stiess, wenn er von oben den Riegel in meine Tür hineinstiess. Wie ein Ringerpaar waren sein Glied und mein Glied, sein Schambein und mein Schambein verschlungen, und hätte Callias einen Samenquell gehabt, der bis oben an seinen Scheitel angefüllt gewesen wäre, ich hätte trotzdem den letzten Tropfen aus ihm herausgesogen.

OCTAVIA: Dauerte dieser Ringkampf lange?

TULLIA: Wenn du ihn nach der Uhr messen willst, drei Viertelstunden; nach der Wonne gemessen aber zwei Jahrhunderte.

OCTAVIA: Möchten solche Jahrhunderte der Wonne mir oft zu teil werden!

TULLIA: Nur Dank solchen Jahrhunderten vermögen gewiss alle Geschlechter lebender Wesen ihre Ewigkeit zu ertragen. Von dieser heftigen Aufregung ermüdet, vermochte ich die Anstrengung nicht länger zu ertragen und rief: ›Ich erkläre mich für besiegt! Lass mich ein klein wenig Atem schöpfen!‹ – ›Du ergibst dich? Du legst die Waffen nieder, Tullia? O, wie bist du träge! Auf! Mut!‹ – ›Ich bitte um Frieden‹, antworte ich, ›oder wenigstens um einen kurzen Waffenstillstand. An Kraft der Glieder bist du stärker als ich, aber nicht an Mut – das glaube mir!‹ Als ich so sprach, da

›bohrt mit gewaltiger Kraft er die Lanze tief in den Leib mir.‹

Mit befruchtendem Tau erfüllt er meine Scheide, und auch mir bricht der weisse Saft aus. Vor übergrosser Wollust schwanden uns beiden die Sinne, und innig umschlungen sanken wir ohnmächtig hin.

OCTAVIA: Und du verspürtest keinen Schmerz mehr in jener Gegend, wo der innere Krieg gewütet hatte? Meine Frage ist vielleicht etwas zu neugierig – aber wie ich in der Hoffnung auf die Freuden der Venus erglühe, so bekümmert mich zugleich die Furcht vor dem Schmerz. Ich

›hange und bange in schwebender Pein ...‹

TULLIA: Schweig, Närrin! Der Schmerz ist nichts im Vergleich zur Wonne!

OCTAVIA: Ich will dir ja gerne glauben, und wie vom brennenden Feuer juckt mir das Ding.

TULLIA: Da kratze dich doch einstweilen! Oder ich will dich kratzen – wer sollte dagegen etwas einzuwenden haben?

OCTAVIA: Mit deinen Schilderungen hast du mich ganz und gar in Flammen gesetzt. Ach, ach! Was machst du da? Ich werde ja rasend! Zieh den buhlerischen Finger zurück, ich bitte dich, liebste Schwester! ... Wie ging es dir denn in jener Nacht bis zum Morgen weiter mit deinem Callias?

TULLIA: Endlich fiel er zwei Stunden lang in den festesten Schlaf; ich aber konnte nicht einschlafen, so gerne ich's auch gewollt hätte. Die Kerzen brannten noch; da kam es mir in den Sinn, die Fenster zu öffnen, die auf den Garten hinausgingen. Nackt wie ich war, stand ich auf und öffnete sie, ohne dass Callias erwachte. Ich löschte die Lichter aus, und da ich das Bedürfnis verspürte, mein. Wasser zu lassen, so nahm ich den Topf in meine beiden Hände und hielt ihn mir unter die Ritze. Der ausfliessende Harn brannte mich und verursachte mir einen stechenden Schmerz, den ich kaum auszuhalten vermochte. Ich stiess daher einen Seufzer aus und von meinem Stöhnen erwachte Callias aus dem Schlaf. Er sah mich, rührte sich aber nicht und blickte mich nur mit scharfem Auge an, sodass ich nicht bemerkte, dass er erwacht war.

OCTAVIA: Was du da erzählst, klingt wunderbar! Das Wasserlassen tat dir weh?

TULLIA: Callias hatte mich dermassen verkeilt, dass das innere Loch, das zur höchsten Seligkeit führt, wenigstens um eines Zolls Breite gespalten war, und dass an der Stelle meiner zerstampften und entblätterten Blume und meiner gepflückten Knospe drinnen nur noch furchtbare Wunden waren. Der Schmerz, den der heisse Harn meiner Scheide verursachte, war so brennend, wie wenn du eine Wunde, die du dir zufällig mit dem Messer zugefügt hast, mit Salz einriebest, das da mit Essig befeuchtet hättest. Der Harn trat nur stossweise aus, nicht in einem ununterbrochenen Strahl. Während ich nun bald das herausdrängende Wasser zurückhielt, bald es schiessen liess, redete Callias mich plötzlich an: ›Tuts denn weh, liebe Tullia?‹ – Von Scham ergriffen stellte ich schnell den Topf hin und sagte: ›Ich glaubte, du schliefest; verzeih mir, mein Herz, diese Unvorsichtigkeit und Unanständigkeit! Ich schäme mich, mit einem so hässlichen Anblick deine Augen beleidigt zu haben. Wie? – du hast mich in meiner Unterhaltung mit diesem Nachttopf gesehen?‹ – ›Was du unanständig nennst‹, antwortete er, ›kann nicht unanständig sein, da es eine Notdurft ist!‹ Endlich legte ich mich wieder zu Bett, nachdem ich mit sorglicher Hand vermittels des Tüchleins meine Schamteile abgetrocknet hatte. Callias schloss mich in seine Arme und umklammerte mich mit den Schenkeln. Er bedeckte meinen Mund mit Küssen und tätschelte dabei mit beiden Händen sanft meine Hinterbacken. Er bat mich, ich möchte selber seine Lanze in die Hand nehmen und sie zu neuem Kampf anfeuern; damit würde ich ihm einen grossen Dienst erweisen. Ich weigerte mich denn auch nicht. Sofort schwoll das Glied zwischen meinen Fingern an, und Callias setzte das heisse, steife Ding an meinen Nabel an und bohrte es mehrere Male hinein. ›Wie?‹ rief ich, ›bist du denn so wild, dass du mit deiner Lanze mitten durch meinen Leib hindurch dir einen Weg zur Wollust bahnen willst? Soll ich denn mehr Löcher haben als das Fass der Danaiden?‹ Callias lachte hierüber und da ich halb auf der Seite lag, so legte er seine Hand unter mein linkes Bein und hob dieses über seine rechte Seite. Dazu sagte er: ›Jetzt will ich dich eine neue Stellung lehren, halb auf dem Rücken und halb auf der Seite liegend.‹ Er setzte den Riegel an mein Gartenpförtlein an und schob ihn mit einem Stoss hinein. Da er aber nicht ganz eindrang, so sagte er: ›Du bist noch ungeübt in diesem Geschäft, liebe Tullia, erlaube, dass ich dich's lehre!‹ Ich antwortete, ich könnte diese Kunst von Niemandem besser lernen, er möchte nur fortfahren, er würde an mir eine gelehrige Schülerin haben. Er sagte mir darauf, ich möchte meinen Venusberg ganz dicht an den seinigen heranpressen, sodass meine Kleine seinem Dicken den Kopf küsste; so würde er ganz leicht bis in die Tiefe dringen, wenn ich nur das Bein, das ich über seine rechte Seite gelegt hätte, so hoch wie möglich emporhöbe. Ich tat nach seinem Befehl und mit einem einzigen Stoss brachte er seine ganze Rute bis an die Eier in meine Scheide hinein.

OCTAVIA: Und es tat gar nicht weh?

TULLIA: Seine schnell auf einander folgenden Stösse benahmen mir jedes Schmerzgefühl. Er wünschte, ich möchte ihm leise den Sack streicheln; ganz sanft führte er meine Hand an seine Testikeln und mit den Fingerspitzen drückte ich sie ihm beide; und sofort floss sein Same in kräftigem Strahl in den Kielraum meines Schilfes, sodass auch mir vor Wollust das Wasser übertrat. Und so gewährten wir uns gegenseitig und gleichzeitig die höchste Wonne. Während wir uns diesen Spielen hingaben, war es bereits heller Tag geworden, und meine Mutter hatte versprochen, uns gleich am frühen Morgen zu besuchen. Während wir nun, eng ineinander geschlungen, von allem möglichen plauderten, hörten wir die Stimme eines Menschen, der sich unserer Tür näherte. ›Mag kommen, was will‹, rief Callias, ›nichts soll mich verhindern, in deinen Umarmungen meine Wollust zu sättigen. Ich habe fest beschlossen, meine süsse Wonne, dass dein Rösslein‹ – hiermit zeigte er auf meine Scham – ›siebenmal geritten werden solle. Sechs Ritte habe ich bereits vollbracht, der siebente fehlt noch, der mich ganz satt machen soll.‹ Als er nun merkte, dass meine Mutter ganz dicht an der Tür war, stieg er wieder auf mich hinauf; und gerade als sie den Schlüssel ins Schlüsselloch schob, rief er: ›Auch ich stecke meinen Schlüssel in dein Schloss.‹ Er fing an hin und her zu rutschen und bat mich, auch ich möchte recht schnell mein Gesäss bewegen. Meine Mutter, die inzwischen eingetreten ist, sieht das Bett erzittern; ich aber stosse schamerfüllt Wehklagen und tiefe Seufzer aus. ›Was sehe ich denn da, mein Kind?‹ ruft sie. ›War denn die ganze lange Nacht nicht genug für dich? Und war sie auch dir nicht genug, Callias, um meine Tochter zu geniessen?‹ – ›Verzeih mir's, Mutter‹, antwortete ich, ›lieber wollte ich tot sein als von dir in solcher Schmach gesehen werden!‹ – ›Ich arbeite an meiner Tullia Glück in Tullia selber‹, rief Callias. Und damit stiess er nur noch wilder zu. ›Kind‹, sagte da meine Mutter, ›du musst deinem Gatten gehorchen und besonders darfst du dich nicht schämen, ihm in dem gehorsam zu sein, was den wichtigsten Teil der Pflichten einer Gattin ausmacht. Ich gehe, komme aber gleich wieder; inzwischen vertreibt euch nur munter miteinander die Zeit.‹ Meine Mutter ging hinaus und nun sagte Callias mir, ich möchte seine Stösse durch möglichst schnelle und zahlreiche Gegenstösse erwidern. Ich begann das Gesäss hin und her zu werfen und mich auf und ab zu bewegen, indem ich mich nach seinen Bewegungen des Zurückziehens und Vorstossens richtete. Er lobte meinen Eifer und bewunderte meine Gewandtheit. ›Ich aber möchte‹, sagte ich, ›dass du meine Liebe zu dir lobtest, die mich durch diese von dir befohlenen Körperverdrehungen entehrt. Lobe meinen Gehorsam, der sich auch in so schmachvollen Dingen zeigt! Aber ach, Callias, ach – auch mir fliessen alle Adern über vor Wollust: beeile dich mit deinem Werk!‹ Er müht sich noch eifriger an seiner Arbeit:

Immer wieder reitet er hin und reitet zurücke.

Aber wie wenn die Quelle in ihm versiegt wäre – aus seinem Brunnenröhrlein kam kein Tropfen mehr hervor. Mich küssend und zwickend trieb er mich an, ich solle ihm helfen, schnell fertig zu werden, und solle in möglichst schnellem Ritt ihn zum ersehnten

Ziel der Venusfreude tragen. Ich stosse und stosse und infolge meiner vielen Stösse überschwemmt mich mein Liebessaft; er aber gelangte erst lange nach mir ans Ziel ... Nachdem er nun, in meinen Armen liegend, die müden Glieder etwas ausgeruht hatte, stand er aus dem Bette auf, rief seine Diener und kleidete sich an. Dann gab er mir einen Kuss und bat mich um Verzeihung für seine Trägheit. ›Verzeih mir‹, sprach er, ›diese weichliche Schlaffheit, dass ich in dieser schönen Rennbahn nur so wenige Ritte gemacht habe.‹ Gerade als er dieses sprach, kam meine Mutter zurück und mit ihr, freudiger von mir begrüsst als der liebe Sonnenschein, meine Pomponia, mein anderes Augenlicht. Jede von ihnen trug eine Tasse mit Brühe, in die das Gelbe von mehreren Eiern gerührt war. Meine Mutter reichte ihre Tasse dem Callias, Pomponia die ihrige mir: ich trank meine Brühe mit Vergnügen, Callias aber sagte, er brauche keine; indessen nahm er sie doch. Hierauf sagte meine Mutter mir, ich müsse mich ausruhen; ›denn ich weiss‹, sagte sie, ›du hast heute Nacht einen so gewaltigen Ritt gemacht, dass du krank werden könntest, wenn du deinen zarten Körper nicht sorgsam pflegtest.‹ Wir sind im ganzen sieben Meilen geritten', rief Callias dazwischen; ›und dass sie müde ist, ist höchst wahrscheinlich, denn sie hat mich auf der ganzen Reise mit der grössten Schnelligkeit befördert.‹ – ›Hierüber sprechen wir nachher‹, bemerkte Pomponia, ›du aber stärke unterdessen durch Ruhe und Schlaf die Glieder, die du durch die nächtliche Arbeit ermüdet hast!‹

OCTAVIA: Ich sehe, liebe Schwester, in deiner Schilderung ein Gemälde alles dessen, was meiner Jungfernschaft bevorstehen dürfte. Doch wenn meine Ahnung mich nicht trügt, so erwarten mich grössere Beschwerden, als du zu erdulden hattest, dafür aber auch grössere Wonnen, als du genossest. Mein Nestchen da unten hat eine engere Oeffnung als das deinige – um so beschwerlicher wird es sein, sie zu erbrechen; dagegen wird Caviceus mich mit einer um drei Zoll längeren Lanze angreifen, als Callias sie hat und daher werde ich um so süssere Venusfrüchte ernten, je tiefer mein Gatte in das Heiligtum der Venus eindringt.

TULLIA: Ich kann dir keinen aufrichtigeren Wunsch vollkommener Glückseligkeit darbringen, liebes Schwesterlein, als indem ich sage: Möge Venus dir so hold sein, wie sie es mir war! Nun aber wollen wir das Bett verlassen, süsses Mädchen; morgen wirst du als eine so schöne Frau aufstehen, wie du heute schönes Mädchen bist. Ich denke, du bist jetzt auf den dir bevorstehenden Kampf hinlänglich vorbereitet.

OCTAVIA: Das bin ich, so wahr mich Venus lieben möge! Ja, noch mehr: ich wünsche, dass meine Standhaftigkeit gepriesen werde. Ohne Weinen, ohne einen Schrei, mit festentschlossenem Mute werde ich alles ertragen.

TULLIA: Tu das ja nicht, mein Herzchen! Caviceus selber würde es übel aufnehmen, wenn du allzu tapfer wärest! Wenn du ganz still wärest, würde man dir üble Nachrede anhängen. Es gilt gemeiniglich als ein nicht geringer Ruhm für den Gatten, wenn das Mädchen bei ihrer Vergewaltigung durch ihn weint und schreit. Man sagt, diese Wehklagen seien die letzten Seufzer der verendenden Jungfräulichkeit unter der Faust ihres Besiegers. Welche Schlüsse man daraus zieht, das sage dir selber.

OCTAVIA: Gut, dass du mich hierauf aufmerksam gemacht hast!

Fußnoten

1 Das Amt der Göttin Pertunda war es, darüber zu wachen, dass bei der Begattung das Glied nicht herausschlüpfte.

2 Eugium, die weibliche Scheide; Nympha, die Braut; Hymen, das Jungfernhäutchen.

Fuenftes Gespraech

Wollueste

TULLIA: Kein Tag war jemals lieblicher für mich, als diese Nacht es sein wird.

OCTAVIA: Wir werden ganz nach Herzenslust plaudern. Ich werde in deinen Armen liegen, liebe Base, und in deinen Armen entschlummern ja alle meine Empfindungen und Gedanken zu süssester Befriedigung.

TULLIA: In *deinen* Armen aber wird wohl, denke ich, Caviceus nicht so geschlummert haben. Durch ihn dagegen, den du mit deinen unzähligen Reizen entflammt hast, fandest du flugs Ruhe sowohl wie auch den Höhepunkt der Wollust.

OCTAVIA: Die Wonne, die du mir prophezeitest, ich habe sie gefunden; ohne Mühe gelangte ich zu jenem Genüsse, der hoch über allem anderen steht, der die Sterblichen zu den Unsterblichen erhebt.

TULLIA: Die Tür unseres Schlafgemaches ist verschlossen; so hindert denn nichts dich, meine Ohren mit dem köstlichen Labsal zu weiden, das sie schon so lange erwarten.

OCTAVIA: Ich verstehe, liebe Base: du möchtest, dass ich dir die versprochene Schilderung meiner Brautnacht gebe.

TULLIA: Gewiss! Was könnte es süsseres für mich geben, als dass du mich an den Wonnen teilnehmen lassest, die du im Uebermass genossen hast? Denn von deiner Erzählung wirst du einen Teil derselben in meine Seele fliessen lassen, ohne selber auch nur das geringste davon einzubüssen.

OCTAVIA: Wie gerne wollte ich in deinen Leib die Ströme dieser Liebeswonnen fliessen lassen, die in diesen letzten vierzehn Tagen mein Schifflein in den Hafen des wahren Glückes getragen haben! Das sage ich aus aufrichtigem Herzen.

TULLIA: Was für einen hohen, was für einen dicken Mast hat zu dieser Fahrt Caviceus in deinem Schifflein aufgepflanzt! Wie klein ist dir gewiss dein winziges Schiffchen im Verhältnis zu diesem riesigen Mastbaum erschienen!

OCTAVIA: Du machst dich wohl über mich lustig? Caviceus und ich passen sehr gut zu einander. Die Festung, in die er Bresche gelegt, hat den Sieger besiegt. Seine Kräfte sind erschöpft, und er hat die Flucht ergriffen. Als meine Mutter ihn bereits recht erschöpft sah, gab sie ihm den Rat, eine Reise zu seinem Oheim zu machen. Er hat als Anlass dieser Reise ein Geschäft vorgeschützt – aber, um dir die Wahrheit zu gestehen, liebe Base: der wahre Grund war der, dass seine Kräfte dahin sind; ich habe das wohl gemerkt. Diese Abwesenheit, die einen ganzen Monat dauern soll, wird seine Kräfte wiederherstellen. Der Rat war wirklich nicht dumm.

TULLIA: Was ist das? Du, so zart, so verweichlicht, du bist nicht bei den ersten Stössen deines Caviceus unterlegen? Was höre ich? So schnell hast du einen solchen Mann untergekriegt? Da bist du ja eine wahre Athletin! O siegreiche, lorbeergekrönte Muschel!

OCTAVIA: Fort, ruchlose Hand! Was verlockst du mit mutwilligem Griff die Neuvermählte zur Untreue!

TULLIA: Lass doch, Närrin! Was fürchtest du hier in meinem Bette, das du mit wollüstiger Glut erfüllst? Die Kerzen, die hier brennen, habe ich absichtlich nicht ausgelöscht, um die ganze Blüte deiner Schönheit mit meinen Augen zu gemessen.

OCTAVIA: Aber muss nicht das Recht der Freundschaft ein wenig hinter dem Recht der ehelichen Liebe zurückstehen? Wenn ich deine unzüchtigen Wünsche, die ich früher dir gewährt habe, noch länger erfülle, trete ich damit nicht meinem Caviceus zu nahe? –

TULLIA: Hahaha! Was wirst du künftighin mir noch vorzuwerfen haben?

OCTAVIA: Was bedeutet dieses Gelächter?

TULLIA: Eine ganz neue Grotte hat jenes Ritzlein verschlungen, das einst der Sitz deiner Jungfräulichkeit war! Wie ungeheuer weit klafft die Oeffnung! Was kannst du mir von nun an vorwerfen?

OCTAVIA: Ich habe dir nichts vorzuwerfen, meine liebe Tullia; und ich will und darf dir auch nichts vorwerfen.

TULLIA: Oeffne die Schenkel!

OCTAVIA: Gern.

TULLIA: Wie verschieden ist die Scheide einer Ehefrau von einer jungfräulichen Scheide! Sieh, wie sie gespalten ist! O was für ein Schlund! Ich könnte meine ganze Hand hineinstecken!

OCTAVIA: Ach, ach, ach! Du machst mich gar zu wollüstig. Wenn du nicht aufhörst, so kommt es mir – ich fühle es schon. Willst du denn, dass ich mit deiner Hand Ehebruch begehe? Ich wollte ja lieber sterben, als mich durch die verbotene Umarmung eines Mannes beflecken!

TULLIA: Das werden wir schon sehen. Jetzt aber bleibe ich bei der Sache. Welcher Mann könnte diesen Graben ausfüllen, ausser Caviceus allein? Du bist nicht nur weiter als ich, sondern überhaupt viel weiter als es für eine Frau gut ist, damit sie für einen Mann recht sei, der nicht geradezu ungeheuerlich ausgestattet ist. Im Vergleich mit dir bin ich eng – und ich habe doch so viele Männer auf mir gehabt, ich habe so viele Stösse ausgehalten, und in meinem Schifflein ist ein Kind in den Hafen des Lebens hineingesegelt. Da du dermassen gespalten bist, liebste Base, so fürchte ich, du bist für keinen Mann zur Liebe zu brauchen ausser für Caviceus. Das Glied eines anderen

Mannes wäre in deiner Scheide wie ein Zwerglein, das mutterseelen-allein im Admiralsschiff segelte.

OCTAVIA: Daraus mache ich mir nichts, wenn nur Caviceus mich immer für sein Liebesvergnügen recht findet und wenn, wie du neulich etwas unverhüllt dich ausdrücktest, sein Dolch immer richtig, zu meiner Scheide passt. Für sich selber, für seinen eigenen Gebrauch und nicht für andere Männer, hat er diese Stechbahn angelegt. Aber wundern wirst du dich, dass er neulich, als er zum letzten Mal mich ritt, mir sagte, sein Glied werde drinnen so eng umschlossen gehalten, wie wenn ich es mit den Händen zusammendrückte, und werde durch diese Umschliessung so ausgesogen, dass er meinte, er müsste vor Wollust sterben.

TULLIA: Was sagtest aber du dazu?

OCTAVIA: Ich beseelte mit stürmischen Küssen seinen Eifer und half durch eine sanfte schlängelnde Bewegung des Gesässes ihm fertig zu werden.

TULLIA: Aber du fängst ja die Erzählung, die ich so gerne hören möchte, vom hinteren Ende an; ich möchte, du begännest mit dem Kopfe. Ich weiss, du bist all diese Tage über tüchtig bearbeitet worden, und wenn jemals eine Frau beglückt war, so warst du es. Aber jetzt schildere mir bis in die kleinsten Einzelheiten jeden Augenblick von der Stunde deiner Vermählung an bis zum heutigen Tage, mein Püppchen. Die Geschichte muss nett sein!

OCTAVIA: Den Gefallen will ich dir tun: meine Schilderung wird dich gewiss kitzeln und die Wonne, mit denen Hymen meinen Leib überströmt hat, werde ich durch deine Ohren dir in die Seele tröpfeln.
Ich hatte noch nicht dein Bett verlassen, da hatten sich schon meine Verwandten und die Angehörigen meines Caviceus in unserem Hause eingefunden. Erinnerst du dich noch? Als wir mein Elternhaus betraten, kam Caviceus fröhlichen Antlitzes uns entgegen, gab mit freudestrahlenden Augen uns beiden einen Kuss, wandte sich dann zu mir und sagte freudestrahlend: ›Da bist du ja, meine Morgenröte! Da bist du ja, mein Glück! Deine Mutter wollte nicht haben, dass ich zu dir ginge; sonst hätten deine reizenden Hinterbäckchen‹ – dabei tätschelte er diese mit seiner Hand – ›für deine Trägheit büssen müssen. Du weisst, du allein bist meine Sonne; wenn nur du mir leuchtest, dann beneide ich den Himmel um seine Sonne nicht.‹ Hierauf umringte uns der ganze Schwarm der Gäste, die uns begrüs-sen wollten; schnell war der Ehevertrag unterzeichnet und die Ver-mählungsfeier war nach der Sitte und, wie man uns sagte, nach allen

üblichen Formen des Rechtes vollzogen. Um die Hochzeit vollständig zu machen, erübrigte nur noch die Vollziehung des Opfers.

TULLIA: Unter dem Opfer, das dargebracht wurde, verstehst du deine Jungfräulichkeit. Ohne deren für beide Beteiligte so angenehme und fröhliche Opferung ist jedoch das Sakrament der Ehe kein Sakrament.

OCTAVIA: Hierauf ging die Gesellschaft auseinander und Caviceus. und ich blieben allein im Hause. Da bat er mich, ich möchte die Seine werden; ich antwortete ihm: gewiss wünschte ich das von ganzem Herzen, ich gehörte ja schon nicht mehr mir selber. Nun saugte er sich mit den glühendsten Küssen an meinen Lippen fest und entzündete mein Herz zu höchster Glut. Ich ging ganz und gar in ihm auf und war völlig ausser mir. Ein paar Zofen waren an meiner Seite; sie wandten aber die Augen ab, wie es für züchtige Mädchen sich gehört. Da sagte Caviceus: ›Lass doch diese Mädchen hinausgehen, meine Seele, meine Hoffnung! Was sollen du und ich mit ihnen an diesem schönen Tage unserer Hochzeit?‹ – ›Das sei ferne von mir, dass ich solcher Zuchtlosigkeit anheimfalle!‹ antwortete ich; ›was würdest du denn von mir denken? was würden meine Mutter und alle Hausgenossen von mir sagen?‹ Von neuem verschloss er mir mit Küssen den Mund und diesmal fühlte ich mich von den Waffen seiner Mannheit angegriffen. Aber in demselben Augenblick trat meine Mutter wieder bei uns ein. Sie fragte ihn: ›Wie findest du denn deine Frau, Caviceus? Liebst du sie auch recht?‹ – ›Ich liebe sie heiss und über alle Massen‹, antwortete er. ›Amor selber könnte meine Liebe nicht glühender machen. Aber bei allen Göttern und Göttinnen, die die Ehen schützen und schirmen! Erlaube mir, liebe Mutter, mich als Mann zu zeigen; lass mich als Mann mich zeigen, da ich doch, dank deiner Güte, eine so anmutige, so schöne Frau haben soll!‹ – ›Setze noch hinzu‹, warf meine Mutter dazwischen, ›eine so zarte Frau! Nimm Rücksicht auf ihre Jugend! Bedenke, mein Sohn, in deinem Geiste, wie wenig sie, die kaum fünfzehn Jahre zählt, jenem Kampf gewachsen ist, der bald euch beiden bevorsteht!‹ – Aber ungeduldig über den Aufschub, rief Caviceus: ›Habe doch Mitleid mit mir, Mutter! Ich fühle mich von einem geheimen Brande verzehrt, den allein meine Gattin mit der Arznei der ehelichen Liebe löschen kann! Lass mich jetzt ihrer gemessen! Wenn du sie mir vorenthältst, so raubst du mir mein Eigentum! Lass mich doch, bitte, haben was mein ist!‹ – Lächelnd antwortete sie: ›Aber wirklich, dieser stürmische Drang deiner Wollust ist ganz unangebracht; das ist keine löbliche Liebe! Warte bis zur Nacht; der Aufschub wird nur dein Glück steigern. Wie alle anderen Früchte, werden auch die Früchte der Liebe um so süsser, je länger man mit dem Pflücken wartet. Du wirst selber einsehen, mein lieber Sohn, wie unangebracht jetzt deine Bitten sind; gewiss möchte ich ja gerne dein Verlangen erfüllen – aber dafür ist weder hier der rechte Ort noch jetzt die rechte Zeit. Ich will deine Liebeslust nicht verzögern, aber gedulde dich wenigstens bis zur Nacht!‹ – ›Ach, Mutter!‹ rief Caviceus, ›erbarme dich doch deines Eidams! Gewiss weigert Octavia sich nicht, die Wunde zu heilen, die sie meinem Herzen geschlagen hat.‹ – ›Hörst du?‹ sagte meine Mutter, indem sie sich zu mir wandte. ›Willst du diese Krankheit heilen? Willst du selber die Arznei sein?‹

TULLIA: Warum solltest du das nicht wollen? Du bist doch viel zu klug, um auf eine solche Frage nein zu sagen.

OCTAVIA: Tiefe Röte überzog mein Gesicht, und das war meine ganze Antwort. Ich schwieg. ›Du schweigst, Kind?‹ sagte sie. ›Du bist also einverstanden. Tritt ein wenig zur Seite; es liegt in deinem Interesse, dass ich deinem Gatten einige Ermahnungen gebe; geh ein bisschen weiter ins Zimmer hinein.‹ Ich trat zwei oder drei Schritte zur Seite, spitzte aber die Ohren und horchte mit gespanntester Aufmerksamkeit auf das, was sie sagen würden, damit mir nur ja nichts entginge. Meine Mutter wandte sich nun zu Caviceus und sagte: ›Hier ist weder die Stunde noch der Ort günstig, um die Hochzeit zu vollziehen,; das wirst du selber nicht leugnen: bald werden die Verwandten ankommen, die sich mit uns zum Hochzeitsmahl niedersetzen sollen. Ausserdem ist in diesem Zimmer nicht einmal ein Bett. Trotzdem will ich meine Octavia dir anvertrauen, jedoch nur unter der Bedingung, dass sie jetzt deiner sinnlichen Lust nur ein einziges Mal gefällig sein darf. Nächste Nacht wirst du ihrer Umarmungen bis zur Uebersättigung geniessen. Zur Stunde aber, das weiss ich, wirst du deine Arbeit und dein Oel vergeblich aufwenden, denn hier ist kein Möbel, auf dem du sie in eine passende Lage für das Werk der Liebe bringen könntest. Endlich nimm Rücksicht auf das jugendliche Alter deines Mädchens: du sollst ja mit einem Hochzeitswerkzeug ausgerüstet sein, wie keiner deinesgleichen, ja wie nicht einmal ein Hengst es hat. Nach einem Weilchen könnte sie auch einen Stier tragen, habe er's noch so gross, wenn du nur ganz allmählig und unmerklich sie gewöhnen willst und sie nicht gleich beim ersten Versuch zersprengst. Geschicklichkeit wird dir besser helfen als Gewalt, um deinen Ast in ihren Garten zu bringen und einzupflanzen.‹ Dies sagte sie lachend; dann rief sie mich, und mir kam es vor, als hörte ich Caviceus bereits wiehern. ›Du gehörst nicht mehr dir, mein Kind‹, sagte meine Mutter zu mir, ›du gehörst deinem Gatten, und er hat mich gebeten, dich ihm für einige Augenblicke zu überlassen. Da du durch Hymens Band jetzt für das ganze Leben sein bist, so können weder du noch ich ihm seinen Wunsch abschlagen. Ich habe also in seine Bitten eingewilligt, die für dich Gesetz sind. Aber ich verlange, dass du nur ein einziges Mal seiner Begierde willfahrest: sobald du dies getan hast, lauf schnell hinaus; wenn du's anders machst, bin ich dir böse.‹ Ich versprach, ich würde es tun, und sie fuhr fort: ›Du musst dich jeder Art und Weise anbequemen, auf die er die Begattung zu vollziehen wünscht; vor allem aber pass auf, dass nicht durch deine Schuld die Besprengung aus seinem hochzeitlichen Schlauch vorbeigeht! Wenn er auf dich eindringt, so biete dich ihm so dar, dass der Saft in deinen Schoss gelangt, einerlei, welchen Weg er nimmt. Darauf gib mir ja acht, mein Kind!‹ Nach diesen Worten küsste sie mich und führte mich dem Caviceus zu; dann schloss sie uns mit einander ein. ›Ich werde im Nebenzimmer warten, Caviceus‹, sagte sie im Hinausgehen, ›bis du den Spazierritt gemacht hast, zu dem Octavia dich bei sich eingeladen hat.‹ Und laut lachend ging sie hinaus, kam aber sofort zurück und sagte noch: ›Ich vergass gerade das Wichtigste!‹ Inzwischen aber hatte Caviceus mich schon auf einem an der Wand befestigten Klappsitz Platz nehmen lassen; ich musste die Beine spreizen und unter diese, sowie unter meine Füsse stellte er Stühle zur Stütze. Ich war nackt bis zum Nabel, er selber aber hatte seine Manneswaffe herausgeholt. Als dies meine Mutter sah, rief sie: ›Wahrhaftig! erfinderisch ist die Liebe. Wie gut eignet sich diese Stellung!‹ Caviceus trat zurück und stand mit drohender Rute da. Meine Mutter sah sie an und sagte: ›Oh, was für ein ungeheures Ding! Aber sei guten Mutes, mein Kind! Du wirst deine Freude daran haben, wenn du nur deine Mühe dir recht zu nutze machst.‹ Ich war von meinem Sitz herabgesprungen und hatte meine Kleider wieder in eine andere Verfassung gebracht. ›Ich möchte nicht‹, sagte meine Mutter, ›dass unsere Gäste, wenn sie deine Kleider zerknittert sähen, Mutmassungen anstellten, was wohl heute morgen mit dir gemacht worden sei.‹ Sie knöpfte mir das Kleid auf und die einzige Bedeckung meines Körpers vorn und hinten bildete nur noch mein Hemd. ›Jetzt‹, sagte sie, ›empfange deinen Gatten; aber denke an das, was ich dir gesagt habe!‹ Noch einmal gab sie mir einen Kuss, sagte aber dabei: ›Warum beugst du dich denn vorne über, um die Zwillingsschwestern deiner schwellenden Brüste zu bergen. Verdienen sie denn nicht deines Caviceus Blicke und Küsse?‹ Und zu Caviceus sich, wendend fuhr sie fort: ›Sieh, der Kampfplatz steht dir offen, mein Caviceus; nun bezeige dich als wackersten Athleten!‹ Hierauf ging sie. Fröhlich und lüstern lief Caviceus herzu, hob mir das Hemd auf, und griff mit mutwilliger Hand nach meiner Kleinen. Dann sagte er mir, ich solle mich wieder hinsetzen, wie ich gesessen habe, stellte mir unter jeden Fuss einen Stuhl und liess mich die Schenkel so hoch heben, dass das Gartenpförtlein sich bequem dem Angriff darbot, den er siegreich durchzuführen hoffte. Ausserdem griff er jedoch noch mit der rechten

Hand unter meinen Popo und zog mich ein bisschen näher an sich heran. ›So!‹ rief er, ›jetzt bietest du mir die Pforte dar, meine süsse Herrin, durch die ich zum Ziel des wahren Glückes gelangen werde.‹ In der Linken hielt er die gewichtige Lanze; dann liess er sich auf mich fallen.

TULLIA: Weiter doch! Was machtest du denn derweil?

OCTAVIA: Weder weigerte ich mich, noch tat ich etwas von selber. Das eine wäre dumm, das andere frech gewesen. Er setzte den Sturmbock an meine Tür an und schob den Kopf des Gliedes in die äussere Scham hinein, deren Lippen er mit den Fingern auseinander hielt. Hier aber zögerte er und machte keinen Versuch mehr, tiefer einzudringen. ›Meine süsseste Octavia‹, sagte er, ›umarme mich, hebe deinen rechten Schenkel hoch und lege ihn über meine Schenkel!‹ – ›Ich verstehe nicht, was du willst‹, antwortete ich; ›was beabsichtigst du? Habe doch Mitleid mit mir!‹ Hierauf fasste er selbst mit der Hand unter meinen Schenkel und brachte ihn in die gewünschte Lage über seinen Lenden. Endlich richtete er den Pfeil gegen die Zielscheibe seiner Liebesglut. Zuerst tat er einen leichten Stoss, dann einen stärkeren und zuletzt einen so gewaltigen, dass ich bestimmt glaubte, in der grössten Lebensgefahr zu schweben. Sein Glied war steif und hart wie von Horn. Da er nun in die enge Spalte nicht damit einzudringen vermochte, so liess er, um sich bequemer den Weg in die Tiefe bahnen zu können, seine Hosen auf die Füsse herabsinken und begann, als er nackt vor mir stand, die ich ebenfalls nackt war, sofort mit heftigen Stössen den Wall meines verschanzten Lagers anzugreifen. Mit solcher Gewalt stürzte er sich auf mich und so rücksichtslos spaltete er mich mit seinem Keil, dass ich ausrief, er reisse mich auseinander. Einen Augenblick hielt er in seinem Werk inne und sagte: ›Schweig doch, bitte, mein Herzchen! So muss es gemacht werden! Halte ganz mäuschenstille!‹ Wieder fasste er mit der Hand unter mein Gesäss und zog mich näher heran, denn ich machte ein Gesicht, als wäre ich am liebsten davongelaufen. Und unverzüglich bearbeitete er mich dermassen mit schnellen Stössen, dass ich beinahe in Ohnmacht fiel. Dann bohrte er ganz plötzlich die Lanze hinein, dass deren äusserste Spitze oben in der Wunde stecken blieb. Ich stiess ein solches Geschrei aus, dass meine Mutter es hörte und eilends herbeilief. ›Oh, Caviceus!‹ rief sie, ›hast du dein Versprechen vergessen? Dieses Turnier, das ich dir erlaubt habe, sollte doch ein Spiel und kein ernstlicher Kampf sein!‹ Während sie diese Worte sprach, ergoss Caviceus den Saft der Venus. Ich fühlte mich von einem heissen Regen benetzt; er aber bewegte sich nur um so schneller, je mehr Saft ihm entströmte und diese schleimige Flüssigkeit kam seinen Anstrengungen zu gute, wie wenn man einen

Zapfen mit Oel einschmiert. Er drang daher zwei oder drei Zoll tief in mich ein und überströmte mich mit solchen Wogen reichlichen Samens, dass dieser mir tief in den Leib hineindrang und nachher mir auch noch den Venusberg überschwemmte.

TULLIA: Während dieser Zeit warst du fatui puella cunni?[1] Du machtest dir gar nichts daraus? Hattest du denn nicht eben solchen Erguss?

OCTAVIA: Ich will es dir gestehen, meine Tullia: jetzt zum ersten Male begriff ich, was Venus ist! Und doch hatte ich die Süssigkeiten dieser Wonnen durchaus noch nicht vollständig gekostet. Als Caviceus jetzt schlaff wurde, ergriff mich eine juckende Wollust, fast wie ein Drang, mein Wasser zu lassen; da hob ich aus eigenem Antrieb mein Gesäss empor und ich fühlte mit grossem Entzücken, wie in mir sich irgend ein Saft absonderte, der mir eine wundervolle Linderung verschaffte. Ich verdrehte die Augen, mein Atem keuchte, mein Gesicht brannte wie Feuer, mein ganzer Körper schien sich aufzulösen. Und ich rief: ›Ach, ach, ach, Caviceus, ich sterbe! Halte meine entfliehende Seele zurück! Lass ab von diesem Tun, das auf so wonnige Weise tötet!‹ – ›Vorwärts, Octavia‹, antwortete er, ›gib dich mit ganzer Seele dieser Wollust hin, gib tapferen Sinnes den Saft von dir, der mit so süssem Kitzeln die Sinne reizt.‹ Unterdessen hatte er die Spitze des schon schlaff werdenden Gliedes wieder zwischen meine Schenkel gebracht; er unterstützte es mit der Linken und schob es abermals in meine Pforte hinein. Diese Berührung erregte nun vollends einen neuen Brand an jener Stelle. Eine so reichliche Flut eines prickelnden Saftes strömte aus mir heraus, dass es fast mehr nach einem Harn- als einen Samenerguss aussah. Wären doch in diesem Augenblick meines Caviceus Waffen bereit gewesen – bei meiner Venus: von Wonne und Liebe trunken, hätte ich selber ihn angespornt, tiefer in mich einzudringen. Es tat mir recht leid, dass Caviceus mit seinem Ritt so schnell am Eingang der Stechbahn fertig geworden war, und nicht in der Stechbahn selber.

TULLIA: Du schilderst den Vorgang so schön, in so lebhaften Farben, dass du mich in Aufregung bringen könntest, wäre ich auch von Stein! Küsse mich! Willst du meinen Lampridius? Aber du willst ihn nicht. Du machst mich ganz rasend: ich weiss nicht mehr, was ich will und was ich nicht will.

OCTAVIA: Was hat denn Lampridius mit dir und mit mir zu tun? Was verlangst du denn von mir? Was soll ich wollen, und was soll ich nicht wollen?

TULLIA: Ich bin von Sinnen, meine Wachtel, mein Turteltäubchen. Ach, ach – leih mir deine Hand.

OCTAVIA: Ich leihe sie dir nicht, ich gebe sie dir zu eigen. Was willst du denn damit?

TULLIA: Stecke sie zwischen meine Schenkel, flach ausgebreitet, bedecke damit die Zitadelle der Venus, erstürme die Festung, in der der innere Krieg tobt! Stecke deinen Finger hinein! Sei mein Gatte! Komm auf mich hinauf! Drücke, rutsche! Oh, herrlich!

OCTAVIA: Könnte ich dir doch sein, was Caviceus mir ist! Aber was ist der Schatten im Vergleich mit dem Körper! Wie du Schambein an Schambein pressest! wie deine Kleine mit meiner Kleinen sich verschlingt! Wie Busen an Busen sich schmiegt!

TULLIA: Ich zerfliesse! ich zerfliesse! O Lampridius ... o Octavia ... ach! ach! ach!

OCTAVIA: Oh, wie wollüstig du bist! Ein Strom fliesst dir zwischen den Schenkeln hervor, auf dessen Fluten beinahe das Knäblein Amor schwimmen könnte!

TULLIA: Lass mich einen kurzen Augenblick von dieser Tollwut mich ausruhen – denn wenn der Saft der Venus strömt, das macht toll! Endlich hat sich die Windsbraut besänftigt, die Glieder ruhen wieder in Meeresstille ... Jetzt wieder zu Caviceus, den du verliessest, wie ihm bei der Erstürmung deiner Burg der Lebenssaft entströmte.

OCTAVIA: Ich werde gleich weiter erzählen. Aber was hatte das zu bedeuten, was du von Lampridius sagtest? Was riefst du, als du in ohnmächtiger Liebeswut rastest? Warum riefst du nicht zur Verrichtung des Werkes, oder wenigstens eines Teils desselben, nach deinem Callias, den du liebst und der vor Liebe zu dir umkommt?

TULLIA: Du sollst es erfahren. Ich werde dir meine geheimsten Gedanken mitteilen, meine Spiele, meine Entzückungen, meine Wonnen. Ich werde dich rufen, an allen meinen Freuden teilzunehmen, alles soll zwischen uns geteilt werden. Erinnere dich deines Traumes. Er hat dir ja prophezeit, welchen Lauf dein Leben in der Ehe nehmen wird.

OCTAVIA: Teilen und geteilt werden hat, wie du mir einmal sagtest, in Liebesangelegenheiten einen sehr schlüpferigen Sinn![2] Und du willst, dass zwischen uns alles geteilt werde? Möge Venus das böse Omen zu Schanden machen!

TULLIA: Kleine Närrin! Du wirst mit mir teilen und ich mit dir, und einen wackeren Teiler werden wir haben! Und so wird alles Gute zwischen uns so gleichmässig verteilt werden, wie wenn Venus Herciscunda[3] dabei als Richterin ihres Amtes waltete! O diese Spiele! O dieses Gelächter! O diese köstlichen Schelmenstreiche! Aber was schneidest du mir für spöttische Gesichter, Possenreisserin? Fahre lieber in deiner Erzählung fort!

OCTAVIA: Possen, Possen! Du hast wohl sehr ernste Sachen im Auge, du ernste und wackere Frau! Du rufst mich zu einer Erzählung zurück, die deiner Philosophie und deiner Sitten recht würdig ist.

TULLIA: Und du hast ja gerade deine Freude dran! Aber vorwärts – erzähle endlich! Du sagst fortwährend, du wollest erzählen, und tust es niemals!

OCTAVIA: Wenn auch meines Caviceus Glied lahm geworden war, den Kopf hängen liess und um Waffenruhe bat, so bot es doch noch an Grösse und Schwere einen furchtbar drohenden Anblick. Schaum stand ihm vor dem Munde und dabei küsste es, von seinem und meinem Lebenstau bedeckt und ganz nass, gleichzeitig meine Muschel. Nachdem die Wogen meiner Wollust sich besänftigt hatten, merkte ich, dass ich fertig geworden war. Ich war jetzt freier und kühner geworden und rief: ›Was verlangst du denn noch weiter von mir, o mein Gebieter? Ich habe dir gehorcht, aber der Angriff, den ich willig ausgehalten habe, hat mich ermattet. Ich habe dir jetzt nichts mehr zu wünschen übrig gelassen. Erlaube mir, dass ich gehe.‹ Mit dem einen Arm umschlang er mich, mit der anderen Hand liebkoste er meine von seinem und meinem Auswurf bespritzte Muschel; zugleich wollte er mir seine Stange, die er gepackt hatte, die. aber nicht mehr aufgerichtet stand, in die Hand drücken. Aber es gelang mir endlich, mich aus seiner Umarmung frei zu machen, und während ich gegen seine Verfolgung mich sträubte, stiess ich mit dem Fuss einen Stuhl um, der auf die Fliessen fiel und keinen geringen Lärm verursachte.

TULLIA: Da eilte also deine Mutter herzu, wie wenn sie durch einen Trompetenstoss vom Ende des Gefechts in Kenntnis gesetzt und herbeigerufen wäre, um dich mit dem Siegeslorbeer zu krönen?

OCTAVIA: Ganz recht. ›Unsere liebe Mutter wird sich nicht darüber beklagen‹, rief Caviceus, ›dass wir der Frau Venus zu Ehren nur ein Scheinturnier aufgeführt haben!‹ – ›Ich weiss‹, versetzte meine Mutter,

›dass du ein erlauchter Kämpe bist; aber, wie ich dir bereits voraussagte: ich befürchte, du hast hierbei deine Arbeit und dein Oel vergebens aufgewandt. Bist du ein Mann, dem man Glauben schenken darf? Gibst du die Jungfrau, die ich dir anvertraute, als Jungfrau mir zurück?‹ Ich hatte aber gar nicht bemerkt, dass sie ins Zimmer getreten war, ebensowenig Caviceus, dem noch vor meinen Augen das entblösste Glied herunterhing.

TULLIA: Mütterchen wird vor dem Anblick nicht davon gelaufen sein; denn

Spornstreichs eilen herzu gar würd'ge Frauen:
Gerne sehen auch sie einen langen Dicken!

OCTAVIA: Ich glaube sogar, sie hat mit ihrer weiblichen Neugier ein bisschen an unseren Angelegenheiten herumgeschnuppert, oder sie hatte gar mit eigenen Augen sich alles aufs Genaueste angesehen.

TULLIA: Nach diesen Possen sind wir Weiber alle neugierig, auch die allerfrömmsten und keuschesten. Meine Mutter wusste sich in dem goldenen Zeitalter gleich nach meiner Hochzeit – so nenne ich den Tag, der auf jene selige Nacht folgte – nichts wonnigeres und wichtigeres, als sich von mir erzählen zu lassen, was alles ich durchgemacht. Während ich sprach, hielt sie die Arme um meinen Hals geschlungen und gab mir Küsse auf den Mund, die an Süssigkeit kaum denen meines Lampridius nachstanden.

OCTAVIA: Die gleiche Tollheit kann auch ich dir von meiner Mutter berichten ... Doch um vorerst wieder auf Caviceus zu kommen: er war schnell ins Nebenzimmer gelaufen, indem er mit der einen Hand die Höschen festhielt die ihm auf die Füsse heruntergeglitten waren. Meine Mutter machte hinter ihm die Tür zu und sagte: ›Nun, mein Kind, und du? Wie war das Liebesspiel? Wie fandest du deinen Gatten?‹ Bei diesen Worten umschlang sie mich in innigster Umarmung und überschüttete mich mit Küssen. ›Lass alle Scham bei Seite, Kind! Denke, du erzähltest dir selber, was du mir erzählst; in Bezug auf diese Geheimnisse der Ehe hast du in deiner Mutter eine Freundin. Sprich!‹

TULLIA: Und bei meiner Venus, ich wette: als sie dies sagte, da funkelten ihr die Augen, in ihren Adern pochte der Puls und ihre Muschel tat sich klaffend auf! Sie wurde von selber fertig und spritzte. Und dies wundert mich auch nicht; denn sie ist kaum erst neunundzwanzig Jahre alt. Sie heiratete in ihrem dreizehnten; und du, meine Octavia, erblicktest in glücklicher Geburt das Licht der

Welt, als sie gerade eben vierzehn wurde! Oh! von welch heissem Jucken wurde sie entflammt!

OCTAVIA: Anfangs antwortete ich gar nicht; da sie mich aber immer neugieriger zu fragen begann, so antwortete ich endlich: ›Was fragst du mich, Mutter? Ich habe dir und Caviceus gehorcht – dir, weil es meine Pflicht war; meinem Caviceus, weil du es befohlen hattest.‹ – ›Damit niemand euch wegen eurer Schelmenstreiche beargwöhnen könne‹, sprach sie weiter, ›so will ich Caviceus aus unserem Hause schaffen.‹ – ›Sage ihm nur, er möchte in ein Zimmer im unteren Stockwerk sich begeben, nicht aber das Haus ganz und gar verlassen. Das wird anständiger sein, als wenn du ihn wie einen Fremden aus dem Hause schicktest; er ist doch dein Angehöriger, da ja ich deine Tochter bin, und er mein Gatte ist.‹ Sofort ging sie zu ihm, nachdem sie noch zu mir gesagt hatte: ›Setze dich einstweilen, bis ich wiederkomme.‹ Nachdem sie nun Caviceus ins untere Stockwerk geschickt hatte, kam sie zurück. ›So, jetzt sprich frei heraus, mein Kind; du bist ein erwachsenes Mädchen, du bist kein Kind mehr. Dem Verstände nach musst du schon als junge Hausfrau auftreten. Ich und du sind beide Frauen. Dieses Amt der Gattin, zu dem du berufen bist, ist ja für uns die sicherste Quelle einer gesunden Vernunft; die Provinz der ehelichen Pflicht ist sozusagen der Bereich des Urteils und der Vernunft; und wenn wir darin an Urteil und Vernunft es mangeln lassen, so gereicht uns das nicht zur Ehre, gleichviel wie alt wir sind. Wie unsere Gatten unserem Leibe süsse Wonnen verschaffen, so flössen sie, als wackere Arbeiter, durch dieselbe Röhre unserer. Seele gesunde Vernunft ein.‹

TULLIA: Wer könnte daran zweifeln? Du selber bist ja ein vollgültiger Beweis dafür. Bis vor einigen Tagen wusstest du kaum richtig zu sprechen, und jetzt ist alles, was du machst und sagst, so gewandt, so geistreich, so gefällig.

OCTAVIA: Bei uns weilen sozusagen Jungfernschaft und gesunde Vernunft, die beiden kostbarsten Dinge des Lebens, an einem und demselben Ort; der männliche Hebel, der unsere Scheide öffnet, er befreit zugleich auch die Vernunft aus ihrem Versteck. Sie war vielleicht schon seit unserer Geburt da, schnell aber treiben die Männer mit ihrem Stossen und Schieben sie aus der Tiefe an die Oberfläche.

TULLIA: Schön gesagt, hahaha! Wenn die Mentula dir deine Jungfernschaft ausgetrieben und dir dafür mentale Gaben eingetrieben hat, so trägt dieser Nerv seinen Namen Mentula mit Recht, denn dann besitzt er von Natur die Kraft, uns mentale Fähigkeiten zu schaffen.

OCTAVIA: Durch den Zuspruch meiner Mutter kühner geworden, sagte ich nun: ›Ich bin nicht anders, liebe Mutter, als ich zuvor war; Caviceus hat nichts weiter gemacht, als dass er mich jämmerlich bespritzt hat.‹ – ›Deine Wunde‹ – damit zeigte sie auf meine Kleine – ›hat also nicht den schnell stossenden Speer des Caviceus verschluckt?‹ – ›Er ging nicht hinein, liebe Mutter‹, antwortete ich, ›weil er zu dick war, und ich selber vermochte die rohen Stösse nicht zu ertragen; deshalb schrie ich laut; als er so fürchterlich stiess, hatte ich ein Gefühl, als würde ich gespalten.‹ – ›Ist er aber nicht in deine Schanze eingedrungen? Hat er nicht den Wall durchbrochen?‹ – ›Er konnte es nicht, denn schnell löste sich seine ohnmächtige Wut in einen Samenstrom auf.‹ – ›Nun, zeige mir dein Hemd‹, sagte sie. – ›Hier, liebe Mutter!‹ antwortete ich. Als sie es aber vom reichlichen Regen genässt sah, rief sie aus: ›Oh, was sehe ich da, liebe Tochter! Was für einen reichen, unerschöpflichen Born der Wollust hat Caviceus! O wie beseligt, wie glücklich wärest du, wenn diese ganze Samenmenge sich tief in deinen Leib ergossen hätte: ein Erbe hätte uns aus ihm erstehen können, der stärker gewesen wäre als Herkules. Nun aber‹, fuhr sie fort, ›zieh dich ganz nackt aus; denn ich wünsche nicht, dass du ein so besudeltes Hemd auf deinem schönen Leibe behaltest.‹ Was brauche ich weiter zu sagen? Ich wechselte das Hemd und zog mein Kleid wieder an und meine Mutter beseitigte so sorgsam und geschickt die Unordnung meiner Haare und Kleider, dass sie an Eleganz und Anständigkeit nichts mehr zu wünschen übrig liessen.

TULLIA: Schloss sie das Hemd fort, das du ausgezogen hattest? Verschlang sie es nicht mit den Augen?

OCTAVIA: Sie breitete es mit einer pedantischen Sorgfalt aus, ich aber wurde dabei rot. ›Eine Ueberschwemmung war über dich hereingebrochen, liebe Tochter – nicht bloss ein leichter Regenguss. Aber es sind ja gar keine Tränen der vergewaltigten Jungfräulichkeit zu sehen! Warum schriest du denn so? Wenn eine Jungfernschaft den Todesstoss empfängt, dann fliessen blutige Tropfen aus ihrer Todeswunde; dies sind gleichsam die Tränen der Sterbenden. Ich merke, sie empfing kräftige Stösse, aber keine Wunde. Heute Nacht wird die Sache mit besserem Erfolge vor sich gehen. Aber ich sehe, du bist tapfer entschlossen, dir den Preis der weiblichen Standhaftigkeit, den du schon zu erwerben begonnen hast, bald vollends zu verdienen!‹ Endlich legte sie das Hemd in den Schrank.

TULLIA: Von dem Hochzeitsmahl kannst du mir nichts erzählen, was ich nicht bereits wüsste, denn ich war ja dabei. Schildere mir jetzt die mutwilligen Spiele der darauf folgenden seligen Nacht.

OCTAVIA: Bis zur Nacht hatte ich, beim Castor, keine Gelegenheit, mit Caviceus zusammen zu kommen. Fortwährend hatte ich junge Mädchen aus meiner Verwandtschaft und Bekanntschaft auf dem Halse. Einmal raubte er mir verstohlen einen Kuss; ich hatte Angst dabei, aber ihr Götter – wie war dieser Kuss süss! Alle Hoffnung und Möglichkeit, zur vollen Wonne zu gelangen, war uns abgeschnitten.

TULLIA: So will's das Gesetz der Liebe: am Tage soll man nicht tun, was man für die Nacht begehrt. Ihre Geschenke gehören der Nacht; die Sonne sieht sie nicht gerne.

OCTAVIA: Als der Tag starb, begannen wir zu leben; als nur erst die lästige Gesellschaft von Herren und Damen sich entfernt hatte, blieben wir allein und starben vor Begier nach einander. Nur du warst mit Pomponia noch zurückgeblieben. Endlich nahm meine Mutter uns alle beide an der Hand und führte uns zum Brautlager. ›Für heute habt ihr genug Qual und Unruhe gehabt‹, sagte sie, ›stärket jetzt eure Seele durch Ruhe und euren Leib durch Schlaf.‹

TULLIA:

Auf, ihr jungen Gesponse! ans Werk, dass der Schweiss euch aus allen
Poren springe! Wie Tauben, so sollen girren die Lippen
Fest wie Efeu die Arme sich schlingen, wie Muscheln die Küsse
Fest sich saugen! Doch lasset mir brennen die wachsamen Leuchter:
Alles sehen die Lampen bei Nacht – doch bei Tag ist's vergessen![4]

OCTAVIA: Kurz vorher hatte meine Mutter mich mit sich in jenes Zimmer genommen, wo meine Jungfernschaft schon ein bisschen lädiert und beschädigt war. Ein wunderlieblicher Wohlgeruch, der aus einer verschlossenen goldenen Büchse hervordrang, erfüllte die ganze Luft und umschmeichelte unsere Nasen. ›Liebes Kind‹, sagte meine Mutter, ›hebe das Kleid und dein Hemd bis zum Gürtel hoch.‹ Ich gehorchte. Als sie mich nackt vor sich sah, lächelte sie und meinte: ›Du bist wirklich schön, mein Kind; du bist des Caviceus würdig. Mit Hülfe dieser wohlriechenden Salbe wird es gelingen, dass er dich vollständig begattet, ohne dass es ihn erhebliche Mühe kostet, während du überhaupt gar nichts wirst auszustehen haben. Salbe dir deine Kleine; das wird für dich die allerbeste Hülfe sein, deine Rolle gut zu spielen.‹ Ich tauchte zwei Finger in die Büchse und fuhr mit einem grossen Klumpen Salbe mir nach dem Venusberg. ›Ei nicht doch‹, rief meine Mutter, ›an jener Stelle ist keine Salbe nötig, du musst sie innerlich anwenden, nicht damit an deinem Venusberg herumschmieren, wie du es tust.‹ Und flugs salbte sie mir die äusseren und inneren Teile der Scheide, indem sie die Finger hineinsteckte, so tief sie nur konnte. ›Als ich mich verheiratete‹, erzählte sie mir dabei, ›war ich viel jünger als du jetzt bist und wenn mich nicht meine Mutterschwester durch dieses Mittel zum Dienst der Venus besser geeignet gemacht hätte, als ich meinem Alter nach es war, so hätte ich gewiss den Angriff deines Vaters kaum aushalten können, den ich dann doch ohne allzu grossen Schmerz ertrug.‹ Und wunderbar, teure Base, ein wahnsinniges Jucken setzte mir sofort die Scheide in Feuer und ein so brennender Liebesdrang überkam mich, dass ich mich kaum beherrschen konnte: es fehlte nicht viel, so wäre ich von selber zu meinem Gatten gelaufen und hätte ihn gebeten, den Beischlaf zu vollziehen.

TULLIA: Dieser Brauch ist in unserem Klima nicht selten, wenn man Jungfrauen zarten Alters einen Gatten gibt.

OCTAVIA: Kurz und gut: du selber führtest mich zu meinem Bette und sagtest – so drücktest du dich ja aus – meiner sterbenden Jungfernschaft das letzte Lebewohl. Als nun Caviceus sich allein mit mir sah, schloss er sorgfältig die Tür der Kammer, um die meinige zu erbrechen; er spähte in alle Winkel, ob nicht irgendwo sich jemand versteckt hätte.

TULLIA: Dieses Spiel will von Zeugen nichts wissen und doch lässt es sich ohne Zeugen nicht spielen:

Magnis testibus ita res agetur.

OCTAVIA: So ist die Sache auch wirklich vor sich gegangen. Als meine Mutter mich fragte, ob ich sehr grosse Angst hätte, hatte Caviceus mich ihr antworten hören, eine solche Angst würde beleidigend für meinen Gatten sein; und als sie hinzu setzte: wenn ich es wünschte, wollte sie Caviceus bitten, mich recht zart zu behandeln – da hatte ich ihr erwidert: eine Wollust würde mir jeder Schmerz sein, der ihm Wollust bereitete. Er eilte auf mich zu, schlang seine Arme um meinen Hals, neigte sich über mich und flüsterte: ›Wie dankbar muss ich dir sein, meine Königin, für ein solches Geschenk! Du willst dich mir bedingungslos hin geben und dieses Vertrauen soll dich nicht getäuscht haben. Ich verpflichte mich, nichts weiter zu tun, ohne dass du damit einverstanden bist; aber, so wie ich dich kenne, so wirst du mit allem einverstanden sein, was mich glücklich macht.‹ – ›Ganz gewiss‹, antwortete ich, ›wie könnte ich wohl deiner Kraft und meiner Liebe widerstehen?‹ Inzwischen hatte er mit Hilfe seiner Diener bereits die Kleider abgelegt und stand jetzt in leinenen Unterhosen da. Auch diese streifte er schleunigst herunter, warf das

Hemd ab und stürzte sich nackt auf das Bett, worin auch ich schon völlig entkleidet lag. Er umschlang mich mit innigster Umarmung und leitete mit stürmischen Küssen das Vorspiel zum nächsten Kampf ein. Brüste, Leib, Schenkel, Hinterbacken betastete er mit wollüstigen Händen, alle meine Glieder verschlang mit glühenden Blicken sein bewunderndes Auge.

TULLIA: Aber um das wichtigste für die Hochzeitsnacht kümmerte er sich nicht?

OCTAVIA: Erst ganz zuletzt. Als er den lieblichen Duft wahrnahm, den meine Kleine aushauchte, sagte er: ›Man kann deine Freudengrotte nicht beschuldigen, dass sie mephitische Dünste von sich gebe; aber es ist ja auch kein Wunder, wenn ein Ding gut riecht, das so viele gute Sachen enthält. Du selber bist ja ganz Rosen und Myrten. Aber ich weiss‹, fuhr er fort, ›deine Mutter wollte mir damit den Weg bequem machen zu dem Tummelplatz deiner und meiner Wonne; dafür werde auch ich die Kunst zu Hülfe nehmen. Gleich im Augenblick will ich deine Kleine mit meiner Stange aufbrechen,‹ – damit zeigte er auf sein hochaufgerichtetes, dickes, langes Glied – ›und damit sie bei meinen Stössen leichter in deine Röhre eindringt, werde ich sie ebenfalls mit einer Salbe bestreichen, die ich zu diesem Zweck zurecht gemacht habe.‹ Er salbte sich und sagte dann, indem er mit der eingeölten Waffe drohend nach mir zielte: ›Nun, meine Herrin, mach dich bereit für den Angriff Cupidos!‹

TULLIA: Mögen die Göttin Virginensis, der Gott Subigus, die Göttin Prema und die Göttin Pertunda, die freundlichen Gottheiten, die den jungen Ehen hold sind, ihren Beistand gewähren!

OCTAVIA: Caviceus vertrat sie alle in seiner Person!

TULLIA: Diese eilten auf Hymens Befehl an das Hochzeitsbett. Sobald die Paranymphen[5] sich entfernt hatten, liehen sie der Neuvermählten ihre Hülfe, um sich zu tapferer und unbesiegbarer Ausdauer zu rüsten. Virginensis half dem Gatten den zu einem Herkulesknoten geschlungenen Gürtel lösen. Subigus erschien, als der Gatte den Gürtel gelöst hatte, und nun zum Kampf in die offene Arena herniederstieg; Prema half ihm, als er mit seiner ganzen Schwere auf seiner Gemahlin lag, indem sie diese verhinderte, sich seiner Umarmung zu entziehen, und Pertunda bewirkte, dass sie sich von der Lanze durch und durchbohren liess und die Waffe nicht herausriss, als sie fühlte, wie ihr zarter Leib gespalten wurde.

OCTAVIA: Kräftig und stark, wie er ist, hätte er leicht alle derartigen Versuche von mir zu Schanden gemacht; mit seinen vierundzwanzig Jahren war er für solchen Kampf ein wahrer Herkules. Er selber gab mir die richtige Lage, die er für die Vollziehung des Aktes wünschte; mit der einen Hand drückte er mich hintenüber – freilich sträubte ich mich auch nicht – mit der anderen öffnete er mir die Schenkel. Hierauf beugte er sich über mich und warf sich zwischen meine auseinander gehaltenen Schenkel. Das ungewohnte Gewicht machte mir Angst. Er aber rief: ›Sei nur guten Mutes und rühre dich nicht, meine Herrin.‹ – ›Ich werde mich nicht bewegen‹, antwortete ich, ›aber bitte, bitte ...‹ Ein wilder Angriff unterbrach meine Worte, denn im selben Augenblick hatte er sein bereits angesetztes Glied mit aller Gewalt in meine Scheide hineingetrieben. Weitklaffend hatte diese von selber die Spitze verschlungen; er drängte mit seinem ganzen Gewicht nach und begann die Widerstand leistende Scheidewand zu durchbrechen.

TULLIA: Ja freilich

> Das befeuert den Mut, wenn du als erster den Riegel
> Sprengen darfst, womit die Natur ihre Schätze verwahrt hat.

OCTAVIA: Jämmerlich zerrissen wurde meine unglückselige Kleine; von Schmerz gefoltert bat sie, meine Hand möchte ihr zu Hülfe kommen, und da ich es nicht länger zu ertragen vermochte, so kam diese ihr wirklich zu Hülfe. Ich konnte mir nicht länger das Schreien verhalten und versuchte, die in meinem Leibe feststeckende Lanze aus meiner Scheide herauszuziehen. Caviceus aber küsste mich und sagte: ›Ich lasse jetzt nicht mehr ab, geliebte Seele! Nimm deine Hand weg, die mich stört! Wir beide, du wie ich, brauchen jetzt nur noch eine ganz kleine Anstrengung zu machen, und das Werk ist vollbracht.‹ – Ich hielt den Angriff aus, fasste aber mit der Hand sein Glied an, damit es nicht noch tiefer eindränge. Sofort aber rief er: ›Ach, ach! mein liebes Herzchen! Drücke recht fest diesen Muskel, den deine Hand hält! Umschlinge ihn mit deinen Fingern, wie mit engen Banden.‹ Ich drückte heftig, und in demselben Augenblick überströmte der heisse Tau meinen Garten; denn die Hälfte seines Gliedes füllte meine ganze Scheide aus; er aber bewegte sich nun nicht mehr wie bisher, sondern enthielt sich jedes Stosses und ergoss den Saft so geschickt in meine Grotte, dass kein Tröpflein vom rechten Wege, von der Heerstrasse der Liebe, abkam. Hierauf begann sein lüsternes Ding in meiner Hand und in meiner Scheide schlaff zu werden. Nass, schaumbedeckt, todesmatt ergriff es die Flucht.

TULLIA: Brannten die Kerzen noch in eurem Zimmer?

OCTAVIA: Jeder einzelne Gegenstand war so deutlich zu erkennen, wie am hellen Tage. ›Ich bin fertig geworden, meine Göttin!‹ rief Caviceus, ›mit der allerhöchsten Wollust hast du mich beseligt! Jetzt aber wollen wir uns ein wenig ausruhn, du in meinen, ich in deinen Armen.‹

TULLIA: Du aber, Schwesterchen, hattest dabei gar keine wollüstige Empfindung gehabt?

OCTAVIA: Höre, wie dumm es mir ging: Sobald Caviceus aus dem Sattel stieg, ergriff mich eine brennende, rasende Geilheit: ich umarmte ihn, bestürmte ihn mit Küssen, suchte ihn mit Seufzern anzureizen. Er gab mir Küsse, züngelte zwischen meinen Lippen, spielte mit den Fingern an meiner Kleinen und in meinen Schamhaaren. Plötzlich fühlte ich aus meinen Adern einen köstlichen Quell hervorbrechen, der zugleich mit dem Saft, womit Caviceus mich überströmt hatte, aus der Pforte meines Leibes mit grosser Gewalt hervorbrach.

TULLIA: So sollen auch einige Flüsse gleich an ihrer Quelle mit grossem Ungestüm hervorbrechen.

OCTAVIA: Caviceus aber fing diese Bäche in seiner linken Hand auf und sagte, überrascht durch dieses unerwartete Schauspiel: ›Ich war schneller als du, geliebte Seele, bei der höchsten Wonne angelangt.‹ Aber, wie wenn ich ein Verbrechen begangen hätte, verstummte ich vor Scham. Er hatte inzwischen seine Hand von meiner vom Schaum der Venus besudelten Kleinen zurückgezogen und sagte: ›Ich hätte nicht gedacht, dass du in deinem jugendlichen Alter schon so reif für die Liebe wärest. Andere Mädchen werden bei der ersten Begattung nicht von einem einzigen Tröpflein der Wonne benetzt, du aber schwimmst in einem Strom von Wollust. Das ist köstlich, meine süsse Wonne, das ist herrlich!‹ Mit diesen Worten griff seine Linke wieder an meine Kleine. ›Alle Wetter!‹ rief er, ›das ist kein blosser Strom, sondern eine Ueberschwemmung! Wie haben nur die Gefässe innen in deinem Leibe einen so reichlichen Regen enthalten können?‹ Hierauf erwiderte ich: ›Dies ist dein Saft, nicht der meinige! Das Nass, das du hineingegossen hast, fliesst wieder heraus. Wie könnte ich dies verhindern, da mein Geschirr einen so fürchterlichen Spalt bekommen hat?‹ – ›Wie dem auch sein möge, liebe Seele‹, sprach er weiter, ›ich freue mich ausserordentlich, dass du mit diesen Wonnen bis zur Sättigung angefüllt worden bist. Ist es nicht so? Sprich frei heraus!‹ – ›Ja freilich‹, antwortete ich, ›allen Schmerz, den du mit deinen Stössen mir zufügtest, hast du durch diese Freuden aufs herrlichste wieder gut gemacht. Heute morgen hatte ich sozusagen schon einen Schatten unglaublicher Wollust gespürt, aber die Venus von heute früh war gar nicht zu vergleichen mit der Venus von heute Nacht.‹ – Unterdessen hatte ich mittels des Leintuchs, so gut ich konnte, mir den klebrigen Schleim vom Körper abgewischt, denn ein Tüchlein unter das Kopfkissen zu legen, hatte meine Mutter vergessen. – ›Und nun‹, rief Caviceus, ›geh frischen Mutes ans Werk! Ich wünsche, dass du in der Befriedigung des Liebesdranges dich nach meinem Geschmack richtest und dass die Art von Wollust, die mir gefällt, auch dir gefalle.‹ – ›Man sagt‹, versetzte ich, ›nur eine schamlose Person erwidere die geilen Stösse ihres Gatten und richte ihre Bewegungen nach den seinigen.‹ – ›Ich verlange nicht‹, sagte er, ›dass du die Hinterbacken hin und her bewegst und dadurch auf meine Stösse antwortest; ebensowenig wünsche ich, dass du die Beine hochhebst wenn ich oben auf dir liege, – weder beide zugleich, noch ein einzelnes. Ich wünsche vielmehr vor allen Dingen, dass du die Schenkel ausspreizest und so weit wie nur möglich öffnest. Halte deine Kleine meinem Nagel hin, so dass er sie gut treffen kann und bleibe unbeweglich in die ser Körperstellung, bis ich fertig bin. Einige weitere kleine Einzelheiten werde ich dir in der nächsten Nacht beibringen.‹

TULLIA: Jeder Ehemann schreibt seiner Frau derartige Gesetze vor; jeder hat seine Gewohnheiten und seine Launen. Und die Frau ist eines glücklichen Lebens sicher, die den grössten Eifer aufwendet, um sich den Gewohnheiten ihres Gatten anzupassen. Mit einem Wort: eine anständige Frau sucht ihr Vergnügen in dem Vergnügen ihres Mannes.

OCTAVIA: ›Schon schwillt mir das Glied an‹, fuhr Caviceus fort. Ich lag auf der Seite, an ihn geschmiegt; er gab mir einen Kuss, streichelte meine Brüste mit zarter Berührung, befingerte meine immer noch feuchte Muschel, und nahm dann meine linke Hand, um sie an seine Manneswehr zu legen. Er bat mich, ich möchte sie anfassen; ich tat es. Hierauf heisst er mich die Stellung einnehmen, die er mir vorher beschrieben; ich gehorche. Plötzlich springt er auf mich und setzt den Hebel an die Pforte an: sofort betritt der Gast, steif und starr wie er ist, die Herberge, aber als er bis zur Mitte, etwa fünf Zoll tief, eingedrungen ist, da bleibt er stehen. ›Und nun, mein Herzchen‹, sagt Caviceus, ›wünsche ich, dass du jeden meiner Stösse zählst; nimm dich in acht, dass du dich dabei nicht verzählst!‹ – ›Ich werde aufpassen‹, antwortete ich, ›und werde dir gehorsam sein.‹ Er stösst die Stange tiefer hinein, und während ich Rechnung über die Zahl der Stösse führe und darauf meine ganze Aufmerksamkeit verwende, erbricht er gewaltsam die Tür und dringt mit glühendem Gliede bis an die Eier in das Heiligtum der Venus ein. Der sehr heftige Schmerz presst mir einen Aufschrei ab, und in meiner Verwirrung vergesse ich das Zählen, das er mir anbefohlen hatte. ›Du tötest mich, Caviceus! du tötest mich!‹ rief ich, ›habe doch Mitleid mit mir Armen!‹ – ›Die Sache ist ja schon fertig!‹ antwortete er, ›sieh doch, meine Wonne, du hast mich ja ganz und gar verschlungen, so lang und dick ich bin.‹ – ›Halte doch nur ein wenig inne‹, fuhr ich fort, ›geh etwas zurück, zieh einen Teil des Schwertes aus der brennenden Wunde!‹ – ›Im Gegenteil, ich werde es noch tiefer hineinstossen, wenn ich kann‹, rief er, und mit diesen Worten stiess er abermals noch schneller und noch wilder zu, und presste mit solcher Gewalt sein Glied in meine Kleine hinein, dass es aussah, als wollte er mit dem ganzen Leibe in mich hineinfahren. Da erhob ich meine Stimme und rief: ›Fühlst du es denn nicht? Du stössest gegen die innerste Wand meiner Scheide an! Wahrhaftig, du tötest mich! Zieh dein Schwert ganz und gar heraus, stoss es nicht tiefer in meinen Leib hinein.‹ Er wich zurück, wie ich ihn gebeten hatte; als er aber den Dolch zur Hälfte aus der Wunde gezogen hatte, sagte er: ›Wie denn, mein süsses Weib? Hat mein Anker den Boden der Tiefe berührt.‹ Hierauf liess er unmerklich die Stange wieder hineinrutschen, indem er sagte: ›Pass auf! Sobald du innen dich getroffen fühlst, sage es sofort – ich werde auf der Stelle aufhören. Denn es ist zwar süsse Wonne, deiner Schönheit zu gemessen, ich bin aber nicht so wahnsinnig, meine Begier in Roheit ausarten zu lassen.‹ Mit diesen Worten stiess er sein Glied tiefer hinein; als er aber immer weiter eindrang, rief ich aus: ›Halt! eine süsse, aber schreckliche Wunde versetztest du mir mit dem hineingebohrten Dolch.‹ Abermals zog er zurück. Da sagte ich: ›Entschwunden ist mit dem Zurückziehen deiner Waffe auch jeder Schmerz aus dieser Wunde; tiefer, bitte, stecke nicht hinein!‹ Seine Manneswaffe stand um vier Zoll aus meiner Scheide heraus. ›Jetzt weiss ich also‹, sagte er, ›welchen Teil meines Gliedes du ohne Beschwerde beherbergen kannst. Wenn nur drei Zoll von ihm draussen bleiben, kann keiner meiner Stösse dir schaden. Leih mir daher deine Hand; sie sei, für dich und für mich, eine Art Verlängerung deiner Scheide. Du weisst es ja selber: der Körper eines schönen Weibes, wie du es bist, ist überhaupt ganz und gar Geschlechtsteil.‹ Ich tat nach seinem Wunsch: ich streckte die Hand aus und drückte sein Glied, das ich mit meinen Fingern eng umschloss. Von neuem begann er seine Stösse und beim zehnten wurde er fertig. Auch mich durchzuckte ein leises Kitzeln, als er die Bäche seines Samens in meinen Teich ergoss. Das war aber auch alles: ich selber spritzte nicht.

TULLIA: Wahrhaftig, du bezauberst meine Ohren durch deine köstliche, naive Erzählung. Aber wie viele Stösse zähltest du bei dieser zweiten Umarmung? Und wie viele empfingst du im Ganzen?

OCTAVIA: Mindestens zwanzig, bevor meine Rechnung in Unordnung geriet, und nachher noch zehn, wie du gehört hast. Aber während ich vor Schmerzen schrie und jammerte, er bringe mich um, hatte er mir ausserdem noch eine grosse Zahl, und zwar sehr heftige, versetzt. Rechne also selber zusammen.

TULLIA: Nur weiter! Welche Spiele hast du während des Restes der Nacht getrieben?

OCTAVIA: Brust gegen Brust gepresst lag er in engster Verschlingung auf mir; er hatte seine Wonne daran, wie sein Glied ihm ausgesaugt wurde. Ich umschlang ihn mit den schneeweissen Fesseln meiner Arme – wie man zu sagen pflegt – und er küsste mich halb zu Tode; da hörten wir plötzlich die kleine Tür neben unserm Bett sich öffnen; im selben Augenblick stand meine Mutter vor unserem Bett. Du, liebe Base, warst ja inzwischen fortgegangen. ›Hm‹, sagte sie, ›ich dachte, ihr wäret mitten in eurer Umarmung gestorben.‹ Caviceus streckte sich an meiner Seite aus, ich aber rief, von Schamröte übergossen: ›Verzeih mir, liebe Mutter! Ach, was für einem grausamen und unartigen Mann hast du mich überantwortet!‹ – ›Sei guten Mutes, mein Kind!‹ antwortete sie, ›es war dein Amt und deine Pflicht zu leiden, was du hast erleiden müssen; durch diese kleinen Schmerzen sind dir die Wonnen der Ehe erschlossen.‹ Dann wandte sie sich zu Caviceus und fuhr fort: ›Hast du jetzt neben dir, mein Sohn, eine Jungfrau oder eine vollkommene Frau liegen?‹ – ›Ich bin jetzt in Wahrheit dein Eidam‹, antwortete er, ›ich habe in Wahrheit eine Gattin.‹ Und damit gab er mir einen Kuss. – ›So ist's recht!‹ fuhr meine Mutter fort, indem auch sie dem Caviceus einen Kuss gab. ›Jetzt erkenne ich als meinen Sohn den Mann an, der so männlich mein Mädchen im Liebesspiel überwunden hat.‹ Hierauf reichte sie uns einen Trank, der uns neue Kräfte einflössen sollte, und bald nachher ging sie, nachdem sie jedoch erst noch die Kerzen gelöscht hatte, die neben unserem Bette brannten. Als sie hinaus war, umschlang Caviceus von neuem mich mit seinen Armen und nachdem er mir noch einige Unterweisungen gegeben, was ich tun und was ich unterlassen sollte, sanken wir beide in einen langen Schlaf. Was er mir sagte, lief darauf hinaus, dass er beim Minnespiel vor allen Dingen die heftigen Bewegungen des weiblichen Körpers verabscheue; er fügte noch etliche andere Bemerkungen hinzu, die, wie ich glaube, mit dieser Erzählung nichts weiter zu tun haben. Es war schon heller Tag, als ich erwachte und mit neugierigen Blicken den Körper des noch schlummernden Caviceus zu betrachten begann. Ich will's dir gestehen, Schwesterchen: die Natur, die Mutter aller Dinge, hat unter den Menschen nichts Ebenmässigeres und Schöneres geschaffen. Er lag auf dem Rücken: eine weisse, volle Brust, lange, schön gerundete

Arme, ein leicht gewölbter Unterleib, dicke kräftige Schenkel, die Waden weder zu dürr noch zu dick, eine weisse, glänzende Haut, ohne Runzeln, ohne Flecke. Du hättest gemeint, ein Marmorbild vor dir zu haben.

TULLIA: Und deines Caviceus Mittelding entging wohl deiner so eifrigen Neugier?

OCTAVIA: Selbst im Zustand der Ruhe war sein Glied furchtbar und mitten im Frieden drohend, obgleich es besinnungslos dalag, wie vom Blitz getroffen. Während ich es bewunderte, glaubte ich; wahrhaftig, dass neues Leben aus meinen Augen in dasselbe übergegangen wäre. Wie wenn es fühlte, dass seine Herrin es betrachtete, begann es sich zu bewegen und das Köpfchen zu erheben. Caviceus erwachte. Ich tat, als läge ich in tiefem Schlaf; Caviceus aber wandte sich zu mir und fragte mich: ›Schläfst du, meine Königin?‹ – ›Warum‹, antwortete ich, ›entreissest du mich dem friedlichen Schlummer, in dem ich lag?‹ – ›Ich glaubte, als ich das Tageslicht sah, du seist erwacht – denn du bist ja meine Sonne.‹ Er gab mir einen Kuss und befingerte mir Busen, Leib, meine Kleine und die geliebte Muschel. Dann stieg er auf mich und setzte die steife Stange an meine Spalte an. ›Habe keine Furcht‹, sagte er dabei, ›ich werde mich meines Versprechens erinnern. Wenn ich tiefer stosse, als du es ertragen kannst, so sage mir Bescheid!‹ Dann stiess er in die Furche hinein, aber nur bis zu jener Stelle des Weges, wo, wie er wusste, für mich die Grenze zwischen Schmerz und Wonne lag. Bei dieser letzten Arbeit jener Nacht stampfte er lange auf mir herum und durch die unzähligen Stösse und das brennende Jucken wurde ich zu solcher Wollust entflammt, dass ich mich nicht zurückhalten konnte, die Hinterbacken ein wenig hoch zu heben. Da versenkte er mit einem gewaltigen Stoss den Dolch bis ans Heft hinein, und es tat nicht mehr weh wie zuvor. Doch stiess ich einen Seufzer aus und da nun gleichzeitig seine Wollust auf ihren Höhepunkt kam, überströmte er die Wunde, die er gemacht, mit reichlichem Balsam. Er gestand mir, eine solche Wonne habe er an mir noch nie gehabt. So verging diese Nacht. Nachdem wir noch ein wenig geplaudert hatten, befiel uns ein angenehmer Schlummer, der uns bis tief in den Tag hinein in seinen Banden hielt. Wozu brauche ich dir das übrige zu erzählen? Du weisst es, du kennst es, du hast es selber in reichem Masse genossen.

TULLIA: Du hast aber wirklich einen recht faulen Mann, da er in einer ganzen Nacht nur bis zum dritten Meilenstein kam! Aber gerade die sind schlaff und faul, denen die Natur ein Gewicht zwischen die Lenden gehängt hat, das über das gewöhnliche Menschenmass hinausgeht. Aber wahrlich! Die Ehe ist für unser Geschlecht das herrlichste Gut, denn jede Liebe ist verderblich und schändlich, die nicht Hymen geheiligt hat. Ohne Venus aber gibt es kein glückliches Leben. Aber wir verheirateten Frauen machen uns alle unser Glück allein.

OCTAVIA: Da die Liebe eine so süsse Sache ist, so wundere ich mich, dass die Männer nicht ohne Unterlass von ihrem Feuer erglühen. Wir sind viel mehr als sie geneigt, diese Früchte des Lebens zu pflücken.

TULLIA: Du bildest dir ein Vorurteil, indem du nach deiner Geilheit und nach der Kälte deines Caviceus auf alle anderen Frauen und Männer schliessest; du liebst es, wenn Catulls Sperling in deinem Nest piepst. Da du aber dem Blut deiner Mutter entstammst, so ist es nicht überraschend, dass du von derselben Glut entflammt bist wie deine Mutter.

OCTAVIA: Niemals habe ich etwas gehört, was dem guten Rufe meiner Mutter zu nahe träte.

TULLIA: Um einige Jahre älter als wir, hatte sie mit ihren Ausgelassenheiten Lucretia, Victoria und mich dermassen verdorben, dass es nichts sinnlicheres gab, als uns vier Mädchen. Wir drei waren neun oder zehn Jahre alt; deine Mutter dagegen, Sempronia, war bereits an vierzehn. In Victoria war sie sterblich verliebt; sie spielte ihr gegenüber den kleinen Mann und verlangte von mir, ich solle sie ebenso behandeln. Sie war also meine kleine Frau. Zu Lucretia und Victoria sprach sie wie ein Liebhaber zu seiner Geliebten und suchte sie durch ihre verbuhlten Reden zur Liebe zu reizen. Sie klagte, sie brenne in Liebesglut, und bat uns, die Qualen ihrer Leidenschaft durch Umarmungen und Küsse zu lindern. Wir drei Kleinen hatten keine verliebten Empfindungen dabei; wir lachten sie aus, küssten sie aber doch und schlössen sie in unsere Arme. Bald kam es so weit, dass sie uns mit der Hand unter die Röcke griff und durch unzüchtige Betastung unsere Schamhaftigkeit verletzte. Zuweilen verlangte sie, wir sollten uns rücklings auf den Fussboden legen, dann knöpfte sie unsere Kleider auf, hob die Hemden hoch und verschlang unsere nackten Glieder mit ihren Augen. Sie befahl uns, die Schenkel zu spreizen, zog sich selber ebenfalls nackt aus, stürzte sich auf uns und rutschte hin und her, wie wenn sie ein Mann wäre. Als Tochter einer solchen Mutter musst du so liebeglühend wie Venus sein! Hahaha – da fällt mir etwas ein. Höre nur!

OCTAVIA: Gerne will ich dir alles glauben, was du mir erzählst; nur musst du mir erklären, wie es kommt, dass eine Frau, die dermassen zur Wollust neigt, sich trotzdem ganz rein von aller üblen Nachrede erhalten hat.

TULLIA: Ich will es dir sagen, aber höre nur erst, wie weit diese frühzeitige Verderbtheit sie trieb! Drei oder vier Monate vor ihrer Hochzeit mit deinem Vater besuchten wir sie einmal eines Nachmittags. Ihr Vater und ihre Mutter waren nicht zu Hause, und von der ganzen Dienerschaft war nur ihre alte Amme allein bei ihr geblieben, um sie zu beaufsichtigen, aber diese war in einem andern Teil des Hauses durch irgendwelche Geschäfte in Anspruch genommen. Zu Sempronias Füssen sass ein hübscher, reizender Cupido, ein Knabe von etwa vierzehn Jahren – vielleicht ein bisschen älter, vielleicht ein bisschen jünger. Sie erlaubte dem Kind, sich an unseren harmlosen Spielen zu beteiligen; nachdem wir nun lange gelaufen und herumgesprungen waren und alle mögliche Kurzweil getrieben hatten, begann Sempronia durch allerlei Scherze und Sticheleireden Jocondus – so hiess der junge Bursche – zu reizen: ›O du hübsches Mädchen!‹ sagte sie, ›wir sind Jungens, aber du bist ein Mädel. Seht doch, liebe Freundinnen, wie züchtig sie aussieht! Ich will auf der Stelle tot sein: das ist kein Junge, sondern ein Mädchen; unter ihren Knabenkleidern verbirgt sich ein Mädchen; ohne Zweifel verachtet sie das weibliche Geschlecht und die weibliche Tracht.‹ – Nach Knabenart wurde er zuerst rot, dann wollte er weglaufen; wir alle eilen dem Flüchtling nach. Als es uns nun gelungen war, ihn nach dem Alkoven zurückzuschleppen, sagte Sempronia: ›Nun wollen wir mal sehen, ob es ein Er oder eine Sie ist!‹ Und damit fuhr sie ihm mit der Hand in die Hosen hinein.

OCTAVIA: Und Jocondus sträubte sich wohl garnicht? Hahaha!

TULLIA: ›Lass das!‹ sagte er. ›Ganz gewiss bin ich kein Mädchen; ich werde aber bald wissen, ob *ihr* Mädchen seid.‹ Der lüsternen Hand kam sein Glied zwischen die Finger und sie zog es aus dem Gefängnis hervor. Und als sie es in ihrer Hand gross werden fühlte, wandte sie sich zu mir und fragte; ›Oh! Was ist denn das? Fass es doch auch mal an, Tullia!‹ Victoria und ich streckten die in solchen losen Streichen noch unerfahrene Hand aus. Wir fühlten wie bei unserer Berührung das Glied immer mehr und mehr anschwoll. Sempronia griff ebenfalls wieder zu und sagte: ›Als ich dies Ding zuerst berührte, fand ich es von Fleisch; jetzt ist es von Elfenbein. Sage mir doch, Jocondus, kennst du den Gebrauch dieses Werkzeuges?‹ – ›Probiert habe ich's noch nicht‹, versetzte er, ›ich bin noch zu jung; aber ich weiss wohl, was man damit macht.‹ – ›Zeig' uns das doch!‹ versetzte Victoria. – ›Ich werde es euch allen zeigen, aber einer nach der anderen, und zwar hier an Ort und Stelle‹ – damit zeigte er auf den Alkoven – ›und ich will's der Sempronia zuerst zeigen.‹ Er nimmt sie bei der Hand und führt sie an diese Stätte der Wollust. Der Fussboden war mit orientalischen Teppichen bedeckt; er warf zwei Kissen auf die Erde und sagte: ›Jetzt setze dich, Herrin! Sogleich werde ich dir den Gebrauch deines und dieses Gliedes zeigen‹ – damit zeigte er auf seine Rute – ›und du wirst gestehen, dass es nichts Süsseres gibt.‹ Sie setzte sich ohne Umstände auf das eine Kissen; flugs knöpfte Jocondus sich die Hosen auf, sodass die Hoden heraushingen, und kniete zwischen Sempronias Schenkeln nieder.

OCTAVIA: Du sahst es?

TULLIA: Ich sah alles so deutlich, wie du mich vor dir siehst. ›Ich will, oh Herrin‹, sagte Jocondus, ›diesen Speer in deinen Leib bohren.‹ Mit diesen Worten stützte er die eine Hand auf das Kissen, das er unter Sempronias Kopf gelegt hatte, mit der anderen Hand streifte er ihr Kleid und Hemd zurück so hoch er nur konnte, nämlich bis zum Gürtel. Dann stürzte er sich auf sie und bohrte mit dem ersten oder zweiten Stoss den Spiess in ihre Ritze. Es kam mir vor, als sähe ich Sempronia erzittern. – ›Au, au!‹ rief sie, ›es tut weh, Süsser! Aber süss tut es weh!‹ – ›Willst du, dass ich absteige?‹ antwortete er. – ›Nein, gewiss nicht!‹ – Jocondus begann sich nun auf und ab zu bewegen, und bei jedem einzelnen Stoss rief sie immer wieder ›Au! au!‹ – bis sie alle beide durch das ungewohnte Kitzeln fast von Sinnen waren. ›Ah, ah!‹ rief Jocondus, ›umarme mich, Herrin! Ich spritze!‹ – ›Ich auch!‹ antwortete Sempronia. ›Au, au! Stoss! Stoss feste! Ich sterbe!‹ Immer schneller stiessen sie nun alle beide; Stoss folgte auf Gegenstoss. ›Wie geschickt‹, rief Jocondus, ›wackelst du mit dem Popo! Wie sinnreich weisst du ihn zu bewegen.‹ – ›Dich aber‹, sagte sie dagegen, ›fühle ich in mich hineinpinkeln. O ... wie ... wie ...!‹ In diesem Augenblick schwanden ihr die Sinne, kurz nachher aber setzte sie hinzu: ›... köstlich!‹ So wurden sie denn beide fertig. Aufspringend warf Sempronia sich in meine Arme und rief: ›Oh, welche wunderbare Lust! Zum Teufel mit unseren stumpfsinnigen Kinderspielen! Nur Jocondus weiss es, so süsses und unterhaltendes Spiel zu spielen.‹ Jocondus gab ihr einen Kuss; er gab auch Victoria und mir, die wir gleiche Wonnen von ihm erwarteten, einen Schmatz. – ›Aber ich fühle mich von dem starken Regen, mit dem du mich besprengt hast, ganz nass unter dem Hemd!‹ rief Sempronia. Sogleich griff Jocondus mit der Hand unter ihr Kleid und sagte: ›Nimm dich in acht, Herrin, dass nicht dein Hemd von diesem Saft besudelt wird‹ – und damit trocknete er selber sie sorgfältig ab – ›wenn deine Amme oder deine Mutter diesen Venusausfluss in deinem Hemd bemerkten, so würden sie glauben, du hättest dich selbst befleckt.‹ – ›Und ihre Vermutung würde nicht unrichtig sein‹, sagte Sempronia. – ›Heh?

Was höre ich? Was habt ihr denn gemacht?‹ fragte Victoria; ›ich habe überhaupt nichts gesehen; ich war nicht so neugierig wie du, Tullia!‹ – ›Was eure Eltern zu machen pflegen‹, antwortete Jocondus, ›was eure Männer machen werden, deren Arme euch dereinst umfangen; was ich selber sofort, ja sofort! euch machen werde – das haben wir gemacht. Ich will jetzt die jüngere von euch beiden vornehmen, solange meine noch unerschöpften Kräfte hinreichen, um die Burg der Venus zu brechen. Die Schwierigkeit ist geringer und die Arbeit erfordert mindere Anstrengung bei einem Mädchen, das schon etwas älter ist.‹

OCTAVIA: Ich bin ganz ausser mir! Du stürzest mich in ein Erstaunen, das ich mit Worten nicht kundgeben kann. O Mutter! Welches Bild von dir wird mir im Gedächtnis bleiben, Mutter!

TULLIA: ›Victoria ist jünger und weniger entwickelt als ich, Jocondus‹, antwortete ich, ›aber sie ist viel geistvoller und schöner.‹ – ›Ihr seid alle beide reizend und von seltener Schönheit‹, erwiderte Jocondus, ›ich werde für euch beide alle meine Kräfte aufbieten.‹ Aber keiner von euch ist schon ein Busen gesprossen; dagegen schmückt er bereits, ohne in unschöner Weise zu voll zu sein, die schneeweisse Brust Sempronias. Er hatte dabei erst in Victorias und dann in meinen Busen gegriffen und fand da einen schwachen Ansatz schwellender Brüste, keine vollentwickelten Halbkugeln. Da sagte Sempronia ausgelassen und neckisch: ›Wenn du auch oben an ihrem Leibe keine Kugeln findest, so wirst du doch in der Mittelgegend eine Milchstrasse finden, die dich geraden Weges in den Himmel führt.‹ – Jocondus wandte sich zu ihr und sagte: ›Lass mich deine kostbaren Brüste küssen, die mich zum Range unsterblicher Götter erhoben haben!‹ Mit unzähligen Küssen bedeckte er ihre festen, weissen Brüste, die er mir und Victoria zeigte; dann warf er sie rücklings auf das Bett und tätschelte ihr den Leib und das Heiligtum der Venus. Er forderte uns auf, dass auch wir unsere Augen und Finger daran ergötzen möchten; hierauf warf er mich auf das Kissen und schwelgte im Anblick meines nackten Körpers, den er entblösst hatte. ›Komm heran, Victoria!‹ rief er, ›und erlaube mir, auch deiner Schätze zu geniessen.‹ Sempronia führte ihm die sich Sträubende zu. Er fasste ihr nun mit der Hand unter's Hemd, betastete ihre Scham und bog deren Lefzen auseinander. Dann steckte er den Finger hinein. Es war ihr an dieser Stelle das Vliess noch nicht gewachsen. – ›Nur zu!‹ rief Sempronia, ›untersuche in aller Ruhe die Mitgift meiner lieben Tullia!‹ Zugleich hob sie mir Rock und Hemd hoch empor. ›Aber‹, fuhr sie fort, ›da du wie ein Bittender auf den Knien liegst, so sollst du mir einen Kuss geben.‹ Er küsste also inbrünstig den Leib und – warum sollte ich lügen? – auch das Gefäss der Wollust selbst. Von so vielen Reizmitteln der Liebe entflammt, begann sein Glied sich emporzurichten; er beugte sich zu der nackt daliegenden Victoria herab und stiess den steifen Lanzenschaft kraftvoll in die klaffende Wunde. Victoria erhob die Stimme und schrie: ›Lass es! lass es! Ich kanns nicht aushalten!‹ Nach dem fünften oder sechsten Stoss aber hatte sie den Speer ganz und gar verschluckt und war völlig in den Dienst der Venus eingeweiht.

OCTAVIA: Hattet ihr, meine Mutter und du, euch nicht entfernt, während Victoria entjungfert wurde?

TULLIA: Als wir sahen, dass Jocondus mit so geringer Mühe in die Tiefe ihres Leibes eingedrungen war, klatschten wir dem Wettrenner Beifall, dessen Pferde dem Zielstein nahe waren und der im Begriff war, über Victoria selbst Victoria zu rufen. Er ergoss den Tau seiner Manneskraft in die Furche des Mädchens, das jedoch nicht von der vollen Empfindung des Genusses beseligt wurde. Hierauf trocknete Jocondus Victorias Beine ab, diese aber sprang auf und rief: ›Es läuft aus meiner Ritze eine sonderbare Flüssigkeit heraus, die ich aus deinem Leibe in den meinigen habe überströmen fühlen.‹ Auf diese Worte hin, hob Jocondus ihr Hemd auf und trocknete sie noch einmal sanft mit dem Tuch ab; wir sahen einen mit Blut vermischten weissen Schleim. Jocondus schlang seine Arme um Victoria und zog ihre Brust an die seine; sie klagte darüber, dass sie so rücksichtslos behandelt worden sei; er tröstete sie und breitete dann das von Blut und Venussaft befleckte Tuch aus, indem er sagte: ›Der Jude Apella selber würde bezeugen, dass du eine Jungfrau gewesen bist.‹ – ›Und ich‹, rief Sempronia, ›ich war es also nicht, nichtsnutziger Page? Du bist ja lasterhafter, als alle Diener mit ihren Lastern zusammen genommen!‹ – ›Gewiss warst du es! gewiss, Herrin!‹ versetzte Jocondus, ›aber dank deinem Alter warst du etwas weiter gebaut als Victoria und darum hast du meinen Sieg nicht mit so augenfälligen Zeichen geopferter Jungfräulichkeit geschmückt. Wenn diese Zeichen offen kundbar werden, können sie in der Tat als Edelbeute gelten, und der Sieger ist um so glücklicher, je länger und je sehnlicher er danach geschmachtet hat, sie zu erringen. Mühe macht die Wonne um so süsser.‹

OCTAVIA: Du tust mir leid, dass du so lange fasten musstest, während inzwischen meine Mutter und Victoria in solchen Genüssen schwelgten.

TULLIA: Der zarte, verwöhnte Knabe war ganz schwach vor Müdigkeit, wie auch vor Wollust. Ich sagte daher zu ihm: ›Du bist jetzt erschöpft und entkräftet, Jocondus; wirst du auch Kraft genug wieder bekommen, um auch mich zu umarmen? Oder werde ich als Witwe diese Hochzeit verlassen!‹ Sempronia fing an zu lachen und rief: ›Nein, du wirst nicht als Witwe nach Hause gehen! Ich bürge für dich, Jocondus. Aber du hast es nötig, deine Kräfte wieder herzustellen, da du so freigebig deine Reichtümer uns gespendet hast. Geh zu meiner Amme; bitte sie, sie möchte uns, nämlich mir und meinen Freundinnen, einen Imbiss bringen.‹ Der Page gehorchte und kam gleich darauf mit einem riesigen, dick mit Zucker bestreuten Kuchen zurück, sowie mit einer Flasche ausgezeichneten Weines. Ich gab zunächst dem Pagen ein nicht eben kleines Stück vom Kuchen: er ass ihn nicht, sondern verschlang ihn; dann gab ich ihm ein Glas Wein zu trinken. – ›Für dich isst und trinkt Jocondus‹, sagte Sempronia zu mir. ›Pflege recht sorgsam seinen Leib, der recht bald nie geahnte Wonnen in den deinen möge strömen lassen.‹ Sempronia und auch Victoria waren ebenso sorglich wie ich um Jocondus bemüht. Durch Speise und Trank von neuem Mut durchströmt, sagte er, die Kräfte, die er in den Grotten meiner Freundinnen gelassen habe, seien ihm wieder zurückgekehrt, und sogleich umarmte und küsste er mich stürmisch. Er warf mich auf das Kissen nieder, während ich zum Schein mich sträubte und Sempronia lachte. Kurz und gut – er gelangte zwischen meinen Beinen auf den Höhepunkt der Wollust.

OCTAVIA: Fand er denn bei dir leichten Zugang?

TULLIA: Weisst du nicht, dass wir Italienerinnen schon in der zarten Kindheit recht weit gebaut sind?

OCTAVIA: Für dich und für mich wirst du wohl eine Ausnahme gelten lassen.

TULLIA: Unsinn! Wir beide haben es in unserer Hochzeitsnacht mit einer ganz ungeheuerlichen Manneswehr zu tun gehabt. Wenn Lampsakus, nachdem Priapus zum Range der Götter erhoben war, zwei Männer besessen hätte wie Callias und Caviceus es sind – die jungen Weiber, die das Jucken der Liebesbrunft verspürten, hätten nicht um den toten Priapus gejammert, der den prachtvollen Ausspruch tat:

Das ist der grosse Vorteil bei meinem riesigen Penis:
Das unmöglich ein Weib je mir zu weit ist gebaut.

Wir kamen Männern enggebaut vor, denen kein Weib hätte weitgebaut erscheinen können. Als Sempronia und Victoria verheiratet wurden und zwar mit Männern, die gut ausgerüstet und nicht so jung waren wie Jocondus, da wurde ihnen gleich beim ersten Ansturm der Speer in die tiefste Tiefe des Leibes gebohrt, und sie hatten unverkümmerte Freude an einer Begattung, der keine Zutat mangelte. So ist es, Schwesterchen: es klafft, es klafft auf die fürchterlichste Weise das vordere Venuspförtlein bei den Italienerinnen und Spanierinnen; es ist, als wären sie nicht nur für Männer, sondern für Maulesel geschaffen. Aber bei uns hatte Jocondus den Weg zu diesen Seligkeiten unseren Gatten schon halb erschlossen.

OCTAVIA: Das dachte ich mir: ihr hattet den Zugang erweitern lassen, damit er für die Eintretenden nicht zu beschwerlich wäre.

TULLIA: Du irrst dich. Bei dem jugendlichen Alter, worin der Page stand, war sein Glied nicht länger als mein Mittelfinger und nicht dicker als mein Daumen. Wir alle aber bekamen stattlich geschwänzte Gatten; allerdings können Victorias und Sempronias Männer, so gut sie auch ausgestattet sind, weder mit Callias noch mit Caviceus verglichen werden. Nach der Behauptung gehen Männer, deren Glied länger als sieben oder acht Zoll ist, über die gewöhnlichen Massverhältnisse hinaus. Dies ist nämlich, soweit die Länge in Betracht kommt, das übliche Mass; die Dicke aber muss der Länge entsprechen. Man behauptet, die Tiefe der Scheide bis zum Muttermund liesse sich beim Coitus bis zu sieben oder acht Zoll ausdehnen; noch tiefer einzudringen sei nicht möglich, ohne dem Weibe Unbequemlichkeit oder geradezu Schmerz zu verursachen. Ebenso wird der Coitus schwierig, wenn das Glied zu sehr in die Dicke schwillt. Wenn die Scheide bis zum Zerreissen ausgeweitet wird, dringt der grimme Gesell, der nur Liebe verhiess, vielmehr als ein Feind in das Heiligtum des Weibes ein. Aber soviel steht fest: je jünger wir sind, desto besser passen wir für männliche Pinselchen aller Art. Du weisst: ›Ueberall waltet ein Mass ...‹

OCTAVIA: Ach, und ich glaubte, auf der ganzen Welt habe niemals und nirgendwo eine Frau keuscher gelebt als meine Mutter! Wie hat sie's denn wohl angefangen, liebe Base, dass mein Vater niemals Verdacht geschöpft hat, ja, dass nicht einmal Fama, die in den Städten alles, auch das Verborgenste, erspäht oder doch bekannt macht, wie wenn sie es selber gesehen hätte, niemals an ihr etwas anderes als Preis-und Lobwürdiges bemerkt haben? Mein Vater ist noch immer sterblich in sie verliebt und alle Welt erhebt sie in den Himmel und rühmt sie als die züchtigste und bravste aller Frauen!

TULLIA: Wenn Frauen ihr Leben verlieren oder ihre Ehre – die noch kostbarer ist als das Leben – so sind sie meistens an diesem Unglück selber Schuld. Mit Recht hat man gesagt:

Ueberall waltet ein Mass und ist eine Schranke bereitet

Nichts ist an sich ehrenvoll oder schimpflich, sondern alles wird dazu erst durch den Gebrauch, den man davon macht. Ein feiner, verschlagener Geist erwirbt den Ruhm der Klugheit, eine kluge Frau aber weiss sich stets mit gewissen Grenzen zu umgeben. Ueber diese hinaus darf eine vorsichtige und mit gesundem Urteil begabte Frau sich niemals fortreissen lassen – weder durch wollüstige Liebe noch durch ohnmächtigen Hass, die beide uns oftmals blind machen. Willst du gut und glücklich leben, Octavia, so denke stets, dass alles und dass nichts dir erlaubt ist. Dies sei für dich die oberste Vorschrift in der Lebenslage, in die das für die Ehen gültige Gesetz dich gebracht hat.

OCTAVIA: Kaum – oder eigentlich garnicht – begreife ich, was dies zu bedeuten hat. Wie soll ich das verstehen, dass alles und nichts mir erlaubt sei?

TULLIA: Was du in aller Bequemlichkeit und ohne Scheu vor deinem Gatten tun kannst – das alles darfst du – verlass dich drauf! – tun; was du nicht ohne gewisse Gefahr tun kannst, das alles ist dir – verlass dich ebenfalls drauf! – verboten. Für jetzt habe ich dir die Lehren der wahrhaftigen und gediegenen Weisheit einzuflössen; nach ihnen mögest du in Zukunft den Kurs deines ganzen Lebens richten. Ihnen verdanke ich alle meine Wonnen und verdanke ich zugleich, dass der Ruf meiner Züchtigkeit unversehrt dasteht, während ich mich vergnüge und nach Herzenslust der Gaben meiner Jugend geniesse. Ihnen wirst auch du deine Glückseligkeit verdanken. Der gleiche Geist beseelt uns Weiber alle und treibt uns zur Wollust; auf derselben Bahn werden wir alle fortgerissen, ob wir gut ob wir böse sind. Aber die Schlechten kümmern sich nicht um ihre Ehre; die Guten dagegen stellen die Zier eines geachteten und ehrenvollen Lebens höher als die Wollust – ja, höher als das Leben selbst. Dagegen haben die Guten nicht alle einen und denselben Weg zu ihren Wonnen. Da sie fast alle unvorsichtig und dumm sind, so trifft die meisten mitten in ihrer Laufbahn schimpflicher Tod oder sie geraten in die dichtesten Finsternisse der Schande. Die anderen aber, die sich bemühen, durch die Lehren der Weisheit sich führen zu lassen, die geleitet sogar bis an die Schwelle der Freudenhäuser Preis und Ruhm und Beifallsgeklatsche der betölpeten Menge. Nicht das Ziel also gilt es zu ändern – denn das würde uns von der rechten Bahn abbringen – sondern es sind nur andere Mittel und Wege zu suchen, die zu diesem Ziel führen können.

OCTAVIA: Was ist das für ein Ziel? und wie gelangt man dahin? Das möchte ich gerne wissen – denn so etwas ist nicht nur sehr angenehm, sondern auch sehr nützlich zu hören.

TULLIA: Diese Frage werde ich mit wenigen Worten abtun. Kaum war ein Monat vergangen, seitdem Callias die Ehe mit mir vollzogen hatte, da kannte ich bereits ganz genau den Charakter meines Gatten wie auch meinen eigenen und ich stellte für mich selber Gesetze auf, die ich bis auf diesen Tag sorgfältig eingehalten habe. Das ist mir sehr nützlich gewesen und wird auch dir sehr nützlich sein, wenn du dich danach richtest. Zunächst richtete ich meinen Geist auf alles, was über mir, was ausser mir und was in mir ist. Ueber mir ist die Religion, die in der menschlichen Gesellschaftsordnung den höchsten Rang, in der natürlichen Ordnung dagegen überhaupt gar keinen Rang einnimmt. Ich erwog, was ich der Religion, der ich angehöre, was ich meinen Nebenmenschen und was ich mir selber schuldig sei. Zunächst müssen alle verheirateten Frauen durchaus fromm sein oder viel mehr fromm scheinen, Denn wenn eine fromm ist, aber nicht fromm erscheint, so ist sie keineswegs besser dran, als eine, die nicht fromm ist, aber fromm erscheint. Das höchste Glück einer Frau hängt von der Meinung ab, die ihr Gatte von ihr hat; selbst eine, die vielleicht gar nichts taugt, ist glücklich, wenn ihr Mann grosse Stücke auf sie hält; unglücklich ist demzufolge das Schicksal derjenigen, die von ihrem Mann verachtet wird, wäre sie auch mit allen Gaben der Natur und mit allen Verdiensten der Tugend auf das reichste ausgestattet. Aber wenn unsere Gatten in unseren Umarmungen die Glut ihrer heissen Liebe abgekühlt haben, dann bemessen sie die Achtung, die sie uns zollen, nach der Zahl der Tugenden, die sie an uns glänzen sehen. Ein Weib, das sie nicht für tugendhaft halten, erachten sie nicht ihrer Liebe würdig. Ehe sie unseres Leibes genossen haben, lieben sie uns um unserer Schönheit, um unserer Reize, um unserer Jugend willen; später, wenn sie mit Aug' und Hand und durch die freie Verfügung über unseren Körper ihre Leidenschaft befriedigt haben, lieben sie uns nur noch, wenn sie uns achten, wenn sie uns für anständig halten, wenn sie uns mit allen Tugenden geschmückt sehen. Füge dich also, meine liebe Octavia, diesen Sitten – oder heuchle diese Sitten. Nichts wird den Begriff zerstören oder in Vergessenheit bringen, den Caviceus in den ersten Tagen nach eurer Hochzeit sich von dir gebildet hat. Auf der Bühne dieses unseres Lebens musst du die Rolle, die du einmal gewählt hast, bis zum Ende durchführen.

OCTAVIA: Du verlangst von mir, ich solle mit einer Larve vor dem Gesicht einhergehen? Eine solche Maske der Seele lässt sich aber leichter ablegen als vornehmen!

TULLIA: Als nächstes Kapitel der eheweiblichen Vorsicht folgt nun der Rat: mache dich niemals über die allgemein anerkannten und üblichen Sitten und Bräuche lustig. Vor den Augen der Welt lebe für die Allgemeinheit; wenn es niemand sieht und wenn du sicher bist; lebe für dich selber. Decke deinen Lebenswandel mit dem Schleier der Frömmigkeit. Für das Leben unserer Gesellschaft ist jemand, der bösen Handlungen durch einen Schein von Rechtschaffenheit einen ehrenwerten Anstrich gibt, viel nützlicher als ein anderer, dessen gute Handlungen durch einen Schatten des Lasters verdeckt werden. Kleide dich in das Gewand der Ehrbarkeit – aber in ein solches, dass du es nach Bedürfnis leicht abstreifen kannst. Mögen die Leute, die dich in der eifrigen Erfüllung deiner Pflichten ganz und gar aufgehen sehen, schwören, es gebe nichts frömmeres als deine Sitten; mögen dagegen diejenigen, die du mit deiner Huld beglückst, erfahren, dass es nichts süsseres gibt als deine Umarmungen, nichts anmutigeres als dein Benehmen, nichts freieres als den Verkehr mit dir. Strebe danach es deiner Mutter Sempronia gleich zu tun!

OCTAVIA: Die Lehren, die du mir gibst, sind klar und verständlich, was du aber von meiner Mutter sagst, klingt unbestimmt und dunkel.

TULLIA: Ich kenne sie ebenso gut wie dich selber, ich habe mich ihrer wollüstigen Glut hingegeben, wie du dich der meinigen hingabst. Du musst wissen, diese Kapitel meiner Unterweisung über das Verhalten in der Ehe sind aus dem Lebenswandel und den Ratschlägen deiner Mutter abgeleitet. ›Unter den Sterblichen gelte dir dein Gatte als Unsterblicher!‹ sagte sie mir, als ich mich vermählte. ›Jede Frau, die das Herz auf dem rechten Fleck hat, muss überzeugt sein, dass sie zur Wonne ihres Gatten erschaffen sei und dass alle anderen Männer zu *ihrer* Wonne erschaffen seien. Du hast gewisse Verpflichtungen gegen deinen Gatten, du hast aber auch gewisse Verpflichtungen gegen dich selbst. Tu alles, was dein Gatte von deiner Gefälligkeit verlangt, was ihm angenehm erscheint, darf dir niemals schmachvoll vorkommen. Wandle dich wie Proleus in alle möglichen Gestalten, wenn er es befiehlt. Wenn ihm die Laune kommt, sich ein wenig frei mit dir zu ergötzen, so lass alle Scherze, die er ersinnen mag, dir recht sein. Befriedige gern und willig seine Leidenschaft: andere werden die deinige befriedigen.‹ So habe ichs mit Callias und habe ichs mit Lampridius gemacht.

OCTAVIA: Schön! Nun begreife ich auch dein Verhältnis zu Lampridius.

TULLIA: Es ist mir lieb, wenn du auch die geheimsten Wonnen meines Liebeslebens erfährst. Fröhlichen Sinnes gewähre ich Callias den Besitz meines Leibes zu beliebigem Gebrauch, aber ich selber finde keine Wonne dabei; Lampridius aber geniesst meiner Schönheit so, wie es mir den höchsten Genuss und die höchste Freude gewährt. Der eine befiehlt mir, dem Anderen befehle ich; dem Einen bin ich Sklavin, dem anderen Herrin; der eine besitzt meinen Leib, den Leib des Anderen besitze ich. Zwischen einer Gelobten und einer Ehegattin ist ein Unterschied wie zwischen Geld und Blei; zwischen der Glückseligkeit einer freien Konkubine und dem Lose einer verheirateten Frau ist ein grösserer Abstand als zwischen Himmel und Erde. Erst dann wirst du glücklich und selig sein, wenn du das eine mit dem anderen zu verschmelzen weisst.

OCTAVIA: Du glaubst, ich würde so von Sinnen sein, mir einen Liebhaber zu nehmen? würde einen solchen in meine Arme schliessen, ihn in mein Bett aufnehmen? Möge Venus eine solche Schamlosigkeit meinem Sinn fernhalten! Zudem – müsste ich nicht den Zorn meines Gatten fürchten, wenn ich unglücklicherweise in solche Schmach verfiele? Ich kenne ihn ganz und gar: wenn er mich wegen eines Fehltritts dieser Art auch nur im Verdacht hätte, so würde kein Mensch und kein Gott mich lebend aus seinen Händen befreien!

TULLIA: Ich will deine Schamhaftigkeit nicht leiden lassen, sondern werde die Küsse, die Liebesglut und die Lendenkraft meines Herkules mit dir teilen. Ich selber werde dich ihm in die Arme legen, meine eigenen Hände werde ich ihm darreichen, damit er dich als sein Pferd besteige.

OCTAVIA: Du Spitzbübin, Hahaha! Werden seine Lenden es wohl auch aushalten?

TULLIA: O du nichtsnutziges Hurenfrüchtchen! Der Mann, der meinen Ansprüchen genügt, wird schon einen passenden für. dich finden, falls er etwa den Anforderungen deiner Venus nicht gewachsen sein sollte.

OCTAVIA: Ich sagte im Scherz, was du als Ernst nimmst. Aber sage mir doch, meine liebe Beschützerin, auf welche Weise hast du einen so treuen und wackeren Freund gewonnen? Ist er dir zum Geschenk gegeben worden? Oder hast du dich etwa aus eigenem Willen seinem Willen und Belieben hingegeben? Durch welche Zaubermittel hast du Callias blind gemacht? Welche Listen beseligen dich mit so vielen Wonnen und bieten dir Schutz und Schirm gegen die grossen Gefahren, die von allen Seiten unsere verliebten Gelüste bedrohen?

TULLIA: Warum sollte ich dirs nicht sagen, du köstliches, herziges Hürchen? Du wirst dich wundern, was ich zu erzählen habe! Wenige Tage nach der Vermählung meiner lieben Sempronia, deiner Mutter, sollte sie mit grossem Pomp in ihres Gatten Victorius Haus geführt werden. Vorher aber hatte sie ihre Mutter inständig gebeten, ihr den Jocondus mitzugeben – als Leibdiener, denn ihr Leib konnte ihn wirklich nicht entbehren. Victorius gab ohne viele Umstände seine Einwilligung dazu.

OCTAVIA: Vor sechs Monaten hat Jocondus sich ja sogar verheiratet, trotzdem aber nicht unser Haus verlassen. Und wenn ich mich jetzt auf alles etwas genauer besinne, was ich gesehen und gehört habe, wenn sie allein waren und sich um mich kleines Kind nicht glaubten kümmern zu brauchen, dann bringt wirklich alles mich dazu, mich deiner Meinung anzuschliessen. Ja, es ist so, Tullia: meine Mutter tat sich an des Jocondus Leib gütlich!

TULLIA: Sprich doch weiter! Was fürchtest du?

OCTAVIA: Mit welcher Schönheit sie sich den guten Ruf zu nutze machte, worin sie stand! O trügerischer Anschein von Tugend! Oft habe ich gesehen, wie sie in Abwesenheit meines Vaters mit einander plauderten und schäkerten. Jocondus knutschte meine Mutter; er war längst nicht mehr Lakai, sondern versah das Amt eines Intendanten. Indessen griff er, soviel ich gesehen habe, ihr doch niemals nach den Brüsten oder nach jener gewissen anderen Stelle. Eines Tages trat er in das Zimmer, worin meine Mutter und ich uns aufhielten. Meine Mutter stickte; ich spielte nach Kinderart mit einer kleinen Hündin, die ich an den Ohren hochhob. Lachend geht er auf meine Mutter zu, streckt ihr die Hand entgegen, um ihr beim Aufstehen behilflich zu sein, und zieht sie, halb mit ihrem Willen, halb dagegen fort, bis ich sie nicht mehr sehe. Ich glaubte, sie hätten das Zimmer verlassen und freute mich, allein zu sein, als ich plötzlich das Bett knarren und meine Mutter aufschreien hörte, wie wenn ihr etwas weh täte. Von Furcht ergriffen spitze ich die Ohren, dann aber springe ich auf und eile zu ihr. Meine Mutter hört mich und läuft mir entgegen, ehe ich bei dem Bette bin; sie schliesst mich in ihre Arme und bedeckt mich mit Küssen; Jocondus hatte sich inzwischen aus dem Staube gemacht. ›Was tat dir denn weh, Mütterchen?‹ frage ich sie; ›ich habe dich seufzen hören.‹ – ›Es war gar nichts‹, antwortet sie; ›als ich wieder in die Stube kam, stiess ich gegen den Bettpfosten an und habe mir beinahe das Schienbein zerbrochen.‹

TULLIA: Ei, ei! Und du hast in bezug auf ihren Verkehr niemals etwas verdächtiges gewittert?

OCTAVIA: Doch. Aber eine blosse Vermutung ist niemals ein Beweis. Sie nahmen sich beide so sorgfältig vor meinen Blicken in acht, dass ich niemals Gewissheit erlangen konnte. Nur so viel begriff ich, dass meine Mutter alles aufbot, damit ich die beste Meinung von ihr hätte und überzeugt bliebe, sie sei die anständigste von allen Frauen der ganzen Stadt.

TULLIA: Das weiss ich. Oftmals und auf das Dringlichste hat sie mich gebeten, sie dir als die anständigste und keuscheste Frau zu rühmen. Und was ich dir heute von ihren Geheimnissen enthülle, bleibt ja doch für die übrige Welt völlig verschwiegen und verborgen.

OCTAVIA: Ich wäre eine Muttermörderin, wenn ich nicht den guten Ruf der Frau schonte, die bis auf den heutigen Tag mich so zärtlich geliebt hat: denn der gute Ruf ist kostbarer als das Leben selbst. Aber höre, mit welcher List sie mich zu täuschen versuchte! Drei Tage bevor ich meinem Caviceus zur Gattin gegeben wurde, sprach sie folgendes zu mir: ›Binnen wenig Tagen, mein Kind, wirst du Caviceus heiraten; nur dieser kurze Zeitraum trennt dich noch, die keusche und fromme Jungfrau, von dem Schmutz und der Unreinheit des ehelichen Verkehrs. Wenn du deine Jungfräulichkeit hingegeben hast, werden gar viele Tugenden von dir weichen – denn du wirst befleckt sein und durch kein Mittel der Gewalt oder List wirst du jene Tugenden bei dir zurückhalten können, denen nur sittenstrenger Ernst zusagt. Nichts Himmlischeres gibt es als eine reine Jungfrau, nichts Niedrigeres als ein entweihtes Mädchen.‹ – ›Was soll ich denn tun, liebe Mutter?‹ fragte ich; ›lass mich meine Jungfräulichkeit mein ganzes Leben lang unversehrt bewahren; lass mich bei den Vestalinnen eintreten.‹ – ›O nein!‹ antwortete sie; ›unsere Verhältnisse und meine Liebe zu dir verbieten mir, dich lebendig begraben zu lassen. Aber folge meinem Rat: gelobe, du wollest jeden Gedanken an Ausschweifung und jede Anwandlung wollüstiger Begier hassen und verabscheuen. Halte deinen Geist von diesen Unsauberkeiten fern, wie auch ich es getan habe. Bringe ein Opfer um der Jungfräulichkeit willen, die du verlieren wirst; beweine sie, nachdem du sie verloren hast, dadurch, dass du ein neues Opfer bringst.‹ – ›Gern‹, antwortete ich, ›will ich dies tun. Aber was ist dies für ein Opfer, liebe Mutter, wozu du mich aufforderst?‹ – ›Ich wünsche und bitte dich recht sehr, liebe Octavia,‹ sagte sie, indem sie mir einen Kuss gab – ›ich wünsche, dass du aus freiem Antrieb dich zu diesem Opfer entschliessest und dass es von deiner und von meiner Hand vollzogen werde. Aber du wirst dazu eines festen und unwandelbaren Mutes bedürfen.‹ – ›An Mut wird es mir nicht fehlen!‹ versetzte ich. Sie liess mich nun durch einen Schwur geloben, alles erdulden zu wollen, was sie mir anraten würde. ›Du bist, mein liebes Kind,‹ fuhr sie fort, ›eben so rein, so gut, so keusch wie du hübsch, geistvoll und lebhaft bist. Morgen früh wirst du zunächst im Tempel, angesichts der Gottheit, das Versprechen erneuen, das du mir gegeben hast, und dann wollen wir das Notwendige tun. Es wird für dich das rühmlichste, ehrenvollste und nützlichste Werk sein.‹

TULLIA: Du sagst mir damit nichts Neues. Sie hat mir die ganze Geschichte erzählt und belustigte sich sehr über deine Leichtgläubigkeit, wobei sie aber zugleich deinem Mut hohes Lob zollte.

OCTAVIA: Dann unterlasse ich's also, dir weiter davon zu erzählen; wenn du's schon weisst, kann ich dir nichts Neues darüber berichten.

TULLIA: Im Gegenteil! Ich bitte dich, fahre fort, wenn du mich lieb hast! Sempronia hat mir die Geschichte nur in den Hauptzügen erzählt und ist nicht wie du auf alle interessanten Einzelheiten eingegangen.

OCTAVIA: Früh am Morgen befal sie mir aufzustehen, liess mich ein prachtvolles Kleid anziehen, das sie bereit gehalten hatte und führte mich zu Theodorus, einem Mitglied jener Sekte, deren Angehörige dank ihrem struppigen Bart und wirren Haar bei der grossen Menge im Ruf stehen, einen ganz besonders gottseligen Lebenswandel zu führen. Kaum hatten wir das Heiligtum betreten, so ging er auf mich zu und sprach: ›Du hast, meine Tochter, eine Mutter, die dich mit allem Guten und Vernünftigen bedacht zu sehen wünscht. Binnen drei Tagen wirst du vermählt sein; du musst deine Seele von allem Schmutz reinigen, um dieser Himmelsgabe würdig zu werden und zu ihrem Empfange vorbereitet zu sein. Denn du wirst ja Kinder zur Welt bringen; wenn du gut bist, so werden auch sie im Himmel einen jener Plätze finden, von denen die höllischen Geister ausgeschlossen sind; wenn aber du verderbt bist, so werden sie zur Schar der Verdammten hinabgestossen werden. Was wählst du?‹ Ich schwieg, von der Röte der Scham übergössen. ›Sprich! sprich!‹ hub er abermals an. – ›Ich will gut sein, und auch meine Kinder sollen gut sein!‹ antwortete ich. – ›So tritt denn heran!‹ – Was brauche ich dir mehr zu sagen? Auf meinen Knieen vor ihm liegend, beichtete ich alles, auch die geringsten Kleinigkeiten, an denen ich ein Anhauch des Lasters zu entdecken glaubte. Als er mein Geständnis hörte, dass ich schon durch einen lüsternen Angriff meines Verlobten befleckt sei, wollte er in einen gewaltigen Eifer geraten; doch begnügte er sich damit, mir zu sagen, ich müsste mich derartiger Dinge enthalten; hierauf befahl er mir volles Vertrauen zu meiner Mutter zu haben und ihr in allem zu gehorchen, was sie auch immer von mir verlangen möchte. Dann rief er meine Mutter zu sich und gab ihr ein zusammengewickeltes Bündel von Stricken, das er aus seinem rechten Aermel hervorzog. – ›Schone die Haut deiner Tochter nicht!‹ sagte er ihr dabei; ›schone auch deine eigene Haut nicht, sondern gehe ihr mit gutem Beispiel voran! Wenn du meine Befehle nicht befolgst, wirst du bestraft werden.‹ Nachdem er diese Worte gesprochen hatte, gingen wir.

TULLIA: So machen diese Männer sich über unsere Leichtgläubigkeit lustig; dies sind die Mittel, durch die sie uns beherrschen.

OCTAVIA: Mit grösserem Rechte könntest du sagen: ›So machen wir uns über die Leichtgläubigkeit der Männer lustig; so beherrschen wir sie!‹ Sobald wir in jenem inneren Gemach unserer Wohnung waren, von dem man, wie du weisst, die Aussicht auf den Garten hat, verschloss meine Mutter alle Türen und gab mir lachend das Bündel, um es zu öffnen. Ich tu's und sehe, dass es eine Art Geissel ist, die aus fünf mit sehr zahlreichen und sehr kleinen Knoten besetzten Stricken besteht. ›Jetzt, mein Kind,‹ sagte sie, ›musst du mittels dieses Werkzeuges der Frömmigkeit dich verschönen und reinigen; zunächst aber will ich dir's vormachen. Wir haben den Befehl empfangen, aus allen Kräften uns mit Geisselhieben zu zerfleischen. Ich werde gehorchen; und auch du wirst gehorchen, wenn ich dich recht kenne.‹ – ›Ich werde gehorchen,‹ antwortete ich. – ›Du bist noch nicht willensstark genug,‹ fuhr sie fort, ›um dir selber solche Hiebe zu versetzen, wie ich vor deinen Augen sie mir geben werde. Darum will ich dir helfen. Während ich mit leiser klagender Stimme eine Hymne singe, wird in meinem Innern – daran zweifle nicht! – meine Seele von unsagbarer Freude überströmen.‹

TULLIA: Erschauerte denn nicht dein zarter Leib vor Angst.

OCTAVIA: Ich hielt mich durchaus nicht für so mutig und zur Bussübung bereit, wie ich meine Mutter und mich selber glauben machen wollte. Mit Recht aber behauptet man, dass kein Mensch im Ertragen von Schmerzen so standhaft und entschlossen ist wie ein Weib, wenn sie einmal den festen Willen dazu hat. ›Warum sollten wir noch länger Zeit verlieren, liebes Kind?‹ fuhr meine Mutter fort, indem sie mir einen Kuss gab. ›Zieh mir schnell mein Kleid aus, damit dieser erbärmliche sündenvolle Leib sich nackt und bloss zeige!‹ Sie streifte ihr Hemde in die Höhe, indem sie es bis über die Lenden hinauf umkrempelte, warf sich dann auf die Kniee und ergriff die Geissel. ›Passe gut auf, liebe Tochter!‹ rief sie, ›und lerne durch mein Beispiel, wie man den Schmerz erträgt!‹ In diesem Augenblick klopfte ein Finger leise an die Tür. ›Ich weiss schon, wer es ist,‹ sagte meine Mutter; ›es ist Theodorus, der würdige Priester; er kommt, um uns beiden zu helfen. Er hatte mir nämlich versprochen, er werde kommen, wenn es ihm nur irgend möglich sei. Abermals klopfte es. Ja, er ist's,‹ sagte meine Mutter; ›'s ist Theodorus. Mach ihm auf, liebes Kind.‹ – ›Wie, Mutter?‹ rief ich; ›soll er dich denn nackt sehen?‹ – ›Weisst du denn nicht,‹ antwortete sie, ›dass er für mich ein alter Bekannter ist? Ihm verdanke ich alle nicht sündhafte Schönheit, die ich etwa an mir haben mag.‹ Indessen liess sie doch ihr Hemd herunter, während ich ihm öffnete. Er trat lachenden Mundes ein und begrüsste uns beide; besonders aber ermahnte er meine Mutter, sie solle mir auf eine Weise, die ihrer und meiner würdig sei, ein Beispiel geben. Er fügte noch viele andere Worte hinzu, die mich zu solchem Eifer entflammten, dass ich ihn hätte bitten mögen, mich mit seinen eigenen frommen Priesterhänden zu peitschen. In einer langen, sehr gedankenreichen Rede wies er uns nach, dass die Scham, wenn sie nicht einer Sünde gelte, selbst eine Sünde sei; nur diejenigen Frauen müssten mit Recht erröten, die sich in wollüstiger und geiler Absicht nackt den Blicken eines Mannes preisgäben, nicht aber solche, die es aus Gründen der Frömmigkeit und zum Zweck der Busse täten. Das eine sei schändlich, das andere ehrenwert; am einen hätten sterbliche Menschen ihre Lust, am anderen aber die unsterblichen Götter, und Bussübungen dieser Art wären von allerhöchstem Wert. Durch sie würden, gleichsam durch eine wunderwirkende Taufe, alle Besudelungen abgewaschen, mit denen Frauen sich selber befleckt hätten oder befleckt worden waren: sie müssten alle sträflichen Genüsse, die sie sich schamloser Weise durch ihr Fleisch verschafft hätten, dadurch abbüssen, dass sie ihren Sinnen eben so harte Strafen auferlegten. Mit einem Wort: diese geheimen Züchtigungen machten den grössten Teil der Sünde wieder gut, die aus erbärmlicher Scham den Priestern in der Beichte verhehlt würden.

TULLIA: O, was für bequeme Lehren für ein Weib, das zugleich wollüstig und schamhaft ist. Aber ich – ich habe für deine Vorschriften keine Verwendung, guter Theodorus! Fahre fort, Liebste!

OCTAVIA: Nach allen diesen Ermahnungen ergriff er selber die Geissel; meine Mutter warf sich auf die Knie, und ich folgte ihrem Beispiel. Er befiehlt meiner Mutter, sich ein wenig zu entfernen, mir aber, meine Augen auf sie zu heften und genau jeden auf sie niederfallenden Schlag zu beobachten. Er trat dann an meine Mutter heran, die ihn bat, er möchte an ihr diese gute Handlung vollziehen, und zugleich eine Art Hymnus anzustimmen begann. Plötzlich begann ein Hagelschauer von Schlägen auf ihre entblössten Schenkel herabzusausen. Sie schien mir unter diesen Schlägen zusammenzuschauern; die Hiebe wurden leichter, bald aber wieder noch heftiger als die ersten. Kurz, er bearbeitete die Aermste auf eine solche Art, dass ihre

Hinterbacken von Striemen bedeckt waren. Vorher waren sie blendend weiss gewesen, jetzt aber sahen sie aus, als kämen sie von der Fleischbank.

TULLIA: Und sie beklagte sich nicht?

OCTAVIA: Sie wagte nicht einmal den Mund aufzutun; ein einziges Mal liess sie sich ein Stöhnen entschlüpfen und seufzte: ›Ach, Vater!‹ Er aber wurde durch dieses Wort ganz wild und schrie: ›Du wirst nicht ungestraft aus meinen Händen davonkommen!‹ Er befahl ihr, sich zur Erde herabzubeugen und Kopf und Brust niederzuducken. Sie gehorchte; auf diese Art boten ihre Hinterbacken sich der Geissel noch bequemer dar und er peitschte sie nun eine volle Viertelstunde lang ohne aufzuhören. ›Jetzt ist deine Seele hinreichend erleichtert. Steh auf!‹ befahl Theodorus. Sie stand auf, liess ihr Hemd wieder herabfallen, zog ihr Kleid an und schloss mich lachend in ihre Arme, indem sie sagte: ›Jetzt kommst du daran, mein Kind! Glaubst du Mut genug zu diesem Spiel zu haben? denn es ist ein Spiel und kein Leiden.‹ – ›Möge nur mein Leib soviel Kraft haben, wie ich Mut haben werde,‹ antwortete ich. ›Was habe ich zu thun?‹ – ›Bereite deine Tochter zu diesem frommen Werke vor!‹ rief Theodorus. ›Ich hoffe, du wirst tapferer sein als deine Mutter.‹ Unterdessen starrte ich mit weitaufgerissenen Augen den Fussboden an. – ›Du wirst doch nicht meine Hoffnungen täuschen?‹ fuhr er fort; ›sprich!‹ – ›Ich werde mir alle Mühe geben, um der guten Meinung zu entsprechen, die du von mir hast, ehrwürdiger Vater.‹ Mein Kleid war schon herabgefallen und meine Mutter schob mir das Hemd bis über die Lenden empor. Sobald ich fühlte, dass ich ganz nackt war, überzog tiefste Scham mein Antlitz mit dunklem Rot. ›Du wirst nicht niederzuknieen brauchen,‹ sagte meine Mutter zu mir; ›bleibe nur stehen, wie du bist, aber rühre dich nicht.‹ Dann führte sie mich zu Theodorus, der mich fragte: ›Möchtest du auf den Gipfel des Glückes gelangen? Willst du durch Dornen und Hindernisse hindurch der himmlischen Seligkeiten teilhaftig werden?‹ – ›An Mut dazu fehlt es mir nicht,‹ antwortete ich. Sofort begann er durch ganz leichte Schläge meine Gefühle zu erregen, ohne mir weh zu tun. ›Könntest du wohl, meine Tochter, stärkere ertragen?‹ fragte er mich. – ›Ganz gewiss,‹ antwortete meine Mutter in meinem Namen. – ›Ich werde es können,‹ erwiderte nun auch ich. Da trafen mich furchtbare Geisselhiebe von den Lenden bis zu den Waden hinunter. ›Genug! genug!‹ schrie ich. ›Habe Erbarmen mit mir, liebste Mutter!‹ – Sie aber rief: ›Mut! Willst du selber vollenden, was noch zu tun ist? Das Werk ist jetzt ungefähr zur Hälfte vollbracht.‹ – ›Ganz recht!‹ sagte Theodorus; ›wir wollen doch mal sehen, wie sie allein sich liebkosen wird. Nimm die Geissel, meine Tochter und geissele dir selber jenen zur Liebesfreude bestimmten Teil da vorne!‹ Meine Mutter nimmt meine Hand in die ihrige und zeigt mir nun, wie der dem Angriff des Gatten ausgesetzte Körperteil von allen Seiten her mit kräftigen Hieben gezüchtigt werden müsse. Ich versetze mir mit voller Kraft einen Hieb und dann noch einen; schon beginnt meine Hand zu erlahmen, und ich rufe: ›Ich kann mich nicht selber züchtigen, liebe Mutter! Aber von deiner Hand werde ich. alles ertragen.‹ Durch diese Feigheit hatte ich wenigstens einen Augenblick Ruhe vor Theodorus erlangt. Ich gebe die Geissel meiner Mutter; sie stimmt ihren Klagegesang wieder an, den sie mit taktmässigen Schlägen begleitet. Ich beginne Tränen zu vergiessen und tiefe Seufzer auszustossen; jeden Hieb begleite ich mit einer Drehung des Gesässes, endlich ergreife ich die Flucht und laufe durch das ganze Zimmer. – ›Was ist denn das?‹ schreit Theodorus. ›O die feige Person! das Hasenherz!‹ Meine Mutter hatte nämlich die Geissel auf das Bett geworfen. ›Willst du, meine Tochter, mehr Mut zeigen, als eine so mutvolle Mutter?‹ – ›Ich will's!‹ antwortete ich; ›aber verhindert mich lieber am Fortlaufen. Ohne Zweifel wird es mir gelingen, mein Schreien und Stöhnen zu unterdrücken.‹ – ›So gehorche denn, mein Kind!‹ sprach wieder meine Mutter. – ›Ich werde euch gehorchen in allem, was ihr verlangt,‹ antwortete ich. Mit einem Seidenband fesselte sie mir nun die Handgelenke; denn mit den Händen hatte ich mich besonders heftig gewehrt; hierauf liess sie mich den Kopf auf den Bettrand aufstützen. – ›Bemühe dich, ganz regungslos zu bleiben, während du gegeisselt wirst,‹ sagte sie. ›Wenn du dich rührst, bist du in meinen Augen die verworfenste und niederträchtigste Dirne.‹ – ›Ich werde mich nicht rühren!‹ antwortete ich. ›Zerfetzt nur nach eurem Belieben mein armes Fleisch!‹ ›Komm heran, Theodorus,‹ sagte meine Mutter zu dem Mönch, ›und beehre meine Tochter mit dieser hohen Gunst.‹ Während nun meine Mutter die Fessel an meinen Handgelenken fester zieht, drückt sie meine Hände in den ihrigen, und herzt und küsst mich. Theodorus aber zerfleischt mich und zerreisst mir die Haut mit seinen Schlägen. – ›Heil! Heil! Heil dir!‹ ruft meine Mutter; ›je schmerzhafter die Strafe ist, der du dich unterziehst, desto himmlischere Wonne wird dir zu teil werden!‹ In demselben Augenblick ruft Theodorus: ›Es ist gut! Das jungfräuliche Blut rinnt in Strömen. Die Schamhaftigkeit hat ihr Opfer empfangen, wie es sich gebührt.‹ Er versetzte mir noch ein paar Hiebe, dann warf er meiner Mutter die Geissel zu, die ganz von blutigem Tau durchnässt war.

TULLIA: Du willst wohl sagen, sie sei von ein paar Tröpfchen besprengt gewesen.

OCTAVIA: Mag das mit der Geissel gewesen sein, wie es will – soviel ist gewiss: er hatte meine Haut übel zugerichtet. ›O meine Tochter!‹

rief meine Mutter; ›wie soll ich dir glückwünschen! wie soll ich dich in den Himmel erheben, wo die Heroen weilen! Wie mutig hast du so grimme Angriffe ausgehalten!‹ Kurz und gut, nachdem sie mich beide mit Lobeserhebungen überschüttet und mir einen Eid abgenommen hatten, dass ich nach dem Verlust meiner Jungfernschaft eine neue Geisselung über mich wollte ergehen lassen, verliess Theodorus unser Haus. Sobald er fort war, schloss meine Mutter mich innig in ihre Arme und sagte: ›Jetzt bitte ich dich zu Bett zu gehen, liebes Kind. Sage nur, du habest Kopfweh. Dir wird die Ruhe gut tun, um deinen zarten Gliedern neue Kräfte zu geben und deinen Leib wieder herzustellen, der durch die so heldenmütig von dir ertragene Geisselung recht hart mitgenommen ist.‹ Sie brachte mich selber zu Bett und gab mir durch leckere Speisen meine Kräfte wieder. ›Ich selber bin schon dran gewöhnt,‹ sagte sie zu mir; ›mir macht so eine Geisselung gar nichts aus.‹ Sie salbte mir hierauf noch mit einer Rosenpommade meine zerprügelten Hinterbacken, die an zwei Stellen blutig geschlagen waren. ›Jetzt schlafe! in zwei Stunden komme ich wieder.‹

TULLIA: Weisst du, wohin sie ging, und was sie machte, während du schliefst?

OCTAVIA: Bei Venus – nein! Und doch wollte fast eine Stunde lang kein Schlaf mir kommen. Mein verwundetes Gesäss brannte wie Feuer, aber ein ganz eigentümliches Kitzeln linderte den Schmerz.

TULLIA: O, wenn Caviceus gerade in jenem Augenblick gekommen wäre – was für ein Glücksfall wäre das für dich gewesen! Deine Mutter liess schnell Jocondus kommen, den sie schon einige Nächte knapp gehalten hatte, und sie brauchte nicht lange auf ihn zu warten. Sogleich eilte er herbei, denn er wusste, dass er gerufen wurde, um seine Geliebte zu umarmen. Er fand sie in der dunklen Kammer, die an das Zimmer anstösst, worin du schliefst. Auch sie lag auf einem Bette ausgestreckt; augenblicklich forderte sie durch Küsse, Streicheln, Kneifen ihres Liebhabers Rute zum Kampfe heraus; diese erwachte denn auch sofort, schlüpfte aus ihrem Futteral hervor und stürzte sich in das der Sempronia.

OCTAVIA: Was weisst denn du davon? Wer hat dich zur Mitwisserin dieser Liebesgeheimnisse einer Anderen gemacht?

TULLIA: Sie selbst kam am nächsten Tage zu mir und erzählte mir die ganze Geschichte. Dreimal durchbohrte sie im Zeitraum einer Stunde Jocondus mit wacker eingelegter Lanze; dreimal liess er seinen vollen Schlauch in ihre Wonne überströmen. Sie aber ergoss siebenmal das köstliche Nass der Liebe aus dem Innern ihres Schosses. Sie befürchtete sogar, du möchtest ihre Stimme gehört haben, als sie im Taumel des Liebesrausches immer wieder gerufen hatte: ›Ich sterbe! drücke doch! drücke doch! mein Herz, mein Herz zerfliesst in Wonne!‹

OCTAVIA: Das ist wohl richtig. Es kam mir wirklich vor, als hörte ich ganz in der Nähe ein Geflüster; aber es kam mir nicht in den Sinn, mich zu fragen, was es wohl sein möchte. Ausserdem hatte Jocondus erst vor sechs Monaten ein schönes, ganz junges, frühentwickeltes Mädchen geheiratet, ein Mädchen von sechzehn Jahren – eine natürliche Tochter meines Grossvaters von einer Buhlerin.

TULLIA: Setze hinzu, dass sie ehrenhaft, schüchtern, gehorsam ist und dass die Schmach der Mutter alle Keckheit in ihr gebrochen hat.

OCTAVIA: Oft habe ich meine Mutter ihr ihre Geburt vorwerfen hören. ›Eine Tochter, die aus unreinem Blut entsprossen ist,‹ sagte sie, ›folgt leicht den Spuren der Mutter.‹ Sie antwortete auf solche Worte nur durch Tränen und durch Seufzer von beredter Stummheit.

TULLIA: Die unglückliche Julia war bei euren Vestalinnen untergebracht, deren Oberin deine Freundin Theresia ist, als Jocondus, der schon fünfzehn Jahre lang Sempronias Acker mit seiner Hacke bearbeitet hatte, seinen Arbeitslohn zu fordern begann und allmählich schon von Bitten zu Drohungen überging. ›Ganz gewiss bin ich mit Leib und Seele dein,‹ so sagte er zu ihr, ›aber welche Belohnung, o Herrin, habe ich bis heute jemals von dir empfangen, so dass ich mit Recht der deinige sein und auch dafür gelten könnte? Was hast du bis jetzt getan, um meine Zukunft zu sichern? Ich bin arm, bin ein Nichts und beklage mich daher mit Recht über meine reiche Herrin. Wenn das Schicksal dich mir entrisse – o, möchte dann auch die Erde sich unter meinen Füssen auftun! – was würde aus mir werden, aus mir Unglücklichem, den du leidenschaftlich zu lieben behauptest?‹ – ›Gib dich nicht mit solchen dummen Gedanken ab, halte deinem Geist diese unbegründeten Befürchtungen fern!‹ erwiderte Sempronia ihm. ›Ich habe mich bereits fest entschlossen, dir ein schönes Mädchen zur Frau zu geben und dir von meinem Gelde eine sehr beträchtliche Mitgift auszusetzen. Ich besitze, ohne Vorwissen meines Gatten, sechstausend Goldstücke; wenn du willst, ist dieses blanke bare Geld sofort dein.‹ – ›Du magst mich ans Kreuz schlagen lassen,‹ rief Jocondus, ›wenn ich jemals deiner Güte vergesse! Welche Bedingungen du auch aufstellen magst, ich nehme sie gern an.‹ – ›Du kennst Julia, die von Theresia ins Kloster zur Erziehung aufgenommen,‹ fuhr Sempronia fort; ›diese bestimme ich dir zur Frau. Nirgends wirst du

ein so reines und so anmutiges Mädchen finden.‹ – ›Ach, Herrin!‹
rief Jocondus, ›wie kann ich dir für ein so himmlisches Geschenk
würdig danken!‹ Kurz und gut: der Vertrag wurde aufgesetzt und
Julia mit Jocondus verheiratet.

OCTAVIA: Seit einigen Jahren schon war Jocondus, der jetzt Gonsalvi
genannt wurde, Verwalter unseres ganzen Hauses. Er hatte die
Oberleitung aller unserer Güter, sowohl der Stadthäuser wie der
Landbesitzungen; mein Vater hatte stets seine aufmerksame und ge-
wissenhafte Treue gelobt. Ich wunderte mich nicht, dass man zum
Lohn für seine vergangenen und zukünftigen Dienste Julia einem
Manne gab, dem unsere Familie so sehr zu Dank verpflichtet war.
Aber wie lauteten die verabredeten Bedingungen?

TULLIA: Die erwähnten sechstausend Goldstücke sollten im Lauf
von vier Jahren bezahlt werden; bis dahin wurden sie bei dem Kauf-
mann Guelisio hinterlegt; dem Gonsalvi sollten sie erst dann ausge-
händigt werden, wenn er die von ihm eigenhändig unterschriebenen
Bedingungen eingehalten hatte, doch sollte er in der Zwischenzeit
die Zinsen des Geldes erhalten. Die Bedingungen waren der Haupt-
sache nach folgende: dass er sich mit seiner Frau Julia stets nur mit
Erlaubnis seiner Herrin Sempronia zu tun machte; dass er seine
Gattenrechte nicht ausüben würde, wenn diese es verböte; dass er
alle mündlichen oder schriftlichen Befehle seiner Herrin sofort und
freudig ausführen würde; dass er die Interessen seines Herrn und
seiner Herrin nach besten Kräften wahrnehmen würde; endlich, dass
er mit ihnen unter einem Dache wohnen würde, zu welchem Zweck
ihm eine sehr geräumige Wohnung im Hause anzuweisen wäre.

OCTAVIA: Julia war also verheiratet, ohne verheiratet zu sein, und
Jocondus war Gatte und doch nicht Gatte?

TULLIA: Allerdings. Als die Neuvermählten die erste Nacht zusammen schliefen, verlangte Sempronia, dass Jocondus sein Eherecht
nicht mehr als zweimal ausübte, und damit er sie nicht belöge, liess
sie ihn einen feierlichen Eid darauf schwören. Vorher hatte sie durch
gute Worte, Schmeicheleien und prachtvolle Versprechungen Jocondus
zu solcher Glut entflammt, dass sie in einer ununterbrochenen Umarmung dreimal hintereinander wacker von ihm vorgenommen
wurde. Dann erst liess sie ihn, völlig erschöpft, zu Julia gehen, nachdem sie ihm noch zum zweitenmal den Schwur abgenommen hatte,
dass er nicht mehr als zwei Ritte in Julias Stechbahn machen wollte;
übrigens gelang es ihm in jener Nacht wirklich nur mit Mühe und
Not sie zu entjungfern. Am anderen Morgen fragte Sempronia neugierig die junge Frau, wie alles abgelaufen wäre, ob sie jetzt wirklich

vermählt und als Frau aus den Umarmungen ihres Gatten hervorgegangen wäre. Julia wurde rot; sie schlug schamhaft die Augen nieder und schwieg; endlich gestand sie, ihrem Gatten zweimal unterlegen zu sein. In der nächsten Nacht erlaubte Sempronia wieder ein zweimaliges Liebeswerk; bei Tagesanbruch aber wurde Julia ein Keuschheitsgürtel umgelegt; durch ein Gitterwerk, das mit diesem Gürtel verbunden war, war das Venuspförtlein verschlossen und erst acht Tage darauf erhielt sie Erlaubnis, sich abermals ihrem Gatten hinzugeben. Seltsam: seit jener Nacht bis zum heutigen Tage ist sie höchstens fünfzehnmal von ihrem Gatten erkannt worden und hat sich als Ehefrau fühlen können.

OCTAVIA: Ich habe in den letzten Tagen über diesen Keuschheitsgürtel einige Gespräche zwischen Julia und meiner Mutter gehört. Aber ich weiss nicht recht, was eigentlich dieser Gürtel zu bedeuten hat, der die Frauen keusch macht.

TULLIA: Du wirst es erfahren! Als am Morgen nach jener zweiten Nacht Julia aufstand, trat Jocondus auf sie zu; sie waren ganz allein miteinander. Er zeigte ihr den Gürtel und sie lachte laut auf und rief: ›Was ist denn das für ein Ding in deiner Hand? Ich sehe ja Gold daran leuchten!‹ – ›Du musst diesen Gürtel anlegen,‹ antwortete er, ›damit du gegen den Makel geschützt seist, der deiner Mutter anhaftet. Man nennt dies Ding einen Keuschheitsgürtel. Meine Herrin Sempronia hat diesen hier mehrere Jahre lang getragen; jetzt wirst du ihn tragen. Auf diese Weise hat sie ihren guten Ruf erlangt und ich hoffe, dir wird ein ebensoguter beschieden sein. Das goldene Gitterchen hängt an vier Stahlkettchen, die mit Seidensammt überzogen und kunstvoll an einem Gürtel von demselben Metall befestigt sind. Zwei dieser Kettchen sind vorne, zwei sind hinten an dem Gitterwerk angebracht und halten es von beiden Seiten fest. Hinten, über den Hüften ist der Gürtel mittels eines Schlosses verschlossen, zu dessen Oeffnung ein ganz kleines Schlüsselchen dient. Das Gitterwerk ist etwa sechs Zoll hoch und drei Zoll breit und reicht daher vom Damm bis zum oberen Rand der äusseren Schamlippen; es bedeckt den ganzen Körperteil zwischen den beiden Schenkeln und dem Unterleib. Da es aus drei Reihen von Maschen besteht, so lässt es den Urin ohne Schwierigkeit hindurch; dagegen ist es unmöglich, auch nur eine Fingerspitze hineinzustecken. So ist also die Scham gleichsam durch einen Panzer gegen fremde Schwänze geschützt, während ihr rechtmässiger Eigentümer nach Hymens Gesetz freien Zugang hat, so oft er will.‹

OCTAVIA: Was hat wohl die Neuvermählte bei sich selber darüber gedacht?

TULLIA: Was auch du binnen wenigen Tagen darüber denken wirst, denn auch für dich wird schon ein derartiges Werkzeug angefertigt.

OCTAVIA: Ich wusste nicht, was Caviceus eigentlich bezweckte, als er mit mir vom Keuschheitsgürtel sprach und mir sagte, dieser sei der beste Beschützer der Tugend ehrbarer Frauen; er fragte mich, ob ich nicht auch einen anlegen wollte – und auch meine Mutter riet mir dazu.

TULLIA: ›Was soll ich denn tun?‹ fragte Julia, während ihr Mann die Decken vom Bett nahm. ›Streife über den einen Fuss,‹ antwortete er, ›diese beiden Kettchen, und über den anderen jene beiden anderen.‹ Sobald sie dies getan hatte, zog er den Gürtel empor, gab dem Gitter die richtige Lage vor der Spalte, legte den Gürtel um ihren Leib, oberhalb der Hüften, und verschloss ihn mittels des Schlüsselchens. ›So jetzt ist deine Sittsamkeit in Sicherheit; alles ist in Ordnung.‹ Er bat sie, nackt wie sie war, aufzustehen und durch das Zimmer zu gehen; sie tat nach seinem Befehl, verliess das Bett und machte einige Schritte. Sie meinte, sie gehe nicht so bequem wie sonst, da sie wegen der Grösse des Gitters gezwungen sei, die Beine zu spreizen. ›Du wirst dich daran gewöhnen,‹ sagte, Jocondus; ›dass es dir etwas unbequem ist, hat nichts zu bedeuten; dies ist nur im Anfang so.‹ Hierauf befahl er ihr, sich glatt auf den Bauch zu legen und betrachtete bewundernd ihren Rücken und ihr Gesäss, während sie so ausgestreckt lag, denn man sagt, die Natur habe ihren Leib gleichsam nach dem Winkelmass gebaut und wie Marmor geglättet. Er untersuchte, ob man den Finger oder sonst irgend etwas in die Oeffnung stecken könnte, probierte es mit seinem eigenen Finger und fand, dass es unmöglich sei. Da sagte er: ›Alles ist in Sicherheit!‹ und begab sich eilends zu seiner Herrin. ›Ich habe jetzt, o Herrin,‹ so sprach er, ›hier zwei Schlüssel für dich – zunächst aber diesen‹ – hiermit zeigte er ihr sein Glied – ›denn ich kanns nicht mehr aushalten.‹ – ›Gerne nehme ich sie an,‹ versetzte Sempronia. Sie selbst zog sich Kleid und Hemd aus und warf sich auf des nächste Ruhebett. Er fährt in sie hinein und mit verhängten Zügeln reiten sie beide ans Ziel der Wonne. Nach verrichtetem Werk spricht Sempronia: ›Ich gebe dir diesen Schlüssel zurück, der so trefflich zu meinem Schloss passt; gib mir dafür den anderen.‹ – ›Hier ist er,‹ sagt Jocondus, ›nimm ihn.‹ – ›Und nun‹, fährt Sempronia fort, ›vernimm meinen Willen. Ich wünsche, dass du dir mit Julia nur in soweit zu tun machst wie notwendig ist, um von ihr Kinder zu bekommen, dass du dagegen alle Freuden der Liebe nur bei mir suchst. Ich verlange, dass du ihr bloss ein Ehemann seist, mir aber Buhle und Liebhaber. Ich werde dir daher diesen Schlüssel nur alle vierzehn Tage einmal übergeben, und auch dann nur, nachdem du zuvor meinen Garten ein oder zweimal mit deinem Tau besprengt hast. Denn ich wünsche nicht, dass Julia wisse, was du in dieser Art Dingen leisten kannst, wie kräftig deine Lenden, wie stark deine Glieder sind. Ferner soll sie überzeugt sein, dass alle Ehemänner es ihren Frauen gegenüber ebenso halten. Ich werde meine Freundin Theresia bitten, mit ihr zu sprechen und durch Ermahnungen oder Tadel ihre Gluten zu dämpfen oder aus zulöschen. Wenn du, wie dus bisher getan hast, auch in Zukunft mich liebst und mir gehorchst, so wirst du in mir eine Herrin haben, deren Wohltaten über deine kühnsten Wünsche hinausgehen; tust dus aber nicht, so bin ich deine gefährlichste Feindin. Du weisst, Frauen beten entweder an oder hassen – ein Mittelding gibt es nicht.‹ – ›Ich nehme diese Bedingungen an,‹ antwortete Jocondus; ›welcher Mann könnte glücklicher sein als ich, den die schönste und edelste Frau mit Wonnen der Liebe überströmt, während zugleich meine reizende Gemahlin mir Kinder bescheeren wird! Ich stelle sie dir ganz und gar zur Verfügung, wenn du es verlangst, werde ich nicht einmal mit ihr zusammen schlafen, damit sie nicht von Begierden entflammt werde – denn sie ist ja sinnlich und lebhaft und steht in der Vollkraft der Jugend.‹ – ›Ferne sei es von mir, deinem Ehebette diesen Schimpf anzutun!‹ versetzte Sempronia. ›Wenn du bemerkst, dass sie in Glut steht, lass es mich wissen! Mit Hilfe meiner Freundin Theresia, die jedem meiner Winke gehorsam ist, wird der Brand gelöscht werden. Deine Frau soll weiter nichts tun, als dich zum Liebesspiel mit mir entflammen, wie vorhin.‹ So enthält sie der Gattin den Gatten vor und betrachtet Jocondus als ihr Eigentum, wie wenn er durch eine wirkliche Ehe mit ihr verbunden wäre.

OCTAVIA: Sie enthält ihn vermutlich auch dir vor?

TULLIA: Ja, das tut sie, und damit ich mich nicht beklagen möchte, von ihr angeführt zu sein, hat sie mir zum Ersatz für Jocondus meinen Lampridius verschafft. Lampridius war einer jener Anachoreten, die sogar den Anblick der Menschen fliehen; da er sich aber noch nicht fest gebunden hatte, so liess er sich einen Urlaub geben und ging heimlich in sein Vaterland und Vaterhaus zurück. Er besitzt ein riesiges Vermögen; indessen steht er wegen seiner Flucht aus dem Kloster hier in der Stadt in keinem guten Rufe. Er ist daher auch zweimal als Freier abgewiesen worden, obwohl er ein ehrenwerter Mann, von vornehmer Geburt, reich und jung ist. Zuerst hielt er um Lucidias Hand an, dann bewarb er sich um Livia, die ebenfalls einem edlen Geschlechte unserer Stadt angehört. Tief gekränkt über diesen Schimpf, den er sich sehr zu Herzen nahm, hat er jede Hoffnung auf eine standesgemässe Ehe aufgegeben und völlig darauf verzichtet. Dein Vater, der gerade zu jener Zeit aus der Verbannung zurückkehrte, nahm ihn als Freund und Verwandten in sein Haus auf. Da ich oft zu euch kam, so hatte ich vielfach Gelegenheit, mich mit ihm zu unterhalten; fast ohne es zu merken, gewann er Geschmack an meinem Witz. Er sagte, Callias sei ein glücklicher Mensch und wenn ihm selber ein glückliches Schicksal eine Geliebte gäbe wie mich, so würde er die Götter selber nicht um ihre Seligkeit beneiden. Sempronia redete mir zu, ich möchte durch ein anmutiges Benehmen, liebliche Worte und Koketterie bei der Geburt seiner Liebe Hebammendienste verrichten. ›Wenn es dir gelingt,‹ so sprach sie, ›Lampridius in Liebe zu dir zu entflammen, so wird keine Macht der Erde ihn dir wieder entreissen können; nur der Tod wird ihn dir rauben. Du weisst, wie charakterfest, wie hartnäckig er ist; er verfolgt mit seinem Groll alle seine Verwandten und Angehörigen – ganz gewiss wird er über den grössten Teil seines Vermögens zugunsten deiner Familie verfügen.‹ Nun, kurz und gut: ein Weib, das sich angebetet weiss, wird sich kaum enthalten können, den Mann, der sie liebt, wieder zu lieben. Ich liebte Lampridius und kurze Zeit nachher setzten wir mit Hilfe Sempronias, die sich dabei als sehr eifrige Vermittlerin bewährte, fest: Lampridius sollte durch notarielle Urkunde einen Teil seines Vermögens meinem Gatten Callias zum Geschenk machen; ausserdem wurde festgesetzt: wenn er ohne Testament stürbe, sollte Callias sein Erbe sein; ich meinerseits sollte ihm durch einen eigenhändig unterzeichneten Vertrag freie Verfügung über meine Reize gewähren; doch sollte diese Verpflichtung für mich nicht eher in Kraft treten als bis die Abmachung mit Callias erfüllt wäre. Einige Tage darauf wurde mit Einwilligung aller Beteiligten und zu Sempronias grosser Freude alles schriftlich abgemacht. Am selben Tage machte ich kurz vor Lampridius Abschied von eurem Hause einen Besuch bei Sempronia. Ich trug ein Kleid und einen Schmuck, die meinen Reizen neue Schönheit verliehen. Lampridius betrat das Zimmer, worin wir weilten, warf sich sofort vor mir auf die Kniee nieder und rief: ›Ich bete dich an, meine Göttin! Wahrlich, du wirst für mich stets eine Göttin sein! Gestatte, dass ein armer Sterblicher deiner göttlichen Schönheit geniesse. Ich habe meine Versprechungen gehalten; halte jetzt auch du die deinigen!‹ – ›Sie wird sie halten!‹ versetzte Sempronia an meiner Statt; ›seid alle beide glücklich! Ihr könnt euch gegenseitig in vollem Masse beseeligen, wenn ihr nur wisst, wo euer wahres Heil liegt! Unterdessen macht nur eure Sache:‹ Mit diesen Worten ging sie und schloss die Tür hinter sich.

OCTAVIA: Und was tat Lampridius.

TULLIA: Er sprang auf, küsste mich, griff an meine Brüste. Ich wehrte mich wie eine, die sich gerne besiegen lässt, und er warf mich auf das Bett, streifte Rock und Hemd zurück und griff mit der Hand zwischen meine Schenkel. ›Lass mich, lass mich!‹ rief ich. ›Fort! fort mit dir! Du machst mich unglücklich. Wie könnte ich jemals wieder die Augen aufschlagen, den Himmel anschauen! Warum entehrst du mich?‹ Er aber erstickte mit Küssen meine Stimme und griff mich sofort mit seiner Lanze an. Mit einem einzigen Stoss war sie drin, war sie von dem heissen Schlund verschlungen; und im Augenblick des Eindringens fühlte ich mich von reichlichem Saft wie von einem Regen überströmt; niemals hatte Venus in ihrer Huld mit einem reicheren Tau meinen Garten besprengt. Ich vergehe noch jetzt vor Wonne, meine Octavia, wenn ich mich dieser Stunde erinnere, deren Wonnen grösser waren, als ich in meinem ganzen Leben sie je gekostet. Meines Liebsten Kraft war übrigens ungeschwächt; mit neuen Stössen dringt er auf mich ein; immer und immer wieder überströmen mich die neuen Fluten. Endlich springt auch aus meiner von seinem unermüdlichen Kraft so lange bearbeiteten Furche der Quell der höchsten Wonne hervor.

OCTAVIA: Wahrlich, du nennst einen Herkules dein eigen, wie du ja immer sagst. Kein anderer Mann tut es ihm gleich!

TULLIA: Nachdem er zum zweiten Mal gespritzt hatte, arbeitete er rüstig weiter. Wahrhaftig denke ich in aller Unschuld so bei mir selber: ›Der hört gar nicht auf zu stossen!‹ Ein einziges Mal war Callias, wie ich dir ja erzählte, zwei Meilen ohne absteigen geritten. Lampridius ritt nicht weniger als drei Posten, was auch von den grössten Lieblingen der Venus wohl nur wenige fertig bringen dürften. In diesem Augenblick verspürte ich ein ausserordentlich heftiges Jucken: alle meine Sinne schwanden mir in der Wonne der Liebe. Bis dahin hatte ich mit aller Anstrengung meines Willens noch eine gewisse Scham bewahrt. Jetzt aber vergass ich mich selber ganz und gar. Ich wusste nicht mehr wer ich war. Vom Rand der niedrigen Bettstatt hingen meine Füsse herab; eine rasende Glut erfasste mich infolge der Stösse meines Reiters: Ich stemme die Füsse gegen den Boden, hebe Leib und Lenden so hoch wie ich nur kann und erwidere seine Stösse. Da gibt er mir einen Kuss auf den Mund, legt seine Hand unter mein Gesäss und ruft: ›Jetzt fühle ich, dass du mich liebst, o meine süsse Herrin! Weiter so!‹ – ›Was soll ich denn machen?‹ frage ich; ›ich bin ganz toll!‹ Im selben Augenblick schliessen sich meine brechenden Augen, das Bewusstsein schwindet mir, während ich stosse und immer wieder stosse, fühle ich ein rasendes Jucken und zerfliesse in einem Strom von Saft. Lampridius bemerkt es – er stösst, drängt, schiebt, und bald trifft mich ein glühender Strahl seines Samens. Und so hauchen wir in inniger Umarmung die Seele aus.

OCTAVIA: Du machst mich ganz geil. Deine Schilderung könnte eine Vesta wollüstiger machen, als die heiligen Vögel der Venus, die Sperlinge, es sind.

TULLIA: Zum Schluss gab Lampridius mir noch einen Kuss; ich war auf dem Bette liegen geblieben. ›Bald,‹ rief er, ›werden wir den Kampf wieder aufnehmen. Was würdest du von mir denken, wenn ich mich als schlaffer Ringer bewährte, nachdem ich in dir einen so kräftigen Kampfpartner gefunden?‹ Als ich dann aber vom Bette mich erheben wollte, bemerkte ich, dass ich vor Mattigkeit nicht stehen konnte. Ich bedurfte seiner Stütze um aufzustehen und sank trotz aller meiner Anstrengungen sofort wieder auf die Bettkante zurück. ›Ach,‹ rief ich, ›mit deinem unsinnigen Lieben, Lampridius, hast du meine Kräfte völlig erschöpft. Was soll ich nur machen? Es wird mir ganz unmöglich sein nach Hause zu gehen.‹ – ›Ruhe dich ein bisschen aus, meine Göttin,‹ antwortete er, ›und mache ein Schläfchen, wenn du kannst. Ich selber bin munter und guter Dinge. Und wie könnte es auch anders sein, da ich bei dir meine Wollust gestillt habe – bei dir, du himmlisch schönes Weib! Bei dir, die du Frau Venus selbst an Liebesmacht übertriffst. Ich gehe jetzt, ruhe dich bitte aus!‹ – Als er gerade diese Worte gesprochen hatte, trat Sempronia ein, die lachenden Mundes ein schlüpfriges Schelmenlied trällerte. – ›Wie habt ihr denn euren Vertrag besiegelt?‹ fragte sie. ›Wie habt ihr euch gegenseitig mit Wonnen gesättigt? Mit einem Wort: wie steht's und wie geht's?‹ – ›Ich bin wahrhaftig ganz tot,‹ antwortete ich, indem ich einige Tränen abwischte, die mir unwillkürlich aus den Augen traten. – ›Warum weinst du, Herrin?‹ antwortete Lampridius, ›ich bin ja dein! Räche dich ganz nach deinem Belieben an den Ueberkühnen, der in deinem Wonnequell sich gebadet hat.‹ – ›Lass doch dies!‹ rief Sempronia, ›hast du deine Wollust an ihr befriedigt? Hast du in ihr eine angenehme, wackere Liebeskünstlerin gefunden?‹ – ›Niemals ist ein Mann glücklicher gewesen als ich!‹ antwortete er. ›Alle Wonnen, die ich mir nur jemals habe erträumen können, ja sogar solche, die ich mir niemals habe träumen lassen – bei ihr habe ich sie gefunden.‹ – ›Aber so sprich doch auch du, Tullia!‹ sagte Sempronia zu mir, ›haben auch deine Sinne Befriedigung gefunden? Wie hat Lampridius dir gefallen?‹ – ›Gewiss hat er mir gefallen!‹ antwortete ich, ›und zwar in dem Masse, dass ich mir keinen besseren und süsseren Geliebten wünschen kann. Aber, wehe mir Armen! Er hat mir förmlich meine Glieder zerbrochen – so matt bin ich. Ich kann kaum drei Schritte gehen; ich bin völlig lendenlahm.‹ – ›Ach, du Aermste, hahaha!‹ rief Sempronia. ›Aber gehe jetzt lieber, Lampridius!‹ – ›Ich gehe nicht eher,‹ antwortete dieser, ›als bis Tullia mir verziehen und in deiner Gegenwart mir geschworen hat, dass sie mich liebt.‹ – ›Ich verzeihe dir,‹ versetzte ich darauf, ›und ich liebe dich über alle Massen! Das siehst du daraus, dass ich um deinetwillen den guten Ruf einer ehrbaren Frau, auf den ich so stolz war, dahingegeben, und dass ich jetzt in diese Schande versunken bin, die mich ganz verwirrt macht, wenn ich nur daran denke.‹ Er gab mir noch einen Kuss und ging dann; Sempronia aber begleitete ihn an die Tür und sagte: ›Bitte noch auf ein Wort! Bleibe noch einen Augenblick. Was wir miteinander sprechen, wird meiner Freundin Tullia nicht zu Ohren kommen. Sage mir offen: hast du bei ihr alle Genüsse gefunden, die du erhofft hattest?‹ – ›Ich habe viel grössere gefunden, als ich je gedacht,‹ antwortete er. Göttlich ist Tullias Schönheit, göttlich ist ihr Geplauder, göttlich sind die Gaben ihrer Liebesglut. Wie kann ich dir für dieses Geschenk danken, das mich in den siebenten Himmel versetzt? ›Aber ich bitte dich, überrede sie, dass sie mir erlaubt, noch vor dem Abend mich einmal an ihr recht satt zu lieben,‹ – ›Satt lieben darfst du dich nicht,‹ versetzte sie; ›es wäre weder dir noch ihr damit gedient, wenn ihr beide jemals eurer Liebe satt würdet!‹ – ›Ich habe mich dumm ausgedrückt,‹ antwortete er, ›aber du weisst recht gut, was ich sagen wollte.‹ – ›Ich werde sie bis zur Dämmerung in diesem Zimmer für dich hierbehalten,‹ sagte Sempronia, ›ihr Gatte wird nämlich bei uns speissen. Wenn du morgen bei ihnen dein Heim gefunden hast, wirst du viel leichter mit ihr zusammenkommen können, und dies wird für euch beide bequemer und angenehmer sein. Nimm aber nur ja deine Gesundheit in acht.‹ – ›Sei deswegen unbesorgt!‹ rief er, und damit ging er. ›Sempronia kam nun wieder zu mir und berichtete mir alles, was sie mit Lampridius gesprochen hatte. Sie fragte mich auch, wie es mir denn bei unserem Liebeskampf ergangen sei; ich erzählte es ihr und klagte über fürchterliche Müdigkeit.‹ – ›Sofort werde ich,‹ rief sie, ›deine durch eine solche Riesenarbeit angegriffenen Kräfte wieder herstellen! Ein leckeres Mahl und ein wenig Ruhe werden dich erfrischen. Schlafe nur unbesorgt, unterdessen werde ich Callias aufsuchen, den ich nach dir rufen höre: wahrscheinlich hat er einen Angriff auf dich im Sinn. Ich werde ihm sagen, du habest Kopfweh.‹

OCTAVIA: Sie rief vielleicht Callias, in Wirklichkeit aber ging sie zu Jocondus.

TULLIA: Jocondus war an jenem Tage auf dem Lande; er war zu den Pächtern geschickt. Kaum hatte sich der Schlummer auf meine Augen gesenkt, so hörte ich ein leises Knarren der Tür; diese wurde wieder geschlossen, und ich sah einen köstlichen Imbiss auftragen. ›Steh auf,‹ sagte Sempronia zu mir, ›das Essen wird dir deine Kopfschmerzen vertreiben. Komm!‹ Ich esse und trinke fröhlich und guter Dinge, und sofort fühle ich mich neu gestärkt. Ich springe aus dem Bett und umarme meine liebe Sempronia, indem ich mir selber Glück wünsche. Zwei Stunden darauf kommt Lampridius zurück und begrüsst uns auf die höflichste Weise: es waren nämlich mehrere von der Dienerschaft anwesend. Sobald diese hinausgegangen waren, erging er sich in Lobeserhebungen und Danksagungen gegen mich; Sempronia aber fiel ihm ins Wort und sprach: ›Wir müssen nun daran denken, wie wir's anzufangen haben, um glücklich und ungestört zu leben. Nimm dich in acht, dass nicht dem Callias die Augen aufgehen. Gar übel würde es euch ergehen; es würde euch beiden den Kopf kosten, wenn er von eurem Verhältnis das Geringste witterte.‹ –›Wäre er auch der klügste der Menschen,‹ versetzte Lampridius, ›so befürchte ich doch von ihm weder für mich noch für meine süsse Herrin das Geringste, wenn sie sich nur nach meinen Vorschriften richten will.‹ – ›Dein Wille soll für mich ganz und gar massgebend sein,‹ antwortete ich, ›von Stund an ist Tullias Seele nur deinem Befehl unterworfen.‹ – ›Zunächst,‹ sprach Lampridius weiter, ›kenne ich meines Freundes Callias Denkweise ganz genau. Er ist weder gut noch böse; aber er kann leicht entweder gut oder böse werden. Binnen wenigen Tagen, o Herrin, das verspreche ich dir, werde ich sein vertrautester Freund sein. Ich werde ihm seine geheimsten Gedanken zu entlocken wissen. Im übrigen verlasse dich auf meine Gewandtheit. Du selber hast vor allem darauf zu achten, dass er weder in deinen Blicken noch in deinen Worten oder auch nur in der geringsten Gebärde ein Anzeichen unserer Liebe entdecke. Ich werde dir allerlei Ratschläge zu geben haben, die vielleicht nicht immer angenehm sein werden; doch werden sie alle zu deinem und meinem Nutzen sein und sie werden notwendig sein für unsere Sicherheit und für das Heil unserer Liebe. Von der Geschicklichkeit, womit du deine Rolle spielst, wird unser Leben, wird unser Glück abhängen.‹ – ›Mache dir um mich keine Sorge!‹ antwortete ich. – ›Wirst du immer vorsichtig und gehorsam sein?‹ fragte er, ›das werde ich übrigens gleich im Augenblick wissen; ich bitte dich um einen Kuss!‹ – ›Hier!‹ – ›Einen Kuss auf den Mund! keinen Anstandskuss!‹ – ›Hier!‹ – ›Ich bitte dich, mich zu umarmen!‹ – ›Ich bin bereit!‹ – ›Ich bitte dich um die volle Liebeswonne.‹ – Da schwieg ich. – ›Du schweigst?‹ fuhr er fort, ›du verweigerst mir also dieses Glück, o Geliebte?‹ – ›Mach doch von deinem Recht Gebrauch, du Narr!‹ rief hier Sempronia; ›soll sie dich etwa selber in den Sattel heben? Ich werde hier im Zimmer bleiben, aber an der Tür; denn die Bedienten wissen, dass ihr hier seid, und boshaft und schwatzhaft, wie sie alle sind, würden sie darüber Bemerkungen machen, wenn ich dich mit Tullia hier allein liesse.‹ Unterdessen bestürmte er mich mit Bitten, ich möchte ihn seine Liebesglut bei mir löschen lassen und rief, als er sah, dass Sempronia uns nicht mehr so scharf beobachtete: ›Was fürchtest du denn? Sempronia hält ja Wache!‹ Er warf mich auf's Bett und suchte meinem Körper eine möglichst bequeme Lage zu geben; er drückte mir sein Glied in die

Hand und verlangte, ich solle es festhalten. ›Was?‹ rief ich, ›zu solcher Schändlichkeit willst du mich zwingen?‹ Damit zog ich die Hand zurück, blieb aber ausgestreckt liegen, mit entblösstem Leibe, und bereit die Lanzenspitze mit meinem Schilde aufzufangen, der zwar nicht weiss, aber auch nicht ruhmlos war. Er liess seine Hosen herabfallen, presste seine Brust gegen meine Brust, seinen Leib gegen meinen Leib und stiess die Lanze hinein. Dabei rief er: ›Nun wird sich's zeigen, ob du mich liebst.‹ – ›Zweifelst du daran? zweifelst du daran, dass ich dich liebe, da ich mich in solcher Weise jeder Begier deiner Wollust preisgebe?‹ – ›So tu denn mit edlem und tapferen Sinn, was dir zukommt!‹ – ›Das werde ich tun,‹ antwortete ich. Da begann er die heftigsten Stösse gegen mich zu führen; ich aber stiess ihm entgegen, hob meine Hinterbacken hoch empor und bewegte so schnell ich nur konnte meine Lenden. Er spürte zuerst den Kitzel der kommenden Wonne; aber er bot alle seine Kraft und Gewandtheit auf, um mir die höchste Wollust zu verschaffen. ›Ach, ach!‹ rief ich, ›was quälst du mich so? Mach doch, mach schnell! Ich sterbe!‹ Im selben Augenblick sprudelte in meinem Leib der Quell des süssen Venustaus. Plötzlich rief Sempronia: ›Schnell! schnell! ich höre Callias kommen!‹ – Ich warf meinen Reiter aus dem Sattel, obwohl die Arbeit noch nicht ganz fertig war; denn als sein Glied meine Muschel verliess, überströmte er mir den Unterleib mit glühenden Tropfen. Einen Augenblick nachher rief Sempronia wieder: ›Es ist nichts, es ist nichts! irgend eine andere Stimme hat meine Ohren getäuscht.‹ Kaum hatte er diese Worte gehört, so stürzte blitzschnell Lampridius sich wieder auf mich, legte abermals die Lanze ein und begann den Kampf von neuem. – ›Du machst mich tot!‹ rief ich, ›halte einen Augenblick inne; mir schwinden die Sinne. Ich muss Sempronia rufen!‹ – Unbekümmert aber fuhr jener mit schnellen Stössen fort; neue Gluten wurden in mir entfacht; reichlicher Saft strömte aus dem Born der Venus in meinen Schoss; abermals streichelte mich die Wonne des sanft kitzelnden Samenergusses, und wenn nicht Sempronia zu uns gelaufen wäre und dem Turnier ein Ende gemacht hätte – wahrhaftig, seine unerschöpfliche Liebeskraft hätte mich zum drittenmal überströmt. – ›Jetzt ist's des Scherzes genug!‹ rief sie, ›ich fürchte nicht die Tücke der Menschen, wohl aber die des Schicksals.‹ – Wir stiegen beide aus dem Bett und Sempronia bot alle Sorgfalt auf, damit keine Unordnung meine Kleider oder Haare oder meines Schmuckes meine Ausschweifung verriete. ›Du hast ein so schnelles Postpferd, Lampridius,‹ sagte Sempronia, ›wie du selber ein guter und ausgezeichneter Kurier bist.‹ – ›Das habe ich,‹ antwortete er, ›aber nenne mich nicht ihren Kurier, sondern ihren Sklaven – ihren Sklaven aus dem Grunde meiner Seele; und Tullia, die mich auf den höchsten Gipfel der Wonne erhoben hat, ist für mich eine bieterin, nicht ein Pferd.‹ So wurde also unsere Vermählung zum erstenmal in Sempronias Hause und unter ihren Augen vollzogen; sie hegte und pflegte sozusagen an ihrem Busen unsere junge Liebe. Ihr verdanke ich meinen Lampridius, der auch der deine sein wird; er ist jung, freigebig, von feinen Sitten, kräftig und mutvoll, selbst mit Herkules vermöchte er in diesen Kämpfen der Liebe an Körperstärke und Lendenkraft es aufzunehmen; Aeneas steht hinter ihm zurück an Breite der Brust und in der Ausrüstung mit den Waffen der Männlichkeit; denn seine Brust ist breit und stark und seine Waffen sind in gutem Stande für jenen Kampf, deren Lohn und Siegespreis wir Frauen sind.

OCTAVIA: Bitte, erzähle mir noch weiter, liebste Tullia, von euren Erlebnissen, deren Schilderung mich ausserordentlich ergötzt. Erzähle mir wenigstens das Hauptsächlichste davon, und sage mir wie er es in den ersten Tagen mit dir trieb.

TULLIA: Du machst dich wohl über mich lustig, kleine Närrin! Bei ihm gibt es keinen Unterschied zwischen dem ersten und letzten Tag. Er ist stets so heiss und glühend, wie er war; er liebt mich immer noch mit der gleichen Inbrunst. An jenem ersten Tage speisten wir zusammen bei deinen Eltern; auch Callias war anwesend. Was sie miteinander sprachen, brauche ich nicht zu erzählen. Auf dem Heimweg sprach Callias mit mir nur noch von Lampridius; er rühmte seine grosse Höflichkeit und sagte, er habe sich sofort in aufrichtiger Freundschaft zu ihm hingezogen gefühlt; er sei ein höchst ehrenwerter gesitteter und geistvoller Jüngling. – Dem Dienst des Bacchus folgte ein Opfer der Venus. Als er mich mein Kleid ausziehen sah und meine schwellenden Brüste seinen Augen ihre Kugeln darboten – es war schon spät in der Nacht und Zeit zur Ruhe – da ergriff er, ehe ich mich ins Bett legte, meine Hand und führte mich in jenes reizende Kämmerchen neben unserem Alkoven. ›Dieser Ort,‹ sprach er, ›sei das Heiligtum der Venus und der Musen!‹ Mit der einen Hand hob er meinen Unterrock und mein Hemd hoch, in der andern hielt er die lange, schwere und stahlharte Stange und führte sie in meine Grotte ein. – ›Strecke deine Schenkel mir entgegen, Tullia!‹ rief er. Ich that es. Mit einem Stoss drang er dann in meine Grotte ein, deren ganzen Raum er ausfüllte; er stiess und stiess, ausser sich vor Wollust, und erregte mir ein wonniges Jucken. Ebenso schnell und stark stiess auch ich; er ergriff mit beiden Händen meine beiden Hinterbacken und zog mich mit aller Kraft an sich. Ich spüre zuerst die Wirkung des Venusstachels. Ich spritze; im selben Augenblick aber folgt auch Callias meiner Liebesraserei und ruft: ›Meine Adern strömen über! Mach! Mach!‹ Mit immer wilderen Bewegungen raube ich ihm den letzten Tropfen Samen; meine Kleine presst und saugt den lieben Schwanz aus und gerät auf den Gipfel der Wonne. ... Als wir damit fertig waren, sagte Callias: ›Ich möchte jetzt, dass du dich freiwillig meinen Zukunftsplänen anschlössest, meine Herrin – denn stets wirst du meine Herrin sein!‹ – ›Was du willst, das will auch ich,‹ antwortete ich; ›und wenn du mir befiehlst, etwas nicht zu wollen, nun, dann will ich es nicht. Es wäre ein Verbrechen und eine Schmach, wenn ich mein ganzes Leben lang jemals andere Wünsche hätte als du! Was befiehlst du, o Herr, deiner Magd?‹ – ›Gewiss bin ich überzeugt,‹ antwortete er, ›dass du die ehrbarste und keuscheste Frau bist, obwohl man zu sagen pflegt, dass die in den Wissenschaften bewanderten Frauen nicht sehr keusch seien. Trotzdem aber habe ich Sorge um deine Tugend, wenn du und ich ihr nicht zu Hilfe kommen.‹ – ›Was habe ich denn getan, welchen Fehltritt habe ich mir zu Schulden kommen lassen, dass ein solcher Gedanke dir in den Sinn kommt, liebste Seele? Was denkst du denn von mir! Uebrigens will ich mich dir nicht widersetzen, was du auch immer beschlossen haben mögest.‹ – ›Ich wünsche,‹ versetzte er, ›dir einen Keuschheitsgürtel anzulegen; wenn du tugendhaft bist, wirst du daran keinen Anstoss nehmen; sollte dies aber doch der Fall sein, so wirst du mir zugeben, dass ich alsdann ein Recht zu meinem Wunsche habe.‹ – ›Ich werde alles anlegen, was du wünschest,‹ antwortete ich, ›sei es, was es wolle, ich werde glücklich sein, es dir zu Liebe zu tragen. Ich lebe nur für dich; ich bin nur für dich Frau und lasse mich gern von der Außenwelt abschneiden, die ich verachte oder verabscheue. Ich werde mit Lampridius kein Wort sprechen; ich werde ihn nicht einmal ansehen!‹ – ›So ist es nicht gemeint!‹ rief er, ›im Gegenteil, ich wünsche, dass du mit ihm auf vertraulichem Fusse verkehrst, wenngleich natürlich anständig, und dass weder er noch ich uns über dich zu beklagen haben: er über eine zu schroffe Behandlung, ich über ein zu entgegenkommendes Wesen ihm gegenüber. Der Keuschheitsgürtel wird dir erlauben, in voller Unbefangenheit mit ihm zu verkehren, und wird mir hinsichtlich des Lampridius volle Sicherheit verbürgen.‹ Hierauf nahm er mit einem seidenen Bande an meinem Leibe oberhalb der Hüften das Mass für den Gürtel; mit einem andern Seidenband mass er den Abstand von den Leisten bis zu den Lenden. Hierauf sagte er: ›Um dir klar und deutlich zu zeigen, wie hoch ich dich schätze, werde ich die Kettchen, die mit Samt überzogen werden, aus reinem Golde anfertigen lassen; aus Gold wird das Gitter sein und ausserdem noch mit kostbaren Steinen besetzt. Der geschickteste Goldschmied unserer Stadt, der mir für manche Wohltat zu Dank verpflichtet ist, wird allen seinen Fleiss darauf verwenden, um ein Meisterwerk seiner Kunst zu schaffen. So werde ich dir Ehre erweisen, während ich dich scheinbar beleidige.‹ Ich fragte ihn, wie lange Zeit die Anfertigung dieses Gürtels erfordern werde. ›In etwa zwei Wochen wird er fertig sein,‹ antwortete er; in der Zwischenzeit bat er mich, ich möchte mit Lampridius nicht zu intim verkehren; nachher könnte ich mich ihm gegenüber ganz nach meinem Belieben verhalten. Wir legten uns darauf zu Bett und in jener Nacht bestieg er mich dreimal – dreimal liess er volle Ströme der Wollust in meine Grotte fliessen, zu gegenseitiger höchster Wonne.

OCTAVIA: Wahrhaftig, du bist ein Liebling der Venus, da innerhalb einer so kurzen Zeitspanne die Göttin durch eine neunmalige Begattung deinen Garten hat betauen lassen! Und du hast unermüdet dem kühnen Reiter dienen können?

TULLIA: Ja, das konnte ich. Ich habe sogar bei dem letzten Rennen, als dem Anschein nach der Liebessaft nicht aus dem Träufelrohr heraus wollte, mich so munter gedreht und bewegt und so kräftig geschoben, dass eine grosse Menge Saft hervorspritzte, mochte Callias wollen oder nicht. Am nächsten Morgen besuchte Sempronia mich, sie teilte alles Lampridius mit, der kurz nachher ›als neuer Hausgenoss‹ zu uns zog.

OCTAVIA: Er hatte aber an jenem Tage nichts mit dir vor, nicht wahr?

TULLIA: Ueberhaupt nicht während der ganzen nächsten zehn Tage. In dieser Zeit wechselte ich mit ihm nicht einmal ein vertrauliches Wort, da wir fortwährend von meinem Callias beobachtet wurden, sowie auch von den Dienern, die er mit unserer Bewachung beauftragt hatte.

Denn an'nem schlimmen Knecht ist das allerschlimmste die Zunge.

Du weisst ja, wie boshaft und gemein diese Art Leute sind. Aber gieb mir einen Kuss; mir kommt es vor, als sähe ich in deinem Gesicht eine eigentümliche Aehnlichkeit mit den Zügen eines französischen Kavaliers, der im vorigen Jahr in Rom als wackerer Kriegsmann mich mit seinem Schiessrohr bombardierte, und zwar in Gegenwart und auf Veranlassung meines Lampridius; seine drei Freunde, die auch mit dabei waren und bei der Bearbeitung meines Weinbergs gar vielen Schweiss vergossen, waren zwar auch stramm und kräftig, verschafften mir aber nicht annähernd so hohen Genuss.

OCTAVIA: Was für Greuel höre ich da? Vier Männer hast du befriedigt – du, die du so zart, so reizend bist? Ist dir denn unter einer so grossen Zahl von Reitern nicht das Kreuz gebrochen?

TULLIA: Du wirst die Geschichte noch von mir hören. Aber möchtest du nicht, dass ich erst die angefangene Erzählung zu Ende bringe!

TULLIA: Als am nächsten Tage Lampridius in unser Haus übersiedelte, sagte Callias ihm, er müsse nach unserm Landgut in der Nähe von Ancona reisen. Du kennst die entzückende Lage und die Pracht unserer Villa. Als mein Mann bei Tische davon sprach, bemerkte Lampridius, er wolle ihn gerne begleiten, wenn's ihm recht sei; denn er betrachtete es als ein grosses Glück, in vollen Zügen die reine Landluft atmen zu dürfen. ›Nichts könnte mir angenehmer sein,‹ setzte er hinzu, ›als sie mit dir zusammen geniessen zu können.‹ Sie verbrachten auf dieser Reise sieben Tage und Callias gewöhnte sich so sehr an Lampridius Gesellschaft, dass er ihn als vertrauten Freund in alle Regungen seiner Seele und in seine geheimsten Gedanken einweihte. Callias pries meinen Geist, mein Benehmen, meine Höflichkeit; und er sagte: was mich als ein leuchtendes Beispiel vor allen Frauen erscheinen lasse, das sei meine Tugend. ›Aber wäre es nicht leicht zu machen,‹ sagte Lampridius, ›dass du sogar jede Versuchung zu einem Fehltritt – den sie, wie ich hoffe, nie begehen wird – von ihr fernhieltest? In Bezug auf die Keuschheit kann man sich freilich auf den guten Charakter seiner Frau und auf die Augen der Dienerschaft verlassen; aber ein gutes Schloss ist noch sicherer. Eine Frau kann uns hintergehen, Dienstboten lassen sich bestechen: ein Schloss aber betrügt nicht und ist unbestechlich.‹ – ›Ich bin vollkommen deiner Meinung,‹ antwortete Callias, ›darum fertigt auch Meister Stefano, der Goldschmied, für mich ein Kettengitter an, das als vorgeschobenes Verteidigungswerk für die Zitadelle meiner Tullia dienen wird.‹ – ›Du hast recht getan, dem Goldschmied die. Wahrnehmung deiner Interessen anzuvertrauen. Um dir die Wahrheit zu gestehen: ich wünsche von Herzen durch ein unauflösliches Freundschaftsband mit dir verbunden zu bleiben; aber wir Männer alle sind dem Verdacht ausgesetzt, und ich würde befürchten, wenn ich mit deiner Frau recht ungezwungen verkehrte, so könnte ich dadurch dein Misstrauen erregen, wie könnte es auch anders sein? Das würde dir Kummer machen, mir aber ausserordentlich peinlich sein. Wenn du sie mit Schloss und Kette verwahrst, so hast du durchaus nichts mehr zu befürchten und zu argwöhnen. Jetzt aber erlaube mir, morgen nach der Stadt zurückzukehren; übermorgen werde ich wieder hier sein. Mein Sachverwalter wird mir morgen Briefe aus Venedig geben, die eine sehr wichtige und dringliche Angelegenheit betreffen; indem ich mich um meinen Nutzen bekümmere, sorge ich ja zugleich auch für den deinigen.‹ Lampridius kam also am zehnten Tage zurück und überbrachte dem Meister Goldschmied einen Brief von meinem Gatten, der ihn zur Beschleunigung der Arbeit antrieb; auch mir gab er einen Brief von ihm. ›Um dir zu erkennen zu geben,‹ hatte mein Mann ihm gesagt, ›in welch hohem Masse ich überzeugt bin, in dir ein anderes Ich gefunden zu haben, vertraue ich dir mein wichtigstes Geheimnis an: meine Frau will nicht, dass irgend ein Mensch auf den Gedanken kommen könnte, ich hegte Zweifel an ihrer Tugend – deren ich ja in der Tat sicher sein kann.‹ Als Lampridius in mein Zimmer trat, sah er mich umgeben von einem Kreise von Freundinnen, unter denen besonders Sempronia im vollen Glänze ihrer Schönheit und ihrer Juwelen strahlte. Er macht vor der Gesellschaft eine ehrerbietige Verbeugung, übergibt mir den Brief meines Gatten Callias und sagt mir, die Kettchen nebst allem Zubehör würden in drei oder vier Tagen fertig sein. Als er nachher noch einmal wieder kam, fand Lampridius mich mit Sempronia allein. – ›Alles geht vortrefflich, o Herrin,‹ sprach er, ›binnen wenigen Tagen wird dein Gürtel fertig sein, mit Edelsteinen geschmückt, die deine Schamhaftigkeit selber mit Stolz als ihre Wächter preisen würde, wird das goldene Pförtlein in strahlender reicher Pracht den Eingang deines Gartens beschützen.‹ Er machte uns hierauf eine genaue Beschreibung des Kleinods und fuhr dann fort: ›Aber der Schlüssel dazu war nicht verschlossen, und indem ich lachend mit dem Goldschmied über dies und jenes plauderte, habe ich mit diesem Stück Wachs einen Abdruck davon genommen. So sehen wir also, wie du, Sempronia, es uns wünschtest, einem frohen Leben entgegen.‹ Er erzählte uns dann, wie geschickt und gewandt er sich in die vertraute Freundschaft meines Mannes eingeschmeichelt habe, sodass man sich eine innigere Vereinigung nicht denken könne. – ›Wie glücklich bist du,‹ rief Sempronia, ›durch diese doppelte Vereinigung, die das höchste Glück im Menschenleben gewährt: mit Callias stehst du im Seelenbunde, mit Tullia einigen dich Leib und Sinne. Glücklicher Freund! Glücklicher Liebhaber! Du besitzest diese beiden höchsten Güter, Freundschaft und Liebe, in vollem Umfange und kannst ihrer ungestört dich erfreuen. Aber welches von diesen beiden Gütern scheint dir das süssere?‹ – ›Zweifelst du daran?‹ rief er. ›Möge Tullia selber dir antworten!‹ – ›Ich wäre eine eitle und einfältige Person,‹ antwortete ich, ›wenn ich behaupten wollte, mit irgend welchen Reizen begabt zu sein, sodass Lampridius an mir wahre Wollust finden könnte.‹ – ›Ich habe sie gefunden,‹ antwortete er, ›möge meine Seele zu Stein und mein Herz zu Erz werden, wenn ich es für möglich halte, in den Armen einer andern saftigere Früchte der Liebeswonne kosten zu können!‹ – ›Genug jetzt von euren galanten Redensarten,‹ fiel Sempronia ein, ›wir wollen jetzt zu Nacht speisen. Ich werde heute Abend mit dir zusammenschlafen, liebe Tullia, denn mein Mann ist verreist.‹ – ›Und was wollt ihr denn mit mir anfangen?‹ fragte Lampridius.

OCTAVIA: Und Sempronia schlief mit dir zusammen? Da lag wohl Lampridius zwischen euch beiden? Hat er vielleicht euch beide geritten?

TULLIA: O nein! Denn als es nach dem Essen schon später Nacht geworden war, sodass wir an den Schlaf denken mussten, wurde Lampridius in sein Zimmer geleitet. Sempronia hatte sich selber ihren Keuschheitsgürtel angelegt und Victorius hatte den Schlüssel mitgenommen; er war nämlich eines Prozesses wegen nach Verona gereist und Jocondus begleitete ihn auf dieser Fahrt. Um die Zeit der ersten Nachtwache kam der Verabredung gemäss Lampridius zu uns und schlüpfte ins Bett, und zwar von jener Seite, auf der ich lag. – ›Was willst du? wer bist du?‹ rief ich. – ›Dein Diener, o Herrin!‹ antwortete er. Mit diesen Worten gab er mir einen Kuss und lag im selben Augenblick auf mir. ›Endlich einmal,‹ rief er, ›werde ich deiner ganzen Schönheit geniessen!‹ Mit wollüstiger Hand befingerte er meine Kleine, in die er dann eilends seine harte Lanze hineinstiess. Seine blosse Berührung entflammte mich zu einer Glut, wie Mars sie der Frau Venus einflösste. Um dir die Wollüste und Wonne jener Nacht durch einen einzigen Satz anzudeuten: er liess mein Rösslein seine zwölf Poststationen beinahe in einem Atem laufen.

OCTAVIA: O Venus! Was höre ich! Caviceus brachte in einer ganzen Nacht ja kaum den dritten Beischlaf fertig.

TULLIA: Ein- oder zweimal war Callias auf meinem Rösslein bis zur siebenten Station geritten; Jocondus hatte es auf Sempronia bis zur achten oder neunten gebracht. Aber über Lampridius' Leistungen braucht man sich nicht zu verwundern: in seinen Lenden schlummert ein schier unerschöpflicher Venusquell. Das wirst du in der nächsten Nacht selber eingestehen.

OCTAVIA: Schlief denn derweil meine Mutter? Oder liesset ihr sie an euren Liebesspielen und Scherzen teilnehmen?

TULLIA: Es war ihr selber die Nacht vorher aufs beste besorgt worden. Victorius hatte sie in unersättlichem Liebesdrang nicht weniger als sechsmal hergenommen, nachdem am Nachmittag schon Jocondus sie dreimal mit seiner Manneskraft erfreut hatte.

OCTAVIA: Und was machte denn während dieser Zeit die unglückselige Julia?

TULLIA: Ich werde es dir sagen, sobald du mir erzählt hast, wie es der glückseligen Octavia erging, nachdem sie ihre Jungfernschaft verloren hatte. Ich habe rechte Angst um dich wegen jenes Theodorus.

OCTAVIA: Gut, dass du mich daran erinnerst. Hahaha!

TULLIA: Du lachst? Deine Versprechungen waren also wohl eitles Gerede gewesen? Der geschändeten Jungfräulichkeit wurde also keine Ehre erwiesen, wie du doch gesagt hattest!

OCTAVIA: O nein, meine Worte waren durchaus nicht in den Wind gesprochen; indessen der Schmerz wurde lediglich ein Reizmittel kitzelnder Sinnenlust und eine Steigerung der süssesten Wonne, um die es mir nicht im geringsten leid tut.

TULLIA: Wie die Wollust an den Schmerz grenzt, so grenzt auch der Schmerz an die Wollust.

OCTAVIA: Drei Tage, nachdem Caviceus die Brautnacht mit mir gefeiert hatte, erinnerte meine Mutter mich an meinen Entschluss und an die Verpflichtung, die ich dem Pater Theodorus gegenüber eingegangen wäre. ›Du bist deiner Jungfernschaft eine Trauerfeier schuldig,‹ sagte sie, ›denn sie ist bis zu diesem Tage deines Lebens deine würdige und unantastbare Begleiterin gewesen.‹ – ›Ich erinnere mich recht wohl, liebe Mutter,‹ antwortete ich, ›und ich werde dieser Verpflichtung, die ich auf deinen Wunsch eingegangen bin, nachkommen, sobald du es befiehlst.‹ Kurz und gut – wir begaben uns zu Theodorus, der uns befahl am Nachmittag wiederzukommen, sobald die Sonne sich zum Untergang neige. Um die genannte Zeit waren wir zur Stelle. Er führte mich in eine von den inneren Kapellen des Klosters, schloss die Türen und schob den Riegel vor. Dann sprach er: ›Du hast hier nicht zu befürchten, meine Tochter, dass die Blicke Unbefugter dich treffen; ich bin der Obere dieses Klosters. Wir können in voller Sicherheit alles erledigen.‹ Hierauf begann er eine lange Predigt, um mich zu stärken und meinen Mut zu befestigen. Während er sprach, hielt ich den Kopf gesenkt und die Augen auf den Boden geheftet, und seine Predigt bereitete mich so trefflich auf die grausamsten Martern vor, dass ich, hätte er mir zu sterben befohlen, fröhlichen Mutes in den Tod gegangen wäre. Da siehst du, meine liebe Tullia, wie kunstvoll er mir den Sinn umgarnte! Sobald er sah, dass ich vollkommen bereit war zu tun, was er verlangte, fuhr er fort: ›Deine Mutter selber wird dir in dieser Bussübung strenger Frömmigkeit mit ihrem Beispiel vorangehen.‹ – ›Das ist durchaus nicht nötig,‹ antwortete ich; ›ich selber habe aus freiem Willen in den Verlust meiner Jungfräulichkeit, dieses so kostbaren Gutes, eingewilligt. Gegen mich allein muss sich daher dein Zorn kehren, ehrwürdiger Mann!‹ – ›Ich aber werde nicht leiden,‹ rief meine Mutter, ›dass du allein diese Strafe erduldest! Auch ich habe zu dieser Schandtat meine Einwilligung gegeben!‹

TULLIA: Wirklich, ein edler Wettstreit!

OCTAVIA: ›Gut,‹ sagte Theodorus; ›wer von euch beiden den festesten Mut hat, werde ich ja bald erfahren. Mache dich bereit, Sempronia!‹ – ›Hilf mir beim Ausziehen, mein Kind,‹ sagte meine Mutter, ›damit ich mich so schnell wie möglich dieser frommen Pflicht entledige.‹ Ich ziehe ihr Mieder, Rock und Unterrock aus; sie selber streift sich das Hemd bis über die Hüften empor, kniet vor dem Altar nieder und ruft: ›Schone ja nicht meines unzüchtigen Fleisches, o heiliger Mann! Reinige durch deine Schläge den Tummelplatz meiner Lüsternheit.‹ – ›So reiche mir denn das Werkzeug frommer Zucht,‹ sagte Theodorus. – ›Ganz gegen meine Gewohnheit,‹ antwortete sie, ›habe ich es in der Tasche meines Rockes stecken lassen.‹ – Während sie die Geissel aus dieser herauszuziehen suchte und zu diesem Zweck ihre Glieder streckte und sich nach links beugte, bot sie meinen Augen die eleganten Formen ihres Unterkörpers zur Schau; ich bemerkte Hinterbacken von blendender Weisse, rund, prall, zur Liebe geschaffen; dazu dicke Beine mit glatter Haut. Mutter Natur hat nichts Vollkommeneres und Schöneres gemeisselt!

TULLIA: Von ihrer Kleinen sahst du nichts?

OCTAVIA: Ich stand im Hintergrunde, sodass es mir kaum möglich war, diese zu sehen. Indessen sah ich sie doch. Theodorus nahm die Geissel in die Hand und sagte ihr, sie solle guten Mutes sein. Dann murmelte er unverständliche Worte, die sich anhörten wie ein Klagegesang, und bearbeitete mit seinen Hieben ihre Lenden, Hinterbacken und Waden. Nachdem er ihr eine kurze Erholungspause gegönnt, rief er: ›Beuge deinen Leib und bücke dich, so tief du kannst, damit auch jener Teil, den du nach dem Eherecht beflecken lassen musst, seine Züchtigung empfange!‹ Sie gehorchte; die Hinterbacken traten mehr hervor und zwischen ihren Schenkeln wurde die Kleine sichtbar. Ich blickte hin und sah, dass jene Stelle mit schwärzlichen, gekräuselten, nicht sehr langen Haaren bewachsen war; die Spalte klaffte, sie war lang und rot. In demselben Augenblick fielen die Schläge hageldicht auf ihre Kleine und meine Mutter schrie: ›Au! au! au! ich werde ohnmächtig! Du schlägst so stark, dass ich's nicht aushalten kann.‹ – ›Du bist verrückt, Sempronia!‹ entgegnete Theodorus, und damit begann er von Neuem, sie aus Leibeskräften zu geisseln; sie zerfloss in Tränen und stiess tiefe Seufzer aus, rührte sich aber nicht mehr. ›Jetzt dreh dich herum!‹ befahl Theodorus. Sie gehorchte, hob ihr Hemd bis über den Nabel empor und entblösste ihren Bauch, ihre Schenkel, sowie die ganze Vorderseite ihres Leibes. Voll Erstaunen sah ich zu, als jetzt der fromme Henkerskerl seinen Platz veränderte und an ihre rechte Seite trat.

TULLIA: Du willst sagen: der Henkerskerl, den der Henker holen sollte! Was wollte er denn noch, um noch, mehr seine bestialische Grausamkeit anzustacheln?

OCTAVIA: Höre nur! Er schielte mit einem Seitenblick ebenfalls nach ihrer Kleinen; als er sah dass sie ganz offen, für die Geissel bereit dalag, begann er schnell sie nach Kräften zu prügeln, und seine ersten Hiebe trafen drei oder vier Zoll unterhalb des Nabels. ›Schlage höher!‹ sagte meine Mutter stöhnend. Er aber liess die Schläge unterhalb des Bauches auf die Schenkel und zwischen die Schenkel niederhageln, dass ihr bei dieser Marter dicke Tränen aus den Augen schössen – ein Beweis, wie schlimm ihr dabei zu Mute wurde. Nach diesem Unwetter gab es für einen Augenblick wieder heiteren Himmel; die Schläge prasselten nicht mehr hernieder. Meine Mutter küsste den Fussboden, kleidete sich hierauf wieder an und wandte sich zu mir mit den Worten: ›Jetzt, liebes Kind, kommst du an die Reihe; betritt nun du diesen Kampfplatz der Tapferkeit, den ich geweiht habe!‹ Sie knöpft mein Kleid auf, sodass es auf meine Füsse niedersinkt, streift darauf mein Hemd so hoch empor, wie sie kann und zwar ringsherum, sodass ich Theodorus Blicken und Schlägen den vorderen sowohl wie den hinteren Teil meines Körpers preisgab. ›Wirst du auch tapfer sein, liebes Kind!‹ fragte sie; ›du wirst selber der Wonnen geniessen, die auf diese augenblicklichen Schmerzen folgen, ich vermag sie dir nicht zu beschreiben. Wirf dich jetzt auf die Kniee!‹ – ›Wie gerne möchte ich,‹ rief ich, ›dass du selber, liebe Mutter, diese Aufgabe auf dich nähmest und mir die Schläge gäbest, um mich von der Sünde zu reinigen! Sicherlich würde ich sie mit derselben Tapferkeit und Standhaftigkeit ertragen, wie du!‹ – ›Dies ist unmöglich,‹ antwortete sie, ›du bist in Theodorus' Gewalt, wie ich selber es bin. Aber soll ich dir vielleicht die Hände zusammenbinden?‹ – ›Gern,‹ antwortete ich. Die Hände wurden mir gebunden, wie ich es wünschte, sodass ich mich ihrer nicht hätte bedienen können, selbst wenn ich es gewollt hätte.

TULLIA: Während dieser Zeit weideten sich wohl Theodorus Augen an der Blüte deiner Schönheit.

OCTAVIA: Das will ich meinen! Er legte sogar seine Lippen an mein Ohr und flüsterte mir zu, ein mutiges Herz müsse tapfer sein und tapfer leiden.

TULLIA: ›Tapfer sein und tapfer leiden, ist Römerpflicht!‹ sagt Titus Livius.

OCTAVIA: ›Ich will jetzt einmal sehen, ob du noch mutvoller bist als deine Mutter!‹ sprach Theodorus zu mir. ›Wenn du keinen Ton der Klage hervorbringst, ist die Siegespalme dein.‹ Mit der flachen Hand tätschelte er mir darauf erst die eine, dann die andere Hinterbacke, dann senkte er die Nägel von zweien seiner Finger in mein Fleisch, zwickte meine Haut wie mit einer Zange und riss mit einem Ruck mir einen Fetzen derselben aus. Trotz dem Schmerz schwieg ich, indem ich meinen Atem zurückhielt und ein Stöhnen mit Gewalt in meine Brust zurückdrängte. Nachdem er hierauf mit seiner glühendheissen Hand die ganze Scham bis zum Damm bedeckt hatte, packte er mit den Nagelspitzen drei oder vier Haare meines Fliesses und riss sie alle auf einmal heraus. Obgleich dies sehr weh tat, liess ich mir doch nicht den geringsten Schmerz merken.

TULLIA: Du bist mutig, Octavia! Was ist im Vergleich mit dir ein Cato? Aber verlangte nicht auch deine Mutter die gleiche Art von Folter durchzumachen?

OCTAVIA: ›Hebe deine Röcke hoch, Sempronia!‹ sagte Theodorus, ›und entblösse dein Schandglied!‹ Kaum hatte er diese Worte gesprochen, so streckte sie ihm schon ihre nackten Hinterbacken ent–. gegen. Er schlug seine Krallen hinein; sie erzitterte und hob vor Schmerz das eine Bein hoch, sagte aber nichts.

TULLIA: Dies war der erste Teil der Komödie. Der Cincinnatus mit dem langen Bart wird wohl gleich zum zweiten übergehen!

OCTAVIA: Meine Mutter streifte Rock und Hemd in die Höhe, sodass ihre Kleine sichtbar wurde; sie zeigte Theodorus ihren reizend schönen Bauch, der glatt war und schneeweiss; sie enthüllte seinen Blicken das lauschige Venusplätzchen, das, wie ich dir schon sagte, von dichtgekräuselten Haaren umbuscht war. Er nimmt ein paar von diesen Haaren, packt sie alle zusammen und reisst sie mit einem Ruck heraus.

TULLIA: O der Schelm! Das war nur ein Vorspiel zu einem unterhaltenderen Spiel!

OCTAVIA: Sie knirschte vor Schmerz mit den Zähnen; liess aber trotz alledem kein Wort, keine Klage hören.

TULLIA: Bringe nur endlich die Geschichte zum Schluss!

OCTAVIA: Ich wurde gegeisselt, von Peitschenhieben zerfetzt, aber meinem Munde entfloh kein einziges Wort, meiner Brust kein einziges

Stöhnen, die mir als Feigheit hätten ausgelegt werden können. Wir gingen wieder nach Hause. Hahaha! Wir waren schon auf der Türschwelle, als meine Mutter mir sagte: ›Wie befindest du dich, mein Kind?‹ ›Ich habe grosse Schmerzen, liebe Mutter,‹ antwortete ich. – ›Warte nur einen Augenblick! Gleich werden aus dem Schmerz süsseste Wonnen werden! Auch mir brennen Lenden und Schenkel, wie wenn sie von Ameisen zerbissen wären. Verspürst du nicht auch ein Jucken, wie von einer entzündeten Stelle?‹ – ›Ganz genau so ist es!‹ antwortete ich, ›unter meiner Haut prickelt es unaufhörlich; es ist aber mehr wie das Jucken einer Krankheit, die sich einen Ausweg sucht als wie ein Gefühl von Nadelstichen; mir ist's als stände ich ganz in Flammen.‹ – ›Alle diese kleinen Unbequemlichkeiten, mögen sie sein, wie sie wollen, sie werden sich zu einer Quelle unerschöpflicher Wollust umwandeln!‹ versetzte meine Mutter. – Sie führte mich in mein Zimmer und sagte: ›Lege dich auf dein Bett! schütze irgend eine Krankheit vor; ich werde dir gleich im Augenblick deinen Caviceus zuschicken, aber ich verlange, dass du mir nachher genau beschreibst, wie ihr's miteinander getrieben habt.‹ Bald nachdem sie gegangen war, trat Caviceus bei mir ein. Er umarmte mich, gab mir süsse Zungenküsse und regte mich mit seinen Fingern auf. – ›Ich höre,‹ sagte er, ›du bist unwohl?‹ – ›Sogar sehr krank!‹ erwiderte ich, ›denn man hat mir gesagt, du seist zornig auf mich. Welches Vergehen oder Verbrechen habe ich mir denn nur zu schulden kommen lassen?‹ – ›Du stehst mir gegenüber rein von Schuld und Fehl da, mein geliebtes Herz!‹ antwortete er; ›du hast mich mit Wonnen überschüttet und ich habe in deinen Umarmungen die höchste Seligkeit gefunden. Es wäre schändlich von mir, wollte ich mich über dich beklagen, in der mein Schwanz alle Entzückungen und alle Genüsse der Liebe besitzt!‹ Mit diesen Worten holte er das genannte Glied hervor und bat mich das anschwellende in die Hand zu nehmen; gleich darauf legte er sich in mein Bett; er hatte seine Hose heruntergelassen und mich bis zum Gürtel aufgedeckt. Er stürzt sich auf mich, setzt die Lanze an, und beim ersten Stoss strömt ein reichlicher Venusregen aus den Tiefen meines Schosses hervor. – ›Möge ich sterben, liebste Octavia,‹ rief er, ›wenn meine Semia je zuvor solche Wonne gekostet haben!‹ Um es kurz zu machen: bei dieser einen Begattung brachte ich nicht weniger als dreimal der Venus ein Sprengopfer, gleichsam zum Dank für die höchste Wonne, die mir zuteil wurde. Als Caviceus fertig wurde genügte der Strom, den er ergoss, nicht einmal, um den Brand meiner Wollust zu löschen; er wurde von neuem entfacht, und als Caviceus herabstieg, zeigten ihm meine lüsterngebrochenen Aeuglein, wie ich in Flammen stände. Da griff er mit der Hand an mein Gärtlein und sein Finger täuschte mir ein leeres Scheinbild der Venus vor.

TULLIA: Du weisst wundervoll zu erzählen. Indessen hat deine Geschichte mich nichts neues gelehrt. Durch die Peitschenhiebe werden in allen Körperteilen, die mit unseren Geschlechtsteilen in Verbindung stehen, eine unendliche Menge feiner Geister ins Leben gerufen; sie sind stürmischer und hitziger als Feuerfunken; sie gelangen von selber in unsere Geschlechtsorgane, in die Scheide, in die spermatischen Kanäle; und dadurch wird unsere Venus in Brand gesetzt und durch ein unbeschreibliches Jucken zum höchsten Grad der Geilheit getrieben. Ich will dir etwas erzählen, was dir als ein Wunder erscheinen wird. Unsere Freundin, die Herzogin Leonora, die so erlaucht ist durch ihre hohe Geburt, so glänzend durch ihre Schönheit, so ausgezeichnet durch alle Vorzüge des Körpers und des Geistes – sie verdankt ihre Fruchtbarkeit lediglich Geisselhieben. Ihr Gemahl, der Herzog, starb vor Liebe zu seinem jungen Weib; trotzdem konnte er zu seinem grossen Kummer keine Nachkommenschaft von ihr erhalten. Alle Hilfsmittel der Kunst und Geschicklichkeit wurden aufgeboten; mit jedem einzelnen Körperteil wurden Versuche angestellt. Aber alle Hilfsmittel der Kunst und Geschicklichkeit blieben wirkungslos. Endlich wurde, auf den Rat eines Arabers, Leonora mit Ruten gepeitscht, und zwar, wie du, von der Hand ihrer Mutter. Bis dahin hatte ihr die Liebe nicht den geringsten Genuss bereitet; als aber in jenem Augenblick der Herzog sein Schiessrohr auf sie richtete, verspürte sie eine lebhafte Wirkung. Einige Tage darauf wurde ein neuer Versuch gemacht: ihre Lenden wurden mit Geisselhieben gestachelt, ihre Hinterbacken und Schenkel zur Liebesbrunst entflammt. Da wäre sie beinahe unter den Stössen ihres Gatten vor Wollust in Ohnmacht gesunken: ihre Wonne machte sich in einem wunderbaren Strom von Liebessaft Luft. Kurz und gut, nach ganz kurzer Zeit, während welcher sie stets auf dieselbe Weise zur Liebe angestachelt wurde, empfing sie ihren Gemahl mit grösster Wollust in ihren Schoss und spürte voll Entzücken die kräftigen Stösse des strotzenden Gliedes. Sie wurde schwanger und ihr Leib trug Frucht. – Auch von einem unserer Bekannten, dem Markgrafen Alfonsus, habe ich erzählen hören, dass ihn Rutenhiebe zum Liebeskampf anregen müssen; ohne dieses Mittel wäre er gänzlich ohnmächtig. Er lässt sich das Hinterteil mit Ruten streichen – und zwar kräftig; während dieser Zeit liegt seine Gemahlin auf dem Bett schon in der geeigneten Stellung bereit; während man ihn schlägt, richtet sein Glied sich empor und wird um so steifer, je heftiger die Schläge sind. Sobald er sieht, dass seine Waffe in gutem Stande ist, stürzt er sich auf seine Gattin, überströmt sie mit den himmlischen Gaben der Venus, und geniesst mit ihr aller Wonnen, die die Göttin der Liebe zu gewähren vermag.

OCTAVIA: Aber wahrhaftig – wenn du es selber mal probiertest, ich glaube, die Wirkung würde dich überraschen!

TULLIA: Ich habe dies Mittel noch niemals versucht, gedenke dies aber zu tun, und zwar schon in der nächsten Nacht. Du aber sollst – ich wünsche das! – der Umarmungen meines Lampridius geniessen, der seit acht Tagen mit Callias auf dem Lande ist und sich während dieser Zeit der Liebe gänzlich enthalten hat. Er hat mir brieflich mitgeteilt, dass er morgen kommen werde; Callias wünsche, dass ich mich zu ihm aufs Land begebe, wo er irgendwelche Geschäfte habe, die er noch nicht habe erledigen können.

OCTAVIA: Das werden wir schon sehen! Aber du hast vergessen mir zu erzählen, was meine Mutter dir von den Vorgängen in Julias Brautnacht nach ihrer Entjungferung erzählte.

TULLIA: Die Sache verhält sich so: Wie du weisst, fand die Hochzeit in aller Stille statt; dein Vater war nicht dabei; kein einziger von den Verwandten war dazu eingeladen worden. Die Handlung spielte sich hinter der Scene ab, wie es manchmal in den Theaterstücken des klassischen Altertums vorkommt. Die Zuschauer sahen nichts davon. Ehe nun Sempronia die Neuvermählte ins Brautgemach führte – wie eine Kuh dem Stier zugeführt wird – hatte sie den unschuldigen Geist des Mädchens mit bösen Ratschlägen erfüllt. Du wirst selber hören, was sie ihr zu sagen gewagt hatte, was sie ihr zu sprechen und zu tun befohlen hatte und was das unschuldige Kind in seiner Gewissenhaftigkeit sagte und tat. Jocondus hatte sich in Julias Zimmer begeben: dort sollte nämlich das grosse Werk vor sich gehen. Von Sempronias Ansprüchen stark mitgenommen, prüfte er seine männlichen Waffen und fragte sich, ob er auch noch kräftig genug sein werde für die Schlacht. Sempronia trat ein und legte ihm Julia in die Arme. ›Natürlich will ich Julia für dich entkleiden, mein Jocondus!‹ so sprach sie. Sie entkleidete die junge Frau und liess ihr nur das Hemd, das kaum ihre Scham des Gatten gierigen Blicken entzog. Bald darauf ging Sempronia mit den Worten: ›Ich lasse euch nun allein. Macht eure Sache gut!‹ Sie ging aber nur in ein Nebenzimmer, von wo aus sie alles sehen konnte; denn die Tür stand halb offen – (wie Julias Pförtlein!). Sofort fiel Julia vor Jocondus auf die Kniee – (ohne Zweifel war ihr gesagt worden, dass sie dies tun müsse) – und rief: ›Ich werde dir folgsam sein in Allem und werde mein ganzes Leben lang dem Dienst deiner Freuden gewidmet sein. Wenn ich hiergegen verstosse, so bestrafe die Schuldige!‹ Jocondus gab ihr einen Kuss und hob sie auf, indem er sagte: ›Zieh doch dein Hemd aus, mein Herzchen.‹ Als er aber sah, dass ihr Gesicht sich mit Schamröte überzog, da zog er es ihr, ungeachtet ihres Errötens und Zitterns selber aus. Sobald ihr das Hemd um die Füsse fiel, warf er sie rücklings auf die Bettkante, steichelte mit den Händen und küsste ihre kleinen, harten, runden, weissen, schwellenden Brüste. Hierauf schweiften seine Augen über ihre Brust, ihren Leib, ihre Schenkel; sein letzter Gedanke, sein letzter Blick endlich galt ihrem Venusgärtlein. Als das unschuldige Mädchen merkte, wie er ihre Kleine betastete, streichelte, die Schamlippen auseinanderhielt, seinen Finger hineinsteckte, da schrie sie: ›Au! au! au!‹ und mischte in ihr Geschrei Stöhnen und Seufzen. ›Und nun,‹ sprach Jocondus, indem er auf das Bett zeigte, ›strecke dich auf diesem unseren Kriegsschauplätze aus. O reizende Glieder, wie entflammt ihr mich zu süsser Begier!‹ Gehorsam legt sie sich ins Bett. Bei diesem Anblick begann ihm die Rute zu schwellen und zu erglühen; an des Mädchens Seite wirft sich Jocondus und sofort legt sich Julia, ohne sich bitten zu lassen, das Kopfkissen unter das Gesäss, macht die Beine breit, wie sie nur kann und – du wirst lachen – greift selber mit der Hand ihrem Mann an den Schwanz. Dieser lacht laut auf und fragt: ›Was bedeuten diese neuen Liebesmoden? Vorwärts jetzt!‹ Und kaum hat er diese Worte gesprochen, so beugt er sich vornüber und liegt schon zwischen ihren Schenkeln; sie liess ihren Pflock nicht aus den Fingern, sondern lenkte selber den Lauf des Gliedes das sich auf sie stürzte; hierauf hob sie die Schenkel hoch in die Luft, sodass ihre Absätze ihr Gesäss berührten. So gab sie sich selber die richtige Lage für das Venusopfer. Als Jocondus nun fühlte, dass die Spitze seines Gliedes zwischen ihre äusseren Schamlippen eingedrungen war, sagte er zu ihr: ›Lass jetzt die Hand los; das übrige mache ich ganz allein.‹ Sofort umschlang Julia mit beiden Armen das Kreuz ihres Reiters und hielt ihn innigst umschlungen. Jocondus, dessen Glied bis zum Zerbrechen starr und steif war, bohrte die Stange tief ins Innerste hinein und öffnete sich den Weg, der bis dahin seiner Begierde verschlossen gewesen war. Sie stiess einen Schrei aus, verharrte aber in ihrer Körperstellung und mit dem dritten oder vierten Stoss drang die glühende und glückliche Mentula in das geheimste Heiligtum der Venus ein.

OCTAVIA: Fand denn Jocondus bei dem Mädchen die Blume der Keuschheit unversehrt? Ueberzeugte er sich, dass sie noch durch keines Mannes Umarmung befleckt war?

TULLIA: Er fand sie unberührt, wie es gewöhnlich den Männern geht, die beim ersten Ansturm mit vollem Vertrauen auf die Jungfräulichkeit einer Jungfrau vorgehen.

OCTAVIA: Nach der Art, wie sie sich selber bei dem Hergang benommen hatte, befürchte ich, er möchte Verdacht geschöpft haben.

TULLIA: Jocondus bemerkte mit leichter Mühe, dass diese Kunststücke ihr von Sempronia gelehrt worden seien, und nachdem er in diesem ersten Liebeskampf Julia zu seiner wirklichen Frau gemacht hatte, fragte er sie: ›Wer hat dich denn nur so vorzüglich unterrichtet, meine liebste Julia? Du hast mich wirklich mit der grössten Bewunderung für deinen Geist erfüllt, als du selber meine Waffen gegen dich lenktest und durch sie deiner Jungfernschaft den Todesstoss versetztest – als du mich mit deinen Armen umschlangst – als du so schnell mit dem Gesäss wackeltest – als du durch deine Seufzer und leidenschaftlichen Ausrufe Zeugnis gabst von der Wollust, die dich entflammte.‹ – Sie schwieg. – ›Ei was!‹ fuhr er fort, ›offenbare mir doch das Geheimnis, das du unter diesem Schweigen verbirgst!‹ – ›Ich wage es nicht,‹ antwortete Julia, ›aber ich habe sagen hören, dass die keuschesten Mädchen, wie ich eins bin, es so machen und es so machen müssen.‹ – ›Wer hat dir denn gesagt, dass man sich so dabei benehmen müsse?‹ fragte Jocondus. – ›Zwinge mich nicht, dir dieses einzugestehen,‹ antwortete Julia. – ›Ich verlange, dass du mir dies sagst!‹ versetzte er darauf. ›Tust du es nicht, so werde ich dich nicht für so keusch halten, wie du zu sein behauptest!‹ – Da sagte Julia: ›Ich bitte dich, erzähle keinen Menschen wieder, was du mich dir zu gestehen zwingst. Sempronia hat mir gesagt, dass es meine Pflicht sei, mich dir in dieser Weise gefällig zu zeigen und sie hat mir einen Eid darauf abgenommen, das ich dies tun werde.‹ – ›Gut!‹ sagte Jocondus, ›aber nimm dich in acht und lasse niemanden merken, dass du mir dieses Geheimnis enthüllt hast.‹ Weder er noch sie dachten daran, dass Sempronia alles hörte und sah.

OCTAVIA: Was hoffte sie denn dadurch zu erreichen, dass sie die Harmlosigkeit des jungen Dinges durch so verderbliche Ratschläge missbrauchte.

TULLIA: Ohne Zweifel hoffte sie, wenn Julia sich in solcher Weise gefällig zeigte, so würde Jocondus Verdacht gegen ihre Tugend schöpfen. Bis jetzt aber hat deine Mutter weder zu Jocondus noch zu Julia ein Wort von ihrem Wahrnehmungen gesagt.

OCTAVIA: Du hast mir noch nicht das Ende dieser Geschichte erzählt.

TULLIA: Als die dicke harte Mentula die ganze Scheide des Mädchens erfüllte, in die sie bis an die Hoden eingedrungen war, seufzte Julia: ›Du folterst mich! schone mein! Erbarmen! Erbarmen!‹ Er aber stiess unbekümmert weiter, und als seine Stösse immer heftiger wurden, rief Julia: ›Ach! ach! ich sterbe vor Wonne! weiter! weiter! mehr! mehr! drücke! stoss recht heftig! stoss ihn tiefer hinein!‹

OCTAVIA: Hahaha!

TULLIA: Dies hatte Sempronia ihr ebenfalls angeraten. Sie hatte nämlich gesagt: ›Sobald du ein juckendes Kitzeln in deiner Kleinen fühlst, Julia, so tu, als ob du noch grössere Wonne empfändest, als du sie in Wirklichkeit verspüren wirst. Rege deinen Mann durch deine Worte, Küsse, Seufzer, Bewegungen auf; sonst würde er glauben, du seiest von Stein und kaltsinnig, und davor möchte ich dich bewahren, weil ich dich liebe.‹ Dies war der Grund, warum das keusche junge Mädchen, sobald es das erste Jucken in ihrer Kleinen verspürte, die Hinterbacken hin und herzubewegen begann und Gegenstösse gegen die Stösse ihres Gatten führte, den sie dadurch mit nie geahnten Wonnen überströmte. Uebrigens war die Wollust, die Julia selber empfand, ganz gewiss nicht geringer. Denn als sie infolge ihrer langen, schnellen Bewegungen ihren Venussaft strömen fühlte, rief sie: ›Ach, ach, ach! was fühle ich denn da? Mir schwinden die Sinne!‹ Nach diesem Ausruf schwieg sie, seufzend und zitternd, wie wenn sie nicht mehr bei Sinnen wäre. Jocondus fasste mit der Hand an die Kleine der Halb ohnmächtigen und zog den Penis heraus, so dass nur dessen Kopf noch drinnen blieb: da fand er, dass ihre Scheide ganz von Venussaft erfüllt war, während er doch selber das Nass seiner Wollust noch nicht in Julias Muschel gespritzt hatte. Da bohrte er wieder die Lanze hinein, stiess und drückte. Sie rührte sich nicht mehr. Er hielt inne und fragte weiter, indem er ihre Rosenlippen mit Küssen bedeckte: ›Was bedeutet denn dieses unbewegliche Daliegen, liebste Julia.‹ – ›Ich bin tot!‹ antwortete sie, ›du hast mich mit solcher Wonne überströmt, dass ich glaube, höhere Seligkeit wird es niemals für mich geben.‹ Wieder begann er zu stossen. ›Ich bin ganz ausser mir,‹ flüsterte sie, ›dieses Reiben versetzt mich in den siebenten Himmel.‹ Von neuem begann sie sich zu bewegen und hin und her zu rutschen, bis sie sich plötzlich von heissem Tau benetzt fühlte. Da rief sie: ›Ach! ach! ach! was ist denn dies?‹ Mit beiden Händen presste Jocondus ihre Hinterbacken und zog sie an sich; sofort hob sie Bauch und Lenden empor, so hoch sie nur konnte, und während dieser Zeit spritzte ihres Gatten heisser Schlauch seinen Saft in ihre Muschel. Sie war so ausser sich, dass sie mit den Händen seine Manneslanze ergriff, während er seinen Samen in reichlicher Menge in sie hineinträufelte; sie rieb und drückte die Stange, damit von der köstlichen Gabe nichts verloren ginge. Indem sie seine Hoden zart zusammenpresste, hätschelte sie gleichsam seinen Penis und schnauzte ihn geschickt, dass nicht ein Tröpfchen mehr herauskam, als Jocondus ihn aus ihrer Scheide zog.

OCTAVIA: Waren denn nicht durch einen so langen Kampf dem jungen Mädchen alle Glieder gebrochen? Die Liebe und deren Freundin, die Wollust, müssen wohl ihr die nötigen Kräfte gegeben haben.

TULLIA: Bis zum nächsten Morgen wurde Julia ausser dem nur noch durch einen einzigen Beischlaf erfreut; dieser erste aber konnte für zwei oder drei andere gelten! Der zweite – das hat sie selber eingestanden – bereitete ihren Sinnen genügend Wollust, denn bei Jocondus spritzte schon nach dem sechsten oder siebenten Stoss der Venussaft, während bei Julia erst der Anfang eines brennenden Juckens sich zeigte; wohl wurde sie feucht, aber sie gelangte nicht ganz bis ans Ziel.

OCTAVIA: In der nächsten Nacht umarmte Jocondus sie ja wohl zweimal, wenn ich mich deiner Worte recht erinnere?

TULLIA: Ja, aber erst, nachdem er der Kleinen deiner frommen Mutter seinen Tribut gezahlt hatte – was ihm durchaus nicht lieb war. Julia hat der vollen Lendenkraft ihres Gatten nur zweimal genossen und zwar erst im zweiten Monat darauf!

OCTAVIA: Nun ja, da die Umarmungen meiner Mutter Jocondus' ganzen Saft in Anspruch genommen hatten, konnte für Julia wohl bloss Dreck oder Spucke übrig bleiben.

TULLIA: Als im zweiten Monat nach der Hochzeit Jocondus einmal seine Scherze mit Sempronia trieb, fragte er sie: ›Wünschest du nicht, dass ich Vater werde, hohe Herrin?‹ – ›O ja,‹ antwortete sie. – ›Wie könnte ich aber je Vater werden, wenn du mich niemals Julias Acker mit heissem, fruchtbarem Samen bestellen lassest? Erlaube mir, dreimal ihr beizuwohnen und die ganze Flut meiner Leidenschaft ungeschmälert in ihren Schoss strömen zu lassen! Die Arme hat, wie ich gehört habe, eine recht harte Behandlung zu erdulden gehabt; ich weiss wie schlecht deine Freundin Theresia gegen sie war, weil du sie für eine entartete Dirne hieltest, obwohl sie unschuldig war.‹ – ›Ich erlaube es dir,‹ antwortete Sempronia, ›aber nur unter der Bedingung, dass du sie schwanger machst. Den Samen, der sich in den nächsten acht Tagen in deinen Lenden ansammelt, sollst du in einer einzigen Nacht und in einem dreimaligen Angriff in den Umarmungen deiner Dione verpulvern.‹ In der achten Nacht, die auf diesen Tag folgte, wurde der Keuschheitsgürtel abgenommen, und da das Pförtlein der jungen Frau geöffnet stand, so begoss Jocondus ihren Garten mit einer reichlichen Menge fruchtbaren Regens. Seitdem glaubt Sempronia, Julia sei schwanger; sie hat auf ihrem Gesicht die Schwangerschaftsflecken bemerkt und Julia ist auch bereits von Uebelkeitsanfällen heimgesucht worden.

OCTAVIA: Ich will des Todes sein, wenn ich nicht Theresia von Herzen verabscheue, weil sie dieses gute und einfältige Kind so unwürdig misshandelt hat!

TULLIA: Und ich will ebenfalls des Todes sein, wenn nicht nach meiner Meinung deine Mutter für diese Grausamkeit verantwortlich ist! Kaum hatte sie sich eingebildet, Julia werde von verliebten Lüsten und Begierden verfolgt, so ging sie zu Theresia und sagte ihr, sie habe grosse Sorge um die Tugend der jungen Frau. Sie glaube, sie sei nicht mehr so züchtig wie bisher und werde einer strengen Arznei bedürfen, um bei der Pflicht einer guten Familienmutter erhalten zu werden; man müsse sich gegen die Jugendhitze vorsehen, die ihr einmal einen Streich spielen könne. Theresia bat sie, ihr doch das Mädchen einmal zuzuschicken. Dies geschah, doch wurde ihr zuvor der Keuschheitsgürtel abgenommen, den Sempronia in Verwahrung behielt. Theresia empfing ihre frühere Schülerin lachenden Mundes, gab dem Begleiter einen Brief für Jocondus mit und bat, man möge ihr Julia auf drei Tage da lassen sie wolle sich einmal recht an dem Anblick der jungen Frau sättigen, die sie aufgezogen und nun so lange nicht gesehen habe. Nach vielen Hin- und Herreden fragte sie endlich Julia, ob sie bereit sei, vor ihr den Beweis abzulegen, dass sie tugendhaft und zwar im vollen Sinne des Wortes tugendhaft sei. Julia antwortete ihr, sie sei dazu von Herzen gern bereit. – ›Nun,‹ sagte Theresia, ›so wirst du während dieser drei Tage den Leib mit Fasten kasteien und wirst dich von meinen eigenen Händen geisseln lassen!‹ – ›Ich werde alles thun, was du wünschest hochwürdige Mutter,‹ antwortete Julia; ›Alles was du mir befiehlst, werde ich als ein Gebot der Pflicht ansehen.‹ Am ersten Tage wurde sie gepeitscht, jedoch ziemlich gelinde; am zweiten Tage sehr grausam; am dritten etwas weniger stark. Nach dieser Züchtigung wurde sie gegen Sonnenuntergang nach Hause geschickt Sempronia war nicht da, wohl aber Jocondus, und als dieser sein reizendes Frauchen kommen sah, da eilte er in ihre Arme. – ›Ich komme nach Hause,‹ sagte sie lächelnd, ›wie es für eine tugendsame Gattin sich gehört; von dem heissesten Wunsch erfüllt, meinen Gemahl wieder zu sehen.‹ Nach einer kurzen Unterhaltung führte er sie in sein Zimmer, und sie erzählte ihm weinend, wie es ihr ergangen sei. Jocondus tröstete das arme Kind wegen seines Missgeschicks und versprach ihr, er wolle in Zukunft dafür sorgen, dass man ihr keinen Schmerz mehr bereite und ihr nichts zu leide tue. Hierauf gab er ihr einen Kuss und fuhr ihr mit der Hand unter den Rock. Zu seiner grossen Freude bemerkte er, dass ihr Gürtel nicht da war, um seinen Begierden zu wehren. Er warf sie auf das Bett und verjagte durch eine dreimalige Liebesarbeit aus ihrem Geist jede Erinnerung an diese drei bösen Tage und an die von ihr ausgestandenen Schmerzen.

OCTAVIA: Erfuhr denn meine Mutter nichts davon? Wurde sie nicht böse auf Jocondus?

TULLIA: Gar nichts erfuhr sie! Sie schöpfte nicht einmal Verdacht. Kurz vor ihrer Rückkehr hatte Jocondus sich heimlich aus dem Hause entfernt; als er bald nachher wiederkam, begrüsste er seine Frau, wie wenn er sie seit drei Tagen nicht gesehen hätte.

OCTAVIA: Aber er liess doch sicherlich meine Mutter nicht unge-grüsst?

TULLIA: Sie sagte zur Julia, Jocondus habe ihr über einen ihm erteil-ten Auftrag Bericht abzustatten. Sie gingen darauf zusammen hinaus und begaben sich in deines Vaters Schlafzimmer. Julia hatte Befehl erhalten, auf die Rückkehr ihres Gatten zu warten. – ›Glaubst du etwa, o Herrin,‹ sagte Jocondus zu ihr, ›ich wollte Julias Umarmungen den deinigen vorziehen? Jeden Tropfen Wollust, der in mir ist, will ich in dich ergiessen!‹ – Er küsst sie, betastet sie, wird geil. Sie hebt sich selber Kleider und Hemd auf – das war so ihre Gewohnheit – und umarmte den mit gezückter Lanze vor ihr stehenden. Dann sinkt sie auf das Bett zurück, und der Kampf beginnt. Mit einem einzigen kräftigen Stoss vergräbt er die Lanzenspitze in ihren Bauch. Kurz und gut – sie brachten ihre Sache zu Ende; dann begab sich Jocondus mit Sempronia zu Julia zurück, die er mit den Worten ansprach: ›ich wünsche, Julia, dass unsere Herrin dich in deinem wahren Charakter erkenne, dass sie wisse, wie keusch und züchtig du bist. Ich wünsche, dass du aus ihren Händen diesen Keuschheitsgürtel empfangest, wo-mit du dich bekleiden wirst; es wird zu deinem und mei nem Besten sein, da du alsdann in unserer Herrin eine Zeugin deiner Ehrbarkeit besitzest.‹ Sempronia lobte Julias Tugend und die Bereitwilligkeit, womit sie ihren Gehorsam erklärte; und so wurde Julias Kleine unter Verschluss gelegt. Was aber die Deine anbelangt, liebe Octavia, so werde ich nächste Nacht schon erfahren, ob du zu allen der Frau Venus bekannten Spielen ebenso geeignet bist, wie du an Schönheit und Anmut der süssen Göttin gleichst.

OCTAVIA: Ich hoffe, ich werde mich derart bewähren, dass du nicht mehr daran zweifelst und dass zu seiner hohen Wonne Lampridius bemerkt, dass ich ein Born süssester Wollust bin.

Fußnoten

1 ›Si qua est non fatui puelli cunni.‹ Priapea XXXIX.

2 Dividere, dividi ist so viel wie paedicare, paedicari; divisor gleich paedico.

3 Herciscunda heisst: die Erbteilerin.

4 Bruchstück eines Hochzeitsgedichtes, das der Kaiser Gallienus zur Vermählung seines Neffen verfasste. Montesquieu hat es als Motto für seinen Temple de Guide benutzt.

5 Brautführer oder Brautjungfern, hier aber die Schutzgottheiten der Jungfernschaft.

Zweiter Teil

Sechstes Gespraech

Liebeskuenste und Stellungen

OCTAVIA: Wie köstlich die Liebesfreuden sein werden, die uns diese Nacht erwarten, davon hast du mich durch deine aufregenden Schilderungen bis ins Mark meiner Knochen überzeugt.

TULLIA: Wieviel ich dir auch versprochen haben mag, du wirst das Doppelte der Wonne empfinden, die ich deiner frühreifen Sinnlichkeit in Aussicht stellte!

OCTAVIA: Lampridius wird doch mit Rangoni kommen, und beide werden sich uns gegenüber als wackere Kämpen bewähren?

TULLIA: Ohne Frage werden sie beide mit dir fechten.

OCTAVIA: Um Gotteswillen! Binnen wenigen Stunden würden zwei so schneidige Reiter mein Rösslein zu schänden reiten!

TULLIA: ›Um Gottes willen‹ sage ich zu dir, du kleine Närrin. Du allein wirst sehr gut mit allen beiden fertig werden, und wenn du's durchgemacht hast, wirst du eingestehen, dass im Vergleich mit dir die Heldinnen des goldenen Zeitalters nichts sind.

OCTAVIA: O nein, o nein, liebe Schwester – das werde ich nicht tun! Hältst du mich denn für so geil? Ich sollte mich eine ganze Nacht lang von Wollüsten überströmen lassen, sollte mich mit der Speise von Göttinnen vollstopfen, und du solltest von all diesem Guten nichts erhalten? O nein, o nein – das tue ich nicht!

TULLIA: Mag dem sein, wie ihm wolle – tu es nur! Und du wirst es tun, du wirst es tun. Sie hier:

    ... in den Werken der Venus zur Siegerin bist du berufen

Sieh hier!

OCTAVIA: Oh! Oh! Du hast dein Pförtlein mit jenem abscheulichen Keuschheitsgitter verschlossen? Was denkst du dir denn? Was würde aus mir werden, wenn du mir nicht einen Teil der Anstrengungen abnähmest? So gut auch deine Absicht gemeint ist, so schlecht wird sie mir bekommen.

TULLIA: Sei nur getrost! Ich bin mit vieren fertig geworden, und du fürchtest dich vor Zweien?

OCTAVIA: Aber diese beiden sind besonders stark und übertreffen alle anderen Männer durch die Unerschöpflichkeit ihrer Liebesbegier. Du versicherst, Lampridius mache auf deiner Poststrasse für gewöhnlich seine zehn Meilen und du erzählst von Rangoni Dinge, die ans Wunderbare grenzen. Für diese beiden Helden würde Cotytto nicht genügen, wenn sie allein wäre.

TULLIA: Lampridius hat mir von Rangoni Heldentaten erzählt, die allerdings selbst Kennern auf diesem Gebiete unglaublich erscheinen. Wie du weisst, sind sie sehr eng befreundet.

OCTAVIA: Was hat er dir erzählt? Ist denn Rangoni selber noch nicht mit dir handgemein gewesen?

TULLIA: Als Lampridius vorgestern wieder in unserer Stadt eintraf, führte er ihn, im Einverständnis mit Callias, als Gast in unser Haus ein. Denke dir, wie gefällig mein Lampridius ist: er selber entflammt in ihm die Liebe zu mir und als Rangoni sich in rasender Begier verzehrt, tröstet sein Freund ihn durch Versprechungen. Er versichert ihm, er werde alles aufbieten, um ihm den ›Genuss des höchsten Glückes‹ – wie er sich ausdrücke – zu verschaffen, und sagt ihm, er möge nur guter Hoffnung sein. Ohne mich um meine Einwilligung zu befragen, verbrieft und besiegelt er ihm den Genuss meiner Liebe!

OCTAVIA: Und du bist darob nicht zornig?

TULLIA: Das kannst du dir selber sagen! Ich war sehr aufgebracht und liess es ihn ganz gehörig fühlen. Jener aber antwortet mir, um meine Aufregung zu besänftigen: Verzeih mir, o Herrin, meine Königin, meine Gattin diese Unbesonnenheit! Ich weiss, es liegt nur an dir, mein Wort halten zu können. Rangoni hat dich gesehen und siecht elend dahin. Ich hatte einst seine Base in Neapel gesehen und glaubte, vor Liebe zu ihr sterben zu müssen; da stellte er sich, um meine Liebe begünstigen zu können, als sei er in Liebe zu ihr entbrannt; er erhielt ein Stelldichein von ihr bewilligt und führte mich in die Schlafkammer des Mädchens; die ganze Nacht hindurch genoss ich der heissbegehrten Liebe, während Laura – so hiess sie – sich Rangonis Umarmungen hinzugeben glaubte. ›Musste ich mich nicht für einen derartigen Liebesdienst dankbar erweisen? Verzeih mir, meine Königin; indem ich glaubte einer Dankesschuld gegen ihn mich zu entledigen, habe ich dich beleidigt, ohne es zu wollen.‹

OCTAVIA: Was antwortetest du darauf?

TULLIA: Die Stimme meines Geliebten erweichte mein hartes Herz. ›Was soll ich denn tun?‹ fragte ich ihn. ›Schämst du dich nicht, mich so schmachvoll zu behandeln – mich, die ich ganz und gar dein bin?‹ – ›Ich weiss wohl,‹ antwortete er, ›ich mute dir einen Fehltritt zu – aber begehe ihn doch, bitte! nur dieses eine und einzige Mal! Lass dich durch Rangonis Liebe und durch die Bitten deines Lampridius bewegen! Fürchte in Zukunft nichts von mir; ich werde niemals etwas von dir verlangen, was dir nicht angenehm ist, was der Ehrbarkeit widerstreitet.‹ Schliesslich willigte ich ein; aber ich fragte: ›Lampridius, kennst du Octavia?‹

OCTAVIA: Aber, höre, diese Frage gibt mir das Recht, auf dich so böse zu sein, wie du auf Lampridius warst!

TULLIA: Sei nur still, Närrchen! Ich eröffnete ihm meinen Plan: nämlich dich in seine Arme zu legen. Ich sagte, dadurch würde ich dich glücklich machen. ›Aber unterdessen,‹ fiel er ein, ›steht meinem Freund Rangoni und mir das Ding, dass wir's nicht mehr aushalten können! Wenn du die Stunde der Wonne bis zur Dunkelheit verschieben willst, so gehen wir beide zu Grunde an dem Anblick deiner Holdgestalt, deren Feuer uns verzehrt. Lass doch ihn und mich nur einmal glücklich sein!‹ – ›Welche Ehre erweisest du deinem Manne,‹ erwiderte ich, ›wenn du mich durch die fleischliche Berührung mit einem Anderen entehrst hast? Du für deine Person magst von deinem Recht Gebrauch machen.‹ Endlich liess ich mich erweichen, doch stellte ich die Bedingung, dass ich dem Herrn Rangonia nur für ein einziges Mal meine Liebes-, Renn- und Stechbahn öffnen, und nachher nichts mehr bewilligen würde. Denn ich wünschte, dass sie beide unerschöpft und mit frischer Kraft deine Furche bearbeiteten.

OCTAVIA: Wie könnten sie wohl mit frischer Kraft aus deinen Umarmungen hervorgehen?

TULLIA: Der Vorfall trug sich in unserem Park zu, den man von keinem Zimmer des Hauses ausser von meinem Schlafgemach aus überblicken kann. Alle Zugänge waren verschlossen und wir waren in vollster Sicherheit. In Erwartung des Bescheides, den sein Freund erhalten würde, ging Rangoni in der Nähe auf und ab, indem er mich fortwährend mit glühenden Augen ansah. Lampridius begab sich zu ihm und sagte: ›Danke meiner Tullia in Ewigkeit für das himmlische Geschenk, das sie dir macht und komm heran: dir winkt die höchste Seligkeit.‹ – Nun bin ich aber von Natur so erschaffen, dass Schamlosigkeit meinem Wesen gänzlich fremd ist. Als er auf mich zu trat, überzog sich daher mein Gesicht mit glühender Röte; er gab mir einen Kuss, warf sich aber dann sofort selber seine Kühnheit vor und bat mich dafür um Verzeihung. Während ich seine Reden anhörte, waren wir in jene künstliche Grotte eingetreten, die in der einen Ecke des Gartens hergestellt worden ist, um in ihr die Kühle geniessen zu können. Lampridius trat mit uns zusammen ein und sagte, zu mir gewandt: ›Vor allem auf eins möchte ich dich aufmerksam machen, o meine Königin – und auch in deinem Interesse, Rangoni, ist es gut, wenn sie es weiss.‹ – ›Was denn?‹ fragte Rangoni. – ›Tullia selber wird es dir gar bald sagen durch ihre Seufzer, ihre Küsse und die wilden Bewegungen ihrer Lenden.‹ – ›Möchte Venus dir den Garaus machen, du süsser Windbeutel!‹ rief ich. Lampridius aber ergriff meine Hand und zog mich aus der Grotte, indem er zu seinem Freunde sagte: ›Entschuldige mich, Rangoni! Ich werde sie dir sofort zurückgeben und zwar so rein, wie sie in diesem Augenblick ist. Du sollst sie nicht aus den Augen verlieren – sie ist ja das Licht deiner und meiner Augen. Nur zwei Wörtchen, und ich bin fertig!‹ Hierauf wandte er sich zu mir und sagte: ›Du weisst noch gar nicht, welch' einen wackeren Reiter du erhalten wirst. Die Römerinnen und Venetianerinnen, die mit ihm zu tun gehabt haben, versichern, kein Mann habe je mit einem so reichlichen Regen die weibliche Furche benetzt wie Rangoni. Hieronymus Mercuriali hat alles, was über ihn berichtet wurde, sorgfältig geprüft und erklärt, die Erscheinung sei nicht nur erstaunlich, sondern geradezu wunderbar.‹

OCTAVIA: Was machte denn unterdessen Rangoni mit seiner Liebeswut, mit seines Herzens Glut und seiner Mentula? Hahaha! Aber ich höre ein Geräusch! Da sind sie schon. Wie ängstlich mir zu Mute ist, wie ich mich schäme!

TULLIA:

Du kommst, o Hymen, o Hymenäus –
O Hymen, Hymenäus, du bis da!

Hier ist Lampridius. Aber warum bist du allein, Lampridius? Was ist denn aus deinem Freunde geworden?

LAMPRIDIUS: Wir haben bei unserem wackeren und freundlichen Bürgermeister Mendoza, zu Abend gespeist. Er hält Rangoni noch zurück, indem er über seine Verhältnisse, seine Eltern und Verwandten viele Fragen an ihn richtet, wobei er mit der auserlesenen Höflichkeit, in der er Meister ist, die ernstesten Angelegenheiten in einem Ton scherzhafter Plauderei zu behandeln weiss. Ich habe mich heimlich entfernt, denn die Liebe, die mich stachelte, hatte sich durch den Gedanken an euch zur Raserei gesteigert. Diese vermag Octavia zu heilen, wenn sie mich annehmen will wie ich bin: voller Kraft und voll Eifers, ihr zu dienen. Aber du schweigst, Octavia?

OCTAVIA: Ach, liebste Tullia, meine Gedanken sind ganz und gar von Scham verwirrt. Mir fehlt jeglicher Mut, ich vermag kein Wort hervorzubringen.

LAMPRIDIUS: Du verweigerst mir sogar einen Kuss? Ach, ich Unglücklicher!

TULLIA: Vorwärts, Octavia – warum weichst du zurück? Kaum wird, wenn auch Rangoni da ist, dies Bett uns vier aufnehmen können: es wird nicht das geringste Plätzchen übrig bleiben, nicht einmal für die Scham? Lass doch diesen Unsinn beiseite, kleines Närrchen!

OCTAVIA: Du bist selber eine Närrin! Wie? Du wirfst die Decken ab, und stellst mich nackt Lampridius' Augen zur Schau?

LAMPRIDIUS: Wie hübsch sie ist! Wie zart sind ihre Glieder!

TULLIA: Ich verlange, Octavia, dass du dich als mein anderes Selbst ansiehst! Rangoni kann es nicht mehr aushalten – tut dir denn der arme Mensch gar nicht leid?

LAMPRIDIUS: Bitte, liebe Tullia, rede doch der Octavia zu, dass sie sich von mir lieben lässt, dass sie mich die Blüte ihrer Schönheit und Jugend pflücken lasse. O dieser Leib! Er ist ja für die Liebe geschaffen.

OCTAVIA: Lass es, lass es! Wenn du mich nicht in Ruhe lässt, fange ich an zu schreien!

TULLIA: Was sind denn das für Verrücktheiten? Bist du denn noch bei Sinnen? Bei der Göttin Pertunda! wenn du Lampridius nicht zum Freunde haben willst, bin ich deine Feindin!

OCTAVIA: Aber dein Lampridius betastet mit unzüchtiger Hand meine Brüste, meinen Busen und alle meine Glieder!

LAMPRIDIUS: Wie reizend klafft dir die Venusmuschel! Wie bequem zum Gebrauch liegt dein Amüsierding! wie weich ist das Vliess, womit es bewachsen ist!

OCTAVIA: Ah! ah! Was machst du denn? Du liegst ja schon ganz auf mir! Was soll ich anfangen, wenn ich derart geschändet bin? Ich bin ja dann eine ehrlose Dirne.

TULLIA: Küsse Octavia, Lampridius! Und du, Octavia, küsse Lampridius. Auch ich werde in dieser Komödie meine kleine Rolle spielen, mit eigener Hand werde ich den männlichen Pfeil in die weibliche Scheibe lenken. Bravo! Er sitzt tief drin! Wie gut passen eure Geschlechtsteile zu einander! Nun aber, schone ihren Schoss nicht, Lampridius!

OCTAVIA: Was willst du denn! Wie du dich an mich pressest! wie du schiebst! wie du stösst! Nimm deine Hand weg, Tullia. Warum kitzelst du mich? O! O! O!

TULLIA: Hebe die Hinterbacken hoch! Hoch mit ihnen, sag ich dir! Hebe sie noch höher! Stosse schnell, kräftig gegen! So ist's gut! so ist's schön!

LAMPRIDIUS: Wenn es dir Wonne ist, Octavia, meinen drin zu haben, so gib mir einen Kuss.

OCTAVIA: Wonne.. ach ja.. Wonne! ... Ich sterbe! Ach! Ach! Bereite ich dir genug Wollust? Dir, der du meine höchste Wollust bist? Soll ich noch heftiger stossen? Ich will alles tun, was ich nur kann.

TULLIA: So tu's doch! Zu Redensarten ist jetzt nicht die Zeit. Wundervoll! Wie beweglich, wie gewandt sind deine Hinterbacken! Unterdessen, mein Lampridius, will ich dir die Eierchen streicheln und kitzeln. Mit leiser Berührung werde ich sie an ihre Pflicht erinnern, da sie den Schaum der Liebe auszuspritzen haben.

LAMPRIDIUS: Wie selig macht ihr beiden mich. Wie gebt ihr meiner Wollust süsse Weide: du, Tullia, mit deinem Nektar; du Octavia, mit deiner Ambrosia! Mir kommts, mir kommts! Jetzt, jetzt, Octavia, hebe die Lenden hoch empor! Feste, feste!

TULLIA: Du wirst ohnmächtig, Octavia? Dir schwinden die Sinne?

OCTAVIA: Ich fühle ... ich fühle ... wie heiss bespritzt mich der Saft! mit welchem Ungestüm fährt er in mich hinein! Küsse mich, küsse mich! Sieh, auch ich fliesse! Die Adern der Venus öffnen sich mir! O, oh! Ich habe ein Gefühl, wie wenn ich Juno wäre, die ihr Jupiter begattet. Die Wonne ist ein Himmelsgeschenk! O, ach! Grund! ... ich kann nicht mehr ... Grund! ... ich kann nicht mehr! ...

TULLIA: Was faselst du da? was stammelst du da? Ist Lampridius' Anker bei dir auf Grund gestossen?

OCTAVIA: Ich glaubte, er habe ihn berührt. Aber Lampridius erschlafft schon, er entfernt sich, er lichtet den Anker. Lass mich dich doch immer und immer wieder küssen, o mein Lampridius! Ich möchte dich zu Tode küssen, ehe du aus dem Sattel steigst.

TULLIA: Willst du etwa, du wollüstige Taube, ihn zu neuem Kampf anfeuern, obgleich sein Glied jetzt kraftlos und saftlos ist? Das darf nicht sein! Geh jetzt wieder zu Rangoni, lieber Freund; er möchte sonst dich wie uns im Verdacht haben, ein wenig der Ehrbarkeit vergessen zu haben.

LAMPRIDIUS: Ich werde deinen Rat befolgen und mich wieder zu meinem Kameraden begeben. Ich werde ihm sagen, ich hätte einige Augenblicke beim Neffen unseres Bürgermeisters verweilt.

TULLIA: Aber, wie findest du Octavia? Welche Wonne hast du an ihr genossen?

LAMPRIDIUS: Ich habe an ihr nichts gefunden, was nicht auch du, meine Tullia, besässest, und was mir nicht einen Begriff von der wahrsten und höchsten Wollust gebe. Aber hierüber werden wir später noch sprechen! Lebt wohl!

OCTAVIA: ›Wie dankbar muss ich dir sein, o meine Tullia. Jetzt weiss ich, was Venus ist – solche Wonne hat er mir bereitet!‹ Besonders die Länge seines Speeres hat mich höchst angenehm gekitzelt – denn an Dicke kann er's mit meines Caviceus Deichsel bei weitem nicht aufnehmen. Jetzt erst habe ich alle Entzückungen der Venus so recht durchgekostet.

TULLIA: Ich freue mich recht sehr, dass du alles was ich dir von Lampridius erzählte, als wahr befunden hast.

OCTAVIA: Hast du bemerkt, wie munter er aus dem Bett sprang, wie er mich küsste, wie er mir ein paar sanfte Klapse auf die Hinterbacken gab? Wie glücklich bist du, seinen Umarmungen dich hingeben zu können, so oft es dir gefällt! Aber hat nicht auch Rangoni dir unglaubliche Wollust bereitet?

TULLIA: Ich nehme also die unterbrochene Erzählung wieder auf; es kommt mir vor, als habest du Lust das Ende zu hören und auch mir macht es recht viel Vergnügen.

OCTAVIA: Auf diese Weise lässt du mich den besten Teil deiner Freuden mitgeniessen.

TULLIA: Wie von allen Tieren der Mensch, so hat vor allen Menschen Rangoni die grösste Menge Samen. ›Ich mache dich darauf aufmerksam,‹ sagte Lampridius zu mir, ›damit du deinen Körper die richtige Stellung einnehmen lässt, um keinen Tropfen davon zu verlieren. Mein höchstes Glück ist es, wenn du von der höchsten Wollust überströmt wirst.‹ Mit diesen Worten entfernte er sich.

OCTAVIA: Wie kam es dann weiter?

TULLIA: Rangoni eilte auf mich zu und sagte: ›Nichts wird dich jetzt meinen verliebten Wünschen entreissen!‹ Er ergriff meine Hand und führte mich, halb mit meinen Willen, halb mit Gewalt, zu der Ruhebank, die wie du weisst in der einen Ecke der Grotte steht. Mit der einen Hand griff er mir an den Busen, mit der andern deckte er den Venusberg auf, indem er meine Kleider bis zum Gürtel emporhob. Schnell nestelte auch er dann seinen Hosenlatz auf und entblösste seinen Priapus.

OCTAVIA: Du sahst seine Harpune zum Stoss bereit? War sie gross, steif? des Helden und deiner selbst würdig?

TULLIA: Sie war ungefähr wie die des Lampridius; soviel ich sehen konnte, ist kaum ein Unterschied zwischen ihnen, die Länge mochte etwa elf oder zwölf Zoll betragen. ›Ha, schon fühle ich mich erleichtert!‹ rief er; ›ich bitte euch, schöne Dame, begnadigt meine Liebe mit der eurigen.‹ Unmerklich hatte ich mich inzwischen auf die Ruhebank gleiten lassen, er stürzte auf mich zu und kitzelte mir zunächst mit spielenden Fingerspitzen den Venusberg, dann jene Zwischenstelle, die man wie ich dir gesagt habe, den ›Damm‹ nennt und wo die glühendsten Fackeln der Venus brennen. ›Vorwärts, vorwärts!‹ rief ich, ›lasst doch dies sein! ihr macht euch über mich lustig. Wozu wollt ihr mich noch erst anfeuern!‹ – ›So nehmt denn,‹ sprach er, ›alles hin, was an Liebe in mir ist!‹ ›Und sofort stiess er den Stachel in mein Venusröhrchen.‹ – Sobald ich dies fühlte, rief ich aus: ›Pfui, du Bösewicht, du tust mir ja weh!‹ – Lampridius hörte mich, lief herzu und sagte: ›Nimm die in Acht, Tullia, dass man nicht in der Nebenstrasse, hier hinter dieser Mauer, deine Stimme hört, die ja jeder Mensch hier kennt. Halte deine Zunge im Zaum – lass dagegen deinen Hinterbacken freien Lauf!‹

OCTAVIA: Er sah euch in der Arena der Venus turnieren? konnte er sich denn des Lachens über eure Liebeswut enthalten, zu der ja immer die nackte Venus anstachelt?

TULLIA: Er sah uns, und da er bemerkte, dass mein linker Fuss auf dem Erdboden ruhte, so sagte er: ›Ich will euch beiden meinen persönlichen Beistand leihen!‹ Mit diesen Worten schob er einen Stuhl unter meinen Fuss. Infolgedessen drang Rangonis Glied noch tiefer in meinen Leib hinein. Lampridius aber versetzte mit der flachen Hand Rangoni einen Klaps auf den Hintern und verliess die Grotte.

OCTAVIA: Haha! Muss das komisch ausgesehen haben. Ihr alle beide, Rangoni und du, müsst einen lächerlichen Anblick geboten haben.

TULLIA: Einen Augenblick verhielt mein Reiter sich unbeweglich; dann rief er: ›Umarme mich, meine Königin! Seit drei Monaten habe ich der Venus nicht geopfert! Kein Weib hat in süsser Hingebung den ungeduldigen Drang meiner Wollust beschwichtigt. Aber schwerlich würdest du – du weisst es – jemand finden der deinen Garten mit einem so reichlichen Tau besprengt wie ich!‹

OCTAVIA: Den Sporn hatte er ja eingesetzt; konntet ihr denn nun beide das Rennen zu Ende bringen?

TULLIA: Er begann sich heftiger zu bewegen, und beim sechsten oder siebenten Stoss ergoss sich ein heisser Regen in mich hinein. Dies erregte meiner Kleinen ein so wonniges Jucken, dass ich unwillkürlich selber die feurigsten Stösse zu führen begann.

OCTAVIA: Ohne Zweifel befürchtetest du, Rangoni möchte glauben, wenn du unbeweglich kalt und gefühllos bliebst, du seist von Stein, besonders da Lampridius dich wegen deiner Weisse seine Marmorgöttin nennt.

TULLIA: Sinnlos vor Wollust rief ich aus: ›Ich sehe den Himmel! ich sehe den Himmel offen!‹ Und im selben Augenblick öffneten sich meine Schleussen und mein Saft strömte hervor. Er fühlte, wie ich meine Seele verhauchte und kam in glühender Brunst mit noch schnelleren Stössen meiner Wollust zur Hilfe. Sein Samen mischte sich mit dem meinigen – denn auch Rangoni spritzte. Vier mal ergoss ich mich in vollen Bächen, während mein Reiter unaufhörlich seinen glühenden Saft spritzend, alle Fiebern meines Schosses auf den Gipfelpunkt der Erregung brachte. Endlich nahte dieser Kampf sich seinem Ende. Ich will es dir gestehen, Octavia: niemals ist in einem einzigen Begattungsakt mein Liebesheiligtum mit so viel Wonne überströmt worden.

OCTAVIA: Hat er dich mit Wollust gesättigt? Würdest du, wenn ein neuer Kämpfer sich dir dargeboten hätte, den Kampf verweigert haben? Hat nicht auch Lampridius dich hinterher noch bestiegen.

TULLIA: Ganz gewiss würde noch ein solcher Liebeskampf mir in jenem Augenblick mehr Schmerz als Lust bereitet haben. Mein Leib war bis obenhin von dem Saft angefüllt, den er verschluckt hatte und verlangte nach keiner Liebesfreude mehr, noch hätte er solche gewähren können.

OCTAVIA: Man sagt, jedes Geschöpf sei nach der Begattung traurig.

TULLIA: Auf Rangoni trifft dies nicht zu; durch sein fröhliches Gesicht, durch seine munteren Worte bezeugte er seine innige Freude darüber, dass er mit den Schätzen meiner Schönheit nach freiem Belieben hatte schalten und walten dürfen. Er rief Lampridius herbei; aber dessen Armen entwand ich mich, damit ich nicht, gern oder ungern, gezwungen würde, dem Lampridius zu Liebe noch einmal der Venus ein Opfer zu bringen. Inzwischen, liebe Octavia, habe ich von dem aus Rangonis Schlauch in meine Muschel geflossenen Saft nicht ein Tröpflein wieder herausrinnen gefühlt. Was das zu bedeuten hat, weiss ich nicht; sollte ich aber bei dieser Gelegenheit geschwängert worden sein, so würde mich das untröstlich machen, denn ich liebe meinen Callias.

OCTAVIA: Aber was wollte denn dieses Scharmützel besagen im Vergleich mit deinem Viermännerkampf?

TULLIA: Ich verstehe – du möchtest, dass ich dir von meinem römischen Feldzug erzähle?

OCTAVIA: Allerdings.

TULLIA: Callias war nach Rom gereist wegen eines sehr heiklen Prozesses, den er mit meinem Vetter Ottoboni führte; er verfiel in eine Krankheit, die die Aerzte gleich von Anfang an für sehr langwierig, ja für lebensgefährlich erklärten. Dieser Anlass führte mich nach Rom; und wenn Callias seine volle Gesundheit wieder erlangt hat, so verdankt er dies nur meiner sorgfältigen und liebevollen Pflege. Uebrigens leugnet er dies auch nicht. Sobald er auf dem Wege zur Genesung und alle Gefahr beseitigt war, erfasste mich die Lust, mich etwas zu zerstreuen, nachdem ich drei volle Monate nur in Kummer und Sorgen vergraben gewesen war. In unser Haus kam oft eine unserer nächsten Nachbarinnen, eine noch ziemlich junge Dame aus dem Geschlecht der Orsini. Wir wurden sehr eng befreundet; sie schlief oft mit mir zusammen und war der einzige Trost meines Kummers. Nachdem wir uns eines Nachts über alle möglichen ernsten und heiteren Angelegenheiten unterhalten hatten, kam ich auch darauf zu sprechen, dass ich seit so langer Zeit keine Freude der Liebe mehr gekostet hätte. Sie ging mit einigen Fragen näher auf dieses Thema ein, und ich antwortete ihr: ›Dieses Feuer das ich in meinen Adern wieder aufleben fühle, kann keine Tugend, keine Charakterfestigkeit, keine Schamhaftigkeit wieder löschen!‹ Hierauf sagte mir die Dame, mit jener vornehmen Weltgewandtheit, die sie besonders auszeichnete: ›Ihr sollt schon morgen der Gaben unserer Venus geniessen, die ihr so lange habt entbehren müssen; erfreut euch ihrer bis zur Uebersättigung – und ich bin überzeugt, dass ihr davon Gebrauch macht, denn sonst wäret ihr ja sehr töricht. Im übrigen könnt ihr in bezug auf eure Ehre und euren guten Ruf völlig unbesorgt sein. Ich verlange nichts weiter, als dass ihr euch vollkommen meinen Anordnungen überlasset.‹ – ›Gewiss bin ich dazu bereit,‹ antwortete ich; ›denn was hätte ich zu befürchten, da ihr mir bürgt? Ich vertraue mich eurer Führung an und bin bereit jeden eurer Winke zu folgen.‹ Als der Morgen gekommen war, empfahl sie mir, ein leichtes Frühstück einzunehmen, mich aber nicht mit Speisen zu überladen. Mit eigenen Händen wusch sie mir darauf Busen, Brüste, Leib, Schenkel und Lenden mit wohlriechendem Wasser, den Kelch der Venus aber salbte sie mit Myrtenöl. Dann kleidete sie mich in ein ganz weisses, seidenes Gewand, es kam mir vor, als sei ich nicht in ein Kleid, sondern in eine leichte durchsichtige Wolke gehüllt. Hierauf fuhren wir vor die Stadt hinaus nach einer Villa, die von herrlichen Gärten umgeben war. Hier scherzen und spielen frei und heiter Flora und Venus und lachen des Wechsels der Jahreszeiten, denn hier herrscht ein ewiger Frühling. Wir betraten ein prachtvolles Haus und sie führte mich in ein inneres Gemach, das durch verborgenes Licht in beständigem Halbdunkel gehalten wurde – also in einer Beleuchtung, die der Schamhaftigkeit wie der Schamlosigkeit gleichermassen willkommen ist.

OCTAVIA: Das rechte Heim für die stürmische Begier der Wollust.

TULLIA: Eine alte Frau von bescheidener Miene und bescheidenem Wesen eilte uns entgegen und sagte zur Frau von Orsini gewandt: ›Ich werde dafür sorgen, dass diese Dame, die ihr mir zugeführt und die binnen kurzem sich an Sinnenlust berauschen wird, euch ewig dankbar sein soll.‹ Mit diesen Worten ergriff sie meine Hand; Frau von Orsini entfernte sich, die Tür schloss sich hinter ihr und die alte zog mich trotz meines Sträubens in das Innere des Hauses. ›Zunächst, mein Kind,‹ sagte sie, ›erfahre, was du zu erwarten hast und was dir bevorsteht; du gehörst jetzt nicht mehr dir selber, sondern den vier Athleten, die ich für den Liebeskampf mit dir bereit gehalten habe. Der eine ist ein Franzose, der andere ein Deutscher; der dritte und vierte stammen aus Florenz. Meine Herrin hat nämlich eine Vorliebe für die Florentiner. Sie alle stehen in der vollsten Jugendkraft, sind einander eng befreundet, und sind, was noch mehr besagen will, alle vier von adeliger Herkunft.‹ – ›Nein, nein!‹ rief ich, ›so viele Kämpfer würden mich tot machen; habt Mitleid mit mir, liebes Mütterchen! Einer wird genügen; es sei ein Zweikampf, nicht eine Schlacht; lasset die übrigen sich entfernen!‹ – Die Alte lachte und während ich noch sprach, erschienen plötzlich alle vier im Zimmer. ›Wählet,‹ sprach die Alte, ›wen Ihr zuerst haben wollt; bestimmt selber für einen jeden seinen Platz im Gefecht; sobald ihr eure Anordnungen getroffen habt, werden sie zu Kampf und Umarmung euch nahen.‹ Ich reichte meine Hand dem Franzosen, einen jungen Mann namens Latour; nach diesem sollten der Reihe nach Aloisio, Konrad und Fabrizio mich besitzen. Aloisio und Fabrizio waren die beiden Florentiner, Konrad war der Deutsche. Die alte Dame blies nun zum Kampfe und rief: ›Ihr jungen Herren, zeigt jetzt diesem hübschen zarten Kinde, wie sinnreiche Liebeskämpen gleich euch den weiblichen Körper der Wollust dienstbar zu machen verstehen! Wer auf dem Schlachtfeld der Venus am Wackersten sich hält, der wird zum Lohn für seine Tapferkeit und als Siegespreis diesen Ring, empfangen.‹ Sie zeigte ihnen einen Ring, worin ein Diamant funkelte – ein Geschenk, das die Frau von Orsini machte, damit sie um so eifriger in den Kampf gingen. ›Und nun vorwärts und macht eure Sache gut!‹ Mit diesen Worten verliess sie das Zimmer.

OCTAVIA: Und du zittertest nicht, als du dich auf allen Seiten von vier starrenden Lanzen bedroht sahst?

TULLIA: Das wirst du gleich hören. Latour küsste mir die Hand und führte mich unverweilt in die Ecke des Zimmers, die durch einen Vorhang den Blicken entzogen war. Das Ruhebett, das dort stand, erhob sich kaum fusshoch über den Boden und eine Lampe verbreitete ein zitterndes Licht, wie wenn sie von unserer Wollust angesteckt wäre. Von draussen rief Fabrizio: ›Heda, lieber Freund! beeile dich ein bischen mit deinem Geschäftchen, denn wir können es kaum noch aushalten. Wir sind keineswegs neidisch auf dich, dass du die erste Nummer hast – aber beeile dich, bitte!‹ – ›Habt keine Angst, dass ich euch um euren Genuss betrügen werde!‹ versetzte Latour; ›was jemand mit so grosser Wonne tut, das wird er – daran zweifelt nicht! – schnell besorgen!‹ Ich war von tiefster Schamröte übergossen

– dies entspricht meiner Natur und ich war ganz ausser mir. Er bat mich, ich möchte mich selber auf das Bett ausstrecken; ich hörte nicht, was er sagte; da legte er mit sanfter Gewalt mich hin. Ich sträubte mich beinahe dagegen! Schon aber hatte er mir mit der einen Hand unter den Rock gegriffen. Die anderen drei hörten mich mit einem ziemlich starken Geräusch auf das Ruhebett fallen und lachten laut auf; ich aber stiess einen Seufzer aus und rief: ›Was widerfährt mir denn? mir, die ich bisher rein und keusch einen makellosen Lebenswandel geführt habe! Was werdet ihr von mir denken?‹ – ›Lasst nur diese törichte Scham bei Seite!‹ antwortete Latour; ›ihr seid nicht die erste, die in unsere Arme geführt wird; viele von den hübschesten und ehrbarsten Frauen haben sich unserer Liebesglut hingegeben, wie auch ihr euch hingeben werdet.‹ Wir haben das Mittel gefunden, das Bordell ehrbar, die Wollust schön zu machen. Niemand wird euch vorwerfen, was niemals ein Mensch erfahren wird; und während wir als wollüstige aber anständige junge Leute euch vornehmen, da werdet ihr selber euch sagen, dass ihr nicht vom Wege der Tugend abgewichen seid. ›Mach doch schnell, Latour!‹ rief wieder Fabrizio; ›du tötest uns mit deinen Umständlichkeiten!‹ – ›Ich gehorche!‹ versetzte er; und im selben Augenblick liess er die Hosen herunter, zog sein Glied hervor und legte sich auf mich. Er stiess seinen Stachel in meine klaffende Muschel mit einem heftigen Stosse tief hinein. Da ich mich aber gar nicht rührte, so rief er: ›Helfet mir doch wenigstens jetzt ein wenig, wo ich beinahe fertig bin!‹ Ich machte ihm zu Gefallen eine wellenförmige Bewegung und fühlte ein paar Augenblicke darauf, wie der geheime Sitz meiner Wollust vom Tau seiner strotzenden Mentula besprengt wurde. Da vergass ich alle Schamhaftigkeit und wohlberechnete Ehrbarkeit; ich wusste nicht mehr wer ich war und auch ich begann zu spritzen. Er aber war schon am Ziele angelangt und kaum hatte ich noch die Zeit, unter ihm fertig zu werden. Konrad eilte herzu, ein ausgezeichneter Mensch, aber ohne feine Manieren. ›Wenn es euch recht ist, o Herrin,‹ rief er, ›so werde ich mich der Worte enthalten und nur Taten reden lassen.‹ Ohne ein Wörtchen hinzuzusetzen, bohrte er seine harte, dicke Stange kräftig in meinen Leib hinein; beim vierten oder fünften Stoss schon überströmt mich sein glühender Saft und erregt in mir ein neues Jucken, das wiederum den Venusbalsam aus meinem Schosse hervorlockt. – ›Warum, Konrad,‹ sagte ich zu ihm, ›habt ihr denn die vorgeschriebne Ordnung abgeändert und Aloisios Platz eingenommen?‹ – ›Wir haben das unter einander so abgemacht,‹ antwortete er; ›die beiden Herren aus Florenz werden beide zusammen kommen, und wahrscheinlich auch zusammen wieder gehen. Sie sagen, wir Deutschen und Franzosen seien Dummköpfe, die in ihrem Eigensinn nicht einsehen wollten, was die wahre Liebeswonne sei.‹ Konrad geht; Aloisio und Fabrizio treten auf. ›Hebt die Schenkel hoch,‹ sagt Aloisio, indem er die Lanze einlegt. Ich tue es; er wirft sich auf meinen Leib und taucht die Lanze in die ewig offene Wunde. Dabei hält er meine beiden Unterschenkel hoch, indem er seine Hände unter die Kniekehlen legt, und bewegt meine Lenden hin und her, ohne dass ich mich im geringsten anzustrengen brauche. Wirklich eine eigentümliche und ergötzliche Art, ein Weib in Bewegung zu setzen! Ich rufe: ›Ich brenne!‹ – aber kaum habe ich dies Wort gesprochen, so löscht bereits eine schäumende Flut von Venussaft die Feuersbrunst. Aloisio steht auf, zu neuem Kampf rüstet sich Fabrizio: hochrot und drohend starrt ihm schwellend das Glied. ›Ich bitte euch, gnädige Frau,‹ sagt er, ›dreht euch herum!‹

OCTAVIA: Ich weiss schon, wies kommt!

TULLIA: Seinem Wunsche gemäss drehe ich mich herum, denn ich wusste schon, dass ichs mir zum Gesetz machen musste, in ihrer Wollust die Befriedigung der meinigen zu suchen. Als er aber meine Hinterbacken sah, neben deren Weisse Elfenbein und Schnee dunkel hätten erscheinen müssen, da rief er: ›Oh, wie seid ihr schön! Aber bitte, richtet euch auf die Kniee auf und neigt den Oberkörper vornüber!‹ Ich senke Kopf und Brust und hebe das Gesäss empor. So standen denn beide Wege offen, die zu den beiden Arten der Liebe führen; der eine rein und keusch, der andere schmutzig und verbrecherisch. – ›Welchen wählst du?‹ fragte Aloisio. – ›Denselben den du gegangen bist‹, antwortete, Fabrizio, ›nachher wollen wir weiter sehen.‹

OCTAVIA: Das war ja eine Drohung!

TULLIA: Er ging also den rechten Weg, wie sichs gehört und ziemt; schnell und feurig stösst er den Speer tief in meine Scheide hinein. Mit seinen Händen packt er meine beiden Brüste. Dann beginnt er sich hin und her zu bewegen und bald strömt ein wonniger Bach in den weichen Schoss der Liebe. Auch ich verspüre wunderbare Wonnen und es fehlt nicht viel, so schwinden vor Wollust mir die Sinne; eine solche Menge Samen aus Fabrizios Lenden überströmt und benetzt mich; eine solche Menge meines eigenen Saftes erschöpft alle meine Kräfte. Diese eine Begattung kostete mich mehr Kräfte als die drei vorhergehenden zusammen genommen. – Dies war also der aus vier Scenen bestehende erste Akt der Komödie.

OCTAVIA: Deine Erzählung, dass Fabrizio diese bestimmte Körperstellung verlangte, hatte mich zu einer irrigen Meinung verführt. Die Florentiner finden ja Vergnügen daran, sich in diesen Spielen der Venus zu ›irren‹. Man sagt sie ergötzen sich mit Knaben und schätzen besonders solche Weiber hoch, die ihnen zu Gefallen sich in Knaben verwandeln und den Liebesdienst von Knaben übernehmen.

TULLIA: Ich selber habe diese Erfahrung gemacht, und kann dir die beste Auskunft darüber geben, was sie in dieser Hinsicht leisten. Um es kurz zu machen – denn es wäre langweilig für dich, wollte ich ganz genau auf jede Einzelheit eingehen. – Latour und Konrad erschienen wieder in meiner Stechbahn und liessen verhängten Zügels ihr Rösslein laufen. Als dann wieder Aloisio an die Reihe kam, erschien plötzlich die Alte. Sie machte Aloisio und Fabrizio darauf aufmerksam, dass sie mir keinen Anlass zu der Klage geben dürften, ich wäre durch eine unflätige Begattung befleckt worden. Gewiss dürften sie die Furche wählen, die sie mit ihrer Pflugschar bearbeiten wollten, den Samen aber dürften sie nur in die richtige streuen. Wenn sie gegen dieses Gebot verstiessen, so hätten sie die Verantwortung dafür und Frau von Orsini würde in grossen Zorn geraten; dieser Tribut der Liebe dürfte nur meiner Kleinen dargebracht worden. Hierauf wandte sie sich zu mir und ermahnte mich ich möchte immer guten Mutes sein, auch wenn ich die Art der Liebesangriffe nicht kennte. ... Die jungen Herren losten hierauf, wer zuerst den Vorzug haben sollte, in meinem bessern Teil stochern zu dürfen. So drückten sie sich aus. Für diese gemeinen, stinkigen Kinäden hat die Frechheit ihrer unlöblichen Wollust mehr Reiz als die Wonne einer wirklichen Heldentat. Ich aber rief: ›Das halte ich nicht aus! Zum mindesten bitte ich um einen Aufschub, wenns auch nur ein kurzer ist.‹ Sie gingen daher den geraden Weg der keuschen Venus. Auf diese Weise wurde acht mal die Begattung vollzogen. Latour war recht nach meinem Geschmack; ich kam daher auf den Gedanken, ihm die Erstlinge des mir noch unbekannten Venusopfers anzubieten und von dem geliebten Jüngling mir auch jenen Körperteil entjungfern zu lassen.

OCTAVIA: Für die Florentiner hat jedes Weib eine doppelte Jungfernschaft!

TULLIA: Latour antwortete mir, damit mache ich ihm nicht ein Geschenk, sondern tue ihm einen Schimpf an; und er überhäufte mich mit Vorwürfen. ›Für was für einen Menschen haltet ihr mich Signora?‹ rief er, ›Gott soll mich bewahren jemals einen solchen Wahnsinn zu begehen, wenn ich auch recht viele tolle Sachen mache! Es ist eine Ruchlosigkeit an so etwas zu denken, eine Schmach, sich zu derartigem herzugeben! Keine Liebesfreude könnte mir Vergnügen machen, wenn ihr sie nicht teiltet. Ich habe nur eine einzige Bitte an euch zu richten, und ich hoffe, ihr schlagt sie mir nicht ab!‹ – ›Verlangt nur, was ihr wollt,‹ antwortete ich; ›was es auch sein mag, ich gewähre es euch.‹ – ›So lasset meine Augen in voller Freiheit am Anblick eurer göttlichen Schönheit sich weiden.‹ Ohne mich länger bitten zu lassen, zog ich selber alle meine Kleider ab, und dies war freilich keine grosse Arbeit, denn ausser Rock und Hemd hatte ich nichts auf dem Leibe; er selber liess mein Hemd auf meine Füsse sinken. Sowie er mich nackt sah, bedeckte er mich mit glühenden Küssen und liess seine Finger über meinen ganzen Körper schweifen. Endlich stiess er seinen strotzenden schweren Schwarte in meine Kleine und sein Leib vermischte sich mit dem meinigen. Nach ihm kam Konrad; auf Konrad folgten wieder Aloisio und Fabrizio. Eine neue Art des Kampfes begann. Als sie mich nackt sahen, hüpften sie vor Freude und klatschten in die Hände. Aloisio legte das Kopfkissen quer über das Ruhebett unter mein Gesäss und sagte dann zu mir: ›Jetzt legt euch auf den Bauch, bietet eure köstlichen Hinterbacken unseren Augen zur Weide und unserer Liebe zur Lust.‹ – ›Was wollt ihr denn von mir; Schonet meiner; Ich habe Angst! Vergesst ihr, dass ich ein Weib und kein Knabe bin?‹ – ›Schweigt doch,‹ rief Fabrizio; ›was von den vornehmssten geistvollsten und schönsten jungen Römerinnen keine einzige uns zu verweigern gewagt hat, das wolltet ihr uns verweigern – ihr, eine so geistvolle und schöne Dame?‹ – ›Aber ich habe Abscheu vor so etwas!‹ versetzte ich; ›ich werde es nicht ertragen können.‹ – ›Ihr werdet es schon aushalten!‹ antwortete Aloisio, ›jüngere denn ihr sind berühmt bei uns wegen ihrer Geschicklichkeit in dieser körperlichen Uebung. Die Entjungferung eurer Vorderseite wird euch teurer zu stehen gekommen sein!‹ Da ich sah, dass mein Reden mir nichts nützte, so fügte ich mich dem Willen dieser Rasenden. Aloisio neigte sich über mein Gesäss, setzte die Stange an das Hinterpförtlein an, stiess, bohrte und sprengte sie schliesslich mit einer kräftigen Anstrengung. Ich stöhnte. Sofort zog er den Speer aus dem Loch heraus, vergrub ihn in meine Kleine und überströmte mir die Furche mit reichlichen Samen. Nachdem er fertig war, ging Fabrizio in der gleichen Weise ans Werk. Mit schnellem Angriff legte er die Lanze ein und stiess sie sofort in den Leib. So steckte er eine Zeitlang abwechselnd sie hinein und zog sie wieder heraus. Mich aber – ich hätte es nicht für möglich gehalten – versetzte ebenfalls das Jucken in eine solche Raserei der Sinne, dass ich bestimmt glaube, ich würde mich an dieser Art von Vergnügen recht gut gewöhnen können, wenn ich wollte. Aber möchte ein solcher Wahnsinn niemals meinen Callias in den Sinn kommen. Uebrigens stellte Fabrizio meine Geduld nicht allzu sehr auf die Probe; er verlangte nicht über Gebühr von mir, ihm zu seiner schimpflichen Lust gefällig zu sein, sondern wandte sich bald wieder meiner Kleinen zu und liess die süssesten Wonnen in die Tiefen meines Leibes strömen. Und so raubte die Ausgelassenheit dieses Taugenichts mir nichts an meinem eigenen Genuss.

OCTAVIA: Aber sage mir, bitte: hat dein Callias niemals ein solches unzüchtiges Ansinnen an dich gestellt?

TULLIA: Ich muss dir gestehen, meine liebe Octavia, er hat's?

OCTAVIA: Und ich, meine liebe Tullia, muss dir von meinem Caviceus ein gleiches Geständnis machen.

TULLIA: Im zweiten Monat nach unserer Hochzeit war eines Nachmittags mein Callias mit mir allein und da verlangte er von mir ich solle mich nackt ausziehen, sollte sogar mein Hemd ablegen. Aber horch!.. horch!

OCTAVIA: Ah! ich merke: unsere Athleten kommen!

TULLIA: Ich höre sie sprechen. Mut! Octavia! Ein köstliches Spiel steht dir jetzt bevor! Mut! Möge deine durstige Kleine Becher von Nektar einschlürfen!

OCTAVIA: Ich zittere vor Angst.

TULLIA: Viel Glück, Rangoni! Hier führe ich dir das hübscheste junge Weib in deine Arme. Nirgends wirst du eine finden, die deiner Liebe würdiger wäre, und bald wirst du – das bin ich sicher – offen eingestehen, dass du vor Wonne trunken bist.

LAMPRIDIUS: Rangoni ist dir dankbar, liebe Octavia; und bald wird er seinen Dank dir noch besser beweisen, indem er dein Rösslein tummelt, wie dieses es verdient.

RANGONI: Ich weiss, dass ich damit auf den höchsten Gipfelpunkt meines Glückes gelangen werde. Ihr aber Octavia, warum bleibt ihr so traurig, so unbeweglich? Wisset ihr denn nicht, dass es eine Nachtfeier der Venus gilt?

OCTAVIA: Schweigt, schweigt! Ich springe aus dem Bett! Ich schreie! Warum wollt ihr mich quälen, ihr Bösewicht? Warum besudelt ihr mich mit diesen ehebrecherischen Küssen, mit diesen verruchten Betastungen?

RANGONI: O! wie bist du schön! O, wie bist du göttlich! Sei doch auch so barmherzig und gut, wie du hübsch bist!

TULLIA: Wo versteckst du dich denn? Du bist unvernünftig, Octavia! Rangoni, verlege ihr doch mit vorgehaltener Hellebarde den Weg zur Flucht. Vorwärts!

LAMPRIDIUS: Was bedeutet denn dieser Streit? Wozu der Lärm?

OCTAVIA: Habe Erbarmen mit mir, Lampridius!

LAMPRIDIUS: Ei, was denkst du denn? Du willst dich nicht zur höchsten Wonne hergeben, und ich. sollte Erbarmen mit dir haben? Was soll uns hier Erbarmen?

OCTAVIA: Du siehst, wie die beiden mich misshandeln: deine Tullia und dieser sogenannte Freund, den du mitgebracht hast. O weh mir Armen!

TULLIA: 's ist alles in Ordnung. Schüttle nur diese Schwerfälligkeit ab, Octavia, von der du noch besessen bist. Tritt zurück, Lampridius!

LAMPRIDIUS: Warum willst du denn nicht Augen und Seele an diesem wollüstigen Schauspiel weiden?

OCTAVIA: Ach! ach! ach! wie wild du bist, Rangoni! Jetzt ... jetzt will ich alles, was du willst, Rangoni! Ich werde alles tun, was du verlangst. Allen deinen Launen werde ich mich fügen ... allen ... allen! Halte nur einen kurzen Augenblick inne – ich möchte eine etwas bequeme Lage einnehmen, um dir noch mehr Wollust zu bereiten.

TULLIA: In dieser Raserei deiner Sinne hattest du das eine Bein aus dem Bett herausgestreckt!

LAMPRIDIUS: Mach fertig, Rangoni; lass dich durch nichts mehr aufhalten. Mit meinen eigenen Händen werde ich diese Marmorsäule stützen und hochhalten!

OCTAVIA: Lass doch, Taugenichts! Lass doch dies sein! Was kitzelst du mir die Ferse mit deinen Nägeln? O, o! Und du, Rangoni – wie schnell du zu ... stossen ... weisst ... Ach! ... ich sterbe!

TULLIA: Vorwärts, Rangoni, vorwärts! Mach schnell! Ich werde dir deine beiden Eier streicheln, den Quell aller Entzückungen. Siehst du, wie deiner Buhle die Sinne schwinden? Ueberströme schnell, schnell die Sterbende mit deinem Lebensbalsam!

RANGONI: Einen Augenblick! Da! Es flammt mir die Ader der Liebe und beträufelt mit göttlichen Wonnen meine Liebesgöttin.

OCTAVIA: Nur keine Rücksicht! nur keine Schonung! Da! Wie gefiel dir dieser Stoss? Und dieser? und dieser? ... Ach, was fühle ich! Wie es juckt ... wie du mich besprengst ... mit ... heissem ... Tau ... ah! ah! und wie reichlich! ach, ach! ... und ... wie süss! Wie du mir das Leben gibst und wieder nimmst. O, du mein Herr über Leben und Tod.

TULLIA: Und du bist ja trockener als Bimsstein! Sind denn bei dir die Venusquellen verstopft, Octavia?

OCTAVIA: Schweig doch! ... ach, ach! ... sei still! ... Schweig ... Alles ist ... in Ordnung. Hah! ... Hah! ...

TULLIA: Reite noch schneller, Rangoni! Schnell, schnell! Setze noch schärfer den Sporn ein und hilf deiner Geliebten ihrer schon kommenden Wollust Luft machen! So ist's gut! So ist's gut!

OCTAVIA: O! mit diesem Stoss hast du mich beinahe zerdrückt! Und mit diesem wieder! Die Raserei, zu der du mich entflammt hattest, hat sich ein bischen gelegt. Und noch immer strömt dein Wonneschlauch seinen Saft in meine Spalte? Ja ... ich fühl's ... ich fühl's ... Das nimmt also gar kein Ende? O, wie süss weisst du hineinzuspritzen! Du wirst mich ganz voll machen mit diesem heissen Samen. Ich bin kein Weib mehr – ich bin ein Schlund, in den ein Strom von Venussaft hineinbraust!

LAMPRIDIUS: Und mir steht er derweil, dass ich's nicht mehr aushalten kann. Mach, dass du endlich fertig wirst, Rangoni. Das Uebermass von Wonne, das du geniessest, macht mich unglücklich!

OCTAVIA: Was störst du uns, Lampridius? Ich sterbe – ich sterbe wieder. Du tötest mich, Rangoni ... aber wenn du nachlassest, tötest du mich erst recht. So schnell verlässt du mich schon?

TULLIA: So schnell? Du bist wohl wahnsinnig, Octavia! Bei Venus – mit dieser Begattung kann sich höchstens Jupiters Leistung vergleichen, als er Alkmenes Schoss mit Herkules segnete. Sieh doch, wie Lampridius' Glied Funken sprüht! wie steif, wie feurig, wie prächtig es ist! Nimm es in dich auf!

LAMPRIDIUS: Wenn du diesen feurigen steifen in deine feurige Spalte ...

TULLIA: Und dieser schnelle Stoss war der passendste Schluss für deine Rede.

OCTAVIA: Aber du, Lampridius, hilf dabei! hilf dabei!

LAMPRIDIUS: Hilf auch du, Octavia! Und auch du, Tullia!

TULLIA: Was sollen denn wir alle Beide dabei helfen?

LAMPRIDIUS: Während ich Octavias Brüste drücke, soll sie selber mit einer sanften aber schnellen Bewegung die Hinterbacken drehen. Gleichzeitig soll deine Hand, liebe Tullia, meinen Sack und die Hoden kitzeln und mich so auf den Gipfelpunkt der Wollust führen.

TULLIA: Kümmere dich nur um deine eigene Rolle, du kleiner Narr! Wir beiden werden uns mit den unsrigen aufs beste abfinden.

OCTAVIA: Du regst mich fürchterlich auf, Lampridius! Aber das soll dir nicht straflos hingehen! Auf deine Stösse werden noch schärfere Stösse von meiner Seite antworten. Da! Da! Da! Mach' ich's gut?

TULLIA: Du erweisest dich wirklich als ein prächtiger Kämpe, Lampridius. Wie geschickt hast du deinen Dolch bis ans Heft hineingebohrt! Und doch gibst du damit meiner Octavia, die dem Sterben nahe zu sein scheint, nicht den Tod, sondern süssestes Leben! Du siehst aus, als wolltest du die Seele aufgeben, Octavia, während dieser Held der Lieb sich ganz und gar in deinen Leib hineindrängen zu wollen scheint.

OCTAVIA: Lass doch dies störende Geschwätz! Warum willst du meine Aufmerksamkeit von dieser köstlichen Empfindung unermesslicher Wollust ablenken? Aber ... aber ... ach, da schiesst ein Strom lebendigen Feuers in mich hinein!

TULLIA: Ja, von der Fackel, die Lampridius drinnen in deinem Heiligtum schwingt! Inzwischen will ich dir, mein Lampridius, einen Kuss geben!

LAMPRIDIUS: O dieser süsse Kuss! wie mehrt er noch meine köstliche Wonne! Reiche mir die Elfenbeinkugeln deiner Brüste, dass ich sie küsse! Jetzt ... jetzt ... Octavia, Tullia ... da strömen sie ... hin ... die Bäche ... meiner ... Wollust!

OCTAVIA: Ich fühle sie, ich fühle sie, wie sie in mein Becken sich ergiessen! Mehr! O! O! Mehr! Auch mir kommt es! Auch mir!

TULLIA: Auch dir, auch dir fliesst der Strom der Wonne. Helft doch einander! Gut gemacht – beim Gotte Subigus! Gut gemacht! Aber du, Rangoni – woran denkst denn du? Du stehst ja ganz stumm da, und rührst dich nicht!

RANGONI: Sieh her und sag's dir selber!

TULLIA: Du zeigst mir deine Mentula. Wie ist sie plötzlich zum Kampfe bereit angeschwollen! Ich sehe schon, ihr werdet dem armen Kind keinen Augenblick Ruhe lassen.

RANGONI:

Jeder hat Anspruch auf Ruhe, wie Jeder zur Arbeit.

LAMPRIDIUS: An dir, Rangoni, ist jetzt die Reihe, den leeren Platz auszufüllen – diesen Platz, der kein Marsfeld, sondern ein Venusfeld, obwohl Mars sich gerne darauf tummeln möchte. Wie hat sie mich mit Wonne beseligt.

RANGONI: Du fliehst vor mir, meine Göttin? Du drehst mir den Rücken zu?

OCTAVIA: Ich fliehe nicht. Ich bitte nur um einen kurzen Waffenstillstand.

TULLIA: Errege durch eine andere Stellung aufs neue die sinkende Liebesbegier; denn du bist müde, du bist matt. So muss man die Wollust würzen, auf dass aus der Wollust ohn' Unterlass immer neue Wollust erstehe.

OCTAVIA: Sieh doch nur, wie Rangoni drängt und die Besiegte quält! Das ist nicht schön von ihm.

RANGONI: O, ich werde warten! Was sollen wir denn machen, Tullia? Setze du die Bestimmungen für das Liebestournier fest, dessen Schiedsrichterin neben Venus du bist.

TULLIA: Du siehst, Octavia, wie ich mich auf die Knie stütze, das Gesäss hoch erhoben, den übrigen Körper herabgebeugt. Lege dich rücklings auf meine Lenden, so dass dein Rücken sich an meinen Rücken, dein Gesäss sich an mein Gesäss anschmiegt. Dann mache deine Schenkel breit, damit mich dein Gewicht nicht zu sehr drückt und du dich recht fest aufstützen kannst.

OCTAVIA: Eine solche Last zu tragen, wird über deine Kräfte gehen, wenn auch noch Rangoni sich auf mich legt. Ich gehorche indessen dem Befehl meiner Königin, damit mich nicht Strafe treffe.

TULLIA: Rangoni wird mich gewiss nicht zerquetschen, davon bin ich überzeugt; er wird sich nicht mit dem ganzen Gewicht seines Körpers auflegen und er wird schon wissen, was mit Geschicklichkeit und Kraft in diesem Fall zu machen ist.

RANGONI: Ich werde euch alle beide so sehr schonen, wie's mir nur möglich ist. O welch eine wollüstige Gruppe! Sofort bohre ich meinen hässlichen Speer in diese göttliche Schönheit hinein. Ich hoffe, du bist damit einverstanden, Octavia.

OCTAVIA: Mach schnell, mein König! Ich fühle tief innen in meinem Leib ein ganz neues kitzelndes Gefühl. Ist es gut so Tullia? O was für tolle Sachen, was für tolle Sachen!

TULLIA: Bewege die Hinterbacken, Octavia, wie ich sie bewege. Mache genau dieselben Bewegungen wie ich! Dass wird dir wie ihm um so grössere Wollust bereiten. Sehr gut, sehr gut so! Wie feurig, wie unartig süss du das Gesäss zu drehen weisst.

RANGONI: Auf und ab, Octavia! Schnell, schnell! Stosse doch! Und auch du, Tullia! Helft mir, helft mir! Lasst durch euch mich sterben! Lasst mich fertig werden! Vorwärts, vorwärts!

TULLIA: Ich fühle euer glühendes, zügelloses Drücken; ich fühle mit, wie das köstliche Nass aus dem Quell in euren Lenden hervorsprudelt. Hilf ihm doch, Octavia, indem du dein Gesäss bewegst. Höre doch, wie er keucht! Auch ich werde ihm helfen.

OCTAVIA: Tullia! Tullia! Rangoni, du machst mich rasend! Ich kann nicht mehr. Ich muss schreien, sonst werde ich wahnsinnig. Ich fühle, wie er seinen Saft in mich hineinträufelt. Ach! ach!

TULLIA: Ein Regen ...

OCTAVIA: Ja, ein Regen, den Danaë, die Tochter des Königs Akrisius, dem goldenen Regen ihres Jupiter vorziehen würde. Ans Werk, Tullia, ans Werk!

TULLIA: Was ich tun kann und muss, das mache ich getreulich.

OCTAVIA: Zweimal bin ich schon fertig geworden, zweimal bist du fertig geworden, Rangoni! Ach! ach! Und da bin ich selber zum drittenmal fertig! Ach! ach! ach!

TULLIA: Dreimal also hast du in barer Münze der Frau Venus den schuldigen Tribut bezahlt.

RANGONI: In der ganzen Stadt sind nicht zwei andere so wollüstige und muntere Weiber, wie ihr Beide! Ich kann mir keine angenehmere Art der Begattung denken, als die soeben von uns probierte – und wollten sich selbst die Grazien nackt mir preisgeben. Ich will des Todes sein, wenn Venus selbst, die Aufspürerin und Erfinderin aller Lüste, jemals eine köstlichere Gruppe erdacht hat, die so wie diese die lieblichste Wonne verschafft!

LAMPRIDIUS: Willst du's auch mit mir einmal probieren, Octavia? Dann rühre dich bitte nicht von der Stelle, Tullia.

TULLIA: Ich bin gerne einverstanden, und Octavia ist es auch. Aber vor Mattigkeit brechen mir die Glieder zusammen, und ich furchte, ehe wir fertig werden ...

OCTAVIA: Wie ist er hart! Wie hart ist dein Stachel, den du in die zarte Blume der Wonne hineingestossen hast!

TULLIA: Sachte, liebster Lampridius! Du schiebst heftiger, als ich's aushalten kann, da ich, wie du weisst, schon müde bin. Du musst im Nu fertig sein! Mach schnell! Meine Kniee tragen mich nicht mehr, ich falle um!

OCTAVIA: Möge Venus dich strafen, Tullia! Du hast die süsseste Wonne verdorben, oder wenigstens doch gestört. Da nimm, Lampridius, nimm meine Schenkel! Alle Wonnen, über die ich verfüge – ich gebe sie dir preis.

LAMPRIDIUS: Ich möchte mal nur mit der äussersten Lanzenspitze ganz vorne in deinem Loch zwischen den äusseren Schamlippen ein bischen tändeln. Gewähre mir dieses Gelüste, bitte, Octavia!

TULLIA: Sie gewährt es dir! Nicht war, Octavia?

OCTAVIA: Ich gewähre ihm seinen Wunsch – aber er verweigert mir die Erfüllung des meinigen.

TULLIA: Ich werde in meine Linke die Lanze nehmen, mit der du in den Streit ziehst, lieber Lampridius.

LAMPRIDIUS: Ach, süsse Herrin! Indem du deine Finger eng über ihr zusammenschliessest, wird meine Mentula in einem zwiefachen Cunnus zwiefache Wonne finden: einen Cunnus findet sie, Octavia, in jenem, den die Natur dir beschert hat; einen zweiten, Tullia, in jenem, den deine geschickten Finger mir künstlich bereiten.

OCTAVIA: Macht doch! Macht alle beide! Hier geht's famos!

LAMPRIDIUS: Was willst du denn, o Herrin? Sieh, da springt schon der heisse, brennende Venusschaum hervor. Mach! Mach! Mach!

TULLIA: Verschlinge doch, Octavia, diesen glühenden Feuerbrand! Da hast du ihn schon drinnen!

OCTAVIA: Mach doch, Lampridius, mach doch! Ich schwebe in den Himmel der Venus empor. Stoss ... ach! Stoss ... ach! Stoss ... ach!

LAMPRIDIUS: Ich habe noch was übrig – fühlst du's? – um dir deine Jugendblüte zu besprengen. Sieh, hier bringe ich als Priester des Priapus und der Venus dir, dem Opfer meiner Wollust, Nektar dar! Hier ... hier ...!

TULLIA: Bist auch du fertig geworden, Octavia?

OCTAVIA: Ja. Umarme mich Lampridius! Gib mir einen süssen Kuss!

TULLIA: Ei, was bist du für eine frühreife, wollüstige Buhle!

OCTAVIA: Aber allmählich befällt meine Glieder eine unbegreifliche Mattigkeit die mich mit dumpfer Schlaffheit umhüllt.

RANGONI: Du wirst dich ausruhen, meine süsse Venus, sobald ich mich an den Früchten deiner Wonnen gesättigt habe. So nimm denn, wenn es dir recht ist, von mir eine Begattung an, wie sie sich gehört!

TULLIA: Und du – an den Galgen mit dir, wenn du dir jemals solltest einfallen lassen, sie zu begatten, wie sich's nicht gehört!

RANGONI: Beim Subigus! Mit einem hübschen Weibe, wie Octavia es ist, ist jede Art von Beischlaf gehörig. Man sagt ja, der Leib eines schönen Weibes sei ganz und gar Geschlechtsteil. Aber lassen wir diese Scherze, und beschäftigen wir uns mit ernsten Dingen. Lege dich zurecht, meine Venus, lege dich zurecht!

TULLIA: Wie soll sie sich denn hinlegen, damit du einen recht süssen Genuss hast? ... Halt, da fällt mir etwas ein! Ich werde aufstehen, Octavia bleibt liegen, und ich hebe dann ihren rechten Unterschenkel so hoch ich kann empor, sodass ihr Absatz den Betthimmel berührt. Das Bein streckst du, Octavia, von dir ab, so weit du nur kannst. Auf diese Weise wird dein Eingangspförtlein recht eng und für den Reiter um so angenehmer. Vorwärts – hoch das Bein, Octavia! An's Werk, Rangoni! Steig in den Sattel, drücke die Sporen ein!

OCTAVIA: Kaum gesagt, schon getan! Was für einen gelehrigen Athleten hast du hier auf diesem Ringplatz, Tullia! Aber, Liebste! Du bewegst mein Bein so heftig auf und ab, dass ich's gar nicht aushalten kann. Ich fürchte, wenn du dich nicht in acht nimmst, wirst du mir das Hüftgelenk ausrenken.

RANGONI: Du bist wirklich wunderbar geschickt in diesem Spiel, Tullia. Du brauchst die Lenden gar nicht zu bewegen, Octavia! Tullia allein macht alle notwendigen Bewegungen.

OCTAVIA: Dann habe ich ja fast nichts anderes zu tun, als dass ich mich deiner Liebeswut geduldig hingebe; für den Rest bedanke dich bei Tullia. Aber schon spüre ich in meinem innersten Heiligtum einen glühenden Stoss. O! Ach ... ach!

TULLIA: Aber fühlst du dich denn nicht durch diese beständige Bewegung zum höchsten Entzücken fortgerissen? Ah – ja, dir brechen ja schon die Augen. Es wird dir kommen – es wird dir kommen – ich seh's!

OCTAVIA: Ja, ja! Es kommt auch mir. Ach! ach! Halt' einen Augenblick auf, Rangoni! Es kommt! Ach ... ach!

RANGONI: Niemals hat Venus ein so entzückendes Hürchen gesehen, wie du es bist! Du hast meine ganze Mentula verschluckt; wie stümmerlich und schlaff du sie mir gemacht hast! Als ich dir sie darbot, war sie dick, purpurrot, glühend. Gib sie mir im selben Zustand zurück, du Böse! Die, die du mir wiedergibst, ist nicht die meine; ich erkenne sie nicht an!

TULLIA: Komm Lampridius, und räche du den Schimpf, der deinem Kameraden angetan worden ist! Ich sah dich eben einen Becher gewürzten Weines trinken. Du hast deine Kräfte wieder, und wie ein Wildbach strömt dir der Quell der Venus über seine Ufer.

LAMPRIDIUS: Freilich hab' ich getrunken, und mit dem Wein habe ich wirklich neues Feuer eingeschlürft; das wird bald auch meine Octavia merken!

OCTAVIA: Ich glaube, bei diesem Spiel werdet ihr mich noch durch die Masslosigkeit eurer verliebten Lust ganz tot machen!

TULLIA: Davor brauchst du keine Angst zu haben. Alle Geschlechter lebender Wesen empfangen ja hierdurch ihr Dasein: das Glied, das Leben erzeugt, wird nicht den Tod bringen – darauf kannst du dich verlassen, Octavia. Höre, Rangoni: hebe diese siegreiche Heldin auf und lege sie dir über die Schultern!

RANGONI: Und wenn ich sie auf meine Schultern genommen habe, was wird es dann geben?

TULLIA: Hebe sie nur erst hoch. Du, Octavia, wirst schnell aus dem Bette springen!

OCTAVIA: Aber meine Lenden sind völlig ermattet. Ihr tut, als sei ich ein Elefant und nicht eine junge Frau!

TULLIA: Du bist nicht zart und benimmst dich recht verzärtelt. Tu, was ich dir sage, Rangoni, und packe das Närrchen an! Diese Zurichtung ist zu deinem Besten, Lampridius.

OCTAVIA: Warte noch ein Weilchen, Rangoni. Ich werde mich freiwillig auf deine Schultern legen.

TULLIA: Hier kommt's auf das Tun an, und nicht auf das Reden! Sieh doch nur, wie er dem Lampridius steht! Steck das brennende Licht in deine Laterne! So ist's recht! So gehört sich's.

LAMPRIDIUS: Höchst gewandt hast du dich auf deinen Gaul geschwungen, Octavia!

TULLIA: Jetzt Rangoni, klemme ihre Arme ganz fest zwischen deine Arme! Mach die Beine breit, Octavia!

LAMPRIDIUS: Oeffne meine Göttin, meine geliebte Herrin, öffne die Seligkeiten deines Venusgartens!

TULLIA: Oeffne ihn dir nur selber! Stecke den Schlüssel in das Loch!

OCTAVIA: Ich hatte Angst, mir würde irgend was nicht ganz sauberes passieren; ich fürchtete du wolltest mich an einer Stelle anbohren lassen, wo sich's nicht gehört.

RANGONI: Wir wollen uns mit unseren Stössen und Liebesbeweisen nur auf den guten und freundlichen Act beschränken. Aber beeile dich, Lampridius! Tu, was du tust, ordentlich!

LAMPRIDIUS: Ich werde mich zunächst zwischen Octavias Beine schieben; dann hebe du, Tullia, ihr die beiden Schenkel hoch, damit ich den Stachel leichter in die klaffende Wunde bohren kann.

TULLIA: So schnell du befahlst, so schnell hab ich gehorcht!

OCTAVIA: Das wird aber, meiner Treu, für mich eine sehr unbequemen Sache werden; die Haut meiner Kleinen wird bis zum Bersten ausgeweitet werden. Unterdessen aber wird die Stange, die du hineinstösst, Lampridius, nur mit Mühe Unterkunft finden.

LAMPRIDIUS: Dadurch wird für dich wie für mich das Spiel nur um so süsser werden. Nicht auf einem geraden Pfade werde ich zum geheimsten Sitz der Venus gelangen, sondern gleich nach dem Eintritt wird sich der Weg ein bischen krümmen, weil hier auch der Gang, der ins Innere führt, eine Biegung macht.

OCTAVIA: Schon gut, schon gut!

TULLIA: Mit leichten Drehungen werde ich dir, Octavia, die elfenbeinweissen Schenkel bewegen, um dadurch unserm Lampridius zu helfen. Ach, wie er bei seiner Arbeit schwitzt! Aber feurig und schnell sind auch deine Stösse, Lampridius! Du bist im stände, Ross und Reiterin über den Haufen zu werfen. Sei nicht gar so hitzig!

OCTAVIA: Warum hältst du ihn auf, wenn er Eile hat? Hol dich ... ach! ... was hältst du im vollen Lauf an? ... ach ... ach ... hol dich der Kuckuck!

TULLIA: So schnell schon springt bei dir das Blümelein der Venus; Ich hätte nicht gedacht, dass bei dir der Samenstrang so langsam in Brand geriete. Octavias Kleine, die einen Jupiter zu beseligen würdig wäre, hat wohl alle Kraft deines Steifen bchcxt.

OCTAVIA: Du irrst dich, du irrst dich! Du redest Unsinn. O! o! Er spritzt! Ich sterbe!

LAMPRIDIUS: Und empfange noch diese ... ach! ach! paar Tropfen ... ach! Liebesbalsam, die dich aus deiner Ohnmacht wieder aufwecken werden.

TULLIA: Stoss ihn hinein! Zieh ihn heraus! Kein Tröpflein ist mehr im Schlauch, das meiner Octavia verloren gehen könnte. Saug ihn aus, Octavia, mit deinen Schamlippen! saug ihn aus, den göttlichen Honig!

LAMPRIDIUS: Fertig! Dieser Ritt mit seiner wonnigen Lust hat mich auf wunderbare Weise wieder erfrischt; er hat mich mit Seligkeit erfüllt, aber nicht meine Kräfte erschöpft.

TULLIA: Setze jetzt, Rangoni, deine kostbare Bürde nieder. Nach solchen Kämpfen erlaubt ihr doch, dass die ermüdeten Glieder eurer so anmutigen Freundin durch ein wenig Ruhe sich stärken? Seht doch: sie kann sich kaum auf den Beinen halten. Ihr Bösewichte! dem zarten Kinde zittern die Kniee von euren Lanzenstössen!

OCTAVIA: Ich bitte dich, Rangoni, hilf mir ins Bett hinein! Allein kann ich nicht hinaufsteigen.

TULLIA: Schütze nur keine Müdigkeit vor! Das wird dir nichts nützen. Es ist vereinbart worden, dass jeder von unseren beiden Athleten zehnmal dich besteigen soll, um seine Liebe an dir zu weiden. Vorher kommst du aus ihren Umarmungen nicht frei; höchstens auf einen Waffenstillstand kannst du von Zeit zu Zeit rechnen.

OCTAVIA: Behandelt mich doch menschlicher, o ihr meine Herren! Wenn ihr eine zwanzigmalige Begattung von mir verlangt, werde ich sterben. Behandelt mich menschlicher, o ihr meine Herkulesse!

TULLIA: Magst du wollen oder nicht: heute Nacht wirst du ihn zwanzigmal drin haben!

OCTAVIA: Ungeheuer, was du da sagst, ist ja greulich!

TULLIA: Bis jetzt hast du sieben Gänge gefochten; an der Zehnzahl fehlen dir also noch drei. Dann werden wir beide, du und ich, ins Nebenzimmer gehen, wo ich deinen Leib pflegen und dich erfrischen werde. Diese Waffenruhe wird das Vorspiel zu einem neuen Kampfe sein.

OCTAVIA: Ich möchte dir etwas ins Ohr sagen, Tullia.

TULLIA: Sprich nur, sprich! Aber nicht leise!

OCTAVIA: Ich wäre eine ganz schmlose Person, wenn ich so etwas laut sagte: Neige dein Ohr her zu mir. Es juckt mich fürchterlich – du weisst schon, wo! Es brennt wie Feuer! Was soll ich machen? Ich kann's gar nicht aushalten.

TULLIA: Haha! Hört doch mal, Rangoni und Lampridius: Octavia hat hier eine ganz komische Beschwerde. Sie klagt darüber, ihr hättet ihr mit eurem Reiten weh getan ...

OCTAVIA: Schweig still! Sonst schlag ich dich! Schweig still!

RANGONI: Sie beklagt sich. Bitte sage doch, liebste Tullia; worüber beklagt sie sich denn?

TULLIA: Es brenne ihr wie Feuer ...

OCTAVIA: Was tuschelst du da? Was hast du zu tuscheln?

TULLIA: Ihr bist die abscheulichste Schwätzerin! Ich möchte dich beinahe verabscheuen!

RANGONI: Erinnerst du dich unserer Laura, Lampridius?

LAMPRIDIUS: Gewiss erinnere ich mich ihrer! Und ich erinnere mich auch der Dienste, die du mir erwiesest; denn dir hab ich's zu verdanken, dass mein Stier ihren Acker gepflügt hat.

TULLIA: Diese Laura ist gewiss jene junge Schöne, deren Reize du deinem Freunde verschafft hast? Du hast dem heissblütigen jungen Mädchen einen Streich gespielt! Es war ein Freundschaftsdienst ganz eigner Art!

OCTAVIA: Wenn ich dir einige Wonne bereitet habe, Rangoni – wenn du mich liebst, Lampridius, so erzählt mir bitte den Hergang jenes Abenteuers!

RANGONI: Erzählen muss Lampridius. Ich habe bei der Geschichte nur als Zuführer gedient; eine andere Rolle habe ich in dieser Komödie nicht gespielt.

LAMPRIDIUS: Im Spätherbst war ich in Rom bei Rangoni zu Besuch. Laura, so keusch und jungfräulich sie war, bezauberte mich durch ihre Schelmenaugen. Ich verzehrte mich vor Liebe zu ihr; sie aber war sterblich verliebt in Rangoni. Dieser bemerkte, dass sie ihn liebte und ich sie liebte. Er überredete ihre Amme, ihn mit Einbruch der Nacht in Lauras Schlafzimmer einzulassen. Das Mütterchen wusste um der Leidenschaft des Mädchens und versprach ihr alle Wonne der Liebe, wenn sie tun würde, was sie ihr riete. Laura folgte ihr. Aber anstatt *selber* zu kommen, liess Rangoni sich durch mich vertreten. Zur verabredeten Stunde war ich vor der Kammertür und die Alte führte mich an der Hand dem Mädchen zu, das schon im Bett lag. Alles war nämlich pechdunkel. Im Zimmer nebenan schlief Rangonis Mutter, deren Schwestertochter Laura war. Die Alte machte uns darauf aufmerksam, dass wir keine langen Gespräche führen dürften, sondern höchstens einige Worte flüstern könnten, um nicht den Verdacht ihrer misstrauischen Herrin zu erregen. Schliesslich flüsterte sie mir ins Ohr, ich hätte es mit einer Jungfrau zu tun und würde langsam stossen, sowie dabei mich leise verhalten müssen, damit nicht das Knarren des Bettes die Tante aufweckte.

TULLIA: Welch einen sachverständigen und pedantischen Bettgenossen hat Laura in jener Nacht gehabt! Ohne Zweifel hast du's ihr mit einem Ernst gemacht, um die ein Cato dich hätte beneiden müssen.

LAMPRIDIUS: Der Witz ist nicht schlecht! Ich fand die Jungfrau nackt, hatte in einem Nu meine Kleider abgestreift und lag an ihrer Seite. ›Du weisst mein Kind,‹ sagte die Alte zu ihr, ›was ich dir empfohlen habe! Du wirst die Liebe deines Rangoni geniessen und ohne einigen Schmerz wird es nicht abgehen, denn seine Liebe betätigt sich mit einem dicken, steifen, wilden Ding. Trotzdem verhalte dich ganz still, wenn du nicht willst, dass ihr alle beide des Todes seid.‹ Gleich darauf packte die Alte meine Mentula, indem sie murmelte: ›Ich selber will den Weg zeigen, der zur höchsten Seligkeit führt. Umarme ihn, Laura!‹ Ich schwinge mich auf Laura hinauf. Die Alte setzte ohne einer Aufforderung zu bedürfen, die Brechstange an. Ich stosse. Die Tür ist erbrochen, und ich dringe drei Zoll tief ein. Die Alte lässt los, nimmt aber meinen Sack in die hohle Hand und kratzt ihn leise mit den Fingerspitzen.

OCTAVIA: Was machte denn aber Laura mit sich selber und mit dir!

LAMPRIDIUS: Mit der anderen Hand fasste die Alte unter ihr Gesäss und hob sie empor; dadurch drang meine Klinge bis ans Heft in den zarten jungfräulichen Leib ein. ›Ach! ach! ach!‹ seufzte sie und sofort strömte aus meiner Rinne eine reichliche Flut von Venussaft in ihre Grotte. Eng umschlangen mich ihre Arme, sie verzehrte mich mit glühenden Küssen, da sie sich von mir zur Frau gemacht sah. Und sie girrt mit leisen süssen Seufzern wie eine Turteltaube, wenn sich der Täubrich von ihr gewandt hat. Die Alte aber, geschäftig in unser beider Dienst, drückt mit gefälligen Fingern mir die Mentula aus; kein Tröpfchen ging dem Mädchen verloren.

TULLIA: Gab denn nicht aber auch der Schoss der Schönen seinen Saft zum Werke her?

LAMPRIDIUS: Volle Befriedigung fand bei uns beiden die Raserei der Wollust. Aber während Laura bald den einen bald den andern Schenkel hochwarf, während sie immer wilder hin- und herrutschte und mit erhobenem Gesäss Leib an Leib presste, während sie, aller Ermahnungen vergessend, mit Seufzern, Bewegungen, wollüstigen Worten das Hervorsprudeln des Wonnequells begleitete – da trat plötzlich Rangonis Mutter in unser Zimmer.

TULLIA: Oh! ich habe Angst, ich habe Angst um euch! Die gar zu laute Raserei eurer ohnmächtigen Brunft werden Rangonis Mutter aus dem Schlaf geweckt haben.

RANGONI: Du hast's erfasst! Was für eine schlaue kleine Bettschläferin du doch bist!

LAMPRIDIUS: ›Was für einen Lärm höre ich denn hier, liebe Laura?‹ ruft die Dame. ›Bist du allein?‹ – ›Wir sind ganz allein,‹ antwortete die Alte. – ›Ein Gespenst erschien mir im Schlaf,‹ fügt Laura schnell hinzu; ›ich bin beinahe aus dem Bett gefallen, als ich in meiner Angst die Flucht ergriff.‹ – ›Du bist noch so jung und hast schon solche Fieberträume?‹ antwortete Margaris (so hiess die Dame); ›beruhige dich nur! Diese Schreckgespenster der Träume sind eitel Blendwerk.‹ – ›Ich bin aus dem Bett gesprungen,‹ rief die Alte, ›sobald ich mein Kind stöhnen hörte.‹ Und damit lief sie, fortwährend sprechend, im Zimmer hin und her und macht gewaltigen Lärm. Angstvoll aber presste mich Laura in schüchterner Umschlingung gegen ihren Busen, als wir wieder allein waren. ›Ich bin des Todes,‹ flüsterte sie; ›und vielleicht ist es auch um dein Leben geschehen, teuerster Vetter! Das ist furchtbar. Aber ich werde mit dir zusammen sterben, und da wird der Tod mir leicht werden.‹ Ich aber warf mich auf sie, damit sie fühlen möchte, dass sie nicht stürbe, legte meine Lanze ein und bohrte die strotzende in die heisse Venus hinein. Nachdem so die Vermählung fröhlich vollzogen war, schob mich die Alte trotz meinem Sträuben aus dem Zimmer hin aus.

RANGONI: Laura hat wie du, Octavia, einen üppigen Körper voller Saft und Kraft; ihre schwellenden Brüste aber stehen nicht so weit von einander ab wie bei dir. Wie wenn sie sich liebten, scheinen sie einander zu küssen.

TULLIA: Ohne Zweifel ist ein so nahes Beisammenstehen der Brüste ausgezeichnet für die süsseste Wollust, aber es ist kein unbedingtes Erfordernis vollkommener Schönheit.

OCTAVIA: Wieso ›zur höchsten Wollust‹?

TULLIA: Du wirst das schon noch einmal verstehen. Für jetzt aber merke dir nur dies eine: es fehlen dir noch drei Begattungen zur höchsten Wollust.

RANGONI: Sieh doch nur, wie schon mit meiner Mentula Priapus kampfbereit ihr zuwinkt! Sieh, wie sie mir steht! Aber ich will auf einem neuen Wege ans Werk gehen.

TULLIA: Auf einem neuen Wege? Nein, so wahr mich's juckt! Auf einem neuen Wege wirst du nicht ans Werk gehen!

RANGONI: Ich habe mich versprochen. Ich wollte sagen: in einer neuen Stellung.

TULLIA: In welcher denn nur? Aber da fällt mir gerade die richtige ein: man nennt sie Hektors Ross. Lege dich auf den Rücken, Rangoni, und lass deine hochaufgerichtete blitzeschleudernde Lanze sich dem Feinde entgegenstrecken, den sie durchbohren will. So ist's gut. Aber was stellst du dich so stolz zur Schau, was brüstest du dich, du geiler Schwanz?

OCTAVIA: Er wird mir dafür büssen, der Bösewicht, ja das soll er! Was soll ich denn machen, Tullia?

TULLIA: Steh auf, und nimm von hinten Rangoni zwischen deine Schenkel, sodass die Spitze seines Dolches genau auf deine darüber befindliche Scheide trifft. So ist's gerade die richtige Stellung. Alles in Ordnung!

RANGONI: O dieser Rücken einer Dione! O, diese elfenbeinweissen Schenkel! o, dieser Hintere, welch eine Feuerbrunst entzündet er in mir!

TULLIA: Lass doch solche schlecht angebrachten Redensarten! Wer unseren Hintern rühmend preist, unserer Kleinen kein Kompliment erweist. Ich sehe wohl, worauf deine Bemerkung über den Hinteren hinausläuft. Ich hasse solche sündhaften. Lobreden! Aber du, Octavia, du bist vernünftig! Ihre lüsterne Kleine hat deinen Dicken ganz und gar verschluckt, Rangoni.

OCTAVIA: Lass es kommen, Rangoni! Mach, mach doch! Lass, es kom ..., Rangoni, hilf mir doch! Dieser Halm, den du in mein Gewässer hinabgelassen hast, er lockt die süsseste Wonne aus der Tiefe meines Schosses hervor. Mach fertig ... Rangoni!

RANGONI: Ich bin ... fertig ... Octavia! ich bin fer ... tig! Kommt es dir auch? Kommt es dir auch?

OCTAVIA: Ja, es kommt ... kommt ... mir auch ... mir auch ... mir auch! Ach ... ach!

TULLIA: O was für Seufzer! Frau Venus könnte dich um sie beneiden. Aber so schnell seid ihr beide erschlafft? Das ist zu schnell, Octavia! Aber sieh – hier brennt dir noch eine Liebesfackel und du musst sie auslöschen, wenn du von der höchsten Wonne durchströmt werden willst.

LAMPRIDIUS: Wo willst du denn hin, kleine Ausreisserin? Machst du dich über mich lustig? Soll ich denn nicht fertig werden? Da wäre es besser gewesen, du hättest mich überhaupt nicht herangelassen.

OCTAVIA: Ich sage die aufrichtige Wahrheit; ich kann nicht mehr. Dieser letzte Kampf hat mich im Nu erschöpft; meine Kniekehlen hatten eine gar zu grosse Anstrengung auszuhalten.

TULLIA: Unsinn! Das war nur ein Scharmützel, kein richtiger Kampf. Du sahst aus, als wolltest du die Keule des Herkules schwingen, und jetzt, im Augenblick darauf, stellst du. dich, als seist du ganz kraftlos. Das ist Unsinn.

OCTAVIA: Alle meine Sinne sind wie betäubt, sind wie in sich selber begraben. Bin ich denn wirklich am Leben? Du musst dich schämen, Lampridius, was du trotzdem mit mir gemacht hast: mit einem Leichnam hast du dich schmachvoller Weise vergangen!

LAMPRIDIUS: Ich werde dich ins Leben zurückrufen mit diesem Merkurstab, mit diesem glühenden Scepter der Venus, mit diesem goldenen Ast. Sieh ihn an! Fass ihn an! Mit Unsterblichkeit werde ich dich begnaden: durch diese Apotheose der Liebe werde ich dich zum Range einer Göttin erheben!

OCTAVIA: Aber – aber ... Höre, Lampridius! Da klopft jemand ganz fürchterlich laut an die Haustür. Was hat das zu bedeuten? Möchten die Götter und Göttin, die den Spielen der Liebe Huld und Gunst gewähren, den Schelm verderben – mag er sein wer er will – der unser herrliches Kampfspiel zu stören sich unterfängt!

LAMPRIDIUS: Der Lärm wird immer grösser. Ich werde hingehen. Aber die Tür ist schon geöffnet und mit eiligen Schritten nähert Jemand sich unserem Zimmer. Er ist schon ganz nahe.

TULLIA: Geht hinaus, geht hinaus! Zieht euch in das Zimmer zurück, das ich für euch habe zurechtmachen lassen, damit ihr keinen Anlass zu bösem Gerede gebet.

RANGONI: Haltet aber ja euer Schlafzimmer verschlossen!

OCTAVIA: Leb wohl, mein Rangoni! Leb wohl, mein Lampridius. Ihr beide seid das Licht meines Lebens. So freundschaftlich habt ihr mich getötet! so wonnig habt ihr mich umgebracht! Kein Leben ist so lebenerfüllt wie dieser Tod!

TULLIA: Wir brauchen nichts zu befürchten. Unsere Gatten sind abwesend, und ich habe sorgfältig alle Vorkehrungen getroffen, dass unsere Diener, diese misstrauischen Bestien, von unseren Liebeswonnen keinen Wind bekommen können. Wir sind in voller Sicherheit. Aber du kennst den Charakter unseres Stadtpräfekten: er ists: er ist liebenswürdig, höflich und ein Freund des Vergnügens, der sich über das Gerede der Leute hinwegsetzt. Seine Nächte verbringt er nicht mit Schlafen, sondern beim fröhlichen Lärm der Tafelfreuden und beim Spiel, das er leidenschaftlich liebt, im Kreise junger Leute, die er gern hat, oder an deren Liebe ihm etwas liegt. Wem er liebt oder hoch schätzt, den zieht er als Genossen seiner freien Gespräche, seiner Scherze und Possen heran. Durch diese angenehme Freiheit seines Benehmens hat er sich bei allen Ständen beliebt gemacht, ohne seinem guten Ruf Abbruch zu tun. Bei Venus! Nur *der* Mensch ist zu leben würdig, der zu leben weiss! Denn ein Leben, das nichts von Venus, Bacchus, von Scherz und Lust wissen will, das ist überhaupt gar kein Leben. Aus dem Wege gehen aber muss man der dummen Scheelsucht gewisser Menschen, die sich allein für weise halten. Sie leben nur sich selber, ihren eigenen dummen, faden Begriff vom Leben:

›Ungerecht gegen die Andern, nachsichtig gegen sich selber.‹

Fliehen wir vor den Augen dieser Menschen, Octavia, fliehen wir von diesen Herpyien, diesen schmutzigen, scharfklauigen Raubvögeln mit Menschengesichtern! Mit der ernsten Miene von Zensoren begeifern sie alles Schöne und beflecken mit ihren Gemeinheiten auch das Anständigste. Auf den Anstand aber muss man stets Rücksicht nehmen.

OCTAVIA: Was verstehst du denn aber unter einem anständigen Lebenswandel? In diesem Punkte stimmen die Ansichten durchaus nicht überein.

TULLIA: Das Wesen des Anstandes ist: als anständig dazustehen. Die Menschen kümmern sich nur um das, was sinnfällig ist. Umgib dich mit dem Schein des Anstandes. Wer durch diesen sich sorgsam zu decken weiss, der gilt allgemein als anständig. Gib dich allen Wollüsten hin, aber unter dem Schein der Ehrbarkeit, und du wirst trotz alledem eine ehrbare Frau sein. Lässest du aber den Vorhang nur um eines Nagels Breite zur Seite schieben und sieht man, dass du von der strengen Sitte der Dummköpfe abweichst, die für die einzigen Weisen gelten wollen, so werden sie dich mit ihren Schmähungen verfolgen, sie werden dich als eine Gefallene verschreien und mit hinterlistiger Heuchelei sich den Anschein geben, als beklagten sie dein Schicksal – die boshaften, erbarmungslosen Menschen. Sie selber wissen sich zu verbergen, sie gehen nur in Masken umher, und sie verwenden die grösste Sorgfalt darauf, dass sie stets in ihrer Verborgenheit bleiben. Darum ist es gut, wenn auch wir uns verbergen. Die ganze Welt spielt Komödie. Im Theater loben oder tadeln wir, solange gespielt wird, jedes Wort und jede Handlung, die von den Schauspielern auf offener Bühne uns vorgeführt werden. Aber von dem, was nach dem Fallen des Vorhangs hinter der Scene gesagt oder getan wird, davon ist niemals die Rede. Im alltäglichen Leben unterliegt dem Urteil der Welt alles, was vor aller Augen vor sich geht, nicht aber das, was unter dem Deckmantel der Heimlichkeit betrieben wird. O! wenn wir nur mal unsere grossen Herren und jene stolzen Leute, die sich so demütig und so sittenstreng stellen – wenn wir sie nur mal unbehindert in ihrem eigenen Wesen sehen dürften, wie sie sich den Leidenschaften hingeben, die die Natur ihnen in die Seele gepflanzt hat! Wenn wir sie nur einmal sähen! ... Aber da kommt Lampridius zurück.

LAMPRIDIUS: Es waren ein paar schöngelockte Pagen da und sagten uns, der Herr Stadtpräfekt habe uns etwas wichtiges mitzuteilen. Er bittet uns, wir möchten zu ihm kommen, wenn wir keine Abhaltung hätten.

RANGONI: Was ist da zu tun, Tullia? Was rätst du uns, Octavia?

TULLIA: Tut, was der Anstand verlangt.

RANGONI: Aber wäre es wirklich anständig, sich von seinen Geliebten zu trennen, wenn es so anmutige, so reizende, so geistreiche Geschöpfe sind?

OCTAVIA: Es wird mir sehr schwer, mich zu trennen.

TULLIA: Aber ihr müsst dem Befehl gehorchen! Denn von Seiten so hochgestellter grosser Herren ist ein Wunsch Befehl, ist eine Bitte ein Auftrag. Ihr müsst gehen. Gib mir einen Kuss, Lampridius.

OCTAVIA: Mit euch scheiden alle meine Wonnen. Gib mir einen Kuss, Rangoni. O, du bist mein halbes Leben!

LAMPRIDIUS: Dieser süsse Kuss, den ich mitnehme, muss mir deine Gegenwart ersetzen. Aber gewähre mir noch einmal den vollen Genuss, Octavia.

OCTAVIA: Nein, ich tu's nicht.

RANGONI: Auch nicht mit mir?

TULLIA: Mit dir so wenig wie mit ihm. Denkt jetzt an das, was die Umstände erheischen, und nicht an die Liebe, ihr Spassvögel und raffinierten Liebeskünstler!

LAMPRIDIUS: So soll mich Juno, die Schützerin des Ehebetts, mit scheelem Blick ansehen, wenn ich nicht lieber aus dem Leben scheiden als mich aus euren Armen reissen wollte!

RANGONI: Und ich wollte lieber diese eine Nacht mit euch verbringen, ihr meine Liebesgöttinnen, als alle meine Lebenstage mit Jupiter, dem Schützer der Fürsten!

TULLIA: Fort sind sie! Ach, trau jemand auf Menschenglück und hege grosse Hoffnungen in seiner Seele! In brennender Unruhe erwartete meine arme Octavia zwanzig Besamungen, vielleicht eine mehr, vielleicht eine weniger; und kaum hat sie's bis zur achten gebracht! Ja, da baue nur auf Menschenpläne!

OCTAVIA: Meine Lenden wären einer solchen Anstrengung nicht gewachsen gewesen. Vielleicht hätte ich munter und gesund es zehnmal ausgehalten, aber darüber hinaus nicht. Wonne, die gegen die Wonne abstumpft, ist keine Wonne mehr.

TULLIA: Und doch hast du, so zart und feingebaut du bist, den Ansturm der in deine Festung eingedrungenen Rangoni und Lampridius abgeschlagen, hast ihre Kräfte erschöpft, ihre Säfte ihnen ausgesogen.

OCTAVIA: Diese Aufregungen haben mir aber ganz und gar die Müdigkeit verjagt. Selbst wenn ich mir die grösste Mühe gäbe, würde ich nicht einschlafen können. Da müssen wir eben ein bischen plaudern!

TULLIA: Du möchtest bis zum Morgen der Gaben der Venus geniessen – denn zu diesen Gaben muss auch ein freies und wollüstiges Geplauder gerechnet werden. Aber da seh ich einen Zettel auf dem Fussboden liegen – den hat Lampridius oder Rangoni fallen lassen. Wir wollen doch mal sehen, was darin geschrieben steht.

OCTAVIA: Einverstanden! Gib ihn mir zu lesen.

TULLIA: Da! Lies ihn mir vor!

OCTAVIA: Es ist ein kunstvoll und flüchtig geschriebener Brief. Dass er von der Hand eines jungen Mädchens ist, sieht man auf den ersten Blick:

LAURA AN RANGONI, DEN HEISSGELIEBTEN

›Heil dir!‹ *wage ich dir nicht zuzurufen, denn ich Unglückliche erwarte kein Heil von dir, und du machst dir nichts daraus, mir Heil zu bringen. Was hat denn mein böses Geschick in seiner Wut verfügt, dass du nicht zu der Stunde kamst, die du meiner rasenden Leidenschaft bewilligt hattest? Inzwischen lebe ich nicht und kann auch nicht sterben. Ich lebe für dich, mein Lebenslicht, und ich würde willig für dich sterben, denn ich bin dein. Die eine Möglichkeit ist eine süsse schmeichelnde Hoffnung für meine kranke Seele; der Gedanke an die andere hält mich einzig und allein vom Strick zurück, zu dem ich, in meiner Sehnsucht nach dir, sonst greifen würde. So stehe ich auf der Grenze zwischen Leben und Tod. Wenn du kommst, kehre ich zum Leben zurück; wenn du dieses Glück mir weigerst, eile ich in den Tod: der Weg dahin ist nicht lang. All mein Frohsinn ist entschwunden – ja ich selber bin mir entschwunden, wenn du fern von mir weilst. Unruhige heisse Begierden, zitternde Aengste, bange Sorgen umschliessen mich Arme wie ein Festungswall und stürmen von allen Seiten auf mich ein. Wohin ich mich auch wende – überall steigen Qualen vor mir auf, wenn du mir nicht zu Hilfe kommst und mich so vielen Leiden und meiner eigenen Liebeswut entreissest. Wenn ich fühle, dass du mich verschmähst, dann seh ich das als mein Todesurteil an; denn an dem Tage als ich von der Liebe zu dir bis zum Wahnsinn entflammt wurde, da begann schon mein Sterben. Komme schnell, wenn du willst, dass ich meine Vernunft wieder erlange. Leb wohl!*

TULLIA: Wahrhaftig, diese Laura, die so gewandt schreibt, hat Witz und Verstand. Wer sie liebt, wird glaube ich alle Seligkeiten der Liebe finden, so geistreich ist sie.

OCTAVIA: Hat sie denn auch Rangoni in ihre Arme geschlossen? Ich glaubte, sie habe nur seines Freundes Lampridius Lendenkraft genossen?

TULLIA: Das Feuer der Liebe brannte dem jungen Mädchen bis ins Mark. Eine juckende Glut erhitzte jenen Ort, die die bis dahin ihr unbekannte Frau Venus dem Dienst der Wollust geweiht hatte. Die ganze Nacht hindurch wälzte sie in ohnmächtigem Liebesdrang ihre zarten Glieder auf dem Bette hin und her. Sie schrie: ›Ich verbrenne!‹ Die Amme glaubte, sie habe den Verstand verloren. Und da sagte sie zu ihr: ›Kind, ich werde deine Krankheit heilen! Aber lass diese unsinnigen Bewegungen. Sei guten Mutes. Er, der dich in diese Raserei versetzt hat, wird auch die Wunde deiner Seele heilen. Aber lass ab von diesen Ausbrüchen deiner Leidenschaft; sie schaden dir und sind geradezu mein Tod.‹ Gleich am andern Morgen läuft die Alte spornstreichs zu Rangoni und erzählt ihm, wie die Sache stehe; sie bittet ihn, das liebende Mädchen zu trösten, ihre Schönheit zu retten, die würdig sei, dass Jupiter selbst als Freier sich ihr nahe. Rangonis Mutter war bei Tagesanbruch schon nach ihrer Villa hinausgefahren, die zwei Meilen vor der Stadt lag. Was konnte der Jüngling machen? Er liess sich rühren, er folgte der Alten, wohin sie ihn führte. Da findet er das Mädchen auf ihrem Bette sitzend mit aufgelösten Haaren wie eine Mänade, aus ihrer zarten Brust tiefe Seufzer ausstossend, mit dicken Tränentropfen die Sonne ihrer Augen verdunkelnd, vor denen die Sonne am Himmel sonst hätte erbleichen mögen. Sobald sie ihn eintreten sah, sprang sie auf, halbnackt wie sie war, und rief, indem sie ihm um den Hals fiel: ›So bist du denn zu mir ge kommen! zu mir, du Zauberer, um mir den Sinn zu betören, du mir, die bis jetzt von keinem Makel etwas wusste. Mach mich wieder keusch – du kannst es nicht! So gieb dich denn ganz mir zu eigen und bleib mir treu – das kannst du!‹ Dabei strömten wie Bäche ihr die Tränen aus den Augen. ›Hinter keinen von den adeligen Jungfrauen dieser Stadt, die in Ehre und Ansehen stehen, stand ich zurück!‹ so fuhr sie fort. ›Ich strahlte im Ruhme der Ehrbarkeit. Nur dir zu Gefallen habe ich dieses Vorzuges mich begeben. Zu schanden ward mein ganzer guter Ruf in demselben Augenbick, wo ich in wahnsinniger Liebe zu dir entbrannte. Habe Mitleid mit mir! Wenn du es kannst, so mache, dass ich wieder ich selber werde; aber ich kenne mich selbst zu gut. Das wirst du gewiss nicht können. Oder so mache, dass du mein seist und zwar von ganzen Herzen; das wirst du können. Aber ich kenne auch dich zu gut: du wirst es nicht wollen; denn für eine Venus hälst du deine Umarmungen zurück, die einer Venus allein würdig sind.‹ Nun, kurz und gut: Rangoni hielt es nicht länger aus, sich mit solchen Vorwürfen überhäufen zu lassen. Sie schlossen Frieden miteinander. Die Göttin der Liebe winkte huldvoll Gewähren, und zu ihrer beider höchsten Wollust wurde der Venus das süsse Opfer dargebracht.

OCTAVIA: Und die geile Brunft der lüsternen Laura wurde wie die deinige gestillt – in dem anständigen Freudenhaus, der Villa der Dame Orsini –?

TULLIA: Du verdrehst boshafterweise den Sinn eines unanständigen Wortes. Du redest Unsinn, Kind! Pass auf: Freudenmädchen und Buhldirnen sind jene Weibsbilder, die nicht um der Liebesfreude willen, sondern um Geld sich hingeben oder wenigstens allgemein im Rufe stehen, dies zu tun; das sind missduftende Geschöpfe, die aus dem erbärmlichsten hungrigen Pöbel hervorgehen. Wohin diese Elenden auch gehen mögen, überall schleppen sie den Schmutz des Bordells mit sich. Sie sind ein Schimpf und eine Schande für sich selber. Auf uns aber, Damen von so hohem Range, darf diese ehrenrührige Bezeichnung nicht angewandt werden. Wir müssen nach Rang und Stand beurteilt werden, wenn man gerecht urteilen will. Die Worte Freudenmädchen und Freudenhaus brandmarken die niedrige Stellung, nicht die sittliche Verfehlung.

OCTAVIA: Eine schöne Beweisführung! Aber du hattest – glaube ich – schon zwölf Wurfspiesse mit deinem Schilde aufgefangen, als Rangoni dich in der Schilderung deiner Ausgelassenheiten unterbrach, um solche mit mir zu treiben. Er hat den Faden deiner Erzählung zerrissen; ich möchte, dass du sie zu Ende brächtest.

TULLIA: Dazu bin ich gern bereit.

OCTAVIA: Möge Frau Venus dem Aloisios und Fabrizios alles Böse antun – diesen argen Taugenichtsen, die sich gegen die ehrbare und natürliche Befriedigung der Wollust auflehnen.

TULLIA: Es gibt aber doch geistreiche Leute, die behaupten, dass dabei eigentlich nichts tadelnswertes sei: die hintere Grotte eines Weibes sei ein Körperteil so gut wie die Hände. Es sei, ihrer sich zu bedienen, nichts schlimmeres, als wenn eine Ehefrau die Mentula ihres Gatten in die Hand nehme; nur dann werde es Sünde, wenn der Samenregen nicht den weiblichen Garten überströme. Mag das sich nun verhalten, wie es will, liebe Octavia – die Sache erscheint mir, wenn nicht gar höchst schändlich, so doch jedenfalls lächerlich.

OCTAVIA: Und mir erscheint sie lächerlich und ekelhaft. Was kann es für ein Vergnügen sein, in der Raserei der Sinneslust sich ein anderes Geschlecht vorzutäuschen; Welchem Menschen, der der Menschheit die ihr gebührende Ehre erwiesen wissen will, wäre nicht diese Gemeinheit ein Greuel? Ein Mann, der auf diese abscheuliche Weise ein Weib missbraucht, entweiht wahrhaftig die Würde eines schönen Menschenleibes. Ich begreife nicht, wie ein derartiger Wahnsinn unsere Landsleute hat befallen können!

TULLIA: Die Astrologen, die die Sprache der Himmelskörper verdolmetschen, behaupten; die Ursache sei eine feindliche Konstellation, die den Menschen jenseits der Alpen nicht in gleichem Masse mit ihrem Pesthauch gefährlich werde. Die Italiener und die Spanier finden ein ganz besonderes Gefallen daran, Knaben und Mädchen zu solchem Zweck zu brauchen. Wenn sie diesen Dienst von uns verlangen, so bezeichnen sie ihn als ›Extra‹; wird er ihnen von Knaben erwiesen, so ist er in ihren Augen nur etwas, was sie erwarten können. Bei den oskischen Völkerschaften galt es für eine Belustigung, die nichts entehrendes an sich hatte. Du weisst doch, auf welcher geistigen Höhe die Griechen standen? Nun, sie verehrten die Venus Kallipygos, will sagen die Venus mit dem schönen Popo, und sie erkannten den Preis der höchsten Weibesschönheit den kallipygischen Schwestern zu. Diese Ehre galt nicht ihren Glutaugen, nicht der Anmut ihrer Gesichtszüge, sondern ihren schönen Hintern. Und gewiss, wem schöne Schenkel nicht zuwider sind, der kann auch gegen einen schönen Popo nichts einzuwenden haben. Denn du wirst nicht leugnen, dass er als Grundlage der Schenkel deren wichtigster Teil ist.

OCTAVIA: Freilich ist er angenehm zu sehen, wonnig zu befühlen; Auge und Hand finden ihr Entzücken an ihm. Aber wer ausser den genannten noch andere Genüsse von ihm verlangt, den betrachte ich als einen abscheulichen Schandmenschen, der die liebe Gottesluft verpestet.

TULLIA: Schön gesagt! Ich sehe aber eigentlich nicht ein, was man Jemandem vorwerfen kann, der sich gegen einen markierten Feind im Gebrauch einer Waffe übt, die er bald darauf gegen den wirklichen Feind in Anwendung bringen wird.

OCTAVIA: Du behandelst eine Schmach vom scherzhaften Standpunkt, weil du sie selber über dich hast ergehen lassen!

TULLIA: Und du? Willst du etwa in Abrede stellen, was dir mit Caviceus passiert ist? Die Schamröte, die dein Gesicht überzieht, spricht gegen dich. Seh mir einer diese Unverschämtheit! Was beleidigst du mich, du kleine Schwerenöterin?

OCTAVIA: Ich muss gestehen, ein oder zweimal hat Caviceus den Versuch gemacht, ob er könnte. Aber er konnte nicht. Seitdem hat er sich dieser Versuche von hinten beständig enthalten. Eines Nachmittags verlangte er von mir, ich sollte mich nackt mit ihm zu Bett legen. Küsse, Koseworte, Streicheln erregten in ihm eine neue Begier. Leise tätschelte er meinen Popo und sagte zu mir: ›Stütze dich auf die Knie auf, Octavia, und strecke deinen marmorweissen Popo in die Höhe! Sei meiner Liebe gnädig, die du zur Raserei entfachst! Stelle mir beide Wege zur Verfügung, den rechten und den hinteren, und erlaube, dass meine Liebesglut jenen Weg einschlägt, für den sie sich entscheiden wird; verlass dich darauf, du wirst dabei nichts verlieren. Das innerste Heiligtum der Venus werde ich mit dem Tau besprengen, der ihm zukommt, mit einer vollkommenen und unverfälschten Begattung werde ich dich beglücken. Ich beginne das Werk im Nachbarloch, aber ich vollende es am gewohnten Ort. So werden wir beide, du wie ich Befriedigung finden. Ich gehorche und eine gegabelte Strasse bietet sich ihm dar, deren beide Aeste zur Venus führen: der eine ist die breite Heerstrasse, der andere ein abschüssiger von Dornen eingefasster Fusspfad.‹ Indessen setzte er an diesen den Rammbock an. Doch es nützte ihm nichts. Wir beide keuchten und er stiess so heftig, dass ihm der Schweiss ausbrach. Da sagte ich zu ihm! ›Du wirst deinen Wunsch nicht erreichen. Denkst du, du könntest in eine Oeffnung, die nicht einmal einer Federpose Einlass bietet, einen grossen dicken Balken hineinstossen? Willst du mich denn spalten? Willst du mich zersprengen? Soll aus meinen zwei Löchern eines werden?‹ – ›Du hast Recht, Octavia,‹ erwiderte er, ›ich bin wahnsinnig.‹ Und im selben Augenblick liess er das Hähnchen weiter unten in das Nest schlüpfen, dass seiner Begier einen bequemeren Eingang bot. Einige Tage darauf wiederholte er seinen Versuch, aber mit demselben Misserfolg. Wieder liess er von seinem Beginnen ab und machte mir's auf die Art, von der wir beide Genuss hatten.

TULLIA: Genau dasselbe, was du hier eben erzählt hast, ist auch mir mit Callias passiert. Nur machte ich noch viele Worte, um ihm die Schwierigkeit des Weges noch grösser erscheinen zu lassen. ›Als Weib bin ich dir vermählt worden,‹ sagte ich ihm; ›ein Weib suchtest du in meinen Umarmungen. Kinder und Liebeswonne hofftest du durch mich zu erhalten; aber Kinder und Genuss kann ich nur in meiner Eigenschaft als Weib dir geben; und dabei verletzest du weder meine Ehrbarkeit, noch trittst du meiner Schamhaftigkeit zu nahe. Wenn du Kinder willst, so schaffe sie, als geschickter Arbeiter, der du bist, in dieser Fabrik, aus deren Werkstatt das Menschengeschlecht hervorgeht. Willst du Genuss – hier sprudelt der Quell aller Freuden, die die wollüstige Venus mit ihren Lockungen und Scherzen würzt. An diese Quelle tritt heran. Der Weg dahin ist nicht zu steil, nicht zu steinig; auch ist er nicht breiter, als der Wanderer ihn braucht, dessen Ziel das Heiligtum der Liebe ist. Er ist eher ein Fusssteig als eine Strasse zu nennen. Dorthin sporne dein Rösslein! Es wird, bei Venus! lustig dahintraben und nicht wie jetzt mit einer unsinnigen Arbeit sich abquälen. Es sucht seine Last irgendwo abzusetzen; gewiss würde es seinen Weg ganz alleine finden, wenn es allein ihn suchen dürfte, wenn du ihm die Zügel schiessen liessest!‹ Callias lachte und sagte: ›Nun, dann lass ich sie ihm schiessen; mag das Rösslein nach Belieben traben, denn die Mentula ist in der Tat das eigensinnigste Ding, das man sich denken kann.‹ Sofort eilte das Rösslein in den Stall, den es offen vor sich sah, und befreite sich hier zu unserer beider Genuss von seiner Last. Nachdem dieser Drang einer wilden und blinden Wollust einmal besänftigt war, hat Callias niemals wieder etwas versucht, was mir unangenehm hätte erscheinen können, oder dessen wir beide uns hätten schämen müssen.

OCTAVIA: Da wir nun mal über diese Schändlichkeiten sprechen, so bitte ich dich, liebste Tullia, sage mir, was du im Grunde deines Herzens davon hältst; erzähle mir die ganze Geschichte: wie sie entstanden ist, wie die wollüstigen Menschen sie aufgenommen haben, wie sie stärker wurde, und endlich, wie es kommt, dass dieser Brauch bei einigen Völkern im Schwange ist, vielen anderen dagegen unbekannt blieb. Ich denke mir, dieses Schwefelfeuer muss aus den stygischen Höhlen ausgespieen sein, denn es verpestet auch die reinen Flammen keuscher Liebe, sobald es mit ihnen sich mischt.

TULLIA: Du urteilst ganz richtig. Die Sache verhält sich folgendermassen: alle Menschen ohne jeden Unterschied, sind von den gleichen Leidenschaften beseelt, ihre Glieder bestehen alle aus dem gleichen Stoff. Sie sind alle in gleichem Masse dem Genuss ergeben. Genuss aber nennen sie jene brennende heftige Begier, nicht etwa die höchsten Wonnen dem Leibe und den Sinnen eines anderen zu verschaffen, sondern sie vielmehr durch den Leib eines andern sich selber zu bereiten. Sie lieben bis zur Raserei, bis zur Erschlaffung jene Körperteile eines anderen, durch deren Mitwirkung bei ihnen selber Ströme von Wollust hervorsprudeln und aus ihrem Mark jener geile Saft fliesst, den sie ›Samen‹ nennen, weil er Menschen erzeugt, wenn er unsern Acker besprengt. In dieser Ergiessung – das weisst du ja selber, Octavia! – finden sie die Seligkeit, die sie bei uns suchen. Ist die Ader der Venus versiegt, so sind sie, du siehst es, unserer Reize überdrüssig; aus unseren Küssen, unseren Umarmungen und den anderen Gaben der Venus machen sie sich nichts: entweder gehen sie in fluchtartiger Eile davon oder sie schweigen, wie wenn sie blödsinnig oder von Stein wären. So macht ein Mensch, der sich mit Wein und Essen den Magen überladen hat, sich nichts aus mehr Wein und mehr Essen. Nun ist es richtig, dass die Männer von Natur eine ausgesprochene Vorliebe für den Liebesverkehr mit unserem Geschlecht haben; sie benutzen vor allen jene Teile unseres Körpers, die die Merkmale des Weibes sind, und ohne Zweifel geschieht dies auf Antrieb der Allmutter Natur. Denn durch die Vereinigung der beiden Geschlechter verheisst sie den lebenden Wesen Unsterblichkeit. Aber zu den Zwecken der Fortpflanzung wird nicht die ganze Menge des Samens gebraucht, der im Schoss der Männer und Weiber sich sammelt. Dies soll wenigstens die Meinung gerade der weisesten Menschen sein. Die Natur hat für diesen Samen genau das gleiche Gesetz aufgestellt wie für den der Pflanzen und Bäume. Von dem Samen des Getreides nun zum Beispiel dient ein Teil Menschen und Tieren als Nahrung und wird von diesen verzehrt; ein Teil nur dient zur neuen Aussaat. Als man aufhörte Eicheln zu essen, lehrte Ceres die Menschen die Kunst aus Getreide Brot herzustellen, und man nannte das Brot *panis*, weil ein Bild des Gottes Pan in Umrissen darauf eingeritzt war. Dieser Teil des Getreidesamens dient also dem Magen und dem Gaumen. Wer würde aber wohl behaupten wollen, dass durch diesen Gebrauch der Natur ein Schimpf angetan werde? Von dem Samen anderer Pflanzen, den der Mensch nicht einerntet, weil er kein Bedürfnis dafür hat oder weil er ihn nicht als Genussmittel verwendet, lässt die Natur einen gewissen Teil zur Erde fallen, und es entspriessen neue Pflanzen daraus; dass der andere Teil zu Grunde geht, daraus macht sie sich nichts. Ebenso verhält es sich nach der sokratischen und platonischen Auffassung mit dem Samen, der zur Fortpflanzung des Menschen dient; es wäre töricht sich einzubilden, dass die Natur die ganze Menge des menschlichen Samens zur Fortpflanzung des Geschlechtes bestimmt habe. Denn in unserem Leib, liebe Octavia, ist ein Weg vorhanden, durch den der Same auch dann aus der Scheide austreten kann, wenn wir schwanger sind. Dieser Weg würde nicht vorhanden sein, wenn die Herrscherin Natur gewollt hätte, dass die ganze Menge des Samens nur einem einzigen Zwecke diente. Die Männer aber können ihren Samen loswerden, wann und wie es ihnen beliebt; ohne Zweifel würden sie ihren Samen nur in den zur Fortpflanzung bestimmten Teil unseres Körpers ergiessen können, wenn der Same nur zur Erschaffung des Menschen bestimmt wäre. Ferner: wenn unsere Gebärmutter, von fruchtbarem Samen erfüllt, anzuschwellen beginnt, wenn die Schwangerschaft das Stadium des sechsten, des achten, des neunten Monats erreicht, ja mehr noch: im Augenblick, da die Schmerzensstunde des Gebärens uns naht, da behaupten unsere Männer immer noch das Recht zu haben, sich mit uns zu schaffen zu machen – und ganz gewiss haben sie wirklich dieses Recht. Es widerspricht also völlig der Wahrheit, wenn jemand behauptet, dem Samen müsse lediglich die Aufgabe der Fortpflanzung des Menschen vorbehalten bleiben und zu einem anderen Zweck dürfe er nicht verwandt werden. Denn dass man unmittelbar vor dem Gebären eine neue Schwangerschaft herbeizuführen erwarten dürfe – dies wäre eine mehr als geradezu unverschämte Behauptung. Was sich hieraus ergiebt, das siehst du wohl selber ein, nicht wahr, Octavia?

OCTAVIA: Gewiss.

TULLIA: Nur aus diesen Gründen wenden die Aerzte sogenannte Pessare an, um in jungen Frauen von kaltem Temperament wollüstige Triebe zu erwecken und die faulen Säfte auszulösen, die in den Tiefen des Schosses stecken und die Ursache mannigfaltiger böser Krankheiten bei Unvermählten sind. Und doch macht man den Aerzten hieraus keinen Vorwurf oder nennt die Hilfe, die sie bringen, eine verbrecherische Handlung. Wir sehen ja, wie dadurch so manche Dahinsiechende neue Kräfte empfängt, wie Sterbende ins Leben zurückgerufen werden.

OCTAVIA: Auf diese Weise hat deine Base Livia, die sieben Monate vor ihrer Vermählung eine so blasse, schmutzigfahle Gesichtsfarbe hatte, die wie eine blutlose, wandelnde Leiche aussah, ihre volle Gesundheit wiedererlangt.

TULLIA: Aus diesen Gründen, die nach Wahrheit aussahen, obgleich sie in Wirklichkeit falsch waren, geschah es, dass eine Handlungsweise, die anfangs nur auf Rechnung einiger Wollüstlinge zu schreiben war, allmählich sich in vielen Ländern allgemein verbreitete. Die Männer nahmen sich Gattinnen, bestellten jedoch deren Aecker nur in der Absicht, Nachkommenschaft zu haben, aber nicht aus Liebe. Sobald eine Frau schwanger war, wurde sie wie eine verurteilte Verbrecherin behandelt, der Verkehr mit ihr wurde gänzlich abgebrochen, man verwies sie in den entlegensten Winkel des Hauses und würdigte sie fortan keines Kusses, keiner Umarmung mehr. Mutter sein, war für solch ein armes Geschöpf ein Schimpf, wurde ihm als Verbrechen angerechnet. In den Augen asiatischer Könige galt unser Geschlecht sozusagen als etwas Unreines. Bagoas war der heissgeliebte Freund des Königs Darius; sogar Alexander entbrannte in Liebe zu ihm. Das Beispiel der Fürsten ist auch für die von ihnen beherrschten Völker massgebend. Diese Infamie befiel in gleichem Masse jeden Rang und Stand. Alle verzehrte die gleiche wahnsinnige Glut: Volk, Adel, Könige. Dem König Philipp von Mazedonien kostete dieser Wahnsinn das Leben; er fiel von der Hand des Pausanias, den er vergewaltigt hatte. So ergab sich dem König Nikomedes Julius Caesar, der allen Männern Weib war, wie er allen Weibern Mann war. Augustus hielt sich diesem schimpflichen Treiben nicht fern; Tiberius und Nero rühmten sich dessen sogar. Nero heiratete Tigellinus, Sporus heiratete Nero. Den besten aller Fürsten, Trajan, begleitete ein ›Paedagogium‹ auf seinem siegreichen Zuge durch den ganzen Orient; dieses sogenannte Paedagogium war eine Schar anmutiger und schöner Knaben, die er tags und nachts zum Liebesdienst in seine Arme rief. Antinous war Hadrians Geliebter: Nebenbuhler der Plotina, aber glücklicher als diese. Um seinen Tod trauerte der Kaiser, und da er nicht mehr unter den Lebenden weilte, so erhob er ihn zu den Göttern, indem er ihm Altäre und Tempel weihte. Von Antoninus Heliogabalus, dem Neffen des Kaisers Severus, berichtet ein Schriftsteller des Altertums, er habe die Gewohnheit gehabt, zum Liebesgenuss ›alle Löcher seines Leibes‹ zu benutzen; daher hätten ihn seine Zeitgenossen als ein Scheusal betrachtet. Als Zuschauerin solcher Liebesorgien tanzte mit feierlicher Miene die Philosophie im Chor der Päderasten. Alkibiades und Phädon waren des Sokrates Bettgenossen, wenn sie ihrem Lehrer einmal ein Vergnügen machen wollten. Von den geschlechtlichen Gewohnheiten dieses heiligen Mannes stammt der Ausdruck: ›Sokratische Liebe‹. Jede Handlung, jedes Wort des Sokrates galt allen Philosophen der verschiedenen Richtungen für geheiligt; man erbaute ihm einen Tempel, man errichtete ihm einen Altar. Seine Handlungen erhielten Gesetzeskraft; seine Worte genossen die Autorität von Orakelsprüchen. Die Philosophen verleugneten nicht das Beispiel ihres Heroen und Nationalgottes – denn zu den Heroen wurde Sokrates gerechnet. Lykurg, der einige hundert Jahre vor Sokrates der Gesetzgeber der Lakonier war, erklärte, niemand könne ein tüchtiger Bürger sein, der nicht einen Freund zum Beischläfer habe. Er liess die Jungfrauen sich nackt vor aller Augen auf der Schaubühne zeigen, damit die Männer durch den freien Anblick abgestumpft würden und nicht mehr den Stachel der Liebe empfänden, der sie von Natur zu uns Weibern treibt, sondern mit erhöhter Glut sich ihren Freunden und Gesellen zuwendeten. Was man öfter sieht, das reizt ja nicht. Und nun gar erst die Dichter! Anakreon glühte für Bathillos, und die Witze des Komödiendichters Plautus betreffen fast alle dieses Thema. So z.B: ›Ich werde es machen wie die Lustknaben; mich niederbückend werde ich mich auf ein Kistchen aufstützen‹, oder: ›Passte des Soldaten Klinge gut in deine Scheide?‹ Ja, der grösste Meister der Dichtkunst, Vergilius Maro, der wegen seiner angeborenen grossen Schamhaftigkeit ›Parthenius‹, d.h. ›der Jungfräuliche‹ genannt wurde, er liebte einen gewissen Alexander, der ihm von Pollio geschenkt worden war und den er unter dem Namen Alexis besungen hat. Auch Ovid litt an dieser Krankheit; indessen zog er die Mädchen den Knaben vor, weil er bei diesen Belustigungen der Liebe eine gegenseitige Wonne und nicht eine einseitige verlangte. Er liebe, sagte er, diejenige Liebe, die beide Teile auf den Gipfelpunkt der Wonne führe, und darum mache die Knabenliebe geringeren Eindruck auf ihn. Da nun die Mädchen und Frauen sich, wenn sie nur ihre weiblichen Reize darzubieten hatten, vernachlässigt sahen, die einen durch ihre Liebhaber, die andern durch ihre Gatten, in deren Häuser sie durch die Ehe eingetreten waren, so liessen sie sich dazu herbei, die Stelle von Knaben zu vertreten. Dieser Wahnsinn wurde zu einer solchen Höhe getrieben, dass man zu dieser Gefälligkeit, zu der die verheirateten Frauen sich schon herbeigelassen hatten, sogar schon die Neuvermählten in der Brautnacht zwang. So hatte der Gatte abwechselnd einen Knaben und ein Mädchen in seiner Frau und die beiden Geschlechter waren in einem und demselben Körper vereinigt. In einem Scherzgedichte, das uns aus dem Altertum überliefert ist, droht Priapus jedem Gemüsedieb, der seinem Pflock zu nahe komme, er werde ihn zwingen ihm zu gewähren

was in der Hochzeitsnacht die Braut dem gierigen Gatten
zitternd gewährt voll Angst, er könnte sie sonstwie verwunden.

Von dem Recht der Künstler und Dichter Gebrauch machend, lässt Valerius Martial seine Einbildungskraft spielen und gibt in einem seiner Epigramme vor, er höre seine Frau murmeln, auch sie habe einen Popo, und er möge doch von seiner unsinnigen Liebe zu Knaben ablassen. Juno, sagt sie, gefalle auch von hinten dem Jupiter. Der Dichter aber lässt sich nicht überzeugen; er antwortet, der Knabe habe eine andere Rolle zu spielen als die Frau und sie habe sich mit der ihrigen zu begnügen. In den Freudenhäusern sassen unter der Lampe und dem Täfelchen, das ihren Namen trug, Knaben und

Mädchen; erstere unter ihrem Gewand mit weiblichem Putz geschmückt, letztere unter ihrem Rock Manneskleider tragend und mit Knabenfrisuren. Unter dem äusseren Anschein des einen Geschlechtes fand man das andere. ›Alles Fleisch ging sündhaft den verkehrten Weg.‹ Bedenke, wie allgemein verbreitet dieser Brauch der Knaben und der Mädchen war, ein falsches Geschlecht vorzutäuschen! Ganymed und Juno boten abwechselnd dem Vater Jupiter ihren Hintern dar, um ihn durch die Fülle der Reize zu bestricken, die sie in diesem Körperteil besassen. Die Betrüger, die diese Göttergeschichten auslegen oder weiter erzählen, brauchen nicht zu befürchten, einer Verletzung der Religion beschuldigt zu wer den, ebensowenig wie diejenigen, die, aus Dummheit oder weil es ihnen zur Befriedigung ihrer Lüste gerade passt, an diese Fabeln glauben, der Gottlosigkeit geziehen werden. Denn wie sollten nicht die Menschlein frisch und fröhlich einen Weg betreten, auf dem die Götter ihnen vorangehen? Hat doch Jupiter seinen Ganymed zum Geliebten, Apollo seinen Hyazinth, Herkules seinen Hylas – (›und wer hat nicht seinen Hylas‹) – und ist doch Jupiter der Gott der Majestät, Apollo der Gott der Wissenschaften, Herkules der Gott des starken Mutes! Der ursprüngliche Sitz dieser Krankheit war Asien; aber auch Afrika hielt sich von dieser Pest nicht frei, die bald auch Griechenland ansteckte und sich über die angrenzenden Länder Europas verbreitete. Orpheus, der in Thrazien diese schmutzige Liebeslust eingeführt und durch seine Lieder auch andere dazu verführt hatte, wurde von den sikonischen Frauen, die sich verschmäht sahen, zerrissen.

Man erzählt aus jenen Zeiten des Altertums von den Kelten, sie hätten Jeden mit Spott und Hohn überschüttet, der sich von dieser Krankheit freigehalten: ein solcher habe kein Amt und keine Ehrenstellung erhalten können. Wer sich sittenrein bewahrte, den floh man wie einen Unreinen! Wenn eine ganze Stadt wahnsinnig ist und ihren Wahnsinn offen zur Schau trägt, dann ist es nicht gut, der einzige Weise zu sein; und weil es nicht gut ist, ist es auch nicht anständig.

OCTAVIA: Welcher Mensch, und wäre er noch so beredt, ist beredter als du! Wie unumwunden, wie geistreich bringst du alles vor, was du sagst!

TULLIA: Unter der Bezeichnung ›Kelten‹ begriff man nicht nur jene Völkerschaften, die jenseits der Alpen Gallien bewohnten, sondern überhaupt alle Nationen des westlichen Europas, darunter auch die Italiener und Spanier. In der Jetztzeit tragen vorzugsweise die Franzosen den grössten Abscheu gegen widernatürliche Geschlechtsbefriedigung zur Schau; den Sünder, der sich damit befleckt, übergeben sie zur Reinigung der strafenden Flamme, da nach ihrer Meinung die Schärfe des Schwertes noch nicht genügt, die beleidigte Keuschheit zu rächen. Den Italienern und Spaniern erscheint dies unbegreiflich, und erst recht natürlich den Völkern, die dem Gebot des Propheten Mohammed Untertan sind. In den Augen der Südländer sind die Franzosen und die anderen Nationen des Nordens zu stumpfsinnig zur Wollust; sie hätten nicht, wie sie, den richtigen Begriff von den Freuden der Liebe. Aber im Grunde werden durch uns Frauen die widernatürlichen Begierden der Männer angestachelt: wir zwingen sie, anderweitig einen Genuss zu suchen, dessen volle Befriedigung sie nicht bei uns finden können.

OCTAVIA: Ich verstehe dich nicht.

TULLIA: Du wirst die Sache schon verstehen – so gut wie ich selber! Bei uns Italienerinnen und Spanierinnen steht das Venuspförtlein – wer könnte das leugnen wollen? – viel weiter offen als bei anderen Frauen. Wenn ein Mann, der mit uns zu tun hat, nicht in ganz besonderer Weise begabt und ausgestattet ist, so muss er glauben, nicht ein Liebesspiel zu treiben, sondern in einer weiten Halle sich im Speerstossen zu üben. Wenn der Zutritt zur Grotte zu leicht gestattet wird, macht ihr Besuch weniger Vergnügen. Die Mentula hat es gern, wenn sie zusammengepresst und ausgesaugt wird; wenn sie allzu frei herumspazieren kann, ist sie nicht zufrieden. Beim Liebesgenuss von hinten geht die Sache angenehmer vor sich. Die Mentula findet nur mit Mühe Eingang, und wenn sie drinnen ist, füllt sie nicht nur den Raum aus, sondern dehnt sogar dessen Wände. Die Stechbahn ist also nicht breiter als der Reiter sie wünscht; die Herberge richtet sich nach dem Gast, dem sie Unterkunft gewährt, da die Muskeln sich nach Belieben zusammenziehen oder ausdehnen können. Wenn dagegen unsere Grotte einmal mit Gewalt geöffnet und zu einem fürchterlichen Schlund geworden ist, dann vermag eine Frau es durch keine Geschicklichkeit, durch keine besondere Stellung oder Bewegung zu bewirken, dass sie nicht weit bleibt: sie ist nach wie vor ein fürchterlicher Schlund für die arme Mentula, und das nimmt der Begattung viel von ihrem Wert. Darum sind bei uns die Liebhaber der unreinen Lust so zahlreich, während es deren im Gegenteil bei den Franzosen und den Deutschen nur wenige gibt. In den nördlichen Ländern sind die Frauen nicht so weit gebaut; es ist wie wenn durch die Kälte sich die Glieder zusammenzögen. Da also die Männer im naturgemässen Verkehr mit ihren Frauen alle nur wünschenwerte Lust finden, was könnten sie mehr verlangen, als die Hausmannskost, die sie im Speiseschrank haben? Auch bei uns halten sich ja diejenigen Männer, die von der Natur reich ausgestattet sind und einer stattlichen Manneszier sich rühmen können, von diesen Sachen frei: sie machen es nicht von hinten, noch auch lassen sie sich's machen. Da hast du die gewünschten Aufklärungen, liebe Octavia.

OCTAVIA: Du hast noch vergessen mir zu sagen, ob du diese Art des Liebesgenusses für gut befindest oder ob du sie verabscheust, wie ich – so wahr mir Gott helfe! – sie verabscheue.

TULLIA: Wenn ich sie billigte, wäre ich verrückt! Wenn auch die Erde zu diesen Schändlichkeiten schweigt, so verdammt sie doch die Donnerstimme des Himmels. Lukian hat sehr scharfsinnig über beide Arten des Geschlechtsverkehrs geschrieben: er verdammt weder die eine noch die andere; nachdem man ihn gelesen hat, könnte man wirklich nicht sagen, welcher von beiden er den Vorzug giebt. Auch Achilles Tatius hat in seinem ›Klitophon‹ seine wahre Meinung unter einer zweideutigen Sprache verhüllt. Diese beiden Schriftsteller waren Griechen. Auch von den römischen Autoren spricht kein einziger sich offen dafür oder dawider aus. Merkwürdigerweise hat kein Gesetzgeber daran gedacht den widernatürlichen Geschlechtsgenuss zu verbieten; ohne Zweifel erblickten sie in Belustigungen, die nicht lebensgefährlich sind, kein strafwürdiges Verbrechen. Aber ich will dir ganz aufrichtig und ohne sokratische Verstellung meine Meinung sagen: der widernatürliche Liebesgenuss ist des schärfsten Tadels, der härtesten Strafe würdig! Die Begierden des einen Geschlechtes suchen ihre naturgemässe Befriedigung nur beim andern Geschlecht; der Mann, der sich mit einem Knaben ergötzt, tut dem Naturtrieb Gewalt an. Cupido flösst Liebe ein; aber wer hätte jemals Cupido schänden wollen? Der kleine Liebesgott würde es weder selber machen, noch sichs machen lassen. Sobald das Feuer der Liebe in den Adern eines Jünglings zu lodern beginnt, fühlt er sofort, obgleich er sich über sein Denken noch keine Rechenschaft ablegen kann, dass er in den Umarmungen eines Weibes das rechte Mittel finden wird, um diese Feuersbrunst zu löschen. Ein Mädchen entflammt den Jüngling, der eben mannbar ist; ein Jüngling entflammt die Jungfrau. Sie brennen in gegenseitiger Begier; so gehts mit der Liebe! Nicht die Natur sondern sittliche Verderbtheit flösst verdorbenen Seelen den Wahnsinn widernatürlicher Liebe ein. Wenn die Schattenseite unseres Leibes zu dem Gebrauch bestimmt wäre, den diese Sünder davon machen, so wäre dieser Teil entsprechend gebaut; das Schamglied würde ohne besondere Anstrengung eindringen können und ohne Gefahr für die, die sich zu so etwas hergeben. Mädchen können schon vor ihrer Mannbarkeit und ehe sie noch für geschlechtlichen Verkehr reif sind, entjungfert werden; ohne Zweifel verursachen die ersten Stösse ihnen einen sehr heftigen Schmerz, aber in wenigen Stunden ist dieser Schmerz nicht mehr da und an seine Stelle tritt sehr bald die höchste Wollust. Viel schlimmer sind die Folgen, wenn einem Mädchen oder Knaben auf widernatürliche Art Gewalt angetan wird. Abgesehen von unerträglichen Schmerzen, die sich unvermeidlich einstellen, entstehen aus dieser Ausschweifung meistens, wenn der Eingang mit einem zu starken Instrument erbrochen wurde, die fürchterlichsten Krankheiten, die selbst die Kunst eines Aeskulap nicht heilen könnte. Die Muskelbänder werden zerrissen und es kommt vor, dass die Exkremente von selbst austreten, weil sie nicht mehr gehalten werden können. Lässt sich etwas ekelhafteres denken? Ich habe vornehme Frauen gekannt, die durch die Bildung bösartiger Geschwüre in so schwere Krankheit verfielen, dass sie kaum in zwei oder drei Jahren wieder gesund wurden. Auch ich bin nicht heil und gesund aus den verruchten Umarmungen Aloisios und Fabrizios hervorgegangen. Schon gleich im Anfang, als sie ihre Dolche in mich hineinbohrten, stand ich einen entsetzlichen Schmerz aus; bald tröstete mich dann freilich, so schwer ich auch verwundet war, ein gewisses kitzelndes Gefühl für meine Schmerzen. Aber als ich wieder zu Hause war, ergriff mich von neuem ein brennender Schmerz an der von ihnen verletzten Stelle; ein rasendes brennendes Jucken verzehrte mich und liess sich trotz der freundlichen Pflege meiner Freundin Orsini kaum besänftigen. Wären meine Wunden vernachlässigt worden, ich hätte eines elenden Todes sterben müssen. Du, Octavia, die du erst eben mannbar geworden und noch so zart und fein bist, du hättest derartige Liebesspiele nicht aushalten können. Die Angriffe der härtesten und dickesten Lanzen hast du ausgehalten, ohne dass es dir etwas geschadet hat. Aber wie wäre es dir ergangen – schon der Gedanke macht mich zittern – wenn eine solche Riesenkanone ihre Ladung in einen andern Teil deines Körpers hineingefeuert hätte? Alles was diese Feinde des Menschengeschlechts, die Päderasten, die abgestumpften Wollüstlinge zu gunsten ihrer Sache vorbringen, was sie von der Natur der Dinge, von der Macht der Sitten und Gebräuche, von der hohen Bedeutung gewisser erlauchter Männer reden, die diesem Laster fröhnten – dies alles macht auf mich keinen Eindruck. Kein vernünftiger Mensch wird sich einreden lassen, dass die bewusste Vergeudung menschlichen Samens durchaus nichts schimpfliches an sich habe, und dass man es nicht als Schande ansehen dürfe, wenn jemand einen Menschen tötet. Wer aber seinen Samen anderswohin ausstreut, als in die Ackerfurche des Weibes, der will einen Menschen töten und tötet wirklich einen, der sich hätte entwickeln können. Er ist ein Mörder und ein Ehebrecher. Denn durch diese schändliche Befriedigung der Wollust werden Menschen getötet, die noch nicht geboren sind. Lebensverweigerung ist gleichbedeutend mit Tötung. Wenn die Natur in ihrem Allerheiligsten an der Bereitung des Samens arbeitet, dann hat sie dabei die Fortpflanzung im Auge, nicht die Befriedigung der Wollust. Ihr Wille war, dass Weib und Mann sich umarmen sollen, obwohl diese die Schmerzen der Niederkunft, jenen die Sorge für die heranwachsenden Kinder abschrecken könnten. Der Fortpflanzung um ihrer selbst willen würden die Menschen aus dem Wege gehen; die Natur bringt sie dazu durch die süssen Lockungen herrlichster Wonnen. ›Aber,‹ wendet man dagegen ein, ›wer könnte bestreiten, dass der Same, der in die Ackerfurche einer bereits schwangeren Frau gestreut wird, ebenfalls verloren ist?‹ Unsinn! die Aerzte versichern, dass eine schwangere Frau noch eine neue Frucht empfangen könne. Sie versichern, das sei tatsächlich vorgekommen, nämlich jedes mal, wenn eine Frau, die ein Kind geboren hatte, einige Tage darauf durch eine zweite Niederkunft noch einmal Mutter geworden sei. Sie nennen dies Superfoetation, Ueberfruchtung. Wer wollte nicht der Natur, der allmächtigen Schöpferin, die Sorge überlassen, den Stoff, mit dem sie sich fortwährend zu tun macht, nach ihrem Gutdünken zu verwenden? Wer wollte nicht zur Natur volles Vertrauen haben? Wenn man dagegen als Beispiel die Samenkörner des Getreides und derlei Sachen anführt, so handelt es sich überhaupt gar nicht um Samen, und nur ein Witzbold kann das Gegenteil behaupten. Diese Körner sind vollkommen ausgebildete Früchte, die ihren Samen in sich tragen – jenen Samen, dem die Eigenschaft inne wohnt, sie fortzupflanzen und zu vervielfältigen. Der Stier, der Widder, der Hahn sind ebenfalls vollkommen ausgebildete Geschöpfe – jedes in seiner Art. Wer möchte etwa behaupten, wir dürften sie nicht essen, weil auch sie den lebensfähigen Samen in sich tragen, durch den der Fortbestand jeder Rasse gesichert wird? Damit vergeht man sich keineswegs gegen die Natur, und aus demselben Grunde hat noch keine Philosophen-Schule, mochte sie sich für noch so scharfsichtig halten, in dem Verzehren von Getreide und Früchten etwas Unrechtes erblickt.

OCTAVIA: Das ist Alles recht schön und gut; aber du hast gegen dich, dass diese Sitten durch langen Gebrauch eingewurzelt sind und dass zu allen Zeiten erlauchte Männer diesem Brauch gefröhnt haben.

TULLIA: Keine noch so lange Zeitdauer vermag zu bewirken, dass man schlechte Sitten als Vorbild aufstellen darf; denn dieses Recht kommt nur guten Sitten zu. Solange die Welt steht, sind alle Arten von Verbrechen begangen worden: Totschlag, Raub, Giftmord. Aber wer wird solche Taten loben, oder sich ihrer rühmen? Länder und Städte sind durch Pest und Krankheit entvölkert worden, ganze Familien sind zu Grunde gegangen. Wer aber möchte behaupten, Pest und Krankheit seien kein Uebel, denn seit den ältesten Zeiten bis auf unsere Tage sei eine ununterbrochene Reihenfolge solcher unglücklichen Ereignisse zu verzeichnen. Man muss die Dinge nach ihrem eigenen Wesen beurteilen, nicht nach den begleitenden Umständen. Folglich kann, ebensowenig wie eine schmachvolle Handlung durch die Länge der Zeit gemindert wird, auch nicht der Ruhm der erlauchtesten Männer eine Schande zur Ehre machen. Lichtumflossen auf Bergesgipfeln stehend, haben sie sich durch die Wolken ihrer eigenen

Taten verdunkeln lassen; indem sie ihren wilden Trieben nachgaben, sind sie durch eigene Schuld von der Höhe ihres Ruhmes herunter gekommen. Aber dieser Schandfleck haftet ja auch beileibe nicht allen an, die durch Ruhm und grosse Taten hervorragen! Die allermeisten haben sich vor dieser Ansteckung zu bewahren gewusst; darüber kann kein Zweifel obwalten. In einigen Ländern wütet im Verborgenen diese Leidenschaft; aber wenn du den Adel, das Volk und jeden Stand einzeln in Betracht ziehst, so ist doch der allergrösste Teil frei geblieben und gesund; seine Tugend ist für diese fürchterliche Krankheit unzugänglich und rein von jeder Schandtat. Um über etwas richtig und weise urteilen zu können, muss man die Dinge nach ihrem eigenen Wesen, nicht nach den Umständen beurteilen.

OCTAVIA: Da wundert es mich nicht, dass jener Latour, der von diesem Laster unberührt sich erwies, deinen Augen wohlgefällig war; denn du bist ja eine fromme und würdige Frau.

TULLIA: In der Hitze der Unterhaltung waren wir von dieser Geschichte abgekommen; ich nehme die Erzählung wieder auf, da du, kleine Närrin mich daran erinnerst. – Latour kam sofort nach Aloisio und Fabrizio. ›Wie konnte nur deine Nachsicht, meine Göttin,‹ so sprach er, ›es dulden, dass dein schöner Leib besudelt und mit deiner himmlischen Anmut Spott und Hohn getrieben wurde? Befiehlst du, dass ich die Verletzung der deiner Schönheit und deinem Adel schuldigen Ehrfurcht räche?‹ Soll ich, meine Göttin – denn für mich wirst du stets eine Göttin sein – soll ich mit rächender Hand sie beide auf deinem Altar opfern? – ›Nein, das wünsche ich nicht,‹ antwortete ich; ›ich kannte, ehe ich kam, die Bedingungen, die auf diesem Kampfplatz gelten. Sie haben von ihrem Rechte Gebrauch gemacht. Aber mir gefällt deine edle Offenheit; je heisser mein Hass gegen jene ist, desto heisser liebe ich dich.‹ Mit diesen Worten gab er, liebe Octavia, mir einen Kuss, der so süss war, dass man hätte meinen mögen, Frau Venus selber habe ihm ihre wollüstigsten Reize verliehen. Nackt wie ich war, sprang ich vom Bett herunter; ihm bäumte sich der Schwanz. Da säumte er nicht länger; mit beiden Händen ergriff er meine beiden Brüste und bohrte mir zwischen die Schenkel seinen heissen, und steifen Speer. ›Sieh, o Herrin,‹ rief er dabei, ›wie dieses Geschoss auf dich losfährt! aber es wird dir nicht den Tod, sondern süsseste Wonnen bringen. Sei bitte der blinden Mentula Führerin auf diesem dunklen Pfade, damit sie nicht das Ziel verfehlt; meine Hände möchte ich nicht zurückziehen, um sie nicht des Glückes zu berauben, dessen sie geniessen.‹ Ich tat nach seinem Wunsch; den heissen Speer bohrte ich in die heisse Wunde. Er fühlte es, er stiess, er war drin. Gewiss, die Wollust in den Armen eines geliebten Mannes ist viel grösser, als wenn man alle anderen Männer hat, mögen sie noch so hübsch und wollüstig sein. Sofort, schon beim zweiten oder dritten Stoss, kam es mir und brach mit einem unglaublich wonnigen Kitzel hervor; es fehlte nicht viel, so wären meine Knie unter mir zusammengebrochen. ›Halte sie auf!‹ rief ich; ›halte sie auf – meine Seele entflieht mir!‹ – ›Ich weiss wohl, auf welchem Wege sie flieht,‹ versetzte er lächelnd. ›Ohne Zweifel denkst du, sie werde durch jene untere Oeffnung entweichen, die ich besetzt halte. Aber ich halte sie auf das beste verschlossen!‹ Währender so sprach, hielt er zugleich den Atem an, um dadurch die strotzende Mentula noch dicker zu machen. ›Ich werde deine flüchtige Seele zurücktreiben!‹ fuhr er fort, indem er mir einige sehr heftige Stösse versetzte. Tiefer drang der Dolch in die Wunde ein. Und so kräftig führte er diese süssen Stösse, so köstliche Wonne durchdrang mich, dass mir die Besinnung schwand und in der seligsten Verschlingung meine Seele sich ergoss. Als er nun das heisse Nass fühlte, das ich in meiner rasenden Wonne verspritzte, da griff er mit beiden Händen unter meinen Popo und hob mich hoch empor. Ich umschlinge ihn so eng ich kann, mit meinen Armen und umklammere seine Lenden und sein Gesäss mit meinen Schenkeln und Füssen; so hing ich ihm am Halse, ohne den Boden zu berühren; ich hing, wie wenn ich von einem Nagel festgehalten würde. Da die Arbeit sich in die Länge zog, verlor ich die Geduld und abermals löste Venus in mir einen Springquell heisser Glut. Vom brennendsten Feuer der Liebe verzehrt, rief ich unwillkürlich aus: ›Ich fühle, ... ich füh ..., ich fühle alle Wonnen der Juno, deren Schoss ihren Jupiter als Gatten empfängt! Ich bin im Himmel!‹ – ›Verlass nur uns gewöhnliche Menschenkinder nicht, ehe du deinen Konrad mit deiner Schönheit gesättigt hast!‹ rief plötzlich draussen eine Stimme; ›lass auch Konrad an deiner Unsterblichkeit und an deiner Seligkeit seinen Anteil haben!‹ In diesem Augenblick trieben Venus und Amor meinen Latour auf den Höhepunkt der Wollust, heiss spritzte sein Saft hervor, sein Same ergoss sich über mein Saatfeld. Eng wie der Epheu den Nussbaum umschlingt, umklammerte ich mit Armen und Schenkeln Latour. Kaum war er fertig, so trat Konrad ein und rief: ›Wie? soll ich denn da ganz allein mich langweilen? Die Florentiner Windbeutel sind fortgegangen. Ich weiss nicht, wohin ihr böses Geschick sie geführt haben mag.‹

OCTAVIA: Ich wollte, an den Galgen! Sie hatten Todesmarter verdient, da sie dich mit ihrem wahnwitzigen Forderungen gemartert hatten.

TULLIA: Völlig ermattet waren sie in ein nahes Wäldchen grüner Linden und Eichen gegangen, um in der frischen Luft ihre erschöpften Kräfte wieder herzustellen. Ich hatte mich wieder auf das Bett gesetzt und wurde von Konrad mit folgenden Worten angesprochen: ›Als Deutscher verabscheue ich die Gemeinheit, die jene beiden Schurken an dir begangen haben. Du wirst sehen, dass ich nicht weniger heiss in Liebe entbrannt bin als Latour. Aber sage mir doch bitte, wie soll ich's dir machen? was hättest du besonders gern? Du schweigst?‹ Ich schwieg wirklich; Latour hatte sich entfernt. ›Ich,‹ fuhr der Deutsche fort, ›werde dir ehrlich alles offenbaren.‹ Damit offenbarte er seine Mentula, die ihm prachtvoll stand, und öffnete mir die Schenkel.

OCTAVIA: Nun, da offenbarte und öffnete er dir ja alles, was du verlangen konntest. Du hattest aber wirklich keine Ruhe und Rast: als Heldin von herkulischer Tapferkeit empfingst du den Befehl zur vierzehnten Arbeit!

TULLIA: Konrad war mir nicht unangenehm, gefiel mir aber auch nicht eben besonders. Ich verweigerte mich ihm nicht, gab mich ihm aber auch nicht hin. Seine Wünsche befriedigte er sozusagen an einer Schlafenden; denn auf alle seine Schmeichelreden er widerte ich ihm nicht ein einziges Wort. Ich will's dir gestehen, liebe Octavia: nach so vielen Kämpfen war die Hitze meines Blutes erloschen und es rollte mir träge durch die Adern; ich war wie erstarrt und meine erschöpften Kräfte liessen diesen blühenden Jüngling entgelten, dass ich mich sozusagen alt und halbtot fühlte. Uebrigens versuchte er abermals eine neue Art, die eigentlich recht sinnreich war. Er liess mich auf den Rücken mich ausstrecken und legte sich mein rechtes Bein über seine linke Schulter; dann versetzte er mir den Stoss, den ich erwartete, wenn ich ihn auch nicht begehrte, nachdem er noch mein linkes Bein über mein rechtes gelegt hatte. In die tiefste Tiefe drang seine Lanze ein, und dann begann er zu stossen, zu schieben, zu drücken. Was brauche ich dir noch weiter zu sagen? Den Rest kannst du dir selber denken.

OCTAVIA: Darauf kehrten wohl auch Aloisio und Fabrizio zu ihrer Aufgabe und Pflicht zurück? Waren ihre Leistungen deiner Meinung nach befriedigend?

TULLIA: Ich würde mit meiner Erzählung niemals zu Ende kommen, wenn ich genau auf alle Einzelheiten eingehen wollte? Konrad vollbrachte es im ganzen sechsmal, Aloisio fünfmal, Fabrizio siebenmal und Latour ebenfalls siebenmal. So bestand ich ganz allein fünfundzwanzigmal den Streit und ging als Siegerin daraus hervor. Alle gestanden mir zu, dass ich wegen meines wackeren Kriegens und Siegens mit Recht den Lorbeerkranz der Venus für meine Stirn verdient habe. Dennoch war ich – das kann ich dir versichern, liebste Octavia – nachdem ich solche Leistungen vollbracht und soviel Saft verloren hatte, dermassen erschöpft, dass ich fast am Ende aller meiner Kräfte war. Nach dem zwanzigstenmal vermochte ich mich kaum noch auf den Füssen zu halten, und doch blieb der Sieg mein!

OCTAVIA: Gewiss warst du von Männerliebe matt, nicht satt.

TULLIA: Matt *und* satt! Latour, der das Gefecht eröffnet hatte, schloss es auch. Er empfing auf mein Verlangen den Siegespreis. Der edle Kavalier und wackere Kämpe vermochte mich sogar dazu, ihm meinen Namen und meine Wohnung zu sagen und ihm zu erlauben, mich zu besuchen. Wirklich kam er später sehr häufig zu mir. Aber mich hatte ein so ernstlicher Liebesüberdruss befallen, dass ich während voller drei Monate kaum ein- oder zweimal ihm trotz seiner Liebesglut meine Arme öffnete, und auch diese wenigen Male gewährte ich's ihm nur, weil ich seinen Tränen, seinen Bitten, seinen Schwüren nicht widerstehen konnte.

OCTAVIA: Was war die Ursache dieses Ueberdrusses?

TULLIA: Ich war ein wahrer See voll von ihrem Liebessaft! Dieses Nass hatte die Muskeln und Bänder meiner Kleinen dermassen erschlafft, hatte all mein Feuer so gründlich gelöscht, dass während dieser ganzen Zeit nicht einmal ein einziger wollüstiger Gedanke mich zur Wollust reizte. Endlich liess ich mir von meinem in der Rosenblüte der Jugend strahlenden Liebhaber die Gewährung der höchsten Gunst abpressen. Ich gab sie ihm nicht freiwillig und ich selber verspürte kaum etwas dabei. Später erholte mein ermatteter Schoss sich wieder und es schwand der Ekel am Liebesgenuss; da riefen wir uns gegenseitig Liebesspiele, die in ferner Vergangenheit hinter uns zu liegen schienen, ins Gedächtnis zurück und trieben sie von neuem. Ein anderes Mal, liebe Octavia, werde ich dir alles erzählen, was mit uns im Verlauf eines, ganzen Jahres geschah. Da wirst du Heiteres hören, was dich mit Neid erfüllen, und wirst Trauriges vernehmen, was ein schmerzliches Mitleid in dir erregen wird. Durch eine Freveltat Aloisios wurde Latour mir entrissen. Ach! ach! Warum hat seine Tücke, die ihn dem Tode weihte, mich am Leben gelassen?!

OCTAVIA: Betrübe deine Seele nicht mit dieser Erinnerung, sondern wende dich zu angenehmeren Bildern! Sage mir, liebste Tullia, gibt es ausser der von dir selber erprobten noch andere Arten des Liebesgenusses? Gütige Venus! in wie viele Gestalten hast du in deiner Gefälligkeit dich doch verwandelt!

TULLIA: Soviele Stellungen der Körper einzunehmen vermag, soviele verschiedene Arten des Liebesgenusses gibt es. Ihre Zahl lässt sich nicht angeben; ebensowenig lässt sich sagen, welche Stellung die wollüstigste sei. In der Wahl der Stellung ist für jeden Menschen jedesmal Laune, Ort, Zeit massgebend. Gleiche Liebe für alle Menschen gibt es nicht. Eine junge Griechin, Elephantis, hatte auf Gemälden alle Arten des Liebesgenusses dargestellt, von denen sie wusste, dass sie bei wollüstigen Liebespaaren im Schwange seien; sie gedachte damit eine gemalte Anleitung zum Lieben zu geben. Eine andere machte sich die Mühe, zwölf Arten der Begattung abzubilden, die dem Reiter den grössten Genuss versprachen; dies war das sogenannte Dodekaminkanon. In unserem Jahrhundert hat ein Mann von göttlicher Begabung, Pietro Aretino, in seinen ›Gesprächen‹ eine recht grosse Zahl mit witziger Satire geschildert; die ausgezeichneten Maler Tizian und Caracci haben sie später in Bildern dargestellt. Aber viele von diesen Stellungen sind unausführbar; sie würden selbst dann unausführbar, sein, wenn Glieder und Leiber der im Heiligtum der Venus opfernden in einer Weise biegsam wären, wie man es bei Menschen nicht voraussetzen kann. Dem grübelnden klügelnden Geist kommen ja viele Gedanken, die sich in Wirklichkeit nicht ausführen lassen. So wie den Wünschen einer ungezügelten Seele nichts unerreichbar erscheint, so will auch eine ausschweifende und masslose Phantasie keine Schwierigkeit anerkennen. Schmiegsam schlüpft sie immer ans Ziel, überall sieht sie einen Weg; aus starrenden Felszacken und klaffenden Abgründen machte sie sich eine Ebene. Aber für den Leib ist nicht alles so einfach, wie der Geist, sei's im Guten sei's im Bösen, es hinstellen möchte.

OCTAVIA: Wenn es nur eine einzige Venus gibt, so gibt es auch nur eine einzige Art der Liebe, die ihr angemessen ist. Alle anderen, die Mann und Weib in Wut und Glut selber erfunden haben, sind vom Uebel, sind sündhaft.

TULLIA: Manche behaupten, die von der Natur selber gewiesene richtige Stellung für den Liebesgenuss sei die, wobei das Weib sich nach Art der Tiere vorne aufstütze und ihre Lenden nach hinten hinausstrecke; denn auf diese Weise dringe die männliche Pflugschar bequemer in die weibliche Furche ein und der Same gelange sicherer in das Ackerfeld:

    ... Man glaubt auf die Art, wie die Tiere
    Meist sich begatten, empfange das Weib gewisser und leichter
    In den Schoss den Samen, die Brust vornüber geneiget
    Und die Lenden emporgestreckt; doch nicht das geringste
    Nützet dabei die geile Bewegung des brünstigen Weibes,
    Sondern sie hindert vielmehr und störet das Werk der Empfängnis.
    Dieses wissen die Dirnen, indem sie sich solcher bedienen,

Um die Empfängnis zu hindern und mehr noch die Wollust zu reizen.

Unsern Frauen jedoch sind nicht vonnöten die Künste.[1]

Andern gefällt am besten die gewöhnliche Art des Liebesgenusses und die dabei übliche Stellung, indem das Weib auf dem Rücken liegt und der Mann auf ihr: Brust an Brust, Leib an Leib gepresst, Scham an Scham, während das steife Glied die zarte Ritze spaltet. Einige verlangen vom Weibe schnelle und heftige Bewegungen während des Liebeswerkes; andere wieder verbieten solches. Jede derartige Meinung hat ihre Berechtigung. Doch behaupten die Aerzte, jene Stellung, wobei das Weib rittlings auf dem Manne sitze sei nicht der Natur angemessen: sie widerspreche der Bildung der zur Fortpflanzung bestimmten Teile. Ich aber, meine liebe Octavia, preise einzig und allein die übliche Art.

OCTAVIA: Wie solltest du auch nicht! Denn – ich bitte dich – was lässt sich Süsseres denken als das Bild eines auf dem Rücken liegenden Weibes, das die wonnige Last eines geliebten Mannes trägt und in den Verzückungen einer rastlosen, aber willkommenen Aufregung schwelgt? Welch herrlichere Augenweide gibt es, als das Antlitz des Geliebten, welch höheren Genuss, als seine Küsse, seine Seufzer, die Glutblicke seiner vor Wonne brechenden Augen? Was wäre köstlicher, als liebend sich in seine Arme schmiegen, sich Gefühlen hingeben, die kein Hindernis kennen, die nichts vom Altwerden wissen? Was reizt ein Liebespaar so sehr zu süssester Wollust, zu höchstem Genuss, wie die brünstigen Bewegungen der gegebenen und erwiederten Stösse? Und wenn sie beide vor Wollust ihre Seelen aushauchen – was ruft sie sicherer ins Leben zurück, als das Elixir ihrer flammenden Küsse? Wer der Göttin der Liebe von hinten seine Huldigung darbringt, der befriedigt nur diesen oder jenen seiner Sinne – nur einen einzigen zur Zeit – wer aber von vorne ihrem Heiligtum sich naht, der befriedigt sie alle!

TULLIA: Aber hierbei, liebste Octavia, pflegt es zu gehen, wie es – wir sahen es ja – fast immer gerade den Glücklichsten ergeht, wenn sie ihr Glück gewöhnt werden. Wie wenn sie der Segensgaben überdrüssig würden, mit denen sie in reicher Fülle überschüttet sind, so siehst du Männer, die ihre wunderschönen Ehefrauen verschmähen, mit Zweigroschenhuren sich zu tun machen und an der missduftigsten Liebe ihre Lust finden. Andere sind der köstlichen Speisen ihres reichbesetzten Tisches bis zum Ekel überdrüssig; Falerner und Leckerbissen schieben sie zur Seite und schlingen Grobbrot und sauren Krätzer hinunter, wie wenn sie vor Hunger stürben. Das Ungewohnte freut uns, das Verbotene reizt!

Aber sieh, da ist die Nacht herum! Schlaflos haben wir sie verbracht – du mit süssem Minnespiel, ich mit Plaudern. Nur noch ein paar Stunden, und wir müssen schon wieder aufstehen. Da wird es gut sein, wenn wir im Schlafe frische Kräfte suchen; ganz gewiss bist du der Ruhe bedürftig. So wünsche ich dir denn, liebe Octavia, einen, ebenso süssen Schlaf, wie dein Wachen süss war. Das wolle Frau Venus in Huld und Gnaden gewähren.

Fußnoten

1 Lukrez, von der Natur der Dinge.

Siebentes Gespraech.

Fescenninen[1]

TULLIA: Wir wollen uns doch hier unter diese breitästigen Ulmen setzen. Ist es dir recht, Octavia?

OCTAVIA: Von Herzen gern! Und wir wollen hier dem Hymen zu Ehren unser Lied anstimmen.

TULLIA: Schön! Graf Alfonso hat dich ja vorgestern ganz nackt gesehen und ist sofort in Liebe zu dir entbrannt.

OCTAVIA: Nackt? mich?

TULLIA: Dich! Nackt! Er erzählt es ja ganz öffentlich.

OCTAVIA: Ich gebe dir eine Ohrfeige, du böse Schwätzerin!

TULLIA: Und ich gebe dir einen Kuss, du süsse Ergötzerin!

OCTAVIA: Bei deinen wollüstigen Augen schwör ich's: ausser meinem Caviceus hat niemals ein Mann mich nackt gesehen!

TULLIA: Dann rechnest du also Theodorus nicht zu den Männern!

OCTAVIA: Ach ja, jetzt erinnere ich mich – und schäme mich ... Lass doch dies! Was sollen denn diese sonderbaren Bemerkungen, meine goldene Venus?

TULLIA: Ich habe so eine Ahnung, was du mir verschweigen möchtest und doch mir erzählen möchtest! Ich habe von deinen wollüstigen

Heldentaten gehört; ja! beim Eierstock der Venus – ich habe von ihnen gehört!

OCTAVIA: Das sind ja recht niedliche Worte! Aber was wirfst du mir da in bezug auf Alfonso vor, du Närrin? Bin ich ihm vielleicht im Traume nackt erschienen?

TULLIA: Du wirst begreifen, wie's gemeint ist, mein Täubchen! Wer Octavias Seele gesehen, wer ihren Charakter und die Einfalt ihres Herzens näher kennen gelernt hat – hat der nicht Octavia nackt gesehen? Bei Platos Manen – ja, er hat sie nackt gesehen!

OCTAVIA: Du plapperst da sehr gescheidten Unsinn! Aber ich begreife jetzt, was für eine Frau Alfonso in mir liebt und begehrt: nämlich meinen Geist und Verstand, nicht meinen Leib und meine Glieder. Wofür, glaubst du, würde er sich entscheiden, wenn er die Wahl hätte? Wohin würde seine Begierde ihn treiben, ziehen, wenn er bei Vernunft wäre? ... Alfonso war draussen vor der Stadt in der Villa unserer Freundin Eleonora. Auch Isabella Menez und die, gleich mir, kürzlich erst verheiratete Aloisia Fonseca waren anwesend. Nach einem üppigen Mahl begann die Unterhaltung – und eine recht ausgelassene, recht unanständige Unterhaltung. Du hättest uns für betrunken halten können. Indessen erntete ich grossen Beifall.

TULLIA: Du gefielst Alfonso; Alfonso gefiel dir!

OCTAVIA: Verhasst ist mir die Unbeständigkeit der Männer, verhasst ist mir ihre Liebe! Niemals, so lange ich noch meinen Verstand habe, würde ich diesen Ueberläufer aus Eleonoras Lager aufnehmen.

TULLIA: Du bist eine sehr hochherzige und edelempfindende Frau, eine grossmütige und grossdenkende dazu! O herrliche Heldin du! Eines besseren Zeitalter wärest du würdig – nämlich jenes goldenen, da es zweipfündige Schwänze in Ueberfluss gab! Aber man sagt ja, was sonst für schimpflich gelte, das könne in der Liebe zuweilen löblich erscheinen. Aber sagen muss ich dir doch, dass alle die Geschichten von den Listen und von den Treulosigkeiten der Liebhaber, die unter Liebenden im Schwange sind – das sind lauter Traumbilder nicht von Liebesentbrannten sondern von lauter Hirnverbrannten.

OCTAVIA: Es ist wirklich reizend: vor einem Jahr fiel Eleonoras Gatte im Kriege gegen die Franzosen und seit sechs Monaten ist die geistreiche, reiche, schöne, in der Blüte der Jugend stehende Frau zum Sterben in Alfonso verliebt. Man sagt ja auch, sie habe ihm nichts verweigert, was nur ein Liebhaber von seiner Geliebten erwarten kann; sie habe nichts mehr zu vergeben, um den liebeglühenden Jüngling damit zu beseligen. Würdest du es recht finden? O nein, ich weiss bestimmt, du würdest es nicht recht finden, wenn ich die Nebenbuhlerin einer ausgezeichneten Frau würde, die mir arglos ganz und gar vertraut!

TULLIA: Ich liebe an dir, Octavia, die Stärke deines edlen Herzens! Bleibe immer so, wie du bist!

OCTAVIA: Es wird dir wohl nicht unangenehm sein zu hören, was wir bei dieser Unterhaltung an munteren Reden, an Possen, Scherzen und Belustigungen zu Tage brachten! Und mir wird's Spass machen, dies zu erzählen ... Als wir alle versammelt waren, wandte sich Eleonora lächelnd, liebeglühend, wollustatmend zu Aloisia und sagte: ›Nun, wie gefällt dir denn das Verheiratetsein? Habt ihr's euch beide recht tüchtig gemacht, dein Rodrigo und du? Ihr branntet ja lichterloh in Liebe zu einander!‹ Die junge Frau errötete, lächelte aber mit einem eigentümlich zärtlichen und sinnlichen Ausdruck. Da rief ich: ›Du wirst rot, Aloisia? O was für eine schamlose Schamhaftigkeit! Ich sehe in deinen Augen und auf deinem ganzen Antlitz ein wollüstiges Feuer brennen; in deinem Schweigen höre ich das Liebesgestammel des auf dem Höhepunkt der Wollust entflammten Weibes. Was fürchtest du dich denn, kleine Närrin? So unbedenklich wie du dich deinen Gefühlen hingegeben hast, schildere sie uns jetzt!‹ – ›Ohne Frage,‹ antwortete Aloisia, ›wird einer Frau, die sich solcher unanständiger Gespräche enthält, leichter der Preis der Tugend zuerkannt werden, als einer, die sich der Liebe und Wollust gänzlich enthält. Keusch ist nicht diejenige, die wirklich keusch ist, sondern diejenige, die für keusch gilt.‹ – ›Sehr richtig, sehr richtig!‹ fiel Alfonso ein; ›keusch ist eine Frau, die tugendhaft zu reden und ein strenges Gesicht zu machen versteht. Dass ihre Sitten züchtig seien, ist durchaus nicht nötig.‹ – ›In meinem Hause,‹ rief Eleonora, ›erlaube ich geistreichen Leuten sich so zu geben, wie sie überall anderswo sind.‹ – ›Wer fortwährend ängstliche Rücksichten nimmt,‹ fügte ich hinzu, ›der hat nichts von seinem Leben. Das Glück stösst die Herzhaften von sich und die Liebe verabscheut sie. Die erste Vorbedingung des Glückes ist, dass man es wagt, in den köstlichen Genüssen der Liebe sein Glück zu suchen.‹

TULLIA: Du hast doch nicht vergessen zu sagen, was es mit dieser Stufenfolge von Seligkeiten auf sich hat? Nur auf diesem Wege gelangen wir zum höchsten Glück.

OCTAVIA: ›Alles ist gut und anständig unter guten und anständigen Menschen,‹ rief Eleonore; ›gute und anständige Menschen aber sind jene, die die Bosheit der gemeinen Menge sorglich von sich und ihren Freuden fern halten und die nicht weniger sorglich das dumme Urteil der Welt sich vom Leibe halten. Glaube meinen Worten, wie wenn Venus selber aus dem Allerheiligsten der erlesensten Liebeswonnen sie dir verkündet hätte!‹ – ›Wer wollte es leugnen,‹ bemerkte nun wieder ich, ›dass wir Frauen die Freude, das Licht, das Leben des Menschengeschlechtes sind? Wenn wir die Freude der Menschheit sind, so besteht der bessere Teil dieser Freude in Scherzen, in munterem Geplauder; wenn wir ihr Licht sind, so muss ich rufen: wie köstlich, ach wie köstlich ist dieses Licht, das den mannigfaltigen Formen aller Dinge plastische Gestalt gibt oder soll ich lieber sagen: das ihre Schönheit in bunten Farben malt! Ein Leben, das jedes Reizes entbehrt, ist nur scheinbar Leben, in Wirklichkeit aber Tod – und jedes Reizes entbehrt es, wenn die so mannigfachen Empfindungen der Liebeslust ihm fehlen. Die Liebe ist des Lebens Würze; wenn sie uns fehlt, wird das Leben uns zum Ekel. Darum muss jede Fiber an uns von Fröhlichkeit, von stürmischer Begier, von Wollust zucken. Wenn es Frauen mit strenger Stirn, mit ernstem Gemüte gibt – die mögen doch gehen! ja, in Bärenzwinger mögen sie gehen, denn sie sind es wert, von Bären sich lieben zu lassen. Welcher Mann möchte wohl einem solchen Untier Verehrung und Huldigung zollen, von dem er ja nicht den geringsten Genuss erwarten kann! Und ebenso süss wie es ist, diese Wonnen zu kosten, ist es auch sich ihrer zu erinnern. Manche finden in der Erwartung oder in der Erinnerung des Genusses den höchsten Genuss, erblicken in deren Schilderung eine Wonne, wie ihnen die Handlungen selber sie nicht boten. Beim wollüstigen Nest deiner Liebesfreuden, Aloisia: die Wonne gewinnt Dauer erst in der Erinnerung denn sonst entschwindet sie uns, da sie ja, ach! so schnell dahin ist. Aber wenn unser Gedächtnis sie herbeiruft, dann wachsen sie von selber und werden grösser. Willst du angenehm und glücklich leben? dann ernte Früchte, pflücke Rosen in den Gärten der Venus! Einer Frau, die sich auf die Wonnen der Liebe versteht, gerät alles nach Wunsch. Selbst im Scheinbilde der Wollust findest du wahre Wollust, wenn du es willst.‹

TULLIA: Welch reicher Inhalt in so wenig Worten! wie geistreich, wie treffend ist dies alles bemerkt!

OCTAVIA: Nun, kurz und gut, Aloisia liess sich endlich überreden. Alle falsche Scham abwerfend begann sie ohne jeden Rückhalt uns alle möglichen drolligen Geschichten zu erzählen. Eleonora lächelte, ich lachte; Isabella aber und Alfonso erfüllten das ganze Haus mit dem Lärm ihrer Heiterkeit.

TULLIA: Eigentlich gibt es doch nichts dummeres als ein dummes Lachen.

OCTAVIA: Hättest du selber dir das Lachen verhalten können? Höre nur, was Aloisia sagte: ›Als ich zum ersten Mal Rodrigos Dolch in den Leib bekam – er stiess ihn mir bis ans Heft hinein – da konzentrierten sich sofort alle meine Sinne, alle meine Gedanken in diesen einen Körperteil. Im Nebenzimmer waren, eine stattliche Menge, alle meine Verwandten versammelt; sie waren sehr laut. Wollt ihr's glauben? Ich hörte sie mittels meiner Kleinen! Die Kerzen brannten, während mein Gatte es mir besorgte! ich sah sie mittels meiner Kleinen! Und als Rodrigo fertig wurde, da war ich, es klingt wunderbar! ganz und gar in meiner Kleinen, und vielmehr: ich selber war ganz und gar meine Kleine. Wenn ich einigen Geist besitze – und man sagt ja von mir, ich habe welchen – so hatte meine Wollust ihn irgendwie dazu gebracht, sich an diesen Ort der Lust zu konzentrieren.‹ – ›Wer könnte leugnen,‹ bemerkte ich, ›dass mit dir ein geistreiches Lieben sein muss, da du so eine geistreiche Kleine hast?‹ – ›Wer mich sucht,‹ versetzte Aloisia, ›der suche mich in meiner Kleinen; denn da wohne ich, und die Wohnung ist nicht gross, das kannst du mir glauben, Alfonso, denn ich verlasse mich auf das Zeugnis meines Rodrigo.‹ – ›Wenn es dir recht ist, Aloisia,‹ rief Alfonso, ›so wird es mir nicht unangenehm sein, dieser Behausung der Liebe einen Besuch abzustatten, um mich bei dir deines Geistes und Witzes zu erfreuen; solltest du diese Wohnung vermieten wollen, so wird es dir, so wahr Venus mir hold sein möge, an Mietern nicht fehlen, und sie werden dir jeden noch so hohen Mietzins zahlen.‹

TULLIA: Bei Jupiters Hodensack! Die wollüstige Venus selber könnte auf der ganzen Welt keine ausgelassenere Spassmacherin finden als Aloisia!

OCTAVIA: Dann wurde viel geredet über die Kunst des Liebens, über die Schönheit, über den Geist der Frauen, über die honigsüsse Wonne der Umarmungen zweier Liebenden. Venus wurde von uns angerufen und sie weilte unter uns, eine lachlustige, ausgelassene Venus! Huldvoll lächelte uns die verbuhlte, die zügellose Göttin, die immer der Kitzel treibt neuen Kitzel zu suchen. Alle Scherze, unsere Erzählungen waren von unverhüllter, unverfälschter Wollust beseelt.

TULLIA: Um zu lieben und geliebt zu werden, sind wir auf der Welt. Wer von uns nicht lieben und nicht geliebt werden will, die liegt schon im Grabe; die fault schon und duftet den Pestgeruch der Verwesung aus.

OCTAVIA: Schönheit und Anmut ist zweierlei. Die Schönen formt Mutter Natur mit eigner Hand; die Anmutigen verdanken ihre Anmut ihrer Kunst, ihrer Sorgfalt. Die einen herrschen kraft eigenen Rechtes; das Recht der andern ist nur auf Widerruf gewährt. Wirklich schöne Frauen versetzen auch die härtesten Herzen in Liebesglut. – ›Was aber eigentlich Schönheit sei, darüber gehen die Meinungen auseinander,‹ sagte Alfonso. ›In einem Punkt indessen stimmen alle Kenner überein: dass nämlich einem Jeden die am schönsten erscheint, die am besten zu ihm passt. Denn gerade wie nicht jede Speise allen Menschen gefällt, so passt nicht jede Art von Schönheit jedem Mann. Soviel Köpfe, soviel Sinne; soviel Augen, soviel Reize. Aber die Frau, die nach dem Urteil der grössten Anzahl von Männern als schön bezeichnet wird, die ist ganz gewiss für die meisten Männer die richtige, sowohl zur Befriedigung der Wollust wie auch zum Kindergebären. Soll ich die ganze Frage in ein Wort zusammenfassen? Nur Blinde nennen die Mentula blind – denn es gibt auf der ganzen Welt nichts scharfsichtigeres als die Mentula. Nur auf sie muss man sich verlassen, wenn man sicher sein will, die rechte Wahl zu treffen. Sobald das Weib erscheint, das der Mentula gefällt, merkt diese es, ohne dass man sie erst aufmerksam zu machen braucht: von selber bäumt sie sich empor. Und die recht eigentlich allerschönste Frau ist jene, der zu Ehren die meisten Schwänze stehen. Dein Vetter Federico liebte Lucia, eine plattnäsige, zahnlose Hure; er war bis über die Ohren in sie verliebt.‹ Sein Vater stellte dem jungen Mann seine Dummheit vor; dieser aber antwortete: ›Ach, Vater, lieber Vater – sieh doch Lucia nicht mit deinen, sondern mit meinen Augen an, und du wirst anderer Meinung werden, lieber Vater. Du wirst sagen, dass sie schön ist – würdig meiner Liebe und der Liebe aller Männer.‹ Ohne Zweifel stand bei Lucien sein Schwanz besser als bei allen anderen Weibern, mochten sie für noch so schön und reizend gelten. Der eine legt Wert auf einen strammen, saftstrotzenden Körper; andere nennen eine Frau, die sich einer recht derben blühenden Gesundheit erfreut, einen Küchendragoner. Die alten Griechen liebten allgemein die recht stämmigen, dicken Weiber, von kräftigem starkem Wuchs. So sah Helena aus, die unter den Griechen für ein Muster vollkommener Schönheit galt. Die Phrygier dagegen zogen die Schlanken vor. Darum hielten sie ihre jungen Mädchen knapp in der Kost, so dass sie schlank wie ein Halm wurden. Diesen Geschmack haben auch die Franzosen, die Italiener dagegen und die Spanier nicht. Ein schöner Körper muss zwischen diesen beiden Extremen die Mitte halten: er darf weder mager noch fett sein. Eine dürre, fleischlose Frau – ach du gütige Venus! die weiss ganz und gar nichts von deinen Mysterien, von deinen feuchten Küssen, von deinem wonnigen Aneinanderschmiegen, von deinem langsamen Stössen, von deinem heissen Samenerguss. Eine hübsche, dabei aber dürre und magere Frau – wenn eine Dürre und Magere überhaupt hübsch sein kann – ist das lebende Ebenbild einer toten Venus. Wer möchte es wohl einer toten Venus machen, es sei denn etwa ein Schwerenöter von Totengräber? Wer möchte mit einer zu tun haben, die aussieht wie eine Leiche. Der Tyrann von Korinth, Priander, der ja auch mit Bias und Theles zusammen im Reigen der sieben Weisen dahinzog – der senkte freilich die Pflugschaar in die Furche seiner schon todesstarren Gattin und brachte der Venus ein priesterliches Totenopfer.

TULLIA: Er wusste wohl, dass, wie bei den Männern das Herz, bei den Frauen der Schamteil zuerst zu leben beginnt und zuletzt stirbt. Er nahm daher an, dass seine Frau an jenem Punkt wohl noch leben könnte, während alles übrige schon tot war. Denn wie unser Schamglied seine Bewegungen für sich hat, so hat es auch sein Leben für sich; es hat mehr Lebensenergie und daher auch längere Lebensdauer als alle anderen Glieder. Aber fahre bitte fort.

OCTAVIA: ›Ein hoher Wuchs wird viel gepriesen,‹ sprach Alfonso weiter. ›Der Hauptvorzug Alkmenens, der Mutter des Herkules, war ihr hoher, stolzer Wuchs. Aber wenn ich die Wahl hätte, so zöge ich eine kleine Frau einer grossen vor; der Lorbeer gefällt mir besser als die Fichten, obgleich,‹ so setzte er hinzu:

›Mir gefallen die Langen, desgleichen lieb' ich die Kurzen.‹

Ein übermässig grosser Wuchs ist aber meistens nur auf die Länge der Beine zurückzuführen; der Oberleib entspricht nicht dem unteren Teil des Körpers, und das ist nach meiner Meinung – beim Kastor! – ebenso unschön wie lächerlich. Man möchte glauben – ja, lache nur, Tullia! – man möchte glauben, man sähe eine Wickelpuppe, die auf der Spitze von, zwei langen Stangen einhergetragen würde. Wer müsste bei dieser Vorstellung nicht laut auflachen? Wir lachten ja auch jedesmal, wenn wir an Magdalena dachten. Wenn man sie nackt sah – ich habe diesen Anblick gehabt – so glaubte man, nach ihrem Oberleib urteilend, sie sei viel kleiner als sie in Wirklichkeit war. Wenn man aber ihre Waden und Schenkel sah, dann hielt man sie für gross; und sie ist ja auch in Wirklichkeit *sehr* gross. Aber Frauen von sehr kleinem Wuchs stehen in schlechtem Rufe: man behauptet nämlich, dass bei den Kleinen ein gewisses Ding durchaus nicht klein sei. Gertrudis würde selbst bei den Pygmäen für eine Zwergin gelten. Bei ihr stehen alle Glieder in einem vollkommen harmonischen Grössenverhältnis zu einander, nur das Mittelglied passt nicht.

TULLIA: Ich weiss es, Octavia. Sie hat da unten eine hohe und weite Grotte, nicht ein Nest für einen zwitschernden Sperling. Im Alter von dreizehn Jahren wurde sie, die bis dahin gänzlich unberührt geblieben war, dem Alfonso Guzman vermählt. Alfonso aber fand sie bei der ersten Umarmung weiter gebaut, als selbst Venus es war, nachdem sie die süsse Last des Mars getragen hatte. Renommistisch hatte er seinen Kameraden versprochen, sie sollten das Klagegeschrei der Jungfrau hören, wenn er den blutigen und glorreichen Mord an ihrer Jungfernschaft vollbrächte. Die Jungfrau aber stiess nicht den leisesten Seufzer aus und keine einzige Träne floss bei ihr – ich meine jene blutigen Tränen, die die Jungfräulichkeit bei ihrer Hinopferung vergiessen muss. In weitem Raum spazierte die dicke Priapsmentula herum. Was sollte er machen? Er wirft das Pferd herum – das Mädchen muss sich aufs Gesicht legen, und mit mächtigem Stoss bohrt er ihr am verbotenen Ort die Lanze in den Leib. Unwillkürlich heulte die Jungfrau laut auf, als sie fühlte, wie sie auseinander gesprengt wurde. Da sagte er: ›Weiter wollte ich nichts; es sollten nur alle meine Freunde wissen, dass du Jungfrau bist, so gut wie ich es weiss. Hierauf legte er sie wieder auf den Rücken und nahm den unterbrochenen Kampf auf dem der anständigen Liebe gebührenden Blachfeld wieder auf; er bearbeitete sein Weibchen, das ihn aufs beste mit Wackeln, Schieben, Spritzen unterstützte, und beide vollbrachten glücklich das Opfer.‹

OCTAVIA: ›Die allzu grossen Frauen aber,‹ so fuhr Alfonso fort, ›sind völlig oder doch beinahe kraftlos in den Kämpfen der Liebe. Mitten im Werk sind sie plötzlich schlaff, wie wenn ihnen die Glieder gebrochen wären. Wird ihnen der Sporn so recht tief eingesetzt, da antworten sie kaum mit einer ganz leisen Bewegung darauf – ja »kaum« ist eigentlich sogar noch zuviel gesagt. Die anderen, wie zum Beispiel du,‹ fügte er hinzu, ›sind kräftiger und feuriger!‹ – ›Ich,‹ antwortete Aloisia, laut auflachend, ›ich würde sogar den Gott Mars müde machen, wenn er sich mit mir ins Gefecht einliesse – obgleich ja Mars unsere Frau Venus müde gemacht hat. Er soll nur kommen, er soll nur kommen!‹

TULLIA: Auch dir fehlt es nicht an Kraft der Lenden, liebe Octavia: schwarz bist du von Haaren, schwarz sind deine funkelnden Augen, dunkel ist die Farbe deines Antlitzes und deiner Glieder. Weiter brauche ich nichts zu sagen.

OCTAVIA: Ach, du Böse! Du selber hast meinen Charakter gebildet. Pfui, wie kannst du mir etwas vorwerfen? Ich bin ja ganz und gar dein Werk. Ich bin dir so ähnlich, wie du der süssen Venus ähnelst. Weiter habe auch ich nichts zu sagen. Man behauptet ja freilich, die Frauen seien wollüstiger, deren Scheitel eine dunkle Mähne bedeckt. Wenn hieran etwas wahres ist, so seid auch ihr wollüstig, denen ein schwarzes Vliess die Kleine umkränzt. Dummes Gerede ist all dieses – dummes Gerede und nichts weiter. Denn wie ist es mit dir? Hast du etwa blondes Haar?

TULLIA: Ich will dich ja nicht böse machen – du bist ja die linke Hode der Venus. Du hast recht, Octavia: aus der Farbe lässt sich nicht mit Sicherheit auf die Leistungsfähigkeit in den Kämpfen der Liebe schliessen. Hierin folgt ein jeder seinem Geschmack. Der eine liebt die Blonden, der andere die Schwarzen, noch wieder ein anderer die Braunen. Blonde Haare bildeten die Zier Aspasias und der jungen Mädchen von Attika. Als Theseus zwei von den Jungfrauen verloren hatte, die er dem Minotaurus nach Kreta zuführte, da ersetzte er sie durch zwei Jünglinge deren Haare er blond färben Hess, damit sie leichter für Mädchen gehalten würden. Venus, die cyprische Herrscherin, erfand, so erzählt man, die Kunst sich die Haare zu färben – eine Kunst, die noch jetzt bei uns Italienerinnen sehr beliebt ist. Diesen Törinnen gefällt einzig und allein die rotblonde Farbe; um diesen Zweck zu erreichen tragen sie kein Bedenken, sich barhäuptig den sengenden Strahlen der Sonne auszusetzen. Welch eine Unvernunft! sie suchen ihren Haaren diese Farbe zu geben, indem sie sie sich verbrennen lassen! Pindar und Anakreon aber dachten hierüber anders. Jener nannte die Musen schwarzlockig; dieser pries die schwarzen Haare seiner Geliebten; der eine war aus Theben, der andere aus Teos: wahrscheinlich war Schwarz die Lieblingsfarbe der Thebaner und der Tejer. Die Stadt Teos liegt in Mittel-Jonien. Die Farbe, die bei seinen Landsleuten die beliebteste war, war nach der Meinung des Schwans von Theben der Musen würdig. Und diese schwarzen Locken pries der tejische Sänger als Schmuck seiner Geliebten, die er in jenem Liedchen als die herrlichste Schönheit schildert. Braun steht in der Mitte zwischen Blond und Schwarz; es hat von diesen beiden Farben etwas, steht aber doch dem Schwarz näher als dem Blond. Ovid dichtete ein Lied zum Trost eines jungen Mädchens, dem die Haare ausgegangen waren, weil sie sie so sorgfältig gepflegt hatte. Nichts schöneres, ruft er, habe sich denken lassen als diese Haare:

> Eigentlich schwarz ja waren sie nicht, noch glänzten sie goldig.
> Aber von Schwarz und Blond borgten die Schönheit sie sich.

Er sagt, sie hätten jenen Haaren geglichen,

> Die auf Bildern zuweilen wir sehn, wenn die nackte Dirne
> Sie, dem Bade entsteigend, mit triefenden Händen emporrafft.

OCTAVIA: Ueber die Augen wusste der beredte Alfonso viele treffende Bemerkungen zu machen. Aber du bist viel belesener als er, Tullia, einen Vergleich mir dir, deren Scherze sogar von gründlichem Wissen zeugen, vermag er nicht auszuhalten.

TULLIA: Heimtückische, aber köstliche Hinterhalte der Liebe lauern in den Augen. Die von Achilleus so heissgeliebte, aber nur so kurze Zeit ihm angehörende Briseis hatte schwarze Augen, und Catull, der köstliche lateinische Dichter, spottet über eine gewisse Schöne, indem er ihr nachsagt, sie habe ›weder einen schönen Fuss noch schwarze Augen‹. Jedoch preisen die Dichter die blauen Augen der Minerva, und Dichter legen ja mit souveräner Willkür den Göttern gerade jene Schönheiten bei, die allgemein geschätzt und geliebt werden. Besonders preisen sie die grossen Augen; sie nennen sie Sterne. Die Griechen nennen sie Ochsenaugen; solche Augen hatten Juno, Venus und Harmonia, die Gemahlin der Amphiaraus. Indessen auch den kleinen Augen fehlt es durchaus nicht an Liebhabern!

TULLIA: Wie im Kriege die Bogenschützen, um sicherer zu treffen, mit halbgeschlossenem Auge zielen, so sendet auch aus kleinen, nicht weit geöffneten Augen die Liebe mit vollkommener Sicherheit ihre Pfeile und trifft unfehlbar. Die Königin Isabella hatte Aeuglein, nicht Augen; aber unzählige Blitze schössen aus ihnen hervor, und wer sie ansah, um dessen Herz war es geschehen. Niemand hat dich, meine Tullia, je ansehen können, ohne dich zu lieben. Wenn deine Augen klein sind, so sind sie dafür um so lebhafter, um so feuergefährlicher für den Unvorsichtigen, der sich ihrer Gluth aussetzt. Hinsichtlich der Farbe des Gesichtes und des ganzen Leibes sind die Meinungen verschieden. Die Einen geben den Weissen, die Anderen den Braunen den Vorzug. Hoch in Ehren freilich steht jene milchweisse Hautfarbe, womit Kydippes begabt war:

›Wenn sein weisses Gesicht in rosigem Schimmer erglänzte.‹

Die leuchtend weisse Farbe der Haut ist eine Zier ersten Ranges. Sie ist gleichsam ein Licht, oder, besser gesagt, eine Ausstrahlung des Lichtes, die heller ist als das Licht selbst. Aber die Braunen sind leidenschaftlicher im Liebeskampf und ihre glatte Haut fühlt sich angenehmer an. Die Weissen ertragen nicht so gut wie sie die Last der Jahre und eine längere Anstrengung des Bettkampfes. Flugs sind sie matt, wie wenn ihre Lenden erlahmt wären; schnell sind sie schlaff und welk. Ihre Jugend grenzt nahe ans Alter, ja sie sind in der Jugend sogar schon halb und halb alt.

TULLIA: Isabellas Schwester Antonina übertrifft durch die Weisse ihrer Haut die Weisse der Milch und der Lilie. Isabella dagegen ist dunkel.

OCTAVIA: Ich will dir erzählen – das ist dir doch recht? – wie es jeder von diesen beiden Schwestern in ihrer Brautnacht erging. Der einen war das Liebesgeschüttle eine mühselige Anstrengung, der anderen eine angenehme Belustigung.

TULLIA: Wir wollen doch erst unsere Schilderung eines schönen Weibes zu Ende führen. Ueber Mund, Lippen, Zähne sind wir so ziemlich einig. Ein kleiner Mund ist, sagt man, der köstliche Sitz des Liebesgottes, der Orakelsprüche von sich gibt; ferner gilt es all gemein als feststehend, dass ein Mädchen auch eine kleine Muschel habe: das untere Heiligtum der Venus habe bei ihr nur eine ganz enge Oeffnung.

OCTAVIA: Das ist aber falsch! Fernando Guzman hat sich bitterlich beklagt, auf diese Weise getäuscht worden zu sein. Er heiratete Fulvia, die wegen der Schönheit ihres winzig kleinen Mundes berühmt war, und fand bei ihr nicht ein enges Pförtchen, durch das er keuchend sich ins Reich der Venus hätte hineinzwängen müssen, sondern eine gähnende Grotte, in dessen Abgrund, als er den ersten Ansturm machte, seine Mentula verschwand wie in einem stygischen Sumpf. ›O, dieser schöne Mund!‹ rief Fernando, indem er ihr einen Kuss aufdrückte; ›aber dieser Mund ist ebenso verlogen wie schön! Lass nur wenigstens, meine liebste Fulvia, deinen vertrauensvollen Liebhaber nicht auch im übrigen betrogen werden!‹ – ›Ich weiss ganz bestimmt, dass ich dir niemals etwas vorgelogen habe‹, antwortete jene; ›aber vielleicht war das Gerät, das du mir ins Haus brachtest, gar zu winzig. Du machst mir einen Vorwurf, den du gegen dich selber erheben solltest.‹ Da lachte Fernando und brachte das Werk zu Ende.

TULLIA: Sehr gut! Leicht aufgeworfene Rosenlippen, wie du, Octavia, sie hast, möchte man einem Bogen vergleichen, der in der höheren Region des Liebeshimmels mit küsseschwerem Köcher zum Streit sich rüstet. Weisse, blanke, glänzende Zähne, die wie kostbare Edelsteine in tadelloser Reihe um die Zunge herumstehen, sind nicht nur ein Schmuck, sondern auch ein nützlicher Besatz. Denn wer wäre nicht voll Bewunderung darüber, dass die Zunge allein durch ihre Beweglichkeit und Sprechfertigkeit hinreicht, um alle die unzähligen verschiedenen Gedanken zum Ausdruck zu bringen, mit denen der Menschengeist sich trägt – ja sogar sie noch zierlicher und treffender zum Ausdruck zu bringen, als der denkende Geist sie zu bilden vermochte. Welche honigsüssen Wonnen aber die mutwillige Zunge in die Küsse hineinlegt, das weisst du ja, liebe Octavia, und es wissen's alle Liebenden, die nicht von Sinnen sind. Wie dem auch sei – soviel ist unumstössliche Wahrheit, dass einem jeden das wirklich schön ist, was ihm als schön erscheint. Du, Octavia, hast keinen kleinen Mund, und doch gefällst du allgemein. Viele andere junge Mädchen haben schmale Lippen, unregelmässige und keineswegs an Elfenbein erinnernde Zähne, sprechen mit stammelnder Zunge allerlei geschmackloses Zeug – und doch gefallen sie. Manche lieben sogar Blödäugige – aber in der Tat ist ja Priapus halbblind, und blind ist auch die Mentula, die die Menschen erschafft und sie beglückt.

OCTAVIA: Wie köstlich ist der feurige Angriff einer heissen Zunge, wenn sie plötzlich unzähmbar aus dem Gehege der Zähne hervorbricht und stürmisch den begehrten Kuss heischt! Ja, wenn Caviceus und ich einander küssen, dann ersterben wir in allerhöchster Wonne – ich, wenn ich fühle, dass ich zwei Zungen habe; er, wenn er fühlt, dass er zwei Zungen hat! Unsere Seelen und unsere Atemzüge vermählen sich auf unseren Lippen in unbeschreiblicher Wonne, die sich nur mit jener anderen vergleichen lässt, die weiter unten Leib mit Leib, Geschlecht mit Geschlecht verbindet. Eleonora, die Königin der Sarmaten, sagte, der Kuss sei Amors Ammenspeise. Beim Munde müsse dieses Kindlein seine wahre Nahrung suchen; sonst werde sein Hunger nur durch ein Gaukelspiel betrogen, wie die Sage von Tantalus erzähle. So täuscht auch die Hoffnung des brünftigen Weibes der Mann, der die Mentula, die unserer Kleinen Liebesfutter bringt, nur bis an den Rand der äusseren Schamlippen bringt, aber sie nicht in die Tiefe eindringen lässt, obwohl er schon auf dem Bauch der Geliebten liegt. Möge die gütige Venus solch ruchlosen Wahnsinn stets mir fernhalten. Denn die Liebe siecht dahin, wie von einer Pest und tötlichen Krankheit getroffen, wenn sie vom Nass der Wollust nur oberflächlich bespritzt und nicht gründlich begossen wird.

TULLIA: Beim Anblick der Brüste lebt der Liebende wieder auf und hätte er auch kein Tröpflein Blut mehr in den Adern. Sieht er zwei feste, weisse, kleine Brüste, so ersteht er fröhlich und blühend zu neuem Leben. Bei den Phrygierinnen galten jedoch recht dicke Brüste als besonders schön, die, wie Ovid es ausdrückt, die ganze Brust bedeckten; schöner aber sind doch die harten, aufrecht stehenden, die, wie ein anderer sagt, ›gerade eine Handvoll ergeben‹. Was zu einer vollkommenen Schönheit gehört, ist übrigens von geistreichen Leuten genau festgestellt worden, und zwar haben sie folgendes Gemälde entworfen. In jeder Beziehung glücklich, sagen sie, sei das Weib, dem die Natur, die das Weltall so weise geordnet hat, für jeden Teil des Körpers gewisse Eigenschaften bewilligt hat, die als besonders köstlich gelten. Nämlich, die Haut, die Zähne, die Nägel sollen weiss sein;

Haare, Augen-Brauen schwarz; rosenfarbig Lippen, Wangen und der untere Teil der Nagel; Haare, Hände und Körperwuchs seien lang; drei andere Dinge aber kürzt Zähne, Ohren und Unterleib; dagegen sei die Stirn breit und hoch, die Schultern müssen breit sein, die Brauen durch einen breiten Zwischenraum von einander geschieden; der Körperwuchs sei schlank, der Mund klein, die Muschel sei nur ein ganz klein wenig geöffnet, nur so viel, um den ersehnten Tau empfangen zu können. Lippen, Schenkel, Waden müssen fleischisch sein, die Finger dagegen schlank und fein, desgleichen die Nase, und die Haare müssen es an Feinheit mit den Fäden der Spinne aufnehmen können; der Kopf, die Brüste und die Füsse müssen klein sein. Man bevorzugt Haare, die sich in natürlichen Locken wallen, die Stirn soll nicht allzu breit sein, die Haarwurzeln aber dürfen auch nicht tief in sie hinein wachsen; die Nasenflügel seien leicht geschweift. Jedem Menschen, meine liebe Octavia, dient sein eigener Geschmack als Regel und Richtschnur. Aber der Geschmack rechtfertigt sich selber und kein vernünftiger Mensch wird sich's einfallen lassen, für Eigenheiten des Geschmacks einen andern Grund zu suchen.

OCTAVIA: Wie du weisst, zählt man zu Lucretias besonderen Schönheiten ihren marmorweissen, strammen Popo. Er bildet ein köstliches Kopfkissen für Cupido, wenn er bei ihr schläft und zugleich einen Amboss, um auf ihm neue Menschen zu schmieden.

TULLIA: Lendenlos, plattärschig nennt Horaz das Weib, dessen Hinterbacken sich durch keine Rundung auszeichnen: ›plattärschig und plattnasig, mit kurzem Rumpf und langem Fuss‹ nennt er eine, die ihm offenbar nicht gefallen hat.[2] Bei den Griechen waren die Mädchen berühmt, die man, wegen ihres schönen Popos, Kallipygen nannte. Wenn sie auch dem geringsten Stande entstammten, brauchten sie nichts weiter zu besitzen als diesen Vorzug, um reiche und vornehme Gatten zu finden. Ihr Popo war ihre Mitgift; und Dank dieser Mitgift erschienen sie schön genug.

OCTAVIA: Wenn die beiden Brüste durch einen ziemlich grossen Zwischenraum getrennt sind, gelten sie für schöner, das weiss ich wohl; bei mir stehen sie, wie du dich durch den Augenschein überzeugen kannst, so nahe zusammen, dass sie sich berühren; Caviceus findet sie darum nicht weniger schön; denn sie sind beide von nicht gewöhnlicher Schönheit, weiss und fest, und er sagt oft bei unseren verliebten Scherzen und wollüstigen Gesprächen, er wundere sich nicht im geringsten darüber, dass meine Brüste in einander verliebt seien und sich beständig küssen.

TULLIA: Sonst nichts?

OCTAVIA: Ich will des Todes sein, wenn ich dich nicht mehr liebe als meine Augen selbst!

TULLIA: Und auch ich will des Todes sein, wenn ich dich nicht mehr liebe als meine Augen, ja sogar mehr als die Augen der Natur, die man Sonne und Mond nennt! Aber verliebte Leute machen manchmal, wenn Liebesglut sie befeuert, von den Brüsten einen gar nicht üblen Gebrauch. Du lächelst! Das ist für mich so gut wie ein Geständnis, liebste Octavia! Auch du hast es schon probiert, liebe Seele!

OCTAVIA: Bei den beiden Löchern unserer lieben Frau Venus – ich fühle mich ganz von Scham übergössen! Ich schäme mich der Erinnerung, dass dieser Zwischenraum zwischen meinen beiden Brüsten zum Mitschuldigen dieser ruchlosen oder doch wenigstens gar zu freien Befriedigung der Wollust gemacht worden ist! In unserem Hause ist ein Laubengang, der wie du weisst, auf unseren von Blumen aller Art prangenden Garten hinausgeht. Hier wandelten Caviceus und ich auf und ab; er umarmte mich, küsste mich, versetzte meinen Lippen leise Bisse und geriet völlig in Feuer. Plötzlich griff er mit der linken Hand mir an den Busen und rief: ›Mir fällt etwas recht unartiges ein! Zieh dein Kleid aus, liebes Herz!‹ Was sollte ich machen? Ich zog mich aus. Er verschlang mit seinen Blicken meinen nackten Busen und fuhr fort: ›Ich sehe Venus zwischen deinen Brüsten schlummern! Soll ich sie wecken?‹ Während er noch sprach, warf er mich rücklings auf die Ruhebank, die in jener Galerie steht, und schob mir den glühenden, flammenden Schwanz – er stand ihm wirklich wunderbar! – zwischen die Brüste. Wie hätte ich mich wohl seiner blinden Leidenschaft entziehen können? Mochte ich wollen oder nicht, ich musste alles über mich ergehen lassen; übrigens wusste ich auch, dass unter verliebten Leuten an gewissen Tagen gewisse Dinge geschehen, gegen die die Tugend selber nichts ausrichten könnte. Und da ich mit diesem bösen Feinde der Keuschheit schon handgemein gewesen war und seine Stösse mit dem Unterleib pariert hatte, so musste ich mich der harten Notwendigkeit fügen und auch zwischen meinen Brüsten den Kampf aufnehmen.

TULLIA: Wie? Feind nennst du den Schwanz, der doch so freundschaftlich allen deinen verliebten Begierden dient?

OCTAVIA: Mit leisem Druck der Hände hielt er die Brüste zusammen, um sie einander noch näher zu bringen, und ohne Zweifel in der Absicht, dass sein lüsterner Muskel einen recht schmalen Weg zu dieser neuen Wollust finden sollte. Kurz und gut – während ich noch ganz verblüfft war über dieses ungewohnte Scheinbild einer lächerlichen Venus, überströmte er mich mit heissem Tau; er wurde fertig. Dann sagte er: ›Dass du mir, der ich vor Liebe zu dir wahnsinnig bin, diese Wonne bereitet hast, das wird auch für dich nicht unangenehm gewesen sein, mein Täubchen! Weisst du auch, dass du hier oben ebenso gut Weib bist, wie da unten, wo du den klaffenden Spalt hast?‹ – Dabei zeigte er mit dem Finger auf die Stelle. ›Folglich bin ich vollkommen in meinem Recht, wenn mich die Laune anwandelt, aus der Tiefe empor zu steigen zu diesen lieblichen Hügeln, auf denen man eine Aussicht geniesst, wie Venus sie liebt.‹

TULLIA: Wenn er so auf die höchsten Gipfel aus ist, wird er gar noch höher steigen.

OCTAVIA: An den Geschlechtsteilen saugen, mit dem Munde zu willen sein, lesbischer oder phönizischer Liebe fröhnen, sichs mit der Zunge machen lassen – das meinst du wohl, wenn du davon sprichst, dass Caviceus auf die höchsten Gipfel aus sei! Ach du gütige Venus! Wie viele Herbergen und Ställe für ihre Rösslein haben nicht nichtsnutzige Schlingel an unserem Frauenleibe entdeckt! Aber gewiss, eine anständige und züchtige Frau wird es anekeln, ihre Gedanken mit solchen Schändlichkeiten zu besudeln. Die Wollust soll sich rein erhalten von aller Infamie; sie ist darum nur um so entzückender!

TULLIA: Wer Ehrbarkeit und Anstand in der Wollust sucht, der sucht Finsternis am hellen Mittag. Wenn die Leidenschaft siedend aufwallt, so dass brodelnd die Geister überschäumen, dann gibt es für sie nichts unanständiges. Der Sokrates, der mit Phädon und Alkibiades verliebte Kurzweil trieb, war ein ganz anderer als der Sokrates, der der Chorführer seiner schönen, jungen Freunde war. Auch der Weiseste hat niemals ganz und gar den Menschen abstreifen können, hat die angeborenen Triebe des Menschentums nie mals verleugnen können. Er könnte es nicht, selbst wenn er es wollte. Aber ein Mensch, der nichts von den Freuden der Liebe weiss, der kann sich auch nicht wahrhaft als Mensch fühlen; der ist ein stumpfsinniger oder verdorbener Tor. Der wahrhaft Weise weiss, wie süss es ist, bei passender Gelegenheit einmal recht unweise zu sein, und weiss dafür den rechten Ort und die rechte Zeit auszuwählen. Anderen Leuten gegenüber sei stets vernünftig; dir selber gegenüber sei oftmals unvernünftig, wenn du glücklich und angenehm leben willst. Manche verstellen sich; während sie im Liebesrausch sich selber nicht mehr kennen, spielen sie vor der Welt den Curius oder Cato. Manche, die von inneren Begierden bis zur Raserei verzehrt werden, zetern laut über die Genüsse, die den Menschen Frau Venus schenkt. Ihr Geist findet vor lauter Begierden keine Ruhe mehr; da gestehen sie sich selber ein, dass sie unter einem unglücklichen Stern geboren sind und dass wir andern unter einem glücklichen Stern geboren sind, dass die Götter und die Planeten uns mit ihrer Huld begnaden. Wenn die Sonne für ewig unterginge, was würde dann aus der Natur, die die Mutter aller Dinge ist? Wenn kein Strahl von Liebesfreude den Menschen lächelte, was würde dann aus dem Menschen, der in der Natur den Gipfelpunkt der Schöpfung bedeutet? Unglücklich und dahinsiechend wäre ihm sein Leib sein eigener Sarg. Lebend, ohne zu leben, tot, ohne gestorben zu sein, stände er mitten im Leben dem Tode näher als dem Leben, Kurz und gut, willst du wirklich behaupten, dass Menschen, die so geistreiche Gründe für ihr Tun anzuführen wissen, ihren Mund zu einer Infamie hergeben?

OCTAVIA: Du weisst gar geschickt mit Worten zu spielen. Dieser Aasbande von Philosophen sagt man ja allerdings nach, sie melken den Bock!

TULLIA: Im Machen sind sie gross, ihr Wissen ist gleich null! Beim ersteren gibt es ja auch lauter Vergnügen, beim anderen des Traurigen und Unangenehmen gar viel. Gerade so einer ist auch dein Theodorus. Du kennst ihn doch, liebe Theodora?

OCTAVIA: Was nennst du mich, du Närrin, Theodora? Ich bin ja doch Octavia, und du bist Tullia. Soll ich weiter erzählen?

TULLIA: Gern! Aber ich möchte auch die komische Geschichte von Antoninas und Isabellas nächtlichem Kampfe hören.

OCTAVIA: Deine Base Antonina war ja nicht mehr so ganz jung, denn sie zählte neunzehn Jahre, als sie Maffeo heiratete, der in der vollen Manneskraft seiner dreissig Jahre stand. Isabella fünfzehn Jahre alt, wurde mit Raimondo vermählt, einen kräftigen, starken, rüstigen Jüngling von fünfundzwanzig Jahren. Antonina beschämt den Schnee durch die Weisse ihrer Haut; Isabella ist braun, wie nur eine Tunesierin. Ihre Kräfte erwiesen sich in dem Liebeskampf der ersten Nacht als sehr ungleich, und sie hatten recht verschiedene Erlebnisse. Sie brachten der Frau Venus ihr Opfer nicht mit gleicher Geschicklichkeit dar, nachdem sie ihren Gatten übergeben worden waren. Antonina gewann, nachdem sie entjungfert worden war, ohne besondere Mühe viermal die Palmen im Liebeskampf. Dann aber war es für sie keine Lust mehr, sondern eine sehr unbequeme und ermüdende Last, die ihr Leib und ihre Seele verspürten. Als bei Tagesanbruch der immer noch unermüdete Reiter ihr wiederum den Sporn einsetzte, da unterlag sie, nachdem sie schon lange mit einer Ohnmacht gekämpft hatte. Zum munteren Ritt hatte der Renner die

Kampfbahn der Wollust betreten. Als sie gegen Mittag das Ehebett verliess, sah sie blass, blutlos, leichenblass aus, wie wenn sie aus dem Grab auferstanden wäre. Isabella dagegen, die braune, deren Adern von Bächen flüssigen Feuers durchströmt zu werden scheinen, die befand sich besser trotz der Zartheit ihrer Glieder und Lenden, hatte sie sich unerschütterlichen Mutes den Strapazen der Brautnacht gewachsen gezeigt. Unermüdlich hielt sie die stürmischen Angriffe des unermüdlichen Athleten aus. Lachend hielt sie ihrer Schwester vor, dass sie ihrer Schlaffheit sich schämen müsse. Mit spöttischer Lustigkeit tanzte sie um sie herum. ›Geh mir doch!‹ rief sie. ›Ich, die ich so viel jünger und keineswegs kräftiger bin als du – ich habe mich trotzdem wacker benommen. Ich bin lebendig – du bist tot! denn du lebst doch nicht etwa? Beim ersten Angriff – das will ich gern gestehen – da wurde ich ganz gewiss nicht leicht verwundet; ich hielt jedoch den Schmerz aus, damit mein Mann, der mir diese Wunde versetzt hatte, nicht lange damit renommieren könnte. Bei Juno! von den Zinnen meiner Festungswälle trieb der Sieger meine Jungfräulichkeit, trotz all ihrem Widerstände, in die inneren Teile der Verschanzung zurück. Wie ein Wirbelwind warf er alles nieder, nachdem er die Blume meiner Jungfernschaft gepflückt hatte, zerstampfte er sie ganz und gar. Aber als er den Kampf von neuem beginnen wollte, da gab die unverschämte Kühnheit des stürmenden Feindes mir meinen Mut wieder. Ich hielt dem Ansturm seiner Manneskraft stand. Bald fühlte er, wie seinen Lenden der Sieg entglitt. Mein Herkules erlag unter seinem und meinem Siege und ich, als neue Amazone konnte mein Hohn- und Triumphgeschrei anstimmen. Darum Mut, liebe Schwester!‹ – ›Was willst du?‹ antwortete Antonina; ›ich verspürte nicht, wie du, nur einen leichten Schmerz zu Beginn des Kampfes, sondern einen furchtbaren, stechenden, zerreissenden Schmerz, den ich kaum ertragen konnte. Nachher, als immer von neuem wieder der Kampf begann, da befiel eine so furchtbar schwere niederdrückende Müdigkeit meine misshandelten Glieder, dass ich glaubte, sie hätten sich in Blei verwandelt. Ich bat um einen Waffenstillstand von einigen Stunden, Alcides verweigerte ihn mir, indem er mich noch dazu verhöhnte, und so bekam ich keinen Augenblick Schlaf.‹ – ›Schlaf habe ich auch nicht zu sehen gekriegt,‹ versetzte Isabella; ›was redest du denn von Schlaf? worüber beklagst du dich? Der Schlaf hat doch nichts köstlicheres als jene zwar nichtigen, aber entzückenden Traumbilder der Liebeswonne, die er uns vorgaukelt. Was wagst du es, den Schlaf der Venus vorzuziehen, die in unserer Person sich verkörpert und ihre süssen Spiele treibt – den Schlaf, dessen Traumbilder uns ja gerade –?‹ ›Aber die Uebersättigung bemächtigt sich auch der wackersten Kämpen der Minne,‹ antwortete Antonina. ›Ich möchte nicht beständig Nektar, diesen Göttertrank, schlürfen, und du möchtest dies ebensowenig.‹ – ›So hat denn alle deine

Standhaftigkeit,‹ fuhr Isabella fort, ›dir kein Glück gebracht und hat dir keine Wonne bereiten können. Du wurdest reich beglückt mit Hymens Gaben – denn solche Lust ist ein wahres Geschenk, und nicht bloss das Scheinbild eines solchen. Und das nennst du ein Unglück, liebe Schwester? Geh mir doch! Nimm dich in acht, dass nicht alle Welt dich auslacht, wenn du dich so benimmst!‹ – ›Ich will nicht mit dir streiten, liebe Schwester. Du denkst wie ein hochherziger Held; und ich weiss wohl, dass dieser Denkweise das Menschengeschlecht seine ewige Fortdauer verdankt. Wie dem nun immer sei – meine Kräfte würden wohl hinreichen, um in einer Nacht drei- oder viermal den Liebeskampf zu bestehen. So weit hilft mir mutvoll meine Jugend, die Leidenschaft, die mir den Busen bläht und meine Jugend beseelt. Beim fünftenmal fühlte ich unter den Angriffen meines rücksichtslosen Mars mich schwach werden. Mir wurde übel. Beim sechstenmal bespritzte und befleckte er mich ohne dass ich etwas davon empfand. Mir wars, als hätte er mit einem fremden Weibe zu tun. Ich empfand nicht den geringsten Genuss dabei; als er's zum achtenmal begann, wurde mir übel und ich vermochte kaum noch Atem zu schöpfen. Beim neuntenmal fiel ich völlig in Ohnmacht; trotzdem machte er seine Arbeit fertig. Ich seufzte nicht mehr, ich bat nicht mehr; ich lag in tiefer Bewusstlosigkeit. Nun, jetzt weisst du also alles, was vorgefallen ist, lieb Schwesterchen! Meine Seele prophezeit mir böse Folgen dieser Brautnacht! Unverheiratet möchte ich nicht leben, und sollte ich mitten unterm Werk der Liebe sterben.‹ – ›Sage mir doch noch, liebe Schwester,‹ erwiderte Isabella, ›wie fing Maffeo es an, dass du ihn doch wieder gern hattest, nachdem du aus deiner Ohnmacht zu dir gekommen warst? Wer möchte wohl einen Mörder einen Doppelmord verzeihen: den Mord der Jungfernschaft und der Jungfer?‹ – ›Mit sanften Worten,‹ antwortete Antonina, ›machte er sofort sein rücksichtsloses Vorgehen wieder gut. Und wie komisch! Auf dieselbe Weise, wie er mich getötet zu haben schien, rief er mich ins Leben zurück. Noch einmal und sogar ein zweites Mal machte er von seinem Gattenrecht Gebrauch; ich fügte mich ihm und verspürte keinen Schmerz davon. Ja, so ist's, liebe Schwester: in der Liebe bereiten dieselben Wunden Wonne, die vorher geschmerzt hatten.‹

TULLIA: In jener Nacht kam sie in die Schule und machte zugleich ihr Examen. Heute weiss Jaime Ximenez, was für eine herrliche Streiterin der Liebe sie ist.

OCTAVIA: Du kannst ihr nachsagen, dass sie eine Frau von leichter Lebensart ist, deshalb ist sie aber doch anständig; in ihren Augen ist Schamhaftigkeit nicht eine Tugend sondern ein Laster. Sie sah wie dieser schöne Jüngling um ihretwillen ganz verstörten Geistes war;

da hatte sie Mitleid mit ihm. Sie sah seine glühende Mentula; sie begriff dass sie von ihr Hilfe erwartete; und sie gewährte sie aus Mitleid. Wenn sie sich ihm fleischlich hingegeben hat, so darfst du das eigentlich nicht der ehrbaren und feinfühligen Antonina zuschreiben, sondern musst es auf Rechnung ihres Mitleids setzen. Denn der Jüngling wäre gestorben.

TULLIA: Ganz ähnlich hast du auch mit Theodorus Mitleid gehabt; nicht aus Zuchtlosigkeit, sondern aus frommen Mitleid. Ihr habt euch natürlich in allen Ehren beschlafen, denn ihr handeltet aus tugendhaften Antrieben.

OCTAVIA: Ich schäme mich dieses Fehltritts und bereue ihn. Als, wie du weisst, vor einem Monat mein Caviceus nach der Provinz Tarragona verreiste, kam der Stoiker Theodorus zu mir und sagte: ›Ich teile deinen Schmerz. Er tut mir leid, dass du für eine lange traurige Zeit als Witwe zurückgelassen bist. Mit Caviceus hat dich die Hälfte deiner Seele und deines Lebens verlassen. Glücklicher, ach allzuglücklicher Caviceus!‹ Ja, es ist so, Tullia: ich schäme mich meines Fehltritts und bereue ihn.

TULLIA: Weiter, weiter, kleine Närrin! In *meinem* ganzen Leben gibt es nichts, was du nicht eben so gut wüsstest wie ich selber, und du trägst Bedenken, die geheimen Falten deines Gewissens mir offen zu legen?

OCTAVIA: Als er den Namen meines Caviceus aus sprach, da rannen mir einige Tränen aus den Augen. Und ich antwortete ihm: ›Es gibt nichts aufrichtigeres als meinen Schmerz und gibt nichts schmerzlicheres für mich. Mir fehlt – ich leugne es nicht – ein Trost, um meinem Geist und meiner Seele Ruhe zu geben; denn jetzt sind sie in wilder Jagd in Gedanken auf der Verfolgung meines Gatten.‹ – ›Ich selber werde sie anhalten,‹ sagte Theodorus; ›ich werde diese unberechenbaren Erregungen beschwichtigen, wenn du nur so gut sein willst, meinen Worten Gehör zu schenken.‹ – ›Das will ich,‹ antwortete ich; ›und ich rufe zum Zeugen meinen Kummer an; ich werde nach deinem Befehle handeln, denn ich erkenne an, dass ich alle Tugend, die in mir ist, deiner Erziehung verdanke.‹ – ›Du wirst auf mich hören?‹ versetzte er; ›du wirst auf mich hören? Wirklich? Aus Herzengrunde? Du wirst meinen Vorschriften und nötigenfalls meinen Befehlen gehorchen? Du wirst gelehrig sein und mir deine Gelehrigkeit bezeigen?‹ – ›Ja!‹ antwortete ich. ›Wenn du dies tust, so ist es dein Glück. Bald wirst du nichts mehr davon merken, dass Caviceus fern von dir weilt. Du brauchst nicht mehr deine Sehnsucht dem Abwesenden nachreisen zu lassen und dich in glühender Liebe zu ihm zu verzehren.‹ Von neuem versicherte ich ihm, ich würde mich seinem Willen fügen und würde seine Sklavin sein, wie er es verlangte. Hierauf sagte er: ›Zunächst verlange ich von dir einen Eid, dass du meinen Befehl mit dem soeben versprochenen Gehorsam unverbrüchlich ausführst.‹ Kurz und gut – ich schwor ihm, wie er es verlangte einen Eid, indem ich ganz eingeschüchtert seine Worte nachsprach. Ich liess mich durch die Religion zu einem Verstoss gegen die Religion verpflichten.

TULLIA: Ich verstehe. Als er dich durch deinen Schwur zu seiner Sklavin gemacht hatte, war für dich jedes Recht auf freien Willen völlig verloren.

OCTAVIA: Ganz recht, und zwar vom selben Augenblick an. Er herrschte als unumschränkter Gebieter über mich; er drohte mir, er werde mein erbitterter Feind sein und sich für meinen Verrat rächen, wenn ich mich nicht, sobald er etwas befehle, willig zu allem hergäbe, was man von einer Sklavin verlangte. ›Bis jetzt,‹ sagte er, ›hast du in mir nur einen Lehrer gehabt, der dich in die Schule der strengsten Zucht nahm; du bist gegeisselt, bis auf das Blut gegeisselt worden. Mehr als einmal habe ich staunend deine Heldenhaftigkeit, die heroischen Anstrengungen deiner Standhaftigkeit bewundert. Nun aber gibt es für dich nicht mehr solche harte und schmerzhaften Prüfungen zu bestehen! Die Strafe, die deine himmlische Schönheit verdiente – obwohl du selber unschuldig daran warst – diese Strafe hast du erlitten. Nichts mehr von den perversen Lüsten deiner Mutter Sempronia, die mit trügerischen Vorspiegelungen dich irre führte. Du irrtest damals fern vom rechten Wege, durch Waldesdickicht auf steilen dornenbewachsenen Pfaden. Was hattest du getan, um solch ein elendes Schicksal zu verdienen. Wenn du jetzt mich zum Führer nimmst, dann wirst du auf einem bequemen und angenehmen Wege wandeln, der dich zum Glücke bringen wird. Wisse: auch wir Mönche sind Männer, so gut wie Caviceus; aber wir sind vorsichtiger und klüger als die übrigen; wir thronen auf dem höchsten Gipfel der Menschheit. Daher braucht eine junge Frau, die ihrem Triebe nachgibt und mit uns Kurzweil treibt, durchaus nicht um ihren guten Ruf besorgt zu sein, wenn sie sich nur zu benehmen weiss; sie braucht nicht leichtgläubig auf das Gerede der Leute zu hören und zu meinen, sie habe durch ihre Nachgiebigkeit sich den geringsten Schimpf oder Makel zugezogen. Glaube mir: wir dürfen alles tun, wenn wir es im geheimen tun können. Die Weisen dürfen tun, was ihnen gefällt, eben weil es ihnen gefällt. Wenn dir die Gnade zu teil geworden ist, zum höchsten Sitze und zum hellsten Lichte der Weisheit zu gelangen nachdem du deine Scham beiseite gesetzt hast – so wird dies keine Befriedigung deiner Wollust, ja es wird nicht einmal ein sinnliches

Vergnügen sein. Sondern es wird ein Teil deiner Pflicht sein, wird zur Erfüllung des Guten und Rechten gehören.‹

TULLIA: Das war scharfsinnig und geistreich von ihm gesprochen! Was antwortetest du ihm darauf?

OCTAVIA: ›Was soll ich dir zu Gefallen tun?‹ versetzte ich ihm. ›Soll ich als sterbliches Geschöpf dem Geheiss eines Sterblichen gehorchen?‹ Denn, bei Venus! ich begriff nicht, liebe Tullia, worauf seine Rede hinauswollte. Hierauf sagte er: ›So wie du mich hier vor dich siehst: mit finsterem Gesicht, mit Augen, die traurig mit erloschenen Blicken starren, von einem fadenscheinigen zerrissenen schmutzigen Gewand bedeckt – bin ich weiter nichts als eine künstliche Maschine ehrwürdiger Philosophie, ein Witz pedantischer Architektonik. Aber wenn du es willst, so werde ich dir ein neuer Merkur sein, werde mich dir nicht als solche Maschine sondern als Mensch von Fleisch und Blut erweisen. Ich werde ein anderer Mensch sein und doch bleiben, was ich war. Soll ich meine Verkleidung von mir abtun? Dann tue auch du deine Befürchtungen ab. Lass Octavia ganz und gar Octavia sein. Sieh, wie du in Nebeln des Irrtums wandelst; du verbirgst dich vor dir selber; du merkst nicht, was du bist, du siehst es nicht! Du bist anders als du selber glaubst! Zum Muster nimm dir die vielen adligen Frauen, die ihre Person, ihren guten Ruf, mit einem Wort Alles, uns anvertrauen, weil sie wissen, dass wir die Männer sind, zu denen man das grösste Vertrauen haben kann. Sie begeben sich aller ihrer Hoffnungen, aller ihrer Freuden, um sie uns anzuvertrauen, und sie tun es in voller Sicherheit, da sie unter dem Schilde unserer bewunderungswerten Vorsicht stehen. Die gebräuchlichste und nützlichste Vorsicht unserer Philosophie lautet: freut euch des Lebens, so sehr ihr nur könnt – aber freut euch im Stillen und nicht in der Oeffentlichkeit; so macht es der Vorsichtige und der Weise. Seine Freuden, seine Genüsse offen vor den Augen aller Leute zu suchen kann nur ein Dummkopf, ein Tor, ein Wahnsinniger sich einfallen lassen. Wer vorsichtig handelt ist lobenswert; wer aber unvorsichtig ist und sich nicht dem Lichte der Oeffentlichkelt entzieht, der hat den herbsten Tadel verdient. Hübsche Frauen wie du, liebe Octavia, müssen auf diesem Wege ein angenehmes, glückliches Leben führen. Gaben euch nicht die Unbesonnenen die Lehre dass ihr euch vor den Fallstricken zu hüten habt, die die böswillige Welt euch legt? Mögen sie zu Grunde gehen, deren Untergang um des Beispiels willen zu wünschen ist. Leben aber, glücklich leben mögen jene Klugen, die begriffen haben, was Leben heisst! Mögen sie leben, um immer ihren Grundsätzen treu zu bleiben, um sich an das Beispiel der Törichten nicht zu kehren; mögen sie sich ihre eigene Klugheit und das schlechte Beispiel der anderen zu Nutze machen! Mach' es wie deine Mutter

Sempronia!‹ Hierauf erzählte er mir von meiner Mutter, wie sie die Ratschläge und die Lendenkraft seines Klosterbrudesr Chrysogonus sich zu Nutze zu machen wisse und in Freuden und Wonnen ihre Lebenstage verbringe.

TULLIA: Ich habe Chrysogonus gekannt, der ja ebenfalls Stoiker ist, und ich wundere mich keineswegs, dass er mit Theodorus eng befreundet ist; da ihr Charakter so völlig gleich ist, kann es ja gar nicht anders sein. Theodorus und Chrysogonus ähneln einander wie ein Ei dem anderen; doch soll Theodorus, wie man sagt, etwas jünger sein als sein Freund.

OCTAVIA: Chrysogonus hatte meine Mutter bei der Hand ergriffen, und sie waren zusammen in deren Schlafzimmer gegangen; ich aber blieb mit Theodorus allein: ›Was glaubst du wohl,‹ sagte dieser zu mir, ›dass Chrysogonus mit deiner Mutter aufstellen wird? Genau dasselbe, was du mit Caviceus treibst, und was gar bald – jawohl, gar bald! – ich mit dir machen werde! Denn, glaube mir's nur, ich werde dir eine Quelle von Wonnen, voll Tugenden sein! Und bei deinem Schutzgeist: nicht nur dies sondern auch eine Quelle allgemeinen Lobes; du dagegen wirst für mich eine Quelle ehrenhafter Wollust sein. Denn wie könnte wohl auch zwischen uns irgend etwas Unehrenhaftes stattfinden, da ja du so züchtig, so ehrbar bist, da ich so bieder, so ehrwürdig bin?‹ Als er so zu mir sprach, da, meine liebe Tullia, kam es mir – ich muss es dir nur gestehen – vor, als sei er ein ganz anderer Mensch geworden, als sei er anmutiger, hübscher. Wie ich ihn ansah, begann ich in Feuer zu geraten – und dabei hatte ich eben noch vor Furcht und Angst gezittert! Er lächelte mich verliebt und zärtlich an – ich lächelte ebenfalls; auch Venus lächelte und es lächelten alle Liebesgötter! Und da ich selber kühner geworden war, so machte ich dadurch auch ihn kühner, und er sprach: ›Heute feierst du von neuem Hochzeit! Heute habe ich eine neue Gattin!‹ In demselben Augenblick sah ich, wie an der Stelle, wo seine Manneswehr verborgen liegt, seine Kutte sich aufbauschte. Unwillkürlich lachte ich laut auf.

TULLIA: Es juckte dich wohl?

OCTAVIA: Ich fühlte mich von einer derartigen Brunft ergriffen – ich will es dir nicht verhehlen – dass nicht viel fehlte, so hätte ich mich ihm in die Arme geworfen und selber den Beischlaf verlangt! Auch er war sehr aufgeregt und sagte: ›Freilich dünkt es mich, dass ich wohl weiss, welchen Gebrauch ich von deinem Leibe zu machen habe; und doch weiss ich nichts Gewisses. Ich war fünfzehn Jahre alt, als ich in unsere Brüderschaft eintrat. Bis vor einem Jahre habe ich niemals ein Weib angesehen; seither habe ich sie wohl angesehen, aber weiter auch nichts. Chrysogonus gab mir mit Wort und Beispiel den Rat, ich solle doch kühner sein. Der Aberglaube verbot es mir; denn für einen frommen Stoiker wäre das eine Sünde gewesen. Seit meinem Eintritt ins Kloster habe ich niemals mit einem Weibe zu tun gehabt; nun aber habe ich dich, du schönste aller Frauen – und für dich habe ich meine Mens und meine Mentula rein und unversehrt erhalten. Auf mein Betreiben haben meine Klosterbrüder Chrysogonus zu unserem Oberen gewählt. Da er durch diesen bedeutenden Dienst mir verpflichtet ist, so hat er vor unserem Besuche bei euch, lang und breit und in voller Aufrichtigkeit mit mir über alle seine Angelegenheiten gesprochen. Er hat mir gesagt, in Sempronias Armen habe er das wahre Glück gefunden, das wir in unserem Drange nach der himmlischen Seligkeit suchen. Er hat mir geraten, ich möchte doch den Versuch machen, auch dich, die du so jung und feurig bist, den Eindruck strenger Autorität und freundlicher Worte wirken zu lassen. Er hoffte, deine Jugend einerseits, die Abwesenheit deines Gatten Caviceus andererseits, würden meinen Wünschen und meinen Bitten hilfreiche Kuppeldienste leisten. Ausserdem hiess er mich meiner Muskeln nicht zu schonen. Denn‹, sagte er, ›die Frauen erwarten in dieser Hinsicht Wunderdinge von uns. In Dingen der Liebe gilt in ihren Augen jeder Mönch für eine Art von Herkules.‹ Natürlich ist ja auch unsereiner, wenn er so lange Zeit mit Frau Venus auf dem Kriegsfuss stand, nur um so kräftiger und von ungestümerem Drange erfüllt, wenn, der Friede geschlossen und die Freundschaft wieder hergestellt ist. Du wirst also, meine liebe Octavia, meine süsse Venus, einen Liebhaber haben, der weder hinter seiner Aufgabe, noch hinter deinen Wünschen zurückbleiben wird – einen Athleten, wie keine Königin ihn sich kräftiger wünschen könnte! Mit diesen Worten gab er mir einen Kuss auf den Mund. Ich aber rief: ›Was soll dies heissen? Was willst du von mir? Ist das deine Weisheit? Ist das deine strenge Würde?‹ – ›Was ich will?‹ versetzte er, ›frage dich lieber, was du willst, kleine Närrin! Willst du etwa das Heiligste verachten und durch einen Meineid deine Seele beflecken?‹ – ›Das will ich freilich nicht!‹ antwortete ich. – ›Nun so werde ich tun, was ich zu tun habe, und ausgezeichnet werde ich's machen! In dem Liebeskampf mit dir will ich sterben, wenn meine Kraft nicht ausreicht!‹ Und im selben Augenblick warf er mich auf das Bett; ich wehrte mich nur zum Schein ein bischen.

TULLIA: Das war recht von dir!

OCTAVIA: Wie ich nun so dalag, hob er schnell mit zitternder Hand meinen Rock hoch. ›Wie bequem‹, rief er, ›hast du doch deinen Spalt gerade an der rechten Stelle sitzen!‹ Und denke dir, Tullia, von wie heisser Wollust er entbrannt war! Er warf sich auf die Knie und küsste ...

TULLIA: Was? er küsste deine ...? O je! O je!

OCTAVIA: ›O Heiligtum der Venus, die der Götter und Menschen Mutter ist!‹ rief er, während er seine Zunge spielen liess; ›demütig flehend betrete ich deine Schwelle! Ich bete dich an! Nimm meine Küsse als Liebesopfer hin! Höre mein Gebet, gütige Venus, und erhöre es?‹ Nachdem er dies gesprochen hatte, stand er auf, und – o Wunder! Tullia, Tullia! – aus dem Gefängnis Hess er seinen Schwanz heraus – einen Schwanz, oh! den König aller Schwänze! So einen hat nicht einmal Venus bei ihrem Mars gesehen, so einen fanden nicht die Frauen von Lampsakos bei Priap, so einen fand nicht Omphala bei Herkules! Wollte man mit ihm die Werkzeuge unserer Männer Callias und Caviceus vergleichen, da könnte man ebenso gut mit dem riesigen drohend aufgerichteten Schwanz eines Löwen ein dünnes Rattenschwänzlein vergleichen. Wirklich – ich lüge nicht!

TULLIA: Ja, bei den Mönchen, da wird gerade dieses Glied immer dicker, während alle ihre anderen Glieder immer dünner werden. Gerade so ist's bei anderen Menschen mit der Milz: wenn diese anschwillt, magern alle anderen Glieder ab.

OCTAVIA: Du meinst, Theodorus sei zu mager?

TULLIA: Dass Chrysogonus sehr dürr ist, wirst du nicht leugnen wollen.

OCTAVIA: Theodorus ist bei den anderen Stoikern, seinen Klosterbrüdern, angesehen wie kein anderer! Hinter ihm bleiben alle anderen weit zurück; mit dem Ruhme seiner Mens und seiner Mentula vermag niemand es aufzunehmen. Aber ich hasse Chrysogonus, obwohl ich damit nach der Meinung seines Freundes Theodorus Unrecht habe. Sie teilen sich gegenseitig alle ihre Gedanken mit; jede Wonne, jedes Glück, das sie gemessen, haben sie auf diese Weise gemeinsam. Denn so, sagen sie, geniessen sie von neuem ihre Genüsse; glücklich und fröhlich kosten sie Tage und Nächte lang Freuden aus, die in einem flüchtigen Augenblick dahin waren. Aber wehe dem unreinen Wollüstling Chrysogonus! Er treibt in seiner Liebesraserei Frevel mit dem Haupte meiner Mutter!

TULLIA: Der Mensch benutzt ihren Mund? Sie ist ihm mit Zunge und Lippen zu Willen? Sempronia erlaubt ihm, ihre Geschlechtsteile an einem Ort zu suchen, wo sie nicht sind? Ja, sie lässt ihn sie dort finden? Sie ist also eine Frau unreinen Mundes und unreinen Atems geworden? Von der vornehmen Kurtisane Claudia sagte man, sie sei bei Tische eine Koerin, im Bette eine Nolanerin. Diese besondere Art der Wollust schändete nämlich die Nolanerinnen, die Oskerinnen und Lesbierinnen. Ovid in seinen Priapeen nennt sie ›die dritte Strafe‹. Von den Raben behauptet man, sie treiben Unzucht mit dem Schnabel und hierauf spielt das nicht unelegante Distichon an, worin es heisst:

Corve salutator, quare fellator haberis,
Cum caput intrarit mentula nulla suum?

Diese schändliche Unzucht kam zuerst in Lesbos auf, und verbreitete sich dann fast in allen Ländern und bei allen Menschen. Kaiser Tiberius war dieser Wollust teils von Natur teils wegen seines Alters leidenschaftlich ergeben. Wer sie einmal probiert hat, der liebt sie über alle Massen. Denn die Mentula gehorcht den Greisen nicht mehr so, wie sie, in den schöneren Zeiten der Jugendkraft, ihrem Befehl bereit stand:

... Glaube mir: die Dinger
Sind ja keine Finger.

Sie sucht höhere Regionen auf: in ihnen lebt Grossväterchens Schwanz wieder auf; was der eine Mund versagt, das gewährt der andere. Sich aussaugen zu lassen, ist für so eine erschöpfte, schlaffe Mentula eine süsse Wonne. Aber wenn der fusslange Schlauch deines Theodorus zu seiner vollen Dicke anschwillt, so fürchte ich, verletzt er dir den Mund, der ja so niedlich und eng ist. Dieser Frevel ist sogar den schönsten Jungfrauen der Heroenzeit angetan worden. Meleager hat sich in seiner Leidenschaft nicht abhalten lassen, mit Atalantas Mund solchen Missbrauch zu treiben. Parrhasios hat Atalanta gemalt, wie sie dem Meleager mit ihrem Munde zu Willen ist. Tiberius stellte in seinem Schlafzimmer im Lararium dieses Gemälde zur Schau.

OCTAVIA: Zur Schau stellte er es? Ja, seiner eigenen Wollust und seiner ohnmächtigen Schamlosigkeit!

TULLIA: Darum ärgern dich die Geilheit und die Unverschämtheit, womit Chrysogonus deine Mutter behandelt. Ich wundere mich, dass sie zu solcher Schändlichkeit sich hergegeben hat, und noch mehr wundere ich mich, dass sie davon geschwiegen hat. Niemals hat sie mir gegenüber ein Wörtlein darüber verlauten lassen.

OCTAVIA: Diese Schändlichkeit übersteigt jeden Begriff von Schändlichkeit! Vorgestern nachmittag kam Chrysogonus zu meiner Mutter. Das ganze Haus lag in tiefem Schweigen und die beiden waren in voller Sicherheit. Der Mönch trieb seine Kurzweil und geriet in Feuer. Plötzlich sagt er: ›Gestern früh habe ich von einer neuen Art von Wollust Kenntnis erhalten. Einer unserer vornehmsten Herren sagte mir – ohne sich der Sache im geringsten zu schämen, er könne sich nichts Ekelhafteres, nichts Unreineres denken, als jenen unteren Körperteil seiner Gemahlin, durch den sie sich als Weib von ihm als Mann unterscheide. Nebenbei bemerkt, hat er eine sehr schöne Frau. In jenem Kielbodenwasser wohnen, sagte er, die übelriechenden Nymphaliden; im Munde dagegen‹ – bei diesen Worten gab Chrysogonus ihr einen Kuss auf die Lippen – ›wohne die wahre Venus, wohnen die wahren Liebesgötter.‹ ›Daher flieht und hasst er jene Grotte, die einen mephitischen Geruch ausströmt; er liebt dagegen den reinen Mund, das reizende Gesicht. Nur von diesem will er etwas wissen, nur für dieses steht er ihm! Seine Gemahlin ist ebenso geistreich wie schön, und sie ist noch gefälliger, als sie geistreich und schön ist. Sie kennt keinen anderen Genuss als den Genuss, den ihr Gatte hat; was ihm gut dünkt, das dünkt auch ihr gut; willig fügt sie sich allen seinen launenhaften Einfällen. Und so leistet sie ihm auch mit ihrem Munde den verlangten Liebesdienst. Nun, und du, Sempronia? Was würdest du tun, wenn ich dich darum bäte? Wenn du mir diesen Gefallen verweigern solltest, da wäre ich aller meiner Versprechungen ledig, so brauchte ich mich nicht mehr meines dir gegebenen Wortes zu erinnern. Ferner wird es dir nicht entgehen, dass der schöne Leib eines schönen Weibes, wie Sokrates zu sagen pflegte, nichts weiter ist als eine lebendige Schatzkammer, der die Männer ihrer Wollüste anvertrauen, um bei Bedarf stets wieder darüber verfügen zu können. Was kommt es denn auch, ich bitte dich, darauf an, ob der Strom der Wollust sich durch diesen reinen Kanal ergiesst‹ – hiermit küsste er ihren Mund – ›oder durch jenen schmutzigen?‹ – damit zeigte er nach unten. – ›Wenn du von deiner Pflicht reden willst, so wird von Genuss für dich nicht die Rede sein, denn ganz gewiss wirst du von deiner Pflichttreue keinen haben!‹ Er hätte ja einfach befehlen können; aber er überredete sie zu etwas, wozu sie schon von selber sich entschlossen hatte. ›Oh‹, sagte sie lächelnd, indem sie ihm die sich aufrichtende Mentula unter der Kutte hervorholte, ›was für Weisen lässt du mich bei unserem Konzert spielen und auf was für einer Flöte!‹ Hierauf setzte sie ihre Lippen an, Hess die Zunge spielen und verschaffte der Mentula nie gekannte Wonnen, indem sie sie bald so, bald so drehte. Als sie aber merkte, dass der Strom des Venussaftes hervorbrechen wollte, da ekelte ihr und sie wich zurück. Was ich noch zu erzählen habe, das sollte lieber mit ewigem Schweigen bedeckt werden. O entsetzliches Geheimnis!

›Du verlangst doch wohl nicht‹, sagte meine Mutter, ›dass ich mich mit solcher Schändlichkeit beflecke? Ich sollte einen flüssigen Menschen trinken?‹

TULLIA: Im Samen ist ja allerdings der Mensch enthalten.

OCTAVIA: Kaum hatte sie dies gesagt, da bespritzte ein reichlicher Regen ihr die Kleider. Der Mönch wurde ganz wütend und schrie: ›Du erdreistest dich, du Törin, solch ein schönes Stück Arbeit zu verderben!‹ – ›Verzeih mir!‹ sagte sie, ›ein anderes Mal wirst du mich gehorsamer finden; wenn ich's nicht bin, so töte mich – ganz nach deinem Belieben! Wenn du von mir eine Wollust erwartest – nimm sie dir. Mir wird alles Wollust sein, was du befiehlst – sollte mir auch übel werden.‹

TULLIA: Und hielt sie ihr Versprechen? Trank sie flüssige Menschen? Der Witz hat Salz! Denn der Same hat ja salzigen Geschmack.

OCTAVIA: Du hast's erraten ... Vorige Nacht schlief ich mit Eleonora zusammen. Eleonoras Bett ist ein Nest voll ausgelassener Scherze. Was für verbuhlte Dinge sie sagte und trieb. Sie gab mir einen Kuss und beglückwünschte ihren Mund, dass er in diesem Kuss auf meinen Lippen ein himmlisches Geschenk gefunden habe. ›Aber wer weiss?‹ fuhr sie fort; vielleicht werden diese schönen Lippen sich eines Tages dazu herbeilassen, unerlaubter Wollust zu dienen. Ich fürchte, in der Raserei der Liebesbrunft werden sie zu einem anderen Dienst herhalten müssen als wozu sie eigentlich bestimmt sind. Meine Base Mancia ist mit dem Neapolitaner Marino vermählt; in Marinos Busen aber brennen höllische Schwefelfackeln der fürchterlichsten Lüste. Der Wüstling sucht in Mancia das Weib auch oberhalb der Brüste, während doch bei den Brüsten das Weib aufhört oder anfängt. Er will ihren Mund, wie wenn ihre Kleine sich versteckt hätte oder wie wenn der Mund mit dieser in gewisser Verbindung stände, um gemeinsam an den Spielen der Venus teilzunehmen. Ich machte ihr Vorwürfe, wie sie nur leiden könne, dass ihr und ihrem Geschlecht ein solcher Schimpf angetan werde. ›Was willst du?‹ antwortete sie mir. ›Wenn Marino sich dieser Schändlichkeit enthält, so habe ich ihm keinen Vorwurf zu machen. Wenn er aber sich meinen Mund zum Schauplatz seiner Wollust aussucht, so verstopft er ihn und hält dadurch die Worte zurück, die ich sagen wollte. Tut er es nicht, so habe ich keinen Anlass zur Beschwerde. Tut er es, so kann ich mich nicht beschweren. Wir gefallen unserem Gatten nur dadurch, dass wir Weib sind. Wenn eine Frau sich als Weib erweist, so wird sie überall und stets gefallen.‹ – ›Denke dir, liebe Octavia, wie weit Alfonsos Raserei geht,‹ fuhr Eleonora fort. ›An einem dieser letzten Tage hatte

er in ehrlichem Kampfe zwei- oder dreimal schon seine Waffe er-
probt.‹ Plötzlich kehrt er sie gegen meinen Mund. – ›Dein Katapult,‹
sagte ich zu ihm, ›ist nicht dazu da, diese Tür zu erbrechen. Du bist
wahnsinnig und möchtest auch mich wahnsinnig sehen.‹ – ›Gewiss
will ich das nicht,‹ antwortete er; ›das sei ferne von mir; denn wenn
du mich liebst, so verdanke ich das nur deiner leidenschaftlichen
Glut und keineswegs meinem eigenen Verdienst. Wenn ich in
Wahnsinn geriete, vergässe ich vielleicht die Achtung, die ich dir
schulde, und lieber wollte ich sterben, wenn ich nicht für dich allein
leben darf!‹ – Diese Worte erweichten mein hartes Herz und bestimmten mich, auf den Spass einzugehen. Ohne mich zu sträuben, öffnete
ich meine Lippen und küsste sein heisses, vor Verlangen zitterndes
Glied. Weiter kam es aber nicht, denn bald kehrte die kluge Mentula
von selber zu dem Ort zurück, von dem sie sich verirrt hatte. Das
sündhafte Werk, das sie eben begonnen hatte, vollendete sie, wie
sich's gehört, in der Mitte.

TULLIA: Dann hätte Eleonora es nicht gemacht wie Mallonia in ihrem keuschen Zorn. Nein bei deiner Geilheit, Octavia, das hätte sie
nicht gemacht. Um dieser Schmach zu entgehen, durchbohrte Mallonia, als sie dem Kaiser Tiberius zugeführt wurde, mit dem Dolch sich
die Brust. Lieber wollte sie mit dem Eisen dem Tode einen Weg
bahnen, als den schlaffen Sack des stinkigen Greises in den Mund
nehmen. Nicht mit Gold sondern mit Eisen erkaufte sie sich den
Ruhm der Keuschheit. Elvira und Theodoria – du kennst sie ja beide
– sagen, sie besitzen in ihrem Munde ein Lusthäuschen für ihren
Freund den Schwanz, wenn er spazieren gehe und sie seien dessen
froh. Weisst du, woher dieser wahnsinnige Brauch stammt? Höre zu!
Prometheus hatte den Mann gebildet; nur die Mentula war noch zu
machen, und dieses Glied im eigentlichen Sinne des Wortes bereitete
er aus reinerem Lehm als die andern Glieder; bevor er es aber an
dem Leibe befestigte, wusch er es in dem Wasser einer Quelle ab.
Hierauf begann er das Weib zu erschaffen und blies dann beiden zu
gleicher Zeit den Odem des Lebens ein. Das Weib hatte Durst; es
neigte seine Lippen über die Quelle und trank. Und davon stammt
die angeborene Wahlverwandtschaft des weiblichen Mundes mit dem
männlichen Gliede ... Man erzählt von dem grossen Kriegshelden
Gonzalva von Cordova, dass er in seinem Alter diese Art der Wollust
sehr geliebt habe. Er war auch ein grosser Schlecker und zwar – das
lasse ich mir nicht ausreden – wegen seines hohen Alters. Ein hübsches Mädchen von zwanzig Jahren diente diesen seinen Lüsten.
Wollte er lecken, so sagte er, er mache eine Reise nach dem Lechfeld;
nach Maulbronn dagegen reiste er, wenn er den höheren Regionen
einen Besuch abstattete und mit ihrem Munde Unzucht trieb. In
seiner Jugend war er sehr scharfer Päderast gewesen und wenn's sei-

nem Schwanz einmal nach einem hübschen Knaben gelüstet hatte, so pflegte er zu sagen, er wolle nach Hinterpommern. Aber dahin führt doch für unsere Landsleute kein Weg!

OCTAVIA: Ich will dir offen meine Meinung sagen: Was die Menschen gemeiniglich ›Tugend‹ nennen, ist weniger Charakterfestigkeit, als vielmehr eine stolze Anmasslichkeit; sie streben nach Tugend nicht mit bewusstem Willen, sondern weil ihre Phantasie ihnen eine Illusion vorgaukelt; es ist ein blinder Drang und nicht das sichere Urteil eines im Gleichgewicht befindlichen Geistes.

TULLIA: So war es mit Elisabetha. Sie war verlobt mit einem französischen Hauptmann, den sie heiraten sollte. Da hörte sie deinen Chrysogonus nach der bekannten Art der Stoiker gegen die Ehe zetern und alle möglichen weniger richtigen als gesuchten Behauptungen vorbringen. Wie wenn sie plötzlich eine ganz andere geworden wäre, änderte sie alle ihre Ansichten und wollte von Heiraten durchaus nichts wissen. Weder die Tränen ihres Liebhabers, noch die Bitten ihrer Mutter und ihrer Verwandten vermochten die Hartnäckige zu rühren. Sie ging ins Kloster zu den Vestalinnen – oder vielmehr: sie ging nicht, sondern sie flog dahin mit der Schnelligkeit des Adlers. Aber ein oder zwei Jahre darauf tat ihr Schritt ihr leid. Sie sah sich selber und ihre Verhältnisse mit ganz anderen Augen an; sie sah sich selber unglücklich, während ihre Freundinnen, die sich den Umarmungen der Männer hingegeben hatten, glücklich waren. Hatte zuvor schon die Hoffnung, sie dereinst zu besitzen, den Hauptmann entflammt, so entzündete jetzt die Verzweiflung über ihren Verlust noch viel heftigere Begierde in ihm. Mit Hilfe einer anderen Nonne gelang es ihm Elisabethas Leib zu geniessen; sie wurde schwanger, und er entführte sie. Wunderbare Wirkungen der Frömmigkeit! Sie wurde die Beischläferin desselben Mannes, dessen Ehefrau sie aus Frömmigkeit nicht hatte werden wollen. Wunderbarer Erfolg für Chrysogonus! Er nahm sie dem Gatten und schenkte sie dem Entführer. Aber diese Mönche suchen ihren Ruhm beim grossen Haufen; die Achtung gebildeter und ernster Männer können sie sich nicht so leicht erwerben, denn diese lassen sich nicht so bequem betrügen. Sie ziehen die grosse Menge den Auserlesenen vor; die krankhaften sind ihnen lieber als Menschen von gesunder Urteilskraft.

OCTAVIA: Man erzählt sich von Livia ein Geschichtchen, das wirklich nicht übel ist. Livia stand vor ihrer Heirat mit Alexander Borgia im Rufe grosser Keuschheit; sie wusste sich diesen auch in der Ehe noch zu bewahren. Als ihr Gatte durch seinen Tod aus der Reihe der Lebenden verschwand, da entschwand auch sie den Blicken der Menschen. Um sich noch heller strahlenden Ruhm zu erwerben flüchtete sie sich – die Wahnsinnige! – in die Dunkelheit der Vestalinnen. Sie überliess den Blinden – so sagte sie – die Erbärmlichkeiten des Lebens und gewann echte Reichtümer durch die Verachtung von Reichtum und Ehren. Sie begrub sich lebendigen Leibes und Chrysogonus führte das Leichengefolge. Aber ein paar Monate darauf fühlte sie sich zu neuem Leben erwachen, und Chrysogonus selber Hess die Tote aus dem Grabe auferstehen. Er selber erbot sich zuerst der frommen züchtigen Frau neues Leben einzuflössen; einem so hervorragenden Manne musste wohl eine so hervorragende Tugend unterliegen. Und in dem Schosse der Venus vermischte sich ihre beiderseitige Tugend.

TULLIA: Mit *einem* Wort: die Tugend machte es der Tugend.

OCTAVIA: In jenem Hause der Keuschheit hielt sich ein hübscher, kräftiger, starkgliedriger Jüngling auf. Er arbeitete im Dienste des Klosters als Gärtnerbursche. Die junge Livia war oft mit dem jungen Gärtner zusammen und hatte ihre Freude an diesem Verkehr. Nun verbreitete sich das Gerücht, in den Nachbarhäusern sei die Pest ausgebrochen. Angstvoll ergriffen die Vestalinnen die Flucht. Nur Angela, Brigitta und Livia blieben zurück als Hüterinnen des Hauses und mit ihnen die Obervestalin Maxima, unter deren Befehl das ganze Kloster stand. Oede und verlassen war die Stadt. Ein trostloser Anblick ... Pedro – so hiess der junge Gärtner – fühlte wohl dass er verliebt war, und er schämte sich seiner Liebe nicht. Er wusste auch sehr gut, dass er wieder geliebt wurde, und er war stolz darauf. An günstiger Gelegenheit fehlte es ihm nicht, sondern nur am rechten Ort, um die Gelegenheit auszunützen. Doch er brauchte nicht lange zu warten. Maxima fiel die Treppe herunter und riss in ihrem Sturze Brigitta mit sich. Sie kamen beide schwer zu Schaden und wurden erst nach vielen Tagen wieder gesund und kräftig. Während dieser Zeit konnte Livia machen, was sie wollte. Die jungen Nonnen setzten grosse Hoffnungen auf Pedro und hatten viel Vertrauen zu ihm, weil er unermüdlich und mit immer gleicher Bereitwilligkeit die beiden Kranken, pflegte. Eines Nachmittags, da die Sonne heiss vom Himmel herabbrannte, hatte der Schlaf sich aller Bewohnerinnen des Klosters bemächtigt, die während der vorhergehenden Nacht vor Hitze kein Auge hatten schliessen können. Nur Livia ging in einem der inneren Gemächer auf und ab und dachte an Pedro, an ihre Liebe und an ihr Unglück. Plötzlich trat Pedro ein, die verliebte Livia breitete ihm ihre Arme entgegen und er fiel ihr um den Hals. So bereiteten sie sich gegenseitig jene Wollust, die die Hälfte aller Freuden ist. Am nächsten Tage unternahm Pedro im Einverständnis mit Livia und unter ihrer Mitwirkung den Sturm auf Angela. Angela war schon eine reifere Jungfrau, denn sie zählte mindestens fünfundzwanzig

Jahre; sie verabscheute die Liebe, aber ihr ganzes Wesen atmete Liebe und sie flösste Liebe ein. Der Sieg wurde nicht schnell erfochten und war nicht leicht; doch unterlag sie schliesslich; die Liebe triumphierte über Alles. Mochte sie wollen oder nicht – Pedro besorgte es ihr zweimal: beim zweiten Kampfe aber wurde bis aufs Messer gekämpft. Als die Geschichte zu Ende war, kam Livia darüber hinzu. Obgleich auch sie ihre Keuschheit verloren hatte, wagte doch Angela, von dunkler Schamröte übergossen, nicht die Augen zu ihr aufzuschlagen; doch umspielte ein eigentümliches verführerisches und wollüstiges Lächeln ihre Lippen. Als die Nonnen zu Abend gegessen hatten und die Nacht hereingebrochen war, sagte Maxima ihnen, sie sollten ihre Gesundheit in acht nehmen und sich schlafen legen. Was geschah; Pedro schlief bei den drei Vestalinnen, und auf diese Weise nahmen sie ihre Gesundheit in acht. Brigitta unterlag wie die beiden andern: ein Zufall hatte ihr mit Maxima die Glieder verletzt, ein Zufall machte sie glücklich mit Pedro.

TULLIA: Welches Los ist wohl auch dir beschieden, gute Maxima? Lass dir's machen, lass dir's machen! Auf diese Ehre kannst du wohl Anspruch erheben, wackere Matrone!

OCTAVIA: Maxima war zwar wieder völlig bei Kräften, trotzdem aber beklagte sie sich mit vielem Seufzen, sie habe noch ein tüchtiges Stück Weges zurückzulegen, um wieder völlig gesund zu sein. Livia war bei ihr und sagte: ›Willst du nicht, hohe Frau, in raschem Lauf den noch übrigen Teil dieses Weges zurücklegen?‹ – ›Das möchte ich über alle Massen gern!‹ versetzte die Oberin; ›aber was muss ich zu diesem Zwecke tun?‹ –›Zuerst: geniessen!‹ antwortete Livia, ›hierauf: geniessen! Und nachdem du alle Genüsse ausgekostet hast: gemessen und immer wieder gemessen! Jeden Tag, den man der Traurigkeit widmet, raubt man seinem Leben.‹ Maxima Hess sich bereden; das war ja auch am besten für sie. Verliebte Leute, die sich den Himmel der Götter wünschen, verschmähen um deswillen doch unsere Erde nicht. Sogleich beginnen alle drei Nonnen ihr Wunderdinge von Pedros Fröhlichkeit und munterer Laune zu berichten. Er zeichne sich aus, sagen sie, durch seinen lieblichen Gesang, durch seine Geschicklichkeit im Tanz, durch die geschmeidige Gelenkigkeit seiner Glieder. Sie befiehlt ihn zu rufen; er erscheint. Er trällert sein Liedchen, er gefällt. ›Jetzt tanze!‹ sagt Maxima zu ihm; ›du bist ja ein ausgezeichneter, berühmter Tänzer. Die Mädchen hier preisen deine Geschicklichkeit.‹ – ›Verzeiht, teure Herrin – die Ehrfurcht, die ich euch schulde, schwächt meine Muskeln. Ich wage es nicht,‹ versetzte Pedro. – ›Stelle dir nur vor, ich sei eine von meinen Nonnen,‹ anwortet darauf Maxima ... ›Versuch es nur.‹ – ›So sei es denn! Auch wird euch, wie ich glaube, mein Tanz nicht unangenehm sein. Man nennt ihn den Schütteltanz.‹ – ›Was ist denn das für ein Tanz, lieber Pedro? Den kenne ich ja gar nicht. Als ich den Dingen der Welt Lebewohl sagte, hatte ich von solchem Tanze niemals sprechen hören; vielleicht war er damals nicht Mode.‹ – ›Doch! Mode war er wohl – aber ihr tanztet ihn nicht,‹ antwortet Pedro. ›Was dieser Tanz ist, das werdet ihr nicht sehen, ihr werdet es auch nicht hören – aber ihr werdet es fühlen. Ihr werdet ihn mit mir tanzen, und wir werden die Beine schwingen.‹ Während sie so miteinander sprachen, hatten alle Nonnen das Zimmer verlassen. Maxima war dreissig Jahre alt, ein Weib von herrlichen Gliedern und feurigem Geiste. Sie sass auf ihrem Bett; als sie nun sah, dass sie allein war, merkte sie, dass sie in eine Falle gegangen sei. Aber was wollte sie machen? Pedro stürzt sich auf sie, gibt ihr einen Kuss und fährt mit der einen Hand an ihren Busen, mit der andern unter ihren Rock. Sie wehrt sich, sie sträubt sich, sie erhebt ein lautes Geschrei. Aber rings war alles taub und stumm; die freche Mentula tut in der unverschämtesten Weise ihrer frommen Kleinen Gewalt an. Ein bischen wurde schon durch diesen ersten Angriff Maximas tobender Zorn besänftigt; aber sie weinte doch und seufzte laut. ›Wessen hast du dich erkühnt, du Taugenichts!‹ rief sie. Er lachte und sagte: ›Beim Nabel der Venus und bei dem deinigen! Wenn du erfährst, dass Pedro, gegen den du so aufgebracht bist, ein Adliger, ein Verwandter von dir ist, da wird – dessen bin ich sicher – diese Hochflut deines Zornes gar bald abebben. Aber ich will dafür sorgen, dass du dich beruhigst, ehe du auch nur erfährst, wer ich bin. Lass nur ab von dieser Schamhaftigkeit, die deinen und meinen Freuden den Todesstoss versetzt. Es ist nun mal geschehen; und was geschehen ist, kannst du nicht mehr ungeschehen machen. Wenn du weise bist, so begräbst du alles – mag es sein, wie's ist – in tiefstem Schweigen!‹

TULLIA: Sehr richtig.

OCTAVIA: Gleich darauf genoss er mit Maxima der höchsten Wonne, und er brauchte dazu keine Gewalt anzuwenden. Sie bestand diesen zweiten Kampf in einer bequemeren Stellung, indem sie sich mitten im Bette ausstreckte. Pedro stiess ihr den heissen Dolch in den Leib; ihr schwanden die Sinne und sie verlor alle Selbstbeherrschung: Mit heissen Küssen bedeckte sie ihren Schütteltänzer, mit stürmischen Stössen erwiderte sie die seinigen. Bald fühlte sie das wonnige Kitzeln der sich ergiessenden dionäischen Flut und hervorbrechenden heissen Liebesquellen. Livia, Angela und Brigitta standen vor. ihrem von den Stössen des Liebespaares krachendem Bett und sangen Fasceninnische Lieder.

TULLIA: Wer ist denn dieser Pedro?

OCTAVIA: Er stammt aus der Familie Ponce, die als ein altadliges Geschlecht in Portugal in hohem Ansehen steht. Rodrigo Ponce liebte Margareta Meniz; sie erwiderte seine Liebe mit gleicher Glut. Aristippus, der in ein Kloster eingetreten war, neidete dem Rodrigo ein solches Glück. Der arme Mensch liebte sie heiss, aber ohne jede Hoffnung. Und da er ein schlechter Mensch war, so beschloss er Margarita Rodrigos Armen zu entreissen. Er verbot ihr die Heirat, die schon in naher Aussicht stand. Er wusste für seine böse List viele gute Gründe anzuführen. Er wusste ihre junge, leicht lenkbare Phantasie durch alle Kunstgriffe der Lüge zu blenden. Sie wird Nonne; sie ist nicht mehr Margarita. Ein gleiches Fieber befällt Rodrigo; Aristippus stösst ihn in dieselbe Gruft, in die er auch gefallen war. Er stellt ihm aber diese Gruft als eine Schule der Weisheit, als eine philosophische Sekte dar. Doch höre nur weiter, meine liebe Tullia – und du wirst lachen! Es war noch kein volles Jahr vergangen, da tat ihm die Geschichte bereits sehr leid, und er kehrte in sein Haus, in den Schoss seiner Familie zurück, die übrigens damit – wie auch sein eigenes Gewissen – vollkommen einverstanden war. Inzwischen hatten die massgebenden Persönlichkeiten dafür gesorgt, dass Margarita in unsere Stadt kam, und zwar zu ihrer Mutterschwester Clementia. So hatte, als sie noch lebte, die Oberin Marina geheissen.

TULLIA: Hahaha! Jetzt lebte sie also nicht mehr? Und doch machte sie's und Hess sich's machen! Haha! Aber so redet man nun gedankenlos ins Blaue hinein. Die Stoiker trinken, essen, lieben – und behaupten dann noch dabei, sie gehörten nicht mehr den Lebenden an. Haha! Der Witz ist wirklich sehr gut! Sie leben nicht mehr!

OCTAVIA: Ja, die Nonne, die den Namen Livia tragt, ist in Wirklichkeit Margarita. Sie hat einen anderen Namen bekommen, wie es in den Klöstern Brauch ist. Der geschickte und kräftige Arbeiter im Weinberg aber fand in seiner Verkleidung Margarita wieder und behackte und besamte im Schweisse seines Angesichts die Jungferngärtlein.

TULLIA: Wie Theodorus das deinige: beackert. Du hast ja am Pförtlein deines wohlbewässerten Gärtchens den milchstrotzenden Dicken stehen lassen, der des Gärtners Priap würdig wäre. Was säumst du denn noch? warum lässt du ihn untätig? Was säumst du denn noch? Lass ihn doch ein!

OCTAVIA: Ich habe ihn ja eingelassen! Göttin Pertunda steh mir bei! Die riesige Mentula sprang vor Begier in die Höhe. Und ich sagte: ›Du hältst mich wohl für eine junge Kuh, nicht für eine junge Frau? Welches Weib könnte solch ein Ding ertragen. Ich kanns gewiss nicht!‹ – ›Nur Mut!‹ antwortete er, ›du wirst es schon aushalten. Du hast ein Kalb tragen können, so wirst du wohl auch einen Stier tragen. Vorwärts, meine Göttin! Du wirst dann weder Venus noch Juno zu beneiden brauchen!‹ Mit diesen Worten liess er sich mit einer schnellen Bewegung in den Schoss der Wollust sinken. So fürchterlich hatte Caviceus mich nicht einmal bei der Entjungferung verwundet. Ich stiess einen Schrei aus. Er aber rief: ›Schweig!‹ Ich erstickte meine Stimme und er erstickte meine Kleine. O, diese Keule des Herkules! Dreizehn Zoll ist sie lang, und dick wie sein Arm! Sie könnte in dem geräumigen Schiff der Frau Venus als Mast aufgepflanzt werden.

TULLIA: Man sagt jedoch, jedes Weib könne ohne sonderliche Unbequemlichkeit in ihre Wunde einen Speer von der Dicke ihres eigenen Armes empfangen. Du kennst doch Clementia, die sich vorgestern mit unserem Nachbarn, dem Markgrafen Raimondo verheiratete.

OCTAVIA: Gewiss, sie hat einen eleganten, schlanken Wuchs.

TULLIA: Raimondos Gerät ist nur kurz; sein feuriger Gebärvater ist höchstens fünf Zoll lang. Aber dick ist er, dass man's kaum zu glauben vermag. Die Eingeweihten bedauerten das arme Mädchen, denn sie wussten, dass es für sie eine schlimme Geschichte sein würde; sie behaupteten, einem Kämpen mit einem so ungeheuerlichen Instrument würde sie nicht stand zu halten vermögen. Auch die Mutter empfand Besorgnis um ihre Tochter; aber Raimondo ist ein sehr reicher und ein sehr kluger Mann. Clementia lebte in sehr beschränkten Verhältnissen und sie ist vollkommen reif für einen Mann, denn sie ist ja schon zwanzig Jahre alt. Was sollte nun die Mutter dabei tun? Sie sprach mit ihrer Schwester Anna Guzmann über ihre Besorgnisse; diese sprach mit Clementia über die Angelegenheit; sobald deren Mutter hinausgegangen war: ›Ein Mädchen von deinem Alter und Verstand, meine liebe Clementia,‹ – so begann sie – ›weiss vollkommen Bescheid, was ihr bevorsteht, wenn sie einen Mann wie Raimondo heiratet. Es ist deine Pflicht und Schuldigkeit, ihn von deiner Kleinen Gebrauch, ja sogar Missbrauch machen zu lassen.‹ – ›Wie es hergehen wird‹, antwortete lächelnd das Mädchen, ›denke ich mir schon so einigermassen.‹ – ›Ja, aber Raimondo, der dir bestimmte Gatte, hat einen langen und dicken Ast wie ein Maulesel. Trotzdem muss er sich bei dir den Weg zur vollen Wonne bahnen, und zwar durch deine so zarte und empfindliche Kleine. Dies wird nicht ohne grausamen Schmerz für dich abgehen; vielleicht wird er's überhaupt gar nicht fertig bringen. Nun musst du selber wissen, was du zu tun hast.‹ – Clementia, die Schelmin, macht ein ganz ängstliches Gesicht und antwortet: ›Du weisst, liebe Tante, wie bedrängt es in unserem Haushalt hergeht und in welcher Enge wir Armen leben müssen.‹ – ›Das weiss ich wohl‹, versetzte Anna, ›aber ich möchte noch etwas anderes wissen – und dass ich's wisse, liegt in deinem eigenen Interesse – nämlich: wie es mit der Enge unter deinem Rock steht. Denn wenn dein Gatte nicht einen hinreichend breiten Weg zur Wonne findet, so kannst du daran sterben, und das Band eurer Ehe wird flugs gelöst sein. Man erzählt sich allgemein, er habe noch niemals einen vollständigen Beischlaf mit einem Weibe vollziehen können; keine von denen, die sich ihm zur Verfügung stellten, hat die Geduld gehabt, das Ende seiner Versuche und Bemühungen abzuwarten; du aber wirst dazu gezwungen sein.‹ – ›Und ich werde die Geduld haben!‹ erwiderte Clementia fröhlich und mutvoll. ›Die Liebe wird mir Mut und Kraft geben. Ich liebe ihn über alle Massen. Vielleicht ist mir auch gar nicht der Tod beschieden.‹ – ›Aber höre‹, begann Anna wieder, ›lass mich mal sehen, ob dein Venusfeld sich zum Kampfplatz eignet.‹ Mit diesen Worten fuhr ihre unzüchtige Hand Clementia unter den Rock. ›O, o!‹ rief das Mädchen, ›du tust aber meiner Schamhaftigkeit in einer Weise Gewalt an, die für eine anständige Frau sich in keiner Weise schickt!‹ – ›Ach, diese dumme Schamhaftigkeit!‹ sagte Anna, ohne sich stören zu lassen; und damit betastet sie die Kleine, die von einem feinen lockigen Vliess umbuscht ist, schiebt die Schamlefzen zur Seite und steckt den Finger hinein. Das Mädchen schauert zusammen, von einem ihr bis dahin unbekannten kitzelnden Gefühl ergriffen. ›Was machst du denn da, liebe Tante?‹ fragt sie, ›du erregst in mir ungeahnte Begierden; du entzündest im Mark meiner Glieder ein Feuer, das ich verabscheue. Halt ein und quäle nicht mehr eine reine Jungfrau!‹ – ›Dies ist aber doch nur eine ganz unbedeutende Probe der ehelichen Ausgelassenheiten‹, versetzte Anna. ›Dein Körperbau und deine Kleine sind jedoch derart, wie Venus sie ihren Kindern zum Geschenk machen oder wie sie sie ihnen wünschen könnte; deine Grotte ist keineswegs zu eng, sondern so recht zur Wollust geschaffen. Alles wird gut und glücklich von Statten gehen. Du bist ganz vortrefflich zum Kampfe gerüstet. Halte ihn nur wacker aus, denn er wird dich wacker bearbeiten!‹ Sie fügte noch einige andere Bemerkungen hinzu, die sich jedoch nicht auf diesen Gegenstand bezogen. Zum Schlüsse sagte sie noch: ›Uebrigens ist es besser für dich, du lässt dich im Brautbett in Stücke spalten, als dass du vor den Augen aller Menschen ein so erbärmliches Leben führst.‹ Warum sollte ich dich noch länger hinhalten, liebe Octavia? In der nächsten Nacht bestand Clementia sechs Angriffe; sie wurde zu Stücken zerfetzt und stiess trotzdem keinen einzigen Schmerzensschrei aus. Beim dritten Mal drang der Stummel der Herkuleskeule, so lang und dick er war, in ihren zarten Leib ein: sie wurde zur Frau gemacht und mit einem reichlichen Guss heissen Venusregens gebadet. Am anderen Morgen sah das Brautgemach vollkommen wie eine Folterkammer aus; wo die Jungfrau während der Operation gelegen hatte, waren die Betttücher mit Blut getränkt; sie selber war dermassen zerfetzt, dass irgend eine andere es nicht hätte aushalten können. Kaum vermochte sie sich auf den Füssen zu halten, kaum einen Schritt zu machen.

OCTAVIA: So wahr dich deine Kleine juckt! ich spritze, wenn ich bloss an die Wollust denke, die die heisse Besprengung aus Theodorus Schlauch meinen Sinnen bereitete! Ich fahre in meiner Erzählung fort: Ich lag am Bettrande in einer recht unbequemen Stellung auf dem Rücken; der dicke Ast des Helden durchbohrt mich mit grosser Gewalt; er durchbohrt mich, ohne dass ich mich zu wehren vermag. Dabei waren volle vier Zoll draussen geblieben; dieses Ende umpresste ich mit meinen Fingern; weiter ging es nicht hinein. O gütige Venus! Sofort begann er zu spritzen; mir war's, als ob alle Wollust, die es gibt, gegeben hat oder jemals geben wird, sich in meine Kleine ergösse, als ob alle Wollüste sich in ihr versammelten, damit meine Wollust um so süsser, fröhlicher und angenehmer sei. Mir war's, als strömten aus dem Himmel der Frau Venus die himmlischen Freuden der köstlichsten Wonnen auf meinen Schoss herab. Die flüssigen Blitze der Liebe trafen mich und ich lag ohnmächtig da; selber glühend heiss, schlürfte ich die heissen Tropfen ein. Kein einziger ging verloren. Dann sah ich die Mentula die Flucht ergreifen; sie war völlig erschöpft und nur noch ein Schatten ihrer selbst – keine stolze Heldin mehr, sondern nur noch ein runzeliger, schlaffer Fetzen.

TULLIA: Du warst also Siegerin und triumphiertest über Theodorus. Ging es deiner trefflichen Mutter Sempronia mit Chrysogonus ebenso?

OCTAVIA: O, die Sache war nicht wenig spasshaft – das versichere ich dir bei unseren Spässchen! Du wirst lachen. – ›Ist es dir recht‹, sagte ich zu Theodorus, ›wenn wir jetzt uns mal ansehen, wie Chrysogonus und meine Mutter sich belustigen? wie sie miteinander kämpfen?‹ – ›Mir ist's recht!‹ antwortete er mir mit einem Kuss; ›ich behaupte aber, meines Freundes Chrysogonus Glück, so gross es auch sein mag, lässt sich in keiner Weise mit dem meinigen vergleichen! In deinen Umarmungen, in deinen nektarsüssen Küssen, o du meine Königin, o du meine Göttin, habe ich eine unglaubliche Seligkeit gefunden.‹ – ›Komm mit!‹ sagte ich, ›tritt aber leise auf!‹ In der Scheidewand, die uns von dem Zimmer trennte, darin das Pärchen sich ergötzte, hatte sich ein Brett gelockert. Durch die Ritze, die infolgedessen sich gebildet hatte, konnte man bequem das ganze Zimmer überblicken und darin auch das Bett meiner Mutter. Es war für sie und Chrysogonus Marsfeld und zugleich Venusfeld.

TULLIA: Die Klügsten vernachlässigen oft irgend einen Umstand und das stösst sie dann ins Verderben. Fürchte alles – und du brauchst nichts zu fürchten! Ein Hinterhalt dieser Art, den sie nicht geahnt hatte, wurde Lucien, der Gattin des Maurico Fonseca, zum Verderben. Denn war sie nicht völlig zugrunde gerichtet, da sie die Sklavin der Wollust einer anderen und ihrer eigenen Furcht wurde? Sie liebte einen ihrer Pagen, Juan, ein reizendes Kerlchen. Eine ihrer Zofen, ein sehr heissblütiges Mädchen, war ebenfalls in Juan verliebt. Diese lockerte mehrere Bretter im Fussboden ihrer Kammer, die gerade oberhalb des Zimmers ihrer Herrin lag, und machte mit einem Bohrer mehrere Löcher in die Decke des Zimmers, so dass sie dieses überblicken konnte. Als sie sich nun von Juan verschmäht sah, beobachtete sie Tag und Nacht wie von einer Warte aus alles, was in Luciens Zimmer vor sich ging; von Liebe und Eifersucht verzehrt, liess sie ihrem neugierigen Blick nicht die geringste Kleinigkeit entgehen, die ihre Wut nähren konnte. Eines Morgens begab es sich, dass Juan, zeitiger als gewöhnlich, zu Lucia gerufen wurde; Maurico, der ein wahrer Meleager war, war schon mit Tagesanbruch auf die Jagd gegangen. Die Spitzbübin hört es und eilt auf ihren Beobachtungsposten; sie sieht Lucia im Bett liegen und auf eine Weise in ihre Decken gehüllt, dass ihre Absicht nicht zweifelhaft sein konnte: sie wollte sich ganz nackt sehen lassen, ohne sich jedoch den Anschein dieser Absicht zu geben. Wie wenn es nur Zufall wäre, zeigte sie ihren Hals, ihre Brüste, ihre Schenkel völlig nackt; nur der Unterleib und die Kleine waren bedeckt. Nun höre, welche entsetzliche Schandtat die wutentbrannte Zofe beging: Sie läuft zu Mauricos Schwester Judith, die auf die allgemein gepriesene Schönheit ihrer Schwägerin Lucia eifersüchtig war, und sagt ihr, sie möge sich doch ansehen, was da unten vorgehe. Juan bat seine Herrin, sie möchte doch endlich Mitleid haben mit seiner ihr längst bekannten Liebe, die ihn elendiglich verzehrte. Er drang in sie, sie sollte ihm ihre Tugend ergeben; sie schlug ihm seine Bitte ab, sie setzte sich zur Wehr. ›Lass dir daran genügen, mein Juan‹, sagte sie, ›zu wissen, dass ich dich aufrichtig liebe. Niemals werde ich einwilligen, durch ehebrecherische Umarmungen mich zu besudeln. Niemals, nein! und wenn Könige um meine Liebe buhlten! Was ich für dich tun kann, werde ich herzlich gern dir bewilligen. Weide nach Herzenlust deine Augen an meinen Reizen! Lass deine Augen und deine geschäftigen Hände nach Kräften meiner Schätze gemessen! Aber versuche nichts weiter zu erlangen; der Liebe Müh würde völlig umsonst sein!‹ – ›Ich verstehe, o Herrin!‹ versetzte Juan; ›was Ihr scheinbar meiner Liebe preisgebt – in Wirklichkeit verweigert Ihr es ihr. Ja, ich verstehe! Ich Armer! Bei euch ist all meiner Liebe Müh umsonst!‹ – ›Ich will alles tun, was du verlangst‹, antwortete Lucia; ›da hast du meine linke Hand. Mache Gebrauch von ihr!‹ Dem Jüngling, der noch nicht eben hervorragend ausgerüstet war – er war erst sechszehn alt – stand der Schwanz. Er sagte zu Lucia, sie solle ihn in die Hand nehmen. Lachend tat sie es, indem sie sagte: ›Da siehst du, was für eine gute und mildherzige Herrin ich bin! Ich gebe mich zur gefälligen Dienerin deiner Wollust her.‹ Juan griff mit der Hand erst nach Lucians Brüsten, dann an ihre Kleine. Lucia aber hielt das Hähnchen fest gepackt und streichelte es, während der Knabe, vor dem Bettrand stehend, seine geschäftigen Finger an ihren Schamlefzen spielen liess. Dabei rief er: ›O, was für eine weisse, schöne Hand ihr habt! Wie wunderbar versieht sie mir den Dienst eurer Kleinen! Wie glücklich würde ich euch mit meinem machen, wie würde ich euch mit Seligkeit überschütten. Macht schnell! schneller!‹ Lachend, aber unermüdlich, erwies Lucia ihre Dienstfertigkeit der geschäftigen Mentula, die in diesem Augenblick eine grosse Menge Lebenssaft auf das Leintuch spritzte. Unterdessen war auch die Hand des Pagen nicht untätig geblieben. In der Venusgrotte der keuchenden jungen Frau war sein Mittelfinger eifrig am Werk; vom Brand der Liebe verzehrt rutschte sie hin und her, und gleichzeitig mit dem Jüngling wurde auch sie fertig. – ›Vorwärts! Vorwärts!‹ rief sie liebeglühend; der Page verschloss ihr mit stürmischen Küssen den Mund. Aus seinen heftig von ihm bewegten Lenden brach ein Strom weissen und heissen Liebesgiftes hervor und kitzelte sanft das junge Weib, das die Ehe brach und doch ihre Keuschheit zu wahren wusste. Aber Leid ist nahe verwandt mit der Lust – so wollte es das erbarmungslose Schicksal. Judith frohlockte in freudigem Stolz und rief: ›Jetzt habe ich dich reif, Lucia, für Ketten und Pranger! Ich werde herrschen, du wirst die Sklavin sein. Komm mit, Maucia!‹ – so hiess die Zofe – ›komm mit! Wir wollen gerade Weges zu der Hure gehen; wenn sie nicht einwilligt zu tun, was ich von ihr verlange, so soll sie sterben.‹ Diese Drohungen, im Verein mit ihrer Liebe zu Juan, erfüllten Maucia mit Mitleid, und sie sagte: ›Ich leugne keineswegs, dass beide eine Strafe verdienen. Aber sie haben doch nur einen ausgelassenen Streich unvernünftiger Jugend gemacht, haben sich nicht die schmachvolle Verfehlung einer Jugend zu Schulden kommen lassen, die sich dem Laster ergeben und sich mit Verbrechen befleckt hat.‹ – ›Das werden wir ja sehen!‹ antwortete Judith, ›komm nur mit! Sobald wir in das Lupanar dieser Dirne eingetreten sind, verschliesse sorgfältig die Türen; wenn du dies tust, wendest du ein grosses Unglück von dir ab. Die Folge dieser ganzen Geschichte waren sehr sehr traurige und bittere, teils sehr lustige und süsse Erlebnisse, die sich wohl des Erzählens lohnen würden. Aber fahre fort in der Schilderung deiner Erlebnisse mit Theodorus!‹

OCTAVIA: Als wir auf unserem Beobachtungsposten standen, bemerkten wir Chrysogonus, wie er seine Göttin an der Hand zu dem in der Ecke stehenden Bette führte. Und er sprach: ›Was meinst du wohl, meine Göttin, was Theodorus und Octavia mit einander machen?‹ – ›Ich weiss es,‹ antwortete sie; ›ich habe ein Stöhnen gehört, wie wenn er ihr Gewalt angetan hätte. Er zeigt meiner Tochter den mühseligen Weg zur Seligkeit – und ich bin dessen froh.‹ – ›Durchaus nicht!‹ rief Chrysogonus; ›er zersprengt die Aermste mit seinen fusslangen Keil! Darum schrie sie so! Gerne hätte ich meinen treuen Freund in deine Arme geführt; aber die Liebe, die ich für dich empfinde, erlaubte mich nicht daran zu denken. Ich bin von wütender Eifersucht gegen deinen Gatten erfüllt, weil er meine Genüsse teilt. Ich habe daher meinen Freund überredet, seine Angriffe gegen deine Tochter zu richten; ich wusste dass er nicht würde abgewiesen werden.‹ Mit diesen Worten warf er sie rücklings auf das Bett indem er rief: ›O! was für himmlische Wonnen sind mir beschieden! flösse mit deinen Küssen deinen Geliebten die Wahnsinnsglut der Liebe ein. Errege durch die sinnreichen Künste deiner Wollust in mir dieselben Leidenschaften, die auch dich beseelen.‹ – ›Hole der Henker,‹ antwortete meine Mutter, ›hole der Henker diese abgetragene Kutte mit ihren schäbigen Flicken, die mir so viele Schönheiten philosophisch dunkler Weisheit verhüllt! Eigenhändig werde ich diese Nebelwolken zur Seite schieben, die dich, mein Licht, meinen Augen entziehen. So hoch wie möglich werde ich diesen Weiberrock emporheben. Hol der Henker den Schneider, der ihn gemacht hat! Wie könne solch ein elender langer Rock das richtige Kleid für einen Philosophen sein, da er ja nicht einmal das richtige Kleid für einen Mann ist? Was ein Mann haben muss, das ist ein langer Pflock, nicht ein langer Rock!‹ Sie gab dem sich aufbäumenden Glied abwechselnd Stüber und Küsse, indem sie sagte: ›Sieh doch nur diesen Frechling, der sich gegen die Schamhaftigkeit vergeht! Sieh ihn doch den stolzen Kaiser aller Schwänze! faul und kraftlos liegt er mir in der Hand. Aber sieh doch nur, du schläfriger Schwanz, meine Kleine, wie sie dich zum Zweikampf herausfordert! durch ihren Herold, meine linke Hand, erklärt sie dir den Krieg!‹ – ›Mache deine Brust blos, entblösse sie, meine Königin!‹ rief Chrysogonus. ›Das kannst du ja so leicht, da dein Leib nur von diesem durchsichtigen Röckchen bedeckt ist. Lass mich die milchweissen Kugeln deiner Brüste sehen! zieh deinen Rock aus, wenn du mich vollkommen glücklich machen willst! Zwar auch so bist du schön, aber noch schöner wirst du ganz nackt sein; deine eigenen Reize sind dein schönster Schmuck. Du brauchst keine Kleider und keine Juwelen.‹ Sie tat nach seinen Willen und legte ihr Mieder und ihren Rock ab; nur das Hemd behielt sie an. Chrysogonus befiehlt ihr, auch dieses auszuziehen; herab sinkt das Hemd, und die Wangen der ehrbaren Matrone bedecken sich mit dunklem Purpur der Schamröte. ›Welchen Höhepunkt der Schändlichkeit wirst du mir nun noch zumuten?‹ ruft sie. ›Was wirst du mir jetzt noch befehlen, du mein Herr und Meister, dem ich wohl meine Seele verkauft haben muss!‹ ... Beim Castor! sie hat wirklich einen schönen Körper – eine prachtvolle blendend weisse Haut.

TULLIA: Ich weiss es.

OCTAVIA: Chrysogonus vermag vor Ungeduld nicht länger zu warten und ruft: ›Deine Kleider hast du ausgezogen, jetzt, Sempronia, nimm jene Stellung ein, die wie du weisst, mir so hohen Genuss bereitet!‹ Er legt sich auf den Rücken, sie steigt auf ihn, beugt sich zusammen, um sich auf ihn zu setzen und verschlingt dabei mit ihren Blicken seinen schlanken Speer – den sie mit eigener Hand sich hineinstösst, nachdem sie die Schenkel auseinander gespreizt hat ... ›Dieser Anblick,‹ flüsterte Theodorus mir zu, ›erfüllt mich mit Liebesglut. Wir wollen uns doch unseren eigenen Angelegenheiten zuwenden, meine liebe Octavia; wir sind ja auch nicht von Stein.‹ Wir gehen; er streckt mich auf das Bett hin und lässt mich eine bequemere Stellung einnehmen, als ich sie das erste Mal gehabt hatte. ›Sieh dir doch mal das Ding an, liebe Octavia,‹ sagte er, indem er seine Mentula in der Hand wog; ›wenn du sie dir einmal ordentlich angesehen hast, wirst du deine Mutter nicht mehr um ihren Chrysogonus beneiden.‹ Eine unanständige Neugier – ich muss es gestehen – erfasste mich; ich gebe ihr nach und messe sein Ding. Willst du's glauben, süsse Tullia: dreizehn Zoll, mass bis zur Spitze das Instrument, das vor Aufregung zitterte und mich armes Frauchen mit dem Todesstoss bedrohte! ›Ich habe grosse Angst,‹ sagte ich, dieser lange und dicke Balken passt nicht in mein Sparrenwerk hinein. ›Versuchen will ich's gern; aber bei Venus! schiebe – stosse nicht! lass ihn hineingleiten – nicht mit Gewalt einbrechen; mach es spielend – zerreisse mich nicht!‹ Er hatte schon den Katapult an die Tür angesetzt und bereitete sich zum Sturmlauf auf meine Festung vor. Ich hebe die Schenkel empor – er lässt den Rammbock arbeiten, – ich rühre mich nicht. Er schiebt mit aller Kraft; ich rühre mich nicht. In meinem Leib ist alles zerrissen, zerfetzt, zersprengt. Schrecklich stiess das Ding gegen die innersten Wände an, und unter dem heftigen Andrang des sich hineinschiebenden Keils droht das ganze feste Mauerwerk meiner Burg zusammen zu stürzen. Ich reisse den Speer aus der Wunde heraus; kaum konnte ich das wilde Ding mit meinen Fingern umspannen – solch ein gewaltiges Werkzeug war's! Schnell presse ich ihn zusammen und ein starker Strom von Liebesbalsam bricht hervor. Er reizt auch mich zur höchsten Wollust und mit einem unglaublich süssen kitzelnden Gefühl lasse auch ich es spritzen. Niemals – beim Castor! – hat mit grösserer Wonne meine durstige Kleine die Ambrosia der Liebe geschlürft. Wie glücklich war sie in jenem Augenblick, dass sie so wacker zu schlucken versteht!.. Dann gebe ich Theodorus einen Kuss, werfe die Last von mir ab – denn sie war mir zu nichts mehr nutze

– und schlüpfe munter unter ihm hervor. Dabei fasse ich schnell mit einem lauten Lachen den langen Bart des ehrwürdigen Herrn, indem ich sage: ›Dies ist das Einzige, was an dir meiner Wollust missfällt. Lass mich dir, bitte, diesen gelben Bocksbart abschneiden!‹ Und damit komm ich ihm schon mit der Scheere nahe ... ›Um Gotteswillen, lass das sein!‹ ruft er; ›wenn du mir meinen Bart nimmst, nimmst du mir meine ganze Tugend. Tu doch so was nicht, kleine Närrin! Unsere Weisheit besteht vor allem in unserem Bart und nicht in unserem Lebenswandel; dank unserem Bart sind wir Jupiter und die zwölf oberen Götter. Die Halbgötter und der grosse Haufe der anderen Gottheiten sind bartlos. Der Bart ist das Zeichen eines ernsten, bedeutenden Mannes; auch ein Kaiser bedarf der Majestät eines solchen langen starkes Bartes. Ich sah einmal – der Vikar des Abtes von Saint-Denis zeigte mir sie – die in griechischer Sprache geschriebenen Betrachtungen des Arepagiten Dionysius, ein Geschenk – so behaupteten sie wenigstens – des byzantinischen Kaisers Manuel an Kaiser Karl den Kahlen. Auf dem Deckel des Buches sieht man das Bildnis Manuels mit seiner Gattin und seinen Kindern. Manuel trägt einen langen Bart, der ihm bis zur Mitte der Brust herabwallt. Das Buch war sehr kunstvoll mit einem reichen Schmuck von kostbaren Steinen und Gold geziert. Das Gold und die Edelsteine hatten die ehrlichen Mönche entfernt. Der ist nämlich nicht von Gold. Ihren Heiligen Dionysius hätten diese Mönche von Saint-Denis seinen goldenen Bart nicht vorenthalten, gerade wie bei den Syrakusanern Apollo seinen goldenen Bart bekam.‹ So sprach Theodorus. Ich aber antwortete: ›Auch ich werde die Zier deines Bartes nicht anrühren. Meinetwegen mögest du ihn behalten. Du hast mich ja, obwohl arm und bloss, mit so vielen Gaben beschenkt – nämlich mit den reichen Schätzen der gütigen Venus.

TULLIA: Aber du hattest ja deine Wonne nicht einmal voll auskosten können, du armes Kind! Und doch hat dein Caviceus auch nicht weniger als elf Zoll.

OCTAVIA: Unsinn! Höchstens neun! Was will das besagen im Vergleich mit Theodorus?

TULLIA: Bei meiner lieben Frau Pertunda! Warum hat weder Callias noch Lampridius eine so schöne Mitgift erhalten?! Aber ich werde sie auch kosten! ja, ich werde sie kosten!

OCTAVIA: Du sagtest doch vorhin, wenn ein Weib für schön gelten solle, so müsse seine Muschel nur eine schmale Oeffnung haben, um den Liebestau empfangen zu können. Uebermächtige Dicke ist daher an der Mentula kein Vorzug, weil eine von solcher bearbeitete Kleine nicht ihre schöne Form bewahren kann. Der Weg, der zum Glücke führt, muss eng sein; das Opfer der Liebe ist niemals süsser, als wenn es in recht engem Raum vollzogen wird. Hierauf bezieht sich das witzige Wort des Fürsten Don Juan d'Austria, der zugleich auch der Fürst der Onanisten war. Er sagte nämlich: in seiner Hand besitze er jede ihm beliebige Scheide und zwar eine, die niemals zu weit sei und niemals üblen Geruch aushauche.

TULLIA: Ausserdem preist man besonders jene Muscheln, die nicht gar zu weit unten sitzen, sodass sie völlig zwischen den Schenkeln verborgen sind; sie darf vielmehr nur neun bis zehn Zoll vom Nabel entfernt sein. Bei den meisten Weibern sitzt die Liebesgrotte so tief unten, dass man sie leicht mit dem anderen Wege zur Wonne verwechseln könnte. Mit solchen ist der Beischlaf schwer zu vollziehen. Theodora Aspilqueta konnte nicht entjungfert werden, als bis sie sich platt auf den Bauch legte, die Kniee aufstützte und die Lenden emporstreckte. Vergebens hatte, so lange sie auf dem Rücken lag, ihr Gatte bei seinen Versuchen sich in Schweiss gearbeitet. Der Liebe Müh war völlig umsonst gewesen ... Endlich muss das Schiffchen unter einem etwas erhöhten Hügel, gleichsam unter dem Schutze eines Vorgebirges liegen. Sind alle diese Eigenschaften vereinigt, so ist das, was jedem der es sieht, schön erscheint, auch für den schön, der darin arbeitet. Dagegen ist es an einem Weibe geradezu ein Schönheitsfehler, wenn es zu eng gebaut ist. Ich habe Rechtsgelehrte behaupten hören, ein Mädchen, das so eng gebaut sei, dass es nicht zur Frau gemacht werden könne – dies ist der technische Ausdruck – könne nicht als gesund angesehen werden. Die Frauen, deren Scheide zu eng gebaut ist, sind fast immer unglücklich. Von Cornelia, der Mutter der Gracchen, erzählt man, sie habe von Geburt an so enge Genitalien gehabt, dass sie mit grössten Schwierigkeiten habe zur Frau gemacht werden können. Als dann die Gracchen erschlagen waren, erschien ihre Mutter um so unglücklicher, je glücklicher sie wegen der Geburt ihrer Söhne gepriesen worden war. Was man von, versperrten Jungfrauen‹ erzählt, ist alles unwahr; das sind lauter zu betrügerischen Zwecken erfundene Kniffe.

OCTAVIA: Man behauptet auch, der Mund oben im Gesicht gebe einen Massstab ab, wonach man auf die Grösse des Mundes unten schliessen könne. Ein Weib, das einen kleinen Mund zum Sprechen habe, besitze – sagt man – auch einen kleinen Mund zum Lieben.

TULLIA: Geschwätz! Und Geschwätz ist auch, was diese Geometer der Liebe sonst noch faseln: die Grösse des Fusses zeige die Weite der Tür an, durch die man ins Allerheiligste der göttlichen Jungfräulichkeit eintritt. Possen! Ich kannte Weiber, die ein kleines Mündchen und ein kleines Füsschen haben: zwischen ihren Beinen aber klafft ein weiter Schlund, worin die Spinnen ihre Netze weben. In dieser Beziehung gibt es keine feste Regel. Die einzige, die sich aufstellen lässt, ist folgende: für jede Klinge ist eine passende Scheide vorhanden. So hat es die Natur eingerichtet. Ist es eine dünne Klinge, so zieht die weite Scheide sich von selber zusammen? ist es ein riesiges, unhandliches Schwert – eine Durendorte oder ein Flamberg – so dehnt die Scheide sich aus und beglückt empfängt das Haus den beglückten Gast.

OCTAVIA: Ja, so ist es. Das weiss ich aus eigner Erfahrung. Bestimmtes lässt sich nicht aufstellen – bei Perags Hodensack. Wenn die Kämpen mit einer fürchterlich starrenden Lanze nicht für alle Weiber gut sind, so passen sie doch der einen oder der anderen. Heliogabal hatte einen Sklaven mit einem ungeheuerlichen Penis. Er hiess Onon. Den Pygmäen hängt der Penis bis an die Fussknöchel herab. Wenn er bei unseren Landsleuten bis zu den Knieen herabhinge, würdest du deshalb vielleicht glauben, eine solche Stossmaschine sei unverwendbar? Du würdest dich täuschen. Aber bei den allermeisten Männern geht die Länge des Gliedes nicht über sieben oder acht Zoll hinaus. Dies ist das gewöhnliche Mass. Was meinst du wohl? Die sind durchaus nicht gänzlich unnütz zu den Werken der Venus und die Göttin versagt auch ihnen nicht ihre Huld. Sie finden bei Frauen Verwendung, für die die Grösse des Gliedes keine Rolle spielt, und dieser Vorzug empfiehlt sie als Gatten. Herzog Fernando und Markgraf Vasto sind Männer von grossen Namen, aber kleiner Mentula. Und doch haben auch sie Frau und Kinder. Vastos Gattin ist schön und eifrig im Liebeskampf; ihre Kinder sind hübsch und berechtigen zu den höchsten Hoffnungen. Eine Mentula ist immer dick genug und lang genug, wenn sie dem Liebhaber und der Geliebten gefällt. Wenn Einer einmal gefällt, so gefällt alles an ihm. Lieber will ich mir in mein Schifflein von einem Freunde ein Nägelchen einschlagen lassen, als von einem andern einen knüppeldicken Nagel. Diese Erfahrung mache ich selber gerade in diesem Augenblick, liebe Tullia, denn ich nähre in meinem Busen eine hübsche kleine Turteltaubenliebschaft. Ein Knabe, den Venus und die Grazien selber so schön gemacht haben, wie sie nur können, geniesst bei verschwiegener Nacht meines Leibes, und sein Penis ist weder lang noch dick. Und doch hat niemals ein Mann mir grössere Wonnen bereitet. Ich bedeute für ihn den Gipfelpunkt der Wollust und dasselbe ist auch er für mich.

TULLIA: Was erzählst du mir da? Wer ist denn jener Knabe?

OCTAVIA: Meine Mutter hat ihn mir zum Geschenk gemacht; sie hat ihn unter den hübschesten Pagen zu diesem Zweck ausgewählt. Seine Mutter ist Manilia, die Schwester meiner Amme. Am 20. September ist er vierzehn Jahre alt geworden; an Schönheit muss man den Knaben noch über Phoebus stellen.

TULLIA: Ich habe den hübschen kleinen Mann selber schon gesehen. Sempronia hatte ihn den Akademikern zur Erziehung anvertraut; sie sind Gelehrte, und das ist ein grosser Vorzug; sie sind brave Leute, und das ist noch mehr wert.

OCTAVIA: Ich will vor dir keine Geheimnisse haben, liebste Tullia. Wenn unsere Liebhaber aus ihrem Leibe in den unsrigen den hervorsprudelnden Saft der Wonne sich ergiessen lassen, so sagen sie, sie gemessen unser. So geniesse auch ich deiner Seele und deiner ganzen Persönlichkeit, wenn ich dir meine geheimsten Gedanken in die Seele einflösse. O, welch süsser Genuss! O, welch süsse Wollust voller Liebkosungen für meinen Geist liegt in dieser Vereinigung unserer Seelen.

TULLIA: Und ich, mein geliebtes Herz, bin immer der Meinung gewesen, du seist nicht nur mein anderes Ich, sondern du seist geradezu eins mit mir. Ich habe meine Leidenschaften deinen Augen zur Schau gestellt, und ich schäme mich dessen nicht. Ich habe dich in die geheimsten Regungen meines Busens eindringen lassen, und ich bereue es nicht. Sprich!

OCTAVIA: Ich komme gleich auf diese Geschichte zurück! ... Nachdem Alfonso eine Menge geistreicher und anmutiger Bemerkungen gemacht hatte, stand Aloisia auf und sprach: ›Soll ich auch meine Meinung sagen? Ein freimütig redender Mund, ein Herz ohne falsch, eine Kleine, die weder zu leicht gewährt noch zu störrisch weigert, bewegliche Lenden, ein gewandter Geist – dies alles zusammen macht, meiner Meinung nach, die Schönheit aus. Sokrates wird derselben Meinung sein wie ich, wenn's ihm juckt.‹ Sprach's und wir lachten. Plötzlich klopft es an die Tür. Gütige Götter!

TULLIA: Wer klopfte denn?

OCTAVIA: Theodorus und Chrysogonus. Ich dachte, ich sei des Todes, als ich sie sah. Sie begrüssten Eleonora. Theodorus schielte zu mir hinüber und grüsste mich mit einem Zwinkern seiner Augenlider. Alfonsus warf sich Chrysogonus in die Arme. Unter eifrigem Plaudern führte Theodorus mich in den Park. Er pries meine Schönheit und Jugendfrische und überhäufte mich mit einer grösseren

Menge Redeblumen als im Garten natürliche Blumen wuchsen. ›Wenn ich dich sehe,‹ sprach er, ›entbrennt meine Liebe in neuer Glut. Habe Mitleid mit mir. Chrysogonus und Eleonora sind glücklich und zufrieden – sie besorgen ihre Angelegenheiten. So lass auch uns an die unseren denken!‹ – ›Wie geht es denn meiner Mutter Sempronia,‹ antwortete ich; ›hast du mir nichts von ihr zu bestellen?‹ – ›Sie hat mich beauftragt, ich möchte dir empfehlen, an deine Gesundheit zu denken. Sie war gerade dabei, einen Pagen zu kämmen und zu putzen Glücklich die Frauen, die dereinst mit diesem anmutigen, schönen Jüngling schlafen werden!‹ Diese Worte entzündeten in mir ein heftiges Feuer, liebe Tullia. Ich fühlte das Mark in meinen Knochen brennen und meine Venusader wild werden von verliebter Begier; seit zwei Monaten verkehre ich mit Roberto ... ›Deine Mutter,‹ fuhr Theodorus fort, ›erwartet eine von euren Verwandten. Wen? das weiss ich nicht. Nur so viel ist mir bekannt, dass sie aus der Familie Ponce stammt. Roberto hat mich gebeten dir zu sagen, dass er deinen Sperling, den du ihm anvertraut hast, mit der grössten Sorgfalt pflegt. Das Vögelchen piepst fortwährend nach dir und sucht in unermüdlichem Hin- und Herfliegen immer wieder deinen Busen. Aber habe Mitleid mit mir, Octavia! Ich sterbe vor Liebe. Wer könnte auch wohl, nachdem er dich einmal gesehen hat, sich dem Tribut entziehen, den wir alle ohne Ausnahme der allmächtigen Wollust zahlen müssen?‹ Während wir im Garten lustwandelten, war ein Diener aus Eleonoras Hause uns nachgeschickt worden, um mir einen Brief zu bringen. Er sagte, mehrere Personen, die zu Wagen aus der Stadt gekommen seien, wünschten mich zu sehen. Ich folge dem Diener, der mir den Weg zeigt, und lese im Gehen den Brief. Er war von meiner Mutter, die mir folgendes schrieb:

›Ich schicke, liebes Kind, deinen schönen Liebesgott zu dir, die du seine Liebesgöttin bist. Er hat mir durch seine Bitten und Tränen diese Gunst abgepresst. Der Flüchtling hat sich jedoch in eine unseres Geschlechtes verwandelt, indem er ein Kleid angezogen hat, und er verleiht unserem Geschlecht einen neuen Glanz. Wer ihn sieht, wird ihn für ein Mädchen halten und seine Schönheit preisen; ich möchte, auch du merktest nichts davon, dass er ein Knabe ist. Schone nur seine zarten Glieder! Wie dem aber auch sei – ich werde mich deines Glückes freuen. Das Uebrige wirst du von der Amme erfahren. Geniesse und behalte mich lieb.‹

›Welche Genüsse,‹ sagte ich bei mir selber, ›werden mich zu den Himmlischen erheben! Ich glückliches Weib! Durch dieses Geschenk meiner Mutter bin ich den Göttinnen gleich!‹ ... Als ich wieder den Saal betrat, fand ich dort ein Mädchen von göttlicher Schönheit, sorgfältig frisiert, elegant gekleidet, auf einen Stuhl sitzen. Sie war

allein; mit einem köstlichen Ausdruck der Bescheidenheit auf ihrem
Antlitz begrüsst sie mich, sowie ich eintrete, mit einem tiefen Knix
nach Frauenart. Ich erwidere ihre Verbeugung. Neugierig hefte ich
meine Blicke aufsein Gesicht, bleibe stehen und denke: es ist Roberto!
Dann aber sage ich mir wieder: nein, er ist es nicht! Je näher ich
komme, desto stärker werden meine Zweifel. Er kam mir nämlich
vielgrösser vor und sein Gesicht trug einen ganz eigentümlich jungfräulichen Ausdruck. ›Sind schon viele Tage verflossen,‹ rede ich sie
an, ›seitdem du, o schöne Göttin, vom Himmel herabgestiegen bist.‹
Das junge Mädchen lächelt, und am Lächeln erkenne ich Roberto.
Er schlingt seine Arme um meinen Hals und gibt mir einen Kuss;
ich küsse ihn wieder. Was für Küsse, gütige Venus, gibt er mir, gebe
ich ihm! Die Amme eilt herzu und sagt zu uns: ›Nehmt euch in acht!
nehmt euch in acht auch vor der boshaften, scharfäugigen Neugier
der Diener, die hier überall herumstreichen. Deine Mutter empfiehlt
dir zu sagen, das junge Mädchen sei eine Verwandte von dir, eine
Ponce, und sie habe aus religiösen Gründen eine weite Reise gemacht.
Was ich dir ausserdem noch zu sagen habe, wirst du später erfahren.
Für den Augenblick nehmt euch nur in acht, dass euch keine Unvorsichtigkeit entfährt, die euch allen beiden schaden könnte.‹ Während
wir noch sprechen, treten plötzlich Aloisia und Isabella mit Alfonso
und Theodorus ein. Diana Ponce – unter diesem Namen liess Roberto
sich vorstellen – grüsste die ganze Gesellschaft mit vollendetem Anstand wie eine vornehme junge Dame. Alle bewunderten das schöne
Kind; alle sagten, sie sei von einer seltenen Schönheit, von einer
übermenschlichen göttlichen Schönheit. – ›Mit Tagesanbruch,‹ erzählte Roberto, ›bin ich in der Stadt angekommen und morgen in aller
Frühe muss ich meine Reise fortsetzen. Aber es war mir eine süsse
Freude, ein paar Stunden der Gesellschaft und Unterhaltung meiner
Base gemessen zu können; eure höfliche Liebenswürdigkeit aber be-
wirkt, dass mein Glück mir doppelt so gross erscheint – wenn dies
überhaupt möglich ist!‹ Niemand dachte an eine Verkleidung und
um dem Verdacht keinen Anhalt zu geben, sagte ich, ich wolle eilends
Eleonoren aufsuchen, um sie nicht länger des Anblicks einer solchen
Schönheit zu berauben. Theodorus ging mit mir. Wir begeben uns
zu Eleonora. Die Türen ihres Zimmers waren verschlossen: sie hatte
sich noch nicht den wilden Angriffen des Chrysogonus entzogen..
Ich sehe durch das Schlüsselloch ...

TULLIA: Und was siehst du? Du lachst ja.

OCTAVIA: Eleonora hatte den Rock hochgehoben und sass mit gespreizten Schenkeln auf einem Stuhl. Auf ihr ritt Chrysogonus und
bewegte mit mächtigen Stössen den Hintern. Theodorus sah ebenfalls
durchs Schlüsselloch und sprach darauf zu mir: ›Jetzt, o meine

Hoffnung, habe doch Mitleid mit der Begier, die mich verzehrt. Ein solches Bild der Wollust macht mich tot!‹ Ich wollte ihm aber nicht zu Willen sein. Es war sicherer, wenn ich mich für meine Liebe zu Roberto und für die schlaflose Nacht, die uns bevorstand, keusch erhielt. Daher antwortete ich: ›Leider kann ich nicht; die Menstruation befleckt mir den Sitz der Wonne. Eleonora allein wird dich und deinen Freund befriedigen können; gerade eben ist sie ja fertig geworden.‹ Sie kam nämlich in diesem Augenblick lachenden Mundes auf uns zu und sprach: ›Nun, Octavia, ist dir Frau Venus hold gewesen?‹ – ›Sie hat mich nicht einmal angesehen!‹ antwortete ich; ›und in den nächsten acht Tagen ist jede Hoffnung auf Liebe für mich völlig ausgeschlossen. Aber ich habe eine Bitte an dich, und zwar eine ganz ernstliche.‹ – ›Was denn für eine? Ich bewillige sie dir im voraus. Was könnte ich dir wohl abschlagen, meine süsse Octavia?‹ – ›Schön!‹ versetzte ich; ›ich bitte dich mir deinen Gaul, deine beweglichen Lenden zu leihen!‹ – ›Du treibst Possen, Närrin!‹ antwortete sie; ›was wolltest du mit meinem Rösslein anfangen? Du hast ja keinen Sporn.‹ – ›Wenn du es Theodorus leihst, so ist das so gut, wie wenn du es mir selber liehest.‹ Chrysogonus vereinigt seine Bitten mit den meinigen, und dank unserer Beharrlichkeit tragen wir endlich den Sieg davon. ›An den Galgen mit euch allen,‹ ruft sie lachend, ›die ihr mich zwingt, mich zum zweitenmal unter die Presse nehmen zu lassen.‹ Wir entfernen uns; Theodorus aber umarmt Eleonoren und spricht: ›Fürwahr, ihr müsst ein Liebling des Schutzgottes der Philosophie sein, denn euch wird der Ruhm zu teil, an einem und demselben Tage von zwei philosophischen Schwänzen bedient zu werden. Mögen günstige Gestirne dir vergelten, was wir deiner klugen und edelmütigen Kleinen verdanken. Mögen Amor und Venus sie beständig mit unendlichen Strömen von Wollust übergiessen und mit wonnevollen Tau sie benetzen! Mögen deine Wonnen über alles Mass und Ziel hinausgehen!‹ Hierauf wirft er sie rücklings über das Bett, legt sich auf sie und tut in die wohlgesalbte Venuspfanne das dicke saftige Stück Speck, das er aus seinem Speiseschrank hervorgeholt hat. – ›In mir allein,‹ ruft er, ›besitzet ihr, o Herrin, drei Lampsakische Priape und vier Herkulesse. Macht euch das zu nutze, denn deine Lenden sind ja nicht lahm und dein Cherson ist voller Weisheit.‹ – ›Gewiss werde ich's mir zu nutze machen,‹ sagt Eleonora; im selben Augenblick aber, wo Theodorus seine Riesenrute in ihren Unterleib hineinstösst, schreit sie auf: ›Du tötest mich, du Henker!‹ Er lässt sich in seinen heftigen Stössen nicht stören und bald geht der Schuss seiner Wurfmaschine los. ›Das heisst aber kein Liebesspiel treiben, sondern ein Weib auf das erbärmlichste zerfetzen!‹ ruft Eleonora. ›Du hast mir den Tod in den Leib gepflanzt und nicht das Kraut Moly.‹ Ich eile herbei, umarme, küsse sie. Die beiden Freunde verabschiedeten sich und gingen nach der Stadt zurück, nachdem sie den Zoll erhoben hatten, den die Regeln ihres philosophischen Instituts ihnen einzufordern vorschrieben. Sie waren über alle Massen fröhlich und guter Dinge. Eleonora streckte ihre ermatteten Glieder auf einem Bette aus und wir verbrachten den Rest des Tages mit Spielen und Belustigungen. Diana erregte mit ihren Fragen wie mit ihren Antworten die höchste Bewunderung der Gesellschaft. Alfonso pries begeistert ihre Anmut, und Eleonora stimmte ihm zu. Diana aber sagte: ›Warum preiset ihr an mir diese Schönheit, die nur ein vergängliches, schnell dahin welkendes Verdienst ist? Ihr preist mich nicht wegen des Besitzes einer so ausgezeichneten Base, die der Tugend selber als Muster von Tugend dienen könnte! Und doch hat dieses Geschenk, mit welchem mich die Götter begnadet haben, einen viel höheren Wert!‹ Ich erwiderte nur wenige, aber wohlgesetzte Worte. Roberto gefiel der Gesellschaft ganz ausserordentlich durch solche Reden, und er versetzte mich dadurch von neuem in Liebesglut. Aber wenn's dir recht ist, liebe Tullia, so will ich die Geschichte vom Beginn an erzählen.

TULLIA: Wäre Roberto nicht dein, so wollte ich, er wäre mein!

OCTAVIA: Vor sechs Monaten etwa befand ich mich eines Tages mit meiner Mutter zusammen in unserem Park. Sie sprach viel von ihrer Liebe und Sorge um mich und rief mir alle jene Beweise, die sie mir seit meiner zartesten Kindheit davon gegeben hatte, ins Gedächtnis zurück. ›Jetzt aber,‹ fuhr sie lächelnd fort, ›mache ich dir ein Geschenk, das an Wert alle früheren bei weitem übertrifft.‹ Ich dankte ihr. Ein paar Tage darauf kam Roberto in unser Haus. Sie sagte ihm, er solle mit uns speisen; bei Tische betrachtete er uns unverwandt mit Augen, denen man die Begierde nach so viel Reizen deutlich ansah. Ich war bezaubert; und obwohl ich von der Sache noch nichts wusste und nichts erriet, wuchs doch schon meine Liebe zu den Knaben. ›Ich möchte, du zeigtest dich ein wenig kecker,‹ sagte meine Mutter zu dem Pagen; ›sprich frei heraus; ich weiss du hast bedeutende Geistesanlagen.‹ – ›Da ihr es denn befehlt, o Herrin, so werde ich ein wenig die Ehrfurcht ausser acht lassen, die ich euch schulde, und werde von meiner Pflicht abweichen, um nur nicht ungehorsam zu erscheinen. Denn ich bin von Natur der ergebenste Diener und es ist meine Pflicht, ein solcher zu sein.‹ – ›Er weiss seine Worte wohl zu setzen,‹ fiel ich ein. – ›Aber,‹ fuhr er fort, ›beseelt mit eurem Geist den Geist, den ihr mir zutraut, und ich werde Geist haben. Denn in euch vereinigen sich, durch Jupiters Huld, Schönheit des Körpers und Vorzüge des Geistes.‹ – ›Höre, Roberto!‹ begann meine Mutter wieder: ›Octavia findet sich selber nicht schön. Ist sie es nach deiner Meinung?‹ – ›Sehr schön erscheint sie mir, bei allen Göttern und Göttinnen! Und sie ist wirklich schön! Sie könnte den

Göttern Liebe und den Göttinnen Eifersucht einflössen.‹ – ›Aha! Und wenn Octavia deine Liebe erwiderte, würdest du sie dann lieben?‹ fragte meine Mutter lächelnd. – ›Ich werde sie lieben,‹ antwortete er, ›auch wenn sie meine Liebe nicht erwidert. Ich bin nur ein armer Knabe. Wie wäre es möglich, dass sie meine Liebe erwidern könnte? Sie ist reich beglückt mit allen Gaben der Natur und des Schicksals und mit allen Tugenden. Wie wäre es möglich, dass sie mich liebte?!‹ – ›Gewiss wird es mir angenehm sein, von dir geliebt zu werden, der du ein so liebenswürdiger Knabe bist. Willst du mein zweiter Gatte sein?‹ – ›Ihr entehrt den Namen »Gatte«‹, versetzte er, ›wenn ihr ihn mir beilegt. Lasst mir den Namen eines Sklaven, eines Bedienten. Ich werde ihn durch meine Bemühungen für euch, Ehre machen, so sehr ich's nur vermag.‹ Als das Mahl zu Ende war, kehrte er zur Akademie zurück, und ich fühlte, dass mit ihm ein Teil meiner Seele ging. – ›Was hältst du von dem jungen Menschen?‹ fragte meine Mutter mich. – ›Er ist ein Liebesgott, der hübscheste aller Liebesgötter, und er ist vom Busen der Frau Venus zu uns geflogen.‹ – ›Meinst du nicht,‹ fragte meine Mutter weiter, ›dass diejenigen recht glücklich sein werden, die ihn dereinst in ihre Arme schliessen dürfen?‹ – ›Wie sie unglücklich sein sollten, das vermag ich in der Tat nicht einzusehen,‹ antwortete ich. ›Eine Königin würde froh sein, ihn als Eidam zu erhalten.‹ So hielt ich in meinen Adern die geheime Wunde offen, liebe Tullia. Endlich, nachdem ein Monat verstrichen war, kam meine treffliche Mutter meiner aufkeimenden Liebe zu Hilfe. Sie befahl Roberto, uns wieder zu besuchen; sie liess ihn in zwangloser Weise mit mir verkehren. Die Liebe, die die Schicksalsgötter uns einflössen, ist erfinderisch. Das Kind, das infolge seines Alters noch nicht so recht geschickt zur Liebe ist, verzehrt sich vor Liebe, weil es nicht weiss, wie es es anzufangen hat. Um jene Zeit geschah es, dass meine Mutter in eine schwere Krankheit verfiel. Sobald sie ihre Gesundheit wieder erlangt hatte, sagte sie zu mir: ›Dank deiner Pflege und Sorgfalt, meine liebe Octavia, bin ich dem Tode entronnen, und ich wäre undankbar, wenn ich dir für deine Güte nicht in derselben Weise danken würde. Ich versprach dir – erinnerst du dich? – ein Geschenk, das an Wert alle meine anderen Geschenke übertreffen würde.‹ – ›Wohl erinnere ich mich, liebe Mutter,‹ antwortete ich, ›und alles was von dir kommt, wird mir über alle Massen wertvoll sein.‹ – ›Ich will,‹ fuhr sie fort, nachdem sie mir einen Kuss gegeben hatte, ›ich will dir Roberto zum Geschenk machen, diesen süssen Knaben, den Juno mit Freuden als Geschenk empfangen würde. Du wirst rot? Ich habe wohl gesehen, dass du ihn liebst.‹ – ›Das leugne ich nicht, liebe Mutter,‹ antwortete ich. – ›Um deinetwillen lass ich ihn erziehen; für dich habe ich ihn bestimmt. Damit er deines Wohlwollens würdig sei, wünsche ich, dass er sorgfältig in allen Tugenden und Wissenschaften unterrichtet werde. Ich selber werde ihn dir in die Arme führen. Aber er ist ein sehr zartes Kind. Wenn du zu heftig deine Liebe zu ihm befriedigst, wirst du ihm schnell Schönheit und Leben rauben. Vergiss das ja nicht!‹ – ›Ich werde es nicht vergessen,‹ sagte ich. Drei Tage darauf fragte sie mich bei Tische, ob ich den nächsten Tag zu Hause zu bleiben gedenke. Ich antwortete, dies sei meine Absicht. Hierauf lobte sie sehr das Hauskleid, das ich trug – ein weites, faltenreiches Gewand aus den feinsten Linnen. ›Dieses Kleid,‹ sagte sie, ›verbirgt deine Reize nicht, und enthüllt sie doch nicht. Du siehst wundervoll gut darin aus. Ziehe kein anderes an!‹ Ich versprach ihr, das Kleid anzubehalten.

TULLIA: Was dachtest du bei dir selber von deiner Liebe?

OCTAVIA: Ich dachte nicht, dass ein solches Glück so bald schon mir beschieden sein sollte. Meine Mutter gab mir eine angefangene Stickerei, indem sie sagte: ›Ergänze mit deiner Nadel die noch fehlenden Stellen; du bist ja eine so geschickte Stickerin.‹ Ich ging in mein Zimmer. Es war am zwanzigsten Mai. Ich setze mich auf ein mit einer seidenen Decke belegtes niedriges Ruhebett. Mein Geist erging sich in den phantastischen Wolkengebilden meiner Gedanken, und ich verfiel in einen Zustand zwischen Schlafen und Wachen. In diesem Augenblick tritt Manilia ein und führt den Knaben auf mich zu: an seinen Schultern waren Flügel befestigt, ein Köcher hing ihm zur Seite, in der Linken trug er einen Bogen, in der Rechten einen Pfeil. Er sah aus wie Cupido – und wahrhaftig, er war ein Cupido! ›Venus, meine Mutter, schickt mich zu euch,‹ sagte das Kind zu mir mit schmeichelnder Stimme. ›Sie weiss, dass sie an Schönheit von euch besiegt ist, und darum wünscht sie, dass ich euch diene, denn ihr seid die Königin der Liebesgötter.‹ – ›Du sollst nicht dienen!‹ antwortete ich. ›Nicht dienen sollst du, allerschönster Amor; sondern wenn du aus Herzensgrund der meine sein willst, so sollst du herrschen!‹ – ›Aber,‹ sagte Manilia, ›ihr dürft doch nicht den ganzen Tag mit Redensarten verlieren. Tritt ein wenig zur Seite, schöner Amor!‹ – Sobald er sich etwas entfernt hatte, fuhr sie fort: ›Deine Mutter und ich schenken dir in aller Form Rechtens diesen Knaben. Er ist von zartem Körper und seine Lenden sind noch nicht so recht fest. Verwende ihn zu deiner Wonne aber gehe sparsam mit seinen Kräften um. Wenn du anders handelst, so wird er verwelken, wie eine Blume, die der Frosthauch des Winters trifft.‹ – ›Ich Arme, ich sterbe ja vor Liebe zu diesem Kinde,‹ antwortete ich, ›und meine Liebe und meine Wünsche sind befriedigt wenn ich nur weiss, dass er wirklich mir angehört.‹ – ›Schone den Jungen!‹ wiederholte die Amme. ›Für heute – das glaube nur! – wird es für deine Wollust völlig genügen, wenn du dem Knaben seine Jungfernschaft nimmst, was übrigens nicht ohne Schmerz für ihn abgehen wird. Denn seine Mentula ist noch von der Vorhaut bedeckt, und nicht ungestraft wird sie ihr Haupt vor ihrer Königin entblössen. Er hat versprochen, sich wacker halten zu wollen; flösse ihm nach deinem Belieben heisse Begierden ein, indem du deine wollüstigen Reize ihm zur Schau stellst!‹ Hierauf nahm sie dem schönen Armor die Flügel ab, indem sie sagte: ›Ich will, dass du beständig seist; ich will nicht, dass du ihr davonflatterst!‹ Auch den Köcher und die Pfeile nahm sie ihm ab, mit den Worten: ›Jetzt musst du von anderen Pfeilen Gebrauch machen; mit anderen Waffen musst du kämpfen.‹ – ›Ich verstehe,‹ erwiderte er, ›und meine Göttin wird es spüren, dass ich einen Pfeil habe mit dem ich sie bekämpfen kann.‹ Die Amme ging und schloss hinter sich die Tür.

TULLIA:

Nun singt den Päan! singet ihn stets aufs neu!
In meine Netze ging die Beute, die lang ich begehrt!

OCTAVIA: Freudetrunken eilt der Knabe auf mich zu und ruft: ›O Herrin, o Herrin! jetzt schäme ich mich meiner Jugend. Ich fühle so recht, wie sehr man sich schämen muss, nur ein Kind zu sein. Ich werde meiner Seligkeit nicht gewachsen sein!‹ – ›O nein!‹ antwortete ich, ›du wirst dich allen Anforderungen gewachsen zeigen, wenn du meine Liebe, die deine Seligkeit sein wird, mit deiner Liebe erwiderst, die mich beseligen wird. Mehr verlange ich für meine Person nicht von dir.‹ – ›Aber dies macht noch nicht die ganze Liebe aus!‹ rief er, ›ich bin ein Anfänger und darum wird mein Anfang nichts taugen; ich bin ein Kind und darum wird das Ende auch nicht besser sein!‹ – Wir setzen uns auf das Ruhebett; ich gebe ihm einen Kuss; meine Augen sprühten nicht blosse Funken, sondern ganze Feuersbrünste. Er lässt seine Hand in mein Mieder gleiten. Da sage ich: ›Was willst du denn? Du beträgst dich ja kecker, als sich's geziemt.‹ Er befingert meine Brüste, er küsst meinen Mund, er entflammt mich. Und so niedlich und wonnig machte er dies alles, dass ich mich nicht enthalten konnte, ihn mit meinen Armen zu umschlingen. Da fährt er mit seiner Rechten mir unter den Rock. ›Nun?‹ frage ich, ›was suchst du denn da?‹ – ›Ich suche meine Gattin!‹ antwortet er, ›da drinnen wohnt sie.‹ – Ich lache laut auf und sage: ›So etwas unanständiges kann ich nicht dulden, denn ich bin eine anständige Frau!‹ – ›Wie könnte wohl an euch etwas unanständiges sein? Quält doch nicht euren kleinen Mann, indem ihr mich zurückstosst! Ergebt euch der Liebe!‹ – ›Ich ergebe mich,‹ antworte ich, ›einem so hübschen, so geistreichen Liebesgott. Dein bin ich, mein Amor. Ich gehöre nicht mehr mir selber; nur für dich lebe ich noch!‹ Unterdessen hatte seine Knabenhand sich verirrt; sie kannte ja noch nicht den Weg der Venus. Dicht über dem Knie hielt sie inne; dann irrte sie an den Schenkeln umher und endlich, Tullia, kam sie an meine glatten, sanft gerundeten Hinterbacken. Weiter ging seine Kühnheit nicht; überhaupt benahm er sich hierbei ganz und gar wie ein Kind. ›Weisst du schon, mein Cupido,‹ fragte ich ihn, ›wozu dein und mein Leib gut sind.‹ – ›Ich glaube wohl es zu wissen,‹ antwortete er, ›aber ich bin doch meiner Sache nicht ganz sicher. Ich habe auf Gemälden das Liebesspiel abgebildet gesehen.‹ – ›Du wärest würdig, eine schönere Frau zu besitzen, als ich es bin,‹ fuhr ich fort. ›Nimm dir alles was du willst; brauche es, geniesse es, sei mein Gatte.‹ Er holte seine Mentula aus ihrem Gefängnis heraus. ›Was gedenkst, du denn mit diesem niedlichen Ding zu machen?‹ fragte ich ihn. – ›Ich werde alles damit machen, was ihr verlangt.‹ Das Vorspiel begann; er geriet in Feuer. Er fühlte wie seine Venusfackel sich entzündete, wie seine Mentula vor Wonne anschwoll. Er fiel vor mir auf die Kniee und bat mich, ihm zu verzeihen, wenn er sich ungeschickt und unpassend benehmen sollte. Ich lag auf dem Rücken; schnell streift seine linke Hand mir den Rock bis zum Busen empor und schon hat er die Finger an meiner Kleinen. Mit den Fingerspitzen zupft er an meinem Vliess, kitzelt die Spalte, nimmt ihr Mass; sie war glühend heiss. – ›Sag mir doch, bitte, mein Amor,‹ frag ich ihn, ›was sucht denn wohl da dein Vögelchen?‹ Denn das Hähnchen stand ihm. ›Ich glaube,‹ antwortet er, ›es sucht sein Nest, das ich hier in meiner Hand halte.‹ – ›So lass es doch, lass es doch dahinein fliegen.‹ – ›Da fliegt es ja schon‹, ruft Roberto, und mit einem fröhlichen Satz fährt er zwischen meine gespreizten Schenkel. Hahaha! Ich hatte das Küchlein dem Habicht gezeigt!

TULLIA: Bei meinem Schutzengel! Deine geistreiche Erzählung regt mich auf, wie ich's nie für möglich gehalten hätte! Du bist eine wundervolle Erzählerin solcher Nichtigkeiten.

OCTAVIA: Vor Aufregung keuchend setzt der Knabe den Dolch an die Scheide an.

TULLIA: Wie lang und dick war er?

OCTAVIA: Dick wie dein Daumen und sechs Zoll lang. Aber glaube mir, wir passen sehr gut zueinander. ›Du kommst vom geraden Wege ab, der zur Wonne führt.‹ sage ich und dabei komme ich dem blinden Hähnchen mit meiner Hand zu Hilfe. Er tritt in den dunklen Weg der Seligkeit ein. ›Und nun‹, rufe ich, ›stosse kräftig, schieb ihn hinein, töte, durchbohre mich! So muss es gemacht werden.‹ Da springt er vor und stösst das Schwert mir in den Leib; ich aber springe dem Stoss entgegen. ›Ich habe das Gefühl, als sei ich da innen verwundet worden,‹ sagt er. ›Was mag das wohl sein?‹ Er stösst einen Seufzer aus; dann aber beginnt er sich hin und her zu bewegen, mich zu drücken, zu stossen. Seine Augen brechen – er haucht die Seele aus. Ich aber stosse von unten auf und dränge ihm entgegen; in meiner Brust aber erzitterten die Fibern meines Herzens. Meinen Begierden schmeichelte der Gedanke, dass Amor selber in meinen Armen liege. Ich umschlang mit meinen Armen die marmorweissen Hinterbacken des auf mir liegenden Knaben und regte ihn auf, indem ich mit leisen Schlägen dieselben tätschelte. Laut hörte ich Hymenäus lachen; Frau Venus aber keuchte in den heissen Tiefen meines Schosses. Ich fühlte mich zerfliessen; der Knabe war noch nicht soweit, und meine Worte vermöchten dir, liebste Tullia, nicht unsere glühenden, wollustfeuchten Küsse zu beschreiben, unser stammelndes Geflüster, unsere engen Verschlingungen und die unzähligen Wollüste, die wir in einer einzigen Wollust fanden. Stelle dir Psyche vor, wie sie mit Cupido schläft – so schlief ich mit Roberto. Ich war ihm die Seele, er war mir der Gott der Liebe. Endlich begannen des Knaben Augen sich zu trüben, zu brechen, sich in ihren Höhlen zu drehen, vor Glück zu sterben; in meinem Leibe – ich war schon fertig geworden – hüpfte sein Schwanz. Von einem neuen Gefühl erfasst, bewegte er sich hin und her; seine beweglichen Lenden erschauerten, während er mich umklammert hielt; ein seiner Seele bis dahin unbekannter Schwindel raubte ihm die Besinnung. ›O Herrin, o meine Königin!‹ rief er, ›das Leben entschwindet mir! Was ist denn dies für ein ungekanntes Gefühl?‹ Er gibt mir einen Kuss, und im selben Augenblick spritzt er. Nachdem er fertig geworden ist, nehme ich den ganz ermatteten Knaben zärtlich an meinen Busen. Küsse vermischen sich mit Küssen, Seufzer mit Seufzern. – ›Hast du es denn süss bei mir gefunden, mein süssester Gatte?‹ frage ich. – ›In dieser Wonne,‹ antwortet er, ›habe ich alle Wonnen genossen. Ihr, geliebte Octavia, seid der lebende Quell höchsten Glückes.‹ – ›Ich will es dir sein, und du wirst dasselbe mir sein. Aber stelle jetzt durch einen kurzen Schlummer deine erschöpften Kräfte wieder her. Wer uns sähe, würde denken, ich sei Cypris und du seist Cupido, der im Schosse seiner Mutter schlummert.‹ – ›Er braucht keinen Schlaf!‹ rief in diesem Augenblick Manilia, die wieder ins Zimmer getreten war. ›Lass ihn nur ohne Unterlass von deinen Purpurlippen die duftenden Blumen deiner Küsse pflücken! Weiter braucht er nichts.‹ – Hierauf führt sie uns beide, ein schönes Liebespaar, meiner Mutter zu. Diese flog in meine Arme; ich aber war von Schamröte übergössen. – ›Was bedeutet denn‹, fragte sie mich, ›dieses traurige Gesicht? Schämst du dich etwa, Octavia, dieses schönen Knaben? Errötest du, Roberto, darüber, dass du mit einem so schönen jungen Weibe dich ergötzt hast? Ist denn die Hochzeitsfeier etwa unglücklich verlaufen? War Hymenäus nicht zugegen? War Venus dem Cupido nicht hold?‹ – ›Nichts von alledem!‹ antwortete Manilia, ›alles, was Brautleute machen müssen, ist glücklich von Statten gegangen. Mein Roberto hat sich wacker gehalten im Kampfe mit eurer jungen Tochter; ihr habt einen Schwiegersohn, und er hat eine Gattin!‹ – ›Schön!‹ ruft meine Mutter und überschüttet uns von neuem mit Liebkosungen und Küssen. ›Ein Bravo,‹ fährt sie fort, ›dem starken und tapferen Athleten! Sie haben alle beide gesiegt.‹ – ›Ach nein, ich erkläre mich für besiegt‹, versetzt Roberto, ›sie würde Mars selber besiegen, wenn er sich in einen Kampf mit ihr einliesse.‹ – ›Schweig nur mit deinen Witzen, mein schöner Mann!‹ rufe ich, ›schweig! du trägst Wunden aus dem Kampfe davon, aber es sind ehrenvolle Wunden.‹ – ›Ja, mit meinem eigenen Dolch habe ich mich verwundet,‹ erwidert der Knabe, ›dein Balsam aber hat die Wunde benetzt und geheilt.‹ Meine Mutter lächelte; man trug einen leckeren Imbiss auf. Meine Mutter trank auf die beiden Liebenden und ihre Wünsche; Roberto trank auf Juno, nämlich Sempronia, seine Königin, und auf Hebe, Junos Tochter. Du möchtest meinen, Tullia, er habe diese Redensarten aus der Schule mitgebracht – aber nein! die Liebe hatte ihm die Worte eingegeben. Meine Mutter fragte ihn, ob er sich wohl befinde. – ›Fragt Octavia danach!‹ antwortete er, ›denn wenn sie mich von ganzem Herzen liebt, so befinde ich mich wohl.‹ – ›So befindest du dich also sehr wohl‹, rief ich, ›denn ich habe dich sehr lieb.‹ – ›Durch euch, o meine Gattin, bin ich in den Tempel der wahren Wonne eingetreten; ich bin mit dem Leben in Berührung gekommen, das im Allerheiligsten dieses Tempels sich verborgen hält.‹ – ›Ja gewiss,‹ sagte meine Mutter, ›du bist jetzt kein Kind mehr, du bist ein Mann geworden; in einem Nu hat Octavia dich zum erwachsenen Manne gemacht. Wehe, wehe denen, die behaupten, man nenne Venus die Verticordia, weil sie den Sinn der Menschen zu allem Bösen lenke! Sie lügen. Im Gegenteil, sie wendet den Geist von kindischen Beschäftigungen zu ernsten Gedanken; sie lässt aus den Händen kleiner Knaben und kleiner Mädchen, indem ihre Macht sie ergreift, Bälle und Puppen fallen.‹ Nach dem Essen schickte sie den Knaben wieder zu seinen Lehrern, den Akademikern, ›Die Liebe,‹ sagte meine Mutter, ›macht vor der Zeit klug, aber sie gibt auch vor der Zeit graue Haare. Ich wünsche, dass du Roberto nicht vor Ablauf eines Monats wiedersehest.‹ Er soll nicht in deinen Armen krank und alt werden. Wenn der Monat um ist, kann er eine Nacht bei dir schlafen. Eine ganze Nacht wirst du süssester Wonnen geniessen. Aber er ist leidenschaftlich und nicht leicht zu lenken; er ist schön, aber auch ebenso hochfahrend wie schön. Ich habe mich vor ein paar Tagen geärgert, als ich in der Akademie war, und dieser Sohn des Volkes, dieser Knabe dunkelster Herkunft, es wagte, sich nicht nur den jungen Edelleuten, die dort erzogen werden, ebenbürtig zu dünken, sondern sich auch so zu gebahren. ›Ihr täuscht euch, o Herrin,‹ sagt er zu mir, ›ich werde von Octavia geliebt und bin folglich auch adlig: ich bin Graf, ich bin Markgraf; ja ich bin ebenso gut wie ein Herzog und Fürst.‹

– Ich befehle ihm, er solle in die Hauskapelle gehen und beten; er antwortet mir: ›Ich bedarf des Schutzes der Götter nicht mehr. Der Sterbliche, den Octavia liebt, hat von den Göttern nichts mehr zu erbitten.‹ – ›Wir ermahnen ihn, er solle sich fleissig und mit allen Kräften seines Geistes den Studien hingeben; er erwidert uns, du liebtest ihn und er brauche nichts mehr zu wissen; wer dir zu gefallen wisse, der sei gelehrt genug.‹ – ›So ist er um meinetwillen schuldig,‹ antwortete ich meiner Mutter, ›und um meinetwillen möge man ihm verzeihen.‹ ... Am bestimmten Tage wurde also Roberto in unser Haus eingeladen. Er speiste mit uns. Nach dem Essen sagte meine Mutter: ›Du wirst heute Nacht bei Octavia schlafen, aber ich mache eins zur Bedingung: ihr werdet die Nacht keusch und ehrbar verbringen. Nimmst du die Bedingung an, Octavia?‹ – ›Ich nehme sie an,‹ sagte ich, ›aber sie ist zweideutig.‹ – ›Ich werde sie auslegen!‹ rief Roberto. – ›Ich wünsche, dass du dies machest, wie es dir gefällt,‹ sagte meine Mutter zu mir; ›jedoch so, dass du meine Bedingung nicht umgehst.‹ ... Wir hatten reichlich gespeist und durch die Fürsorge meiner Mutter war Robertos Rüstkammer reich mit Vorräten versehen worden. Denn von Ceres und Bacchus erhält Venus ihre Waffen. Nachdem wir so unseren Leib gestärkt hatten, gingen wir zur Ruhe.

TULLIA: In den Kampf gingt ihr! Der Philosoph von Chäronäa hat die Frage aufgeworfen, welcher Augenblick der beste für die Liebe sei, um seine Kräfte nicht zu erschöpfen. Wenn diese durch einen langen Schlaf wieder erfrischt sind, kann man sich, sagt er, den süssesten Wonnen der Venus hingeben, nachdem Seele und Sinne erwacht sind. Aber nach meiner Meinung sind diese langbärtigen Philosophen verrückt, wenn sie dem unartigen Schwanz und seiner wollüstigen Bettgenossin Gesetze vorschreiben wollen. Mögen sie doch auch dem Himmelsgewölbe verbieten, sich zu drehen! Denn wie die Mentula blind ist, so ist sie auch taub. Auch die Sprache ward ihr nicht verliehen. Welcher Sokrates oder Zeno würde nicht lachen, wenn er unter seinen Schülern aufgerichtete Schwänze die Ohren spitzen sähe? Wenn er sähe, wie Priapus und Conysallus mit entblösstem Haupte den göttlichen Lehren der Philosophie lauschen? Ein wunderbares Schauspiel wäre das! Wie die Ammen den Kindern die Gläser zumessen und sie nicht in vollen Zügen trinken lassen, so wollen diese Tölpel der Mentula ihr Futter verkürzen! Warum nicht auch den armen Menschen ein Gesetz vorschreiben, wie sie auszuspucken oder sich zu kratzen haben? Ist diesen Wirbelköpfen das menschliche Leben noch nicht elend genug? Müssen sie uns auch noch Sinne und Seele mit harten Ketten fesseln? Ich werde aufgebracht, Octavia, wenn ich an diese Dummköpfe denke! Nimm diesen hochnäsigen Gesellen ihr freches Selbstbewusstsein, ihren falschen

Anschein von Würde und du findest nichts weiter als einen Lümmel, einen elenden Bedienten, der der Hefe des Volkes entstammt. Sie haben keinen Geist, ja nicht einmal Verstand, sondern nur freche Dummheit und ein undurchdringlich dickes Fell.

OCTAVIA: Aloisias Mann hat auf Anraten des Pelagius vor vier Monaten einen Entschluss gefasst, um den ihn sicherlich niemand loben wird.

TULLIA: Was war das für ein Entschluss?

OCTAVIA: Nur jede zehnte Nacht verkehrt er mit seiner leidenschaftlichen und wollüstigen Gattin; die übrigen Nächte liegt er als Hagestolz in seinem Bett; seine Witwe – denn die Frau hat ja keinen lebendigen Mann und ist daher Witwe – wird von Begierden verzehrt. Caviceus ist ebenfalls abergläubisch geworden; er besucht mich weniger oft, aber das geht ihm auch nicht ungestraft hin! Wenn der, dessen Pflicht es ist, uns nicht zu trinken gibt, so oft wir Durst haben – wer wollte uns dann einen Vorwurf daraus machen, wenn wir uns selber zu trinken verschaffen oder uns von demjenigen bedienen lassen, der uns den Trunk darreicht, wenn wir durstig sind?

TULLIA: Marina Genovefa Pimentel, die so tief in Schulden steckt, obwohl sie sehr reich ist, heiratete Federigo Mendoza. Wenn auch in der Blüte der Jugend und Schönheit stehend, setzte sie sich's in den Kopf, ihren jungen Gatten jeden Monat nur zweimal zu empfangen. Der liebeglühende Jüngling vermochte nicht die Seele seiner jungen Gattin zu rühren. Welche Früchte trug diese törichte Tugend? Sie führte zu Verbrechen. Federigo verführte im Laufe eines Monats alle Zofen seiner Gemahlin, nicht weniger als fünf an der Zahl; jetzt sind sie schwanger. Was tat nun Genovefas Mutter Lionella? Sie sprach zu ihrer Tochter: ›Du selber bist die Kupplerin dieser unglücklichen Mädchen gewesen; deine Kuppelei hat sie ins Verderben gestürzt. Diese Tugend, auf die du so stolz bist, hat ein abscheuliches Verbrechen zur Folge gehabt. Du glaubtest, Törin, dein Verhalten sei Frömmigkeit und es war nichts weiter als Kuppelei.‹ ... Gallicua fürchtete, ihr Gatte Luitprando werde ihr Gewalt antun und trug daher nachts eine Unterhose, die so genäht war, dass sie nirgends eine Oeffnung hatte und dass man ihr nicht beikommen konnte. Auch sie erfüllte ihr ganzes Haus mit ehebrecherischer Unzucht. Ei, du höchste und dümmste Weisheit – mach dir doch ein Spielzeug aus der kurzsichtigen Leichtgläubigkeit! Auf welchen Zeitvertreib wirst du noch verfallen mit all deinen argen Listen? Aber dies alles betrifft lediglich die Sitten und diese haben nur in den Einbildungen der Menschen ihren Ursprung. Die einen sind von Natur zu den

Spielen der Venus geneigt, die anderen sind gleichgiltig dagegen. Mit dem Appetit ist's ähnlich: der eine wird kaum von einem ganzen Ochsen satt – dies erzählt man von Milon aus Kroton –; dem anderen genügt ein Krümchen Brot. Ein Gläschen löscht den Durst des einen; der andere hat nicht mal an einem Humpen genug. In bezug auf Essen und Trinken allen Menschen das gleiche Gesetz vorschreiben zu wollen – das wäre ja über alle Massen dumm und ungerecht. Dem einen ist es zu viel, wenn er alle zehn Tage einmal den Beischlaf vollziehen soll; anderen dagegen glüht Tag und Nacht ein unbesieglicher Liebesdrang in den Adern: ein Liebesdrang, der durch einen einzigen Beischlaf nicht nur nicht befriedigt, sondern nur noch mehr angereizt wird. Mit dieser Wage muss man messen, an diese natürlichen Anlagen muss man denken, um gerecht zu urteilen. Diese alten Esel hätten Alter und Gewohnheit in Betracht ziehen müssen; aber sie lassen sich ja freilich nicht von der Vernunft leiten. Die Aerzte gestehen ein, dass man bestimmte Verhaltungsmassregeln nicht geben könne. Doch sind sie der Meinung, vor allen Dingen müsse man dabei an seine Gesundheit denken. Ohne gute Gesundheit ist das Leben nur ein Grab des Lebens. Sie verwerfen daher die Ansicht des wunderlichen Epikur, welcher sagte: die Wollust sei zwar nicht der Zweck des Lebens, aber sie führe zum Glück. Die Aerzte sagen, ein zu reicher Liebesgenuss schade Knaben und Mädchen, die noch nicht das erforderliche Alter erreicht haben, er schade aber auch allen Leuten, die sich dem Ende ihrer Lebensbahn nahen. Die einen wie die anderen, die zu jungen wie die zu alten, dürften sich der Liebe nur einmal im Monat hingeben. Aber in der Blüte der Jugend, mit kräftigen Muskeln, mit derben Lenden – da kann man es ohne den geringsten Schaden für die Gesundheit monatlich viermal, ja auch fünfmal machen. Bei den Lazedämoniern gebot das Gesetz dem Gatten, seiner Gattin fünfmal im Monat die Manneskraft zu zeigen, fünfmal im Monat ihre Festung zu erobern. Nun kam es ja vor, dass jemand eine Frau nahm, die nicht mehr jung war; dies befreite ihn jedoch nicht von der gesetzlichen Verpflichtung. Aber ein ruchloser Feigling ist der Mann, der nicht einen Tag um den andern der Venus opfert, wenn sein Alter ihm nicht erlaubt, an die Kraft seiner Lenden grössere Ansprüche zu stellen. Wer du auch seist, o Mann – hast du ein Weib genommen, so bist du deines Weibes Schuldner. Bezahle, du Bösewicht, bezahle was du schuldig bist! Bezahle oder gib dein Vermögen her, und deines Vermögens bester Teil ist ja deine Frau. Wahnsinnige Sachen haben diese schwerfälligen pedantischen Philosophen ausgeklügelt. Geradezu blödsinnige Vorschriften haben sie gegeben! Lache, Octavia. Sie haben Gesetze aufgestellt, in denen sie – hahaha! – bestimmen, wie der Mann, wenn er seine Sache richtig und ehrbar machen will, hineinschieben und herausziehen muss. Diese schlaffen Gesellen verbieten alle heftigen Bewegungen; verbieten auch ungewöhnliche Stellungen einzunehmen. Sie behaupten, kein Weib könne keusch und ehrbar sein, das

... im krachenden Bette
Den Popo bewegt um die Wette.

O, diese ehrwürdigen, weisen Gesetzgeber! Hast du schon mal vom römischen Frauensenat gehört? Man nannte ihn den ›Senatulus‹. Matronen von erlauchtem Adel und reifer Lebenserfahrung übten in ihm senatoriale Würde aus. Sie traten zusammen und berieten über Dinge, die für uns von Wichtigkeit sind. Ihre Urteile wurden geachtet, wie wenn sie der Autorität des allgemeinen Rechtes genossen hätten. Messalina, die Frau des Kaisers Claudius und aller Männer, befragte diese ehrwürdigen Matronen welche Aufgabe die Schenkel zu erfüllen hätten, welche verschiedenen Stellungen einzunehmen seien, ob sich das Weib beim Liebesgenuss tätig oder teilnahmslos zu verhalten habe. Sie fällten darauf folgenden Spruch: ›Sintemalen bei äusseren wie beim inneren Menschen die Zahl Sieben die grösste Rolle spielt, so muss sie auch beim Beischlaf ihre Geltung finden. Wenn ein Mann in einer Nacht es bis zur Zahl Sieben bringt, so ist dem Recht Genüge geschehen; mehr aber können beide Teile nicht verlangen. Wer der Frau verbietet, den Popo zu bewegen, der will sich mit einer toten Venus zu schaffen machen; diese beiderseitigen Bewegungen sind die eigentliche Seele der Wollust. Jede Stellung, die einem Menschen gefällt, hat als erlaubt zu gelten. Im ganzen Reiche der Liebe muss das Gesetz in Kraft sein, dass von der gegenseitigen Liebe erlassen worden ist. Die höchste Instanz in Liebesangelegenheiten ist die Gottheit der Wollust. Ihr steht es zu Gesetze zu erlassen und sie auszulegen.‹ So lautet ihr Senatsbeschluss, Octavia! Darum brauchte die unermüdliche Messalina in einer einzigen Nacht mehrere Männer. Von keinem forderte sie Bezahlung, aber sie nahm sie, wenn er sie freiwillig anbot. Bei Tagesanbruch weihte sie, als Siegerin, dem Priapus, dem Marsyas und anderen komischen Göttern vierundzwanzig Rosen- und Myrtenkränze. Das war der Siegeslohn, den sie allein davongetragen hatte. Die Gemahlin des Kaisers Sigismund, eine zweite Messalina, brach in dieser Ringbahn Lenden und Glieder der Helden ihrer Zeit: eine hengst- oder stiermässige Mentula verschlang, verschluckte sie mit einem einzigen Stoss. Deine Mutter Sempronia brachte in einem Atem mit Chrysogonus zwölf Ritte fertig. Ich selber, die ich doch so zart gebaut bin, habe binnen wenigen Stunden vier starke Männer ausgepumpt. Aber das ist freilich wahr, liebe Octavia: wenn ein Liebespaar sich herzhaft geschüttelt hat, so ist nach sechs oder sieben Kämpfen die Wollust erschlafft und dahin, lieber diese Zahl hinaus ist es keine ehrbare Lust mehr. Die Frauen, die keine Wollust zu sättigen vermag, gleichen – so sagte einmal meine Base

Victoria zu mir – jenen Schenkenläufern, die niemals voll sind und doch niemals ihre Kehle trocken werden lassen. Wie diese Trunkenbolde vom Bacchus gar kein Vergnügen haben, so haben auch jene Frauen von der Venus gar keine Lust. Dies ist der Grund, warum diese verfaulten Weiber sich's regungslos machen lassen; und doch machen gerade die sanften Stösse Frau Venus so wonnig heiter! Wenn der Mann seine Lenden, die Frau ihre Hinterbacken tanzen lässt, dann sprühen Feuerfunken aus ihren Leibern. Und wenn Venus diese nicht hat, dann friert sie. So überlebt die Leidenschaft sich selber, so findet sie Wonne in ihrem Tode.

OCTAVIA: Wer könnte es wohl für einen Liebeskampf halten, hätte er mit einer marmornen Venus zu tun – und wäre sie auch von Phidias. Aber wem ein teilnahmslos daliegendes Weib gefällt, dem kann wohl auch eine Statue die Wollust befriedigen.

TULLIA: Gewisse Dummköpfe behaupten, die Geilheit habe ihren Sitz im Nabel. In Wirklichkeit besteht für Mann und Weib die höchste Wollust in der wogenden Bewegung der Lenden, im Aneinanderreihen, im Stossen und Zurückstossen. Aber auch diese Bewegungen haben ihre Kunstregeln: langsam müssen sie beginnen, dann immer schneller werden, und endlich sich wieder besänftigen. So besänftigen sich nach dem Sturm die aufgeregten Wogen, sobald die Winde wieder schweigen. – Das weisst du ja am allerbesten, die du durch die wunderbare Beweglichkeit deines Popos strahlenden Ruhm gewonnen hast. Thais selber könnte dir, meine süsse Octavia, diesen Ruhm nicht streitig machen. Was aber die Stellungen anbelangt, so meine ich, jeder Mensch hat das Recht sich diejenige zu wählen, die ihm die angenehmste erscheint. Kein Mensch vermöchte in Worten alle denkbaren Stellungen zu schildern, keiner vermöchte sie alle im Bilde darzustellen. Amor ist ein Proteus, der die Verwandlungen liebt. Jene tollwütigen Solons zetern es sei unanständig von diesen Stellungen zu sprechen und sie in Bildern abzumalen. Aber über alle die vielen Stellungen des Kampfes und der Schlachten zu sprechen das verbieten sie nicht, lieber jene, die zur Vernichtung des Menschengeschlechtes dienen, ärgern sie sich nicht; aber über die Stellungen, durch die es fortgepflanzt wird, erzürnen sie sich. O diese wilden Bestien! Wenn's nach ihnen ginge, sollte lieber das Menschengeschlecht auf alle mögliche Art vernichtet werden als immer von neuem erstehen! Auch die Diebe lieben Trauer und Tod; Lust und Leben aber hassen sie. Die Lesbier, die von allen Griechen die geistvollsten waren, hatten in dieser Beziehung mehr Verstand. Sappho, die zehnte Muse, war ja eine Lesbierin. Auf ihren Münzen, die sie zum allgemeinen Verkehr prägten, Hessen sie alle möglichen Stellungen von Liebespaaren abbilden, darunter auch ganz ungewöhnliche.

Es war allgemein gültiges Geld. Ich selber sah zu Rom, im Hause der Frau von Orsini, zwei Münzen, eine kupferne und eine silberne, die wie man mir sagte, auf der Insel Lesbos geprägt worden waren. Auf der einen lieferte die nackte Sappho einem nackten Mädchen einen tribadischen Kampf. Auf der anderen hob ein nackter Mann, der sich auf das rechte Knie niedergelassen hatte, ein nacktes junges Mädchen empor und durchbohrte sie mit seinem Spiess, was sie mit gespreizten. Schenkeln ihm erleichterte.

OCTAVIA: Jener Mann, der das Knie gebeugt hatte, betete zur Venus!

TULLIA: Und jenes Mädchen, das die Lenden emporhob, strebte gen Himmel! Bei deiner ovalen Venusmedaille, Octavia! aus diesen Medaillen kann man die Kunst studieren, solche Gruppen zu lernen, wie man einst nach den in den Tempeln Apolls und Aeskulaps aufgehängten Gemälden die ärztliche Kunst lernen konnte. Wenn ich mich nicht irre, so hatte Elephantis die Milesierin, Philaenis und Hermogenes von Tarsos, die über diese Scherzchen so sachverständige Bücher schrieben, solche Münzen vor Augen und in Händen gehabt.

OCTAVIA: Man sagt jedoch, Elephantis sei unter ihren milesischen Mitbürgern eine wackere und züchtige Matrone gewesen, sie habe aber einen witzigen Schriftsteller sich zum Feinde gemacht; dieser habe das unanständige Buch verfasst und habe der guten Frau, die niemals an derartiges gedacht, die Mutterschaft desselben zugeschrieben.

TULLIA: Wer sich auf Feindschaft mit Schriftstellern einlässt, ist kein vernünftiger Mensch. Sie vermögen sich für jede Beleidigung auf ewige Zeiten zu rächen. Die Gemälde, die sie entwerfen, haben eine Dauer, wie sie den Bildern eines Zeuxis und Apelles nicht beschieden ist. Die Jahrhunderte verleihen ihnen Kraft und Würde. In Italien lebt zur Zeit ein Mann[3] von göttlichem Genie, der köstliche Gespräche über diese hübschen Sachen verfasst ... ›Wie man von allen Punkten der Erde zum Himmel emporsteigen kann, so erlangt man überall am Körper des Weibes und in jeder Stellung, die sie einnimmt, die höchste Wollust, die der Venushimmel ist.‹ Nicht nur ein einziger Weg führt dahin. Die Rosenlippen, die schneeigen Brüste, die unzüchtigen Hände, der bewegliche Hintere – sie alle sind eben so viele Wege, die zum süssen Ziel führen; sogar diejenigen die der Venus von hinten opfern, vollenden doch ihre Anbetung in dem vorderen Heiligtum.

OCTAVIA: Genug! Nichts mehr von diesen Schändlichkeiten! O, welch eine ekelhafte Verderbtheit!

TULLIA: Gewiss, weder die Gewässer des Weltmeeres noch die Flammen des Ohlegethon vermöchten zu reinigen, wer sich damit besudelt hat. Nein, und wenn auch die Erde selbst zum Tartarus würde – für diese verruchten Päderasten wäre es nicht Strafe genug! O Scheusslichkeit! Ein hochbegabter Mann, Giovanni della Casa, hat in einem schönen Buche diese Verruchtheit zu empfehlen gewagt! O Zeiten, o Sitten! Bei den Italienern sind allerdings die Witze über diese Sittenverderbtheit üppig ins Kraut geschossen. Man kann die Sachen von verschiedenen Gesichtspunkten aus betrachten: der eine sucht ein Mädchen im Knaben, der andere einen Knaben im Mädchen – immer das eine Geschlecht im anderen! Hole sie alle der Geier! Der Mann lässt sich heiraten wie ein Weib; Venus nimmt andere Gestalt an. In Rom wurde diese Schändlichkeit durch die Lex Seantinia bestraft. Die Pythagoräer sagen, die Päderasten würden nach ihrem Tode in Mistkäfer verwandelt. ›Die lenuvinischen Hoden sind anständig, die cliterninischen sind unanständig.‹[4] So lautet ein altes Sprichwort. An den Galgen mit denen, die durch solche Kunststücke die Waffen der Liebe selber gegen die Liebe kehren, die durch Venus Venus verderben! Ihre Göttin ist Cotytto, ihre Lehrer sind die Florentiner. Von allen Tieren ist der Mensch das einzige, das seinen Körper missbrauchen lässt; nur lässt er es nicht öffentlich geschehen. Höre doch, was Plinius sagt: ›Ein einziges unter den lebenden Wesen vermag zu weinen; ein einziges nur kennet die Wollust, und zwar übt es sie auf unzählige Arten und bedient sich dazu jedes einzelnen Gliedes.‹ Und an einer anderen Stelle sagt er: ›Unter den Menschen sind alle Abwege von den Männern ausersonnen wor den. Es sind lauter Verbrechen gegen die Natur.‹

OCTAVIA: Meine Entrüstung gegen dieses Verbrechen, von dem ich ein neues Beispiel gehabt habe, wird nur immer grösser. Höre nur, wie jemand in den Hinterhalt gelockt wird! Knaben, die in der Blüte der Schönheit stehen, vermögen sich solcher Nachstellungen nur mit Mühe zu erwehren.

TULLIA: Du meinst Roberto.

OCTAVIA: Nach der Mahlzeit, von der ich dir erzählt habe, wollte meine Mutter Roberto und mich zu ungezwungenem Gespräch allein lassen. Sie ging also. Wir setzten uns neben einander und er sagte: ›O meine Göttin, du siehst mich vom Hauch eines fremden Atems befleckt. Es fehlte nicht viel, so wäre ich in der Zeit, die wir uns nicht gesehen haben, zur Frau gemacht worden.‹ Bei diesen Worten bedeckte sein Antlitz sich mit einer tiefen Röte: Juan Luiz Vives liebt mich. Man nennt ihn einen Quintilian. Alle anderen Akademiker lieben ihn so sehr, dass sie sagen, es gebe auf der ganzen Welt nichts, was sie in gleichem Masse lieben. Die Liebe ist anpassungsfähig und listenreich. Ich Jag während der ersten Stunden der Nacht in meinem Bett auf dem Bauch. Luiz trat ein. Er tätschelte mir die Hinterbacken. Ich erwachte. ›O was für ein herrlicher Popo!‹ rief er. ›Solch einen möchte der ehebrecherische Jupiter seinem Ganymed wünschen. Einen schöneren fand der verliebte Herakles nicht bei seinem Hylas, fand Hadrian nicht bei seinem Antinous. Der verwöhnteste Kenner würde ihn zur Befriedigung seiner Wollust dem schneeweissen Busen Hebes vorziehen. O wenn er sich doch meiner Liebe bequemen wollte! Ich würde ihn der Venus selber vorziehen!‹ Er stiess einen Seufzer aus, gab mir einen Kuss auf dem Mund. Er wollte mich erkennen. Ich schlug ihm seine Bitte ab und drohte ihm, mich über den Schimpf zu beklagen, den er mir habe antun wollen. ›Aber Kindchen!‹ rief er da; ›Margaris hat meine Liebesglut nicht verschmäht; sie ist die Schwester deines Freundes, des Markgrafen Rodrigo, der mit dir zusammen in diesem Hause lebt, sie ist schön, adlig, geistreich, eine Freundin der Literatur, eine Göttin von sechzehn Jahren. Und doch hat sie meine Liebe nicht verschmäht.‹ ›Er gab mir einen Kuss, bat um Verzeihung und ging.‹

TULLIA: Luiz Vives ist ein schöner, netter, gebildeter Mann und noch ziemlich jung. Ich will dir später erzählen, wie es mit ihm und der genannten jungen Dame zuging, und du wirst lachen. Jene Männer, die in ausgesprochener Abneigung sich von Weibern fernhalten, die nehmen ihre Zuflucht zu Knaben – mögen sie wollen oder nicht. Die Liebe hat Mann und Weib zur Liebe geschaffen; sie hat sie für sich selber geschaffen. Von der Liebe für die Liebe gesäet, keimen wir empor, um zu lieben. Die Liebe ist unsern Adern mit dem Blut eingeflösst. Beraube die lebenden Wesen der Liebe, und du beraubst die Natur der lebenden Wesen. Wir lieben sogar unseren Willen; wir lieben so, wie wir geliebt werden. Daraus ergibt sich, dass diejenigen, die von der erlaubten Liebe nichts wissen wollen, sich leidenschaftlich der unreinen Liebe ergeben. Du kennst Justina Gomez, die unter unseren Vestalinnen in so hohem Rufe steht. Sie ist leidenschaftlich verliebt in Alfonsina Albuquerque, Juana Menez und Antonina de Castro. Sie schläft mit ihnen in einem Bette. Sie hat auch nichts dagegen, in derselben Weise geliebt zu werden, wie sie liebt. ›In diese heiligen Häuser,‹ sagt sie neulich zu mir, ›die man der Keuschheit geweiht glaubt, dringt die verzagte Liebe unter einer anderen Form wieder ein.‹ Wir nehmen den Schleier, und Amor nimmt mit uns den Schleier. Aber er blendet die Augen der Menschen. Niemand sieht ihn. Er lebt in unseren Gliedern, er versteckt sich in unsern Adern. Das Blut strömt in unseren Adern – und dass es strömt, dagegen können wir nichts machen. Amor verbrennt unsere Adern und wir können nichts dafür, dass wir das Feuer in unsern

Adern haben; denn Amor hat sie in Brand gesetzt. Und da wir nicht anders können, so lieben wir uns untereinander und werden wieder geliebt. Die Liebe ist die Nahrung der Seele. Es ist vorgekommen, dass Menschen, um ihren Durst zu löschen, ihren eigenen Harn getrunken haben; andere haben, da der Hunger sie quälte, mit ihren Zähnen Stücke Fleisch aus ihren eigenen Gliedern gerissen. Ebenso ist es, wenn dem Weibe der Mann, wenn dem Manne das Weib verweigert wird. Der Mann wird einen Mann lieben, das Weib ein Weib. Wenn der Liebe, die von Natur zum anderen Geschlecht neigte, der Weg versperrt wird, so wird sie blutschänderisch werden. Du hast das Bedürfnis, deine Blase zu entleeren; man verbietet es dir – du wirst trotzdem pissen. Wenn du keinen Nachttopf hast, wirst du deine Kleider besudeln. Auch das Weib ist ein Nachttopf. Die Liebe hat bei dir den Drang zu pissen. Ist der Drang zum Pissen ein Verbrechen? Die Liebe will pissen und sie wird pissen. Wie viele Menschen werden verrückt durch diesen Keuschheitswahnsinn, dem wohl Geizhälse und verbohrte Dummköpfe ihren Beifall zollen, den aber die Natur nicht billigt. Vor alten Zeiten, im goldenen Zeitalter waren Menschen, die solche Art von Weisheit betrieben, selten. Nur alte Leute liessen sich das einfallen. Man trug der Verschiedenheit der Charaktere Rechnung. Wie lächerlich! Wer von einem erschöpften, gelähmten Greis die Arbeitsleistung eines Jünglings verlangen wollte, der würde nicht für vernünftig gehalten werden; wer aber verlangt, dass ein Mensch in der Blüte der Jugend und der Kraft sich in der starren Winterkälte des Alters begrabe, der soll für weise gelten!? Aber fahre fort, Octavia! du bist ja unter einem glücklicheren Stern geboren!

OCTAVIA: ›Bei euren Augen, die meine Sterne sind!‹ rief Roberto; ›ich werde mich sorgfältig vor jeder Befleckung in acht nehmen. Durch eine ungekannte Tugend werde ich ungekannten Ruhm erwerben. Ich werde mir das Glück verdienen, euch anzugehören.‹

TULLIA: Viele behaupten sehr eifrig, das Haupthindernis für Jünglinge, die gerne tugendhaft sein wollten, sei der weibliche Umgang. Diese Blinden täuschen sich aber ganz gewiss! Sieh doch nur, wie viele Spieler und Schlemmer der Umgang mit uns ehrbaren Frauen zu besseren Sitten bekehrt hat! Sie haben bei uns nicht nur Wonne, sondern auch wahre Ehrbarkeit gefunden. Was die Tugend, auf sich allein angewiesen, nicht vermocht hätte – Dank dieser Hilfe hat sie es fertig gebracht. Sie haben gesehen, dass sie Dank dieser Tugend gefallen – und darum hat ihnen schliesslich die Tugend gefallen. In einer unserer Nachbarstädte waren die Sitten der jungen Leute im höchsten Grade verderbt. Der Senat verbot durch zahlreiche Erlasse die Ausschweifungen der Kurtisanen und das Gewerbe der Kupplerinnen. Aber junge Männer können den geschlechtlichen Verkehr sowenig entbehren wie die Lebensluft. Da wandten sie ihre Blicke und ihre Liebe anständigen Frauen zu. Und diese empfingen auf Geheiss der Eltern mit freundlicher Miene alle jene, die sich eines anständigen Wandels befleissigten; von denen aber, die sich nicht bessern wollten, mochte keine etwas wissen. Den Liebkosungen einer geistvollen Frau wohnt mehr Ueberzeugungskraft inne, als dem ganzen Plato. Ein Jahr war noch nicht vergangen, da waren die Sitten ganz andere geworden: die früheren ›Schweine von Epikurs Herde‹ waren Muster von männlichen Tugenden. Das eine Geschlecht muss durch das andere gebessert werden; man darf sie also nicht von einander trennen. Die Männer folgen den Frauen auf dem Wege, den diese vorangehen und dazu treibt sie die Kraft der Natur. Wenn die Frauen gut sind, so werden sie sie zum Ruhme führen; sind sie schlecht, so führen sie sie zur Schande ... Jetzt aber fahre bitte in deiner Erzählung fort!

OCTAVIA: ›Wahrhaftig, ich sterbe vor Liebe!‹ rief Roberto; ›warum neidet mir Sempronia so lange mein Glück?‹ Meine Mutter hatte ihn gehört, trat ein und antwortete: ›Ich neide es dir nicht; aber Venus liebt das Warten. Die Wonnen der Liebe steigern sich, wenn die Liebenden auf sie haben warten müssen. Aber ich will grossmütig gegen euch sein: Geht zu Bette! Geht nur!‹ Und sie lächelte.

TULLIA: Ich verstehe: ›Geht zur Liebe!‹ sagte sie auch damit; ›Geht zum Leben!‹ Sie stiess in die Trompeten und gab das Zeichen zum Beginn des Gefechtes.

OCTAVIA: Sie gab uns beiden einen Kuss. Dann führte uns Manilia in die Stechbahn der Liebe. Sie zog mir mein Kleid aus und legte mich nackt in mein Bett. Roberto sprang mit einem Satz zu mir hinein. ›Endlich habe ich,‹ rief er, indem er mich in seine Arme schloss, ›das höchste Glück! endlich habe ich das ganze Glück!‹ – ›Und möge den glücklichen Liebenden Alles zum besten gedeihen!‹ sagte Manilia. ›Ich will diese Kerzen nicht auslöschen Roberto; deinem Triumphe soll nicht das Licht mangeln, auf das er Anspruch machen kann.‹ – ›Fürwahr,‹ erwiderte Roberto, ›der zarte Leib eines jungen und schönen Weibes ist der Triumphwagen der Liebe. Auf deinem Triumphwagen thronend, Octavia, werde ich auf diesem dunklen Wege,‹ – bei diesen Worten krabbelte er an meiner Kleinen – ›dem Ruhm entgegengehen.‹ Meine Kleine, meine Schenkel, meinen Busen verschlang er mit gierigen Blicken. Und dem Knaben schwoll das Glied. ›Erlaube,‹ sprach er, ›erlaube mir, meine Venus!‹ Und er gab mir einen Kuss. – ›Ich erlaube dir, ich erlaube alles, was du begehrst. Dir zu dienen, werde ich als Befehl ansehen. Wie du mich wünschest, so werde ich sein.‹ – ›O, die Schwätzerin!‹ rief Manilia, indem sie auf unser Bett zueilte: ›jetzt gilt's zu handeln und nicht zu reden! Ich will euch beiden helfen und Dank mir wird eure Wollust neue Wonnen erhalten. Schön steht er dir, mein Roberto! Nun vorwärts! auf Octavias weisse Brust schwinge dich und überströme sie mit deiner Liebe.‹ – ›O Mütterchen,‹ versetzte ich, ›willst du denn bei meiner Schande dabei sein? Ich bitte dich, geh!‹ – ›Närrin! hast du denn zu deiner Amme kein Vertrauen, liebes Kind? Auf in den Kampf, Roberto! zeige mir aber dieser unvergleichlichen Heldin gegenüber einen wahren Heldenmut!‹ Während Manilia noch sprach, sprang Roberto auf mich hinauf; sein Geschoss traf meine Kleine; Manilia aber fing mit dienstfertiger Hand den Speer auf, der doch nicht ganz das Ziel getroffen hatte und zurückgeprallt war. ›Komm, kleiner Ausreisser!‹ sprach sie, ›komm in das Liebesgefängnis! Hier erwartet dich die Arbeit, die du deiner Herrin zu leisten hast.‹ Mit diesen Worten stemmt sie die Hände gegen des Knaben Hinterbacken und schiebt: augenblicklich hab ich ihn ganz und gar drin. Manilia sagt mir, ich solle mich nicht rühren: ›Hebe das linke Bein hoch, Octavia, und stemme dich mit dem andern gegen!‹ Ich gehorche. – ›Und du, Roberto, stosse ganz sachte mit leisen Stössen. Du, Octavia, küsse ihn, aber rühre dich nicht.‹ Wir gehorchen. ›Wenn ihr's kommen fühlt, dann stosse du, Octavia, einen Seufzer aus; du aber, Roberto, küsse Octavia mit sanften Bissen.‹ – Ich umarme ihn, ich küsse ihn, bewege mich aber nicht dabei. O gute Venus! o gute Tullia! Ich fühle wie ich fertig werde, da stosse ich einen Seufzer aus. ›Jetzt, jetzt, Roberto!‹ ruft die kupplerische Amme, ›mach es der Octavia, mach's ihr gut! Stosse, stosse, schnell, schnell, schnell!‹ Er stösst, er schiebt. In meinen Hals schlägt er seine Zähne ein. Wieder stosse ich einen Seufzer aus. ›Jetzt, jetzt,‹ ruft wieder Manilia, ›verschaffe Roberto die Wonne deiner schnellen Stösse! Hebe die Lenden hoch, stosse flink von unten rauf. Gut so, mein Kind! Ich glaube, selbst Lais besass nicht den Vorzug eines so beweglichen Popos!‹ Der süsse Knabe beginnt zu spritzen und ich fühle meine Herzgrube von heissem Liebessaft überströmt. Niemals war ich in so schnellem Lauf ans Ziel der Wollust gelangt. Manilia aber streichelte mit der einen Hand meine, mit der andern Robertos Lenden; zugleich presste sie mir mit den Fingerspitzen die Schamlippen zusammen und zog sie wieder auseinander; zugleich streichelte sie dem auf mir liegenden Knaben in so geschickter Weise die Eier, dass sie das Letzte hergaben. Ohnmächtig sank das Kind an meine Seite; die Amme aber ging hinaus und klatschte der so wohlgelungenen Vorstellung Beifall. Unzählige Küsse gab ich dem an meiner Seite ruhenden Knaben. ›Liebst du mich auch wirklich?‹ fragte ich ihn. ›Haben die Gaben meiner Venus dir Freude gemacht? Ist dir etwas nicht recht? Ist dir etwas an mir nicht recht?‹ – ›Frage doch, o Herrin,‹ antwortete er mir, ›ob es einem nicht recht sei, sich bei Jupiter, Juno und den grossen Göttern im Himmel befunden zu haben!‹ – ›O, ich weiss wohl, wie es ist: die Männer stürzen sich uns Frauen in die Arme und nachher haben sie Ekel.‹ – ›Du bist kein Weib wie die andern, die ich kenne,‹ antwortet er mir. ›Du bist die Göttin der Liebeswonne. Wenn ich jemals deiner satt würde, dann könnte man auch des himmlischen Glückes und der Gelage der Götter satt werden.‹ – –

[Lücke im Original]

›Ich habe eine schlaflose Nacht verbracht. Das Bett krachte, dass der Fussboden zitterte; ich befürchtete, es könnte zusammenbrechen. Ich zweifle nicht daran: Ihr habt eine Komödie gespielt. Diese pfeilbewaffnete Diana ist dein Apollo gewesen; sie würde deinen Drachen Python durchbohren! Du wirst darüber nicht rot werden, meine Octavia. Als sie heute morgen bei der Abreise uns Lebewohl sagte, presste ich ihren Busen gegen den meinigen und ich fühlte unter ihrem Mieder keine schwellende Rundung. Sie hatte auch nicht mehr jene lebhafte strahlende Gesichtsfarbe, die gestern ihre Wangen schmückte. Die nächtliche Arbeit hatte sie blass gemacht.‹ – ›Du täuschest dich, Eleonora‹, antwortete ich ihr, ›ich habe keinen Mann in mein jungfräulich gebliebenes Witwenbett aufgenommen. Wir haben allerdings – mit Scham muss ich dies gestehen – Liebesspiele getrieben wie Sappho und Andromeda. O wenn du, Eleonora, die keimenden Halbkugeln ihrer Brüste sähest, du würdest für sie entbrennen. O wenn du – ich darf nicht sagen ihr V ..., o wenn du ihr V ... lein sähest, du würdest noch heisser entbrennen. Ich war ihr liebender Gatte, sie war mir liebende Gattin in der Liebeswut unserer Tribadenkünste.‹

TULLIA: Fernando Porcios Schwester Enemonda war von grosser Schönheit. Ihre Freundin war die nicht weniger schöne Francesca Bellina. Sie wussten selber nicht, wer von ihnen beiden die Freundin am heissesten liebte. Oft schliefen sie zusammen in Fernandos Hause. Dieser legte Francisca jene geheimen Schlingen, an denen Frau Venus ihren Spass hat; das schöne Mädchen wusste, dass es begehrt wurde, und war stolz darauf. Von seinen Begierden gefoltert, hatte der Jüngling schon beim ersten Schimmer der Morgenröte sein Bett verlassen; er kühlte seine Glut, indem er auf dem Balkon die frische Morgenluft einsog. Im Nebenzimmer krachte das Bett seiner Schwester, von heftigen Stössen erschüttert. Die Tür stand offen: Venus war dem Liebenden hold gewesen, indem sie die Mädchen diese Nachlässigkeit begehen liess. Er tritt bei ihnen ein; blind vor Wollust, trunken vor Wollust, sahen sie ihn nicht. Nackt ritt Francesca auf der nackten Enemonda; sie ritt auf ihr Galopp. – ›Die adeligsten und

geilsten Schwänze‹, sagte Francesca, ›bewerben sich um meine Jungfernschaft. Ich werde den schönsten wählen – aber nicht für mich,
sondern für dich. So will ich deinen und meinen Geschmack befriedigen.‹ Bei diesen Worten bearbeitete sie sie mit aller Macht. Fernando springt nackt in ihr Bett; die Mädchen in ihrer Angst wagen
nicht davonzulaufen; er umklammert mit seinen Armen die von ihrem
Ritt ermüdete Francesca, er küsst sie und ruft: ›Wie, du Bösewicht,
du wagst meine so reine, so keusche Schwester zu schänden? Das
sollst du mir bezahlen! Ich werde die Schmach rächen, die meinem
Hause angetan ist. Erdulde meine Glut, wie sie die deinige erduldet
hat.‹ – ›Bruder, lieber Bruder‹, erwidert Enemonda, ›verzeih zwei
Liebenden! Gib uns nicht der Schande preis!‹ – ›Niemand wird etwas
davon erfahren‹, versetzt er, ›möge Francesca mir ihre Kleine schenken, dafür schenke ich euch beiden meine Zunge. Niemand wird etwas
erfahren.‹ – – – – – – – –

[Grosse Lücke im Original]

OCTAVIA: Unsere modernen Hochwohl weisen, unsere modernen
Catos verbieten es, nackte Menschen zu malen; wenn diese Catos
vom Himmel gefallen sind, so fielen sie sicherlich vom Mondhimmel.

TULLIA: Der dümmste und albernste Mensch ist stets auch der
hochnäsigste. Wenn du bei einem solchen richtiges Urteil und Bildung
suchst, so ist das verlorene Mühe. Die Natur, die Mutter aller Dinge,
hat uns nackt geschaffen. Gott ist kein Schneider und Schuster. Die
Kleidung wurde erfunden, um den Unbilden der Luft und der
wechselnden Jahreszeiten Trotz bieten zu können, nicht weil es unserem Leibe in irgend einer Beziehung an Schönheit mangelt, nicht
weil das Werk, das aus den Händen eines solchen Schöpfers hervorgegangen ist, irgend etwas Unanständiges an sich hat, dessen man
sich zu schämen brauchte und das man verbergen möchte. Die
Schönheit des Leibes besteht im regelmässigen Bau der Glieder; sie
besteht, beim Herkules! wahrhaftig nicht in der Pracht der Kleider.
Der Menschenleib ist das schönste Werk des ewigen Gedankens. Wer
könnte es leugnen? Die Kunst des Schöpfers findet ihren höchsten
Ruhm in diesem Gebilde. Wer es bedeckt, der tadelt es. Wenn Gott
nicht gewollt hätte, dass man den Menschen sähe, so hätte er ihm
die Fähigkeit gegeben, seinen Leib unter Haaren zu verbergen. Wäre
ihm dieses etwa nicht möglich gewesen? Glaubst du, er müsste, um
ein so wunderbares Werk zu vollenden, auf die Beihülfe des Menschen
rechnen? Wer so spricht, ist ein Narr. Der grösste Teil des Erdballs
wird von Menschen bewohnt, die nackt bleiben, wie sie geboren
werden und es gibt Zonen, wo die Siedehitze der Luft den Gebrauch
von Kleidern unmöglich macht. Mögen diese Luchse nur hinsehen!

Die allmächtige Natur zwingt die Menschen ihre Glieder und Lenden nackt zu zeigen. In jenen Zonen kennt man keine ›Schamteile‹. Nackt sein ist durchaus keine Schande. Sollte denn also dieselbe Allmacht der Natur sich Lügen strafen und verlangen, dass in anderen Zonen diese Teile verborgen würden, wie wenn sie unzüchtig wären, und verdeckt würden, wie wenn sie Verbrechen begangen hätten? Könnte die Natur dies wollen, selbst wenn diese Glieder scheinbar unanständig wären? Mögen doch diese Luchse die Augen aufmachen! Die Griechen, die durch ihre Kunst und ihren Geist auf ewige Zeiten erlaucht sind, malten ihre Heroen und die Söhne von Heroen nackt. Ich sah in Rom das Standbild Alexanders, ein Werk des Praxiteles: Der Sprössling des Herkules hat über dem einen Arm ein Löwenfell, alles andere ist nackt. Wer das Bildnis des Kaisers Karl sieht – der ein Nebenbuhler Alexanders war – der sieht das Antlitz und die Hände eines Fürsten; an allem übrigen aber sieht er nichts Fürstliches. So zu malen heisst Kleider malen, nicht Menschen malen. Wer dich niemals ganz nackt gesehen hat, würde eine dumme Behauptung aufstellen, wenn er sagte, er habe dich gesehen. Auf diese Weise sind Malerei und Bildnerei von ihrer früheren Würde herabgesunken. Die Maler und Bildhauer unserer Tage sind unwissende Dummköpfe; und in den Wissenschaften ist es wie bei den Künsten: mit Ausnahme von einem oder zweien sind Künstler wie Gelehrte nichts weiter als Charlatane und Trunkenbolde, die von ihrer Kunst oder von ihrer Wissenschaft nichts verstehen. Aber es sei gefährlich, sagt man, nackte Männer und nackte Weiber darzustellen; es könne darin eine geheime Verleitung zu Ausschweifungen liegen ... Unsinn! Unsere Landsleute, die in Indien oder in Amerika leben, wo die Frauen ihre Geschlechtsteile offen zur Schau tragen, geben sich darum keinen geilen Lüsten hin. Sie gewöhnen sich an den Anblick, und die Gewohnheit stumpft die Begierde ab. Glaube nur, Octavia: wenn wir die Schätze unserer geheimen Schönheiten auf das sorgfältigste allen Blicken entziehen, werden die Männerherzen dadurch nur um so heisser entflammt. Sie sehen in ihrer Einbildung viel mehr Schönes, als nachher ihren Blicken wirklich zuteil wird. Wenn wir ihnen unseren Leib preisgegeben haben, ist ihre Glut viel weniger heiss. Die Reize, die sie soeben noch anbeteten, ohne sie gesehen zu haben – diese Reize sind plötzlich nicht mehr vorhanden. Wenn das Gesetz etwas verbietet, so gibt es dadurch dem Verbotenen nur um so grösseren Reiz. Die meisten Menschen wären keuscher, wenn sie mehr Freiheit hätten. Wenn der Wein frei flösse, wie die Fluten eines Stromes, so würde man kaum hier und da einen Trunkenen finden. Wenn die Frauen alle nackt einhergingen, so würde die Liebe sich nicht mehr, wie sie es jetzt tut, an unzüchtigen Begierden entflammen. Die Besitzer von Gemälden, auf denen nackte Weiber dargestellt sind, empfinden bei ihrem Anblick keine sinnliche Regung: die beständige

Gewohnheit, sie zu sehen, hat sie kalt wie Mamor gemacht. Die vorgedachten Hochwohlweisen reden also Unsinn, weil sie's nicht besser verstehen. –

[Lücke im Original]

– – – ›Willigst du ein?‹ – ›Ich nehme die Bedingung an‹, antwortete sie lächelnd; ›aber sie soll mir kein Omen sein: denn ich will, liebe Schwester, in dir eine Freundin, nicht eine Feindin haben. Als eine Schandtat stellst du den kleinen Scherz hin, zu dem die verliebte Raserei des Pagen mich getrieben hat. Er war doch nur ein Spiel. Aber gleichviel: ich nehme die Bedingung an. Verschone mit deinem Zorn den Knaben und lass ihn an mir allein aus.‹ – ›Ich werde es mir überlegen,‹ versetzte Judith. ›Den Sohn meines Vetters, dem er von einer reizenden Geliebten beschert wurde, darf ich nicht hassen. Auch ich habe kein ehernes Herz. Ich verlange nichts weiter, als dass du meinen Befehlen gehorchest, gleichviel was für eine Laune mir in den Sinn kommen mag.‹ – ›Ich werde gehorchen,‹ sagte Lucia. – ›Und ich nehme alles auf mich,‹ fuhr Judith fort, ›fürchte dich nicht vor deinem Gatten. Er liebt die Wälder, nicht das Ehebett. Der kühne Jäger Kephalos macht sich ja nicht viel aus seiner Gattin Prokris. Ich verlange, dass du dir eine Keuschheitsspange anlegst.‹ – Als sie dies hörte, entströmten Fluten von Tränen den Augen der jungen Frau und Judith fühlte ihr grausames Herz weich werden. Ausser sich vor Aufregung riss sie Lucien die Betttücher vom Leibe. Und als sie alle Schönheiten dieses von Jugendkraft strotzenden Körpers erblickte, da rief sie: ›O die reizende Venus!‹ Aber sie vermochte kein Wort mehr hervorzubringen. Endlich fand sie ihre Stimme wieder und sagte: ›Juno wird der Unglücklichen huldvoll zur Seite stehen.‹ – ›Verzeih mir, Schwester,‹ wiederholte Lucia, ›lass mich meinem eigenen Geschlechte angehören! Ich bin Weib, und ich sollte nicht mehr Weib sein dürfen ohne ausdrückliche Erlaubnis jener Keuschheitsspange? Verzeih mir, gute Schwägerin!‹ Mancia und der Page waren fortgegangen. – ›Wie schön du bist in deiner Trauer, Lucia, meine Schwester und Hebes Schwester!‹ sagte Judith. ›Willst du mein sein? Wenn du mein bist, dann gehöre ich nicht mehr mir selber an.‹ – ›Gern will ich das,‹ antwortete Lucia, ›aber ich kenne mein Unglück und dein hartes Herz.‹ Sie weinte; Judith gab ihr einen Kuss und sprach: ›Du hast mein steinernes Herz weich gemacht! Aus diesem Felsen hast du nicht einzelne Funken geschlagen, sondern hochlodernde Flammen der Liebe sind daraus hervorgebrochen.‹ Sie gab ihr noch einen Kuss und entbrannte in neuer Glut. Dann fuhr sie fort: ›Ich bitte dich nur um eins: dass du mich liebest und Juan hassest! Sei die Sklavin meines Willens; durch diese Knechtschaft wirst du die Herrschaft erlangen.‹ Lucia versprach alles zu tun, was sie verlang-

te. ›Nun denn, so werde ich diese Nacht bei dir schlafen,‹ sagte Judith;
›ich werde der Gatte meiner neuen Gemahlin sein.‹

OCTAVIA: Hahaha!

TULLIA: Die ganze Nacht erfüllte sie mit ihrer Brunft das Bett der
jungen Frau; sie gab ihr tausend und abertausend Küsse, unermüdlich
ritt sie sie, und die unkeuschen Rasereien ihrer Hände marterten
diese zarten Glieder. Mit Sonnenaufgang ging sie. An den folgenden
Tagen schien sie nicht mehr zornig auf Juan zu sein, aber dem armen
Jungen wurde verboten, seine Herrin zu sehen. Er war ganz ausser
sich vor Schmerz und ging an seinem Kummer zu Grunde. Endlich
begab er sich zu Mancia und sagte: ›Mancia, ich war wahnsinnig.
Dich allein liebe ich wirklich!‹ Sie sanken einander in die Arme und
diese Umarmungen Mancias verschafften Juan die Umarmungen
Luciens wieder. ›O Mancia, mein Lebenslicht!‹ rief Juan, ›der Zorn
tötet mich; ich sterbe. Diese Undankbare, diese Treulose soll sich
über mich lustig gemacht haben? und ich soll sterben, ohne mich
gerächt zu haben? Nein! ich werde nicht sterben, wenn du es willst,
sondern ich werde für dich leben!‹ – ›Ich werde dir helfen,‹ sagte jene,
›aber was hast du beschlossen? was gedenkst du zu tun?‹ – ›Ich will
die Hochmütige in meine Gewalt bekommen! mit meinen Füssen
werde ich sie in den Kot treten!‹ – ›Ich verstehe nicht, woran du eigentlich denkst. Vielleicht willst du sie im Bett zertrampeln, nicht
im Kot!‹ – ›Lieber wollte ich Tisiphone beschlafen, zwischen deren
kotigen Leisten eine gräuliche Kröte ihren Schlund öffnet; lieber
wollte ich Charons Geliebter sein!‹ – ›So schwöre mir denn!‹ rief sie.
– ›Ich schwör's bei allen Göttern und Göttinnen; ich schwöre es bei
dir selber, die du die mächtigste Göttin sein wirst, wenn du mir bei-
stehst.‹ – ›Ich werde dir beistehen, verlass dich drauf! Du wirst dich
glücklich preisen, dass meine treue und eifrige Geschicklichkeit dir
dient. Ich weiss es: wenn du ein Herz im Leibe hast, so wirst du, bei
Venus! es wagen, deine Herrin zu hassen, die dich verachtet, weil sie
nicht weiss, was du wert bist.‹ – – – – – – –
– –

[Lücke im Original]

– – – ›Ich habe alle ihre Ränke zu schänden gemacht, o Herrin. Auf
Umwegen musste ich dem Glücke zusteuern.‹ – ›Sehr scharfsinnig
ausgedacht, mein liebes Herz!‹ antwortete Lucia; ›Judith, die ich verabscheue, betet mich an und quält mich mit ihrer sündhaften Liebe.
Sie ist rasend, aber alle ihre Mühe ist vergebens. Eher möchte ich
eine Natter lieben.‹ Die Mentula des Knaben, von der Begierde angestachelt, richtete sich empor, ganz stattlich und löblich richtete sie

sich empor. Lucia verschlang sie mit ihren Augen. ›Meine Seele entflieht mir, meine Seele!‹ hauchte sie, ›und zu dir nimmt sie ihre Zuflucht!‹ Und damit überschüttete sie den Pagen mit Küssen. – ›Auch
ich sterbe, o Herrin!‹ rief Juan, ›auf! wir sind hier in Sicherheit.‹ Das
Antlitz der jungen Frau überzog sich mit dunklem Purpur; furchtsam
begann sie zu zittern. – ›Weise weit von dir,‹ fuhr Juan fort, ›diese
lächerliche Keuschheit; sie ist ein Ungeheuer. Lass es mit meinem
Spiesse mich durchbohren!‹ Lucia lächelte. ›Stelle dir Venus vor, die
den Knaben Adonis in ihren Armen hält.‹ – – – – – – – – – – – – –
– – – – – – – –

– –

[Lücke im Original]

OCTAVIA: Margaris, eine Jungfrau von anmutigem Wesen und
göttlicher Schönheit, heiratete vor einigen Tagen den Grafen Emanuel.
Sie war würdig von Roberto geliebt zu werden; und ich glaube ich
hätte ihm verziehen, wenn er sie geliebt hätte.

TULLIA: Wie wenn verwundete Liebe überhaupt verzeihen könnte.

OCTAVIA: An Klugheit und Verstand tut sie es den erfahrensten
Frauen zuvor, auch denen, die viel älter sind als sie, und an Schön-
übetrifft sie selbst die, deren Reize in grösserem Rufe stehen. Die
Höflichkeit, die Liebenswürdigkeit, die Güte dieses im Schosse des
Reichtums aufgewachsenen Mädchens von höchstem Adel sind geradezu sprichwörtlich. Diese Tugenden hat ihr Luiz Vives durch seine
Erziehung und seine Lehren seit ihrer frühesten Kindheit eingeflösst,
wie er zugleich auch ihr Lehrmeister in der Wollust gewesen ist. O,
wie glücklich ist das Weib das unter eurem Sternen geboren ist, Apoll
und Venus! Margaris und Rodrigo wenn von gleicher Liebe zu den
Studien beseelt und auf das sorgfältigste pflegte ihre Mutter, Catarina
Harrtro, ihre guten Anlagen und Talente. Sie vertraute ihre Erziehung
dem gelehrtesten Manne unserer Zeit an: Luiz Vives. Das Mädchen
gefiel dem Lehrer über die Massen und er wurde von einer heftigen
Liebesleidenschaft zu ihr ergriffen. Der bedeutende Mann schämte
sich seiner Liebe, zugleich aber bereitete sie ihm Wonne. Er wollte
und wollte auch wieder nicht. Was sollte er machen? Auch wer nicht
lieben will, muss lieben – ja noch mehr: man muss lieben, wem man
nicht lieben will. Amor hat keine freie Wahl. Die Mutter war abwesend. Sie hegte keine Besorgnisse um ihre Tochter und hatte nicht
das geringste Misstrauen gegen Luiz. Sie hatte sie ganz allein im
Hause gelassen und in diesem Hause herrschte, dank seinem bedeutenden Wissen, der ehrwürdige Lehrer. Eines Tages erklärte er ihr
den Bau des menschlichen Körpers und da kam er auch auf das Herz

zu sprechen. ›Das Herz,‹ sagte er, ›ist der wundervolle Sitz aller Gefühle; in ihm wird die Liebe, wird auch der Hass geboren. Alles Gute und alles Böse entspringt im Herzen. Was meinst du, Margaris, ist wohl die Liebe stärker, als der Hass?‹ – ›Bis auf den heutigen Tag,‹ antwortete sie, ›haben weder Liebe noch Hass mit ihren verderblichen Ratschlägen mich angespornt; ich bin gut und bin rein.‹ – ›Aber,‹ entgegnete Luiz, ›du bist jetzt in das Alter gekommen, wo oft die Adern von einem verborgenen Feuer erglühen, obwohl man sich ganz wohl befindet.‹ ›Du bist ja in der Tat von blühender Gesundheit. Aber du liebst – du brauchst nicht rot zu werden – du liebst den Grafen Emanuel, der ja in der Tat ein ganz reizender junger Mann ist. Du liebst ihn, Margaris, du liebst ihn! Und ich freue mich dessen!‹ – ›Ich liebe den Mann, den meine treffliche Mutter mir zum Gatten bestimmt hat. Wenn ich dies leugnen wollte, so würde ich lügen, und die Lüge verträgt sich nicht mit den Lehren, die ihr mir eingeflösst habt.‹ – ›Nun?‹ fuhr Luiz fort, ›könntest du denn ausserdem nichts lieben? Würdest du mich hassen?‹ – ›Gewiss nicht; im Gegenteil, ich liebe euch sehr; ich wäre undankbar, wenn ich euch nicht liebte.‹ – ›Und wenn ich dich liebte – dich, die du so schön, so geistreich bist – würdest du mir das als Verbrechen anrechnen?‹ fragte Luiz. – ›Als Verbrechen? o nein! Ich würde vielmehr euch für diese Liebe dankbar sein und – so wahr mir die Götter gnädig sein mögen! – ich würde sie vergelten.‹ Während dieser letzten Worte betrat Rodrigo das Zimmer; sofort wechselte Luiz das Thema des Gespräches ... Am nächsten Tage hielt er dem Mädchen zuerst einen langen Vortrag und legte ihr dann Zeichnungen des Herzens, des Gehirns und der Brust vor. – ›Da du so dicht vor deiner Hochzeit stehst, göttliche Margaris,‹ so sprach er, ›so musst du die Lage, Gestalt und Funktion jener Körperteile kennen lernen, deren eigentümlicher und höchst süsser Gebrauch in der Brautnacht die Menschen zum Range der Götter erhebt. Männer und Frauen werden zur Ehe veranlasst durch die Wollust, die sozusagen deren verheissene Belohnung ist.‹ Mit solchen wollustatmenden Reden, mit denen er noch lange fortfuhr, setzte er das leicht entzündliche Mädchen in helle Glut. Luiz bemerkte, wie die Jungfrau die Vernunft verlor, und er selber verlor die Vernunft. ›Der Held,‹ rief er, ›der dir, o Heldin Margaris, deine Jungfernschaft rauben wird, er wird mir glücklicher erscheinen als Jupiter. Auf welche Bedingungen hin, o Göttin, hast du dich einem Sterblichen ergeben? Welcher Preis kann auf unserer Erdenwelt solche Schätze bezahlen? O ich Unglücklicher!‹ – ›Die Götter werden euch beistehen, und auch ich werde euch helfen!‹ antwortete Margaris; ›die Götter werden euch hold sein, wie auch ich es sein werde.‹ – ›Sei mir hold, Margaris – und auch die Götter werden mir hold sein; wenn du mir hold bist, müssen auch die Götter es sei – mögen sie wollen oder nicht.‹ Die Jungfrau errötet und schweigt. ›Willst du denn nicht,‹ fährt Luiz fort, ›ein einziges Wort sagen, das mir Un-glücklichen ein bischen Hoffnung gibt?‹ – ›Ein Wort werde ich nicht sprechen,‹ antwortet Margaris, ›aber was soll ich tun?‹ ›O Schönheit! o Jugendblüte!‹ Sie stösst einen Seufzer aus. ›Du machst mich den Göttern gleich!‹ ruft Luiz. Das Mädchen schwieg und hielt den Blick auf den Boden geheftet. Ein seidenes Mieder, das durch eine goldene Spange zusammengehalten wurde, bedeckte ihre elfenbeinglatten Schultern; ausser ihrem Hemde und Rock trug sie sonst keine Klei-dungsstücke. Ihr Busen war unbedeckt, die Brüste lagen bloss. Von der Glut der Venus entflammt ergreift er, seiner selbst nicht mehr bewusst, die beiden Halbkugeln: sie waren klein und so marmorhart, dass man hätte Funken aus ihnen schlagen können; er küsst sie mit heisser Inbrunst. ›Was ist denn dies?‹ seufzt die Jungfrau, und dicke Tränen rollen ihr über die Wangen. – ›Bin ich dir denn zuwider, o meine Göttin?‹ fragt Luiz. – ›Nein, das seid ihr nicht, aber ich will euch nichts gewähren.‹ – ›Aber du wehrst mir doch auch nicht?‹ – ›Auch verweigern will ich euch nichts.‹ – ›Was willst du denn, liebes Kind?‹ fragt Luiz; ›du willst nicht gewähren, willst nicht verwehren – aber wenn man nicht gewährt, so verwehrt man eben.‹ Glühende Kusse begleiteten diese glühenden Worte. – ›Wenn ich gewähre,‹ versetzte Margaris, ›so benehme ich mich wie eine Kurtisane; wenn ich so schlecht bin zu verwehren, so bin ich eine Undankbare.‹ – ›Ich verstehe, ich verstehe schon!‹ ruft Luiz. ›Du wünschest, dass ich dir Gewalt antue, wenn ich ein Mann bin; keusch wie du bist, ist es dir nicht lieb wenn ich mit Worten dich bitte, mir deine Ehre hinzuge-ben.‹ – ›Bis auf den heutigen Tag,‹ antwortet Margaris, ›hat niemals auch nur der Schatten eines unkeuschen Gedankens meinen Geist gestreift. Die Strahlen der Sonne sind nicht reiner als mein Geist und meine Seele.‹ – ›Ich weiss es!‹ ruft Luiz, ›du bist die reinste Reinheit?‹ Während er so spricht, lösst er ihr die Spangen und zieht ihr Mieder und Rock ab; nur das Linnenhemd blieb allein auf ihrem Leibe und beschützte, wie ein leichtes Wölkchen, nur unvollkommen ihre Scham. Margaris weinte, aber sie leistete keinen Widerstand; sie wurde rot und blass, aber sie leistete keinen Widerstand. In einer Ecke des Zimmers stand ein niedriges Bett für eine einzige Person; eine schwarzseidene Decke lag darauf. Hierhin führte Luiz, mit seiner Venuswaffe drohend, das zitternde Lämmlein. – ›Setze dich doch auf das Bett, o meine Göttin!‹ sagte er. Margaris setzte sich. Dann legte er sie mitten auf's Schlachtfeld – so nannte er das Bett – und sagte: ›So führt man Krieg!‹ – ›O ich Unglückliche!‹ seufzte Margaris; ›schonet meine Keuschheit! Wenn ihr mich liebt, so schonet meiner Scham. Was habe ich getan, ich Aermste! Und ihr – was werdet ihr nicht noch tun? Ich bin des Todes!‹ – ›Ich werde dir in meinen Ar-men,‹ ruft Luiz, ›das Glück der Götter bereiten, wie ich in den deini-gen es finden werde.‹ Er hatte ihr das Hemd bis über die Brust empor gestreift. Tausend Reize erschienen seinen Augen, die vor Wollust nicht mehr klar sahen. Brust, Leib, Schenkel – alles war wunderbar schön. ›Jetzt wollen wir sehen,‹ ruft Luiz, ›wem die Liebesgötter den Besitz dieser Burg zusprechen werden. Schau! ich lasse aus meinen Laufgräben alle meine Truppen einen Ausfall machen?‹ Er liess den Hosenlatz herabsinken und bedrohte mit seiner Manneswehr das zitternde Mädchen; prachtvoll stand ihm der Ast neun Zoll lang; besonders aber zeichnete er sich durch seine Dicke aus. – ›O Mutter!‹ rief Margaris; ›o geliebte Mutter! würdest du es für möglich halten, dass ich einer solchen Schicksalstücke mich ausgesetzt sehe? Ich geschändet! O, es ist um mich geschehen!‹ – ›Unsinn! lauter Unsinn!‹ sagte Luiz. ›Nur Mut, meine Göttin; du wirst mich wegen meiner Tat beglückwünschen; du wirst, das weiss ich, Triumphgesänge anstimmen, du wirst in der höchsten Wonne und Seligkeit schwimmen.‹ Auf ihre Muschel heftet er seine unersättlichen Blicke; dann prüft er, in diesen Dingen wohlerfahren, mit glühendem Finger ihre glühende Spalte. ›Unter dieser purpurroten Blume,‹ sagt er, ›sehe ich deine hübsche Jungfernschaft schlummern. Vorwärts, Jungfernschaft! Was machst du da, du Faulenzerin! Hinaus mit dir, du dumme! Warum quälst du meine süsse Herrin? Du bist ja eine Feindin des ganzen Menschengeschlechtes, denn du hinderst es, sich zu verewigen, du betrügst es um seine Liebesgenüsse. Du musst sterben! Ich werde dich töten, dich opfern!‹ Und nun sofort hinein mit dem Speer. Das zarte junge Mädchen wird durchbohrt. Sie erschauert, stösst einen tiefen Seufzer aus und dann einen durchdringenden Schrei. Die brennende Hymenfackel ist nämlich mit Macht hineingefahren und nicht sanft und allmählich in das Heiligtum der Wonne hineingeglitten. In ihrem Schoss tummelt munter sich Kolytto und reizt sie zu geiler Brunft. Kurz und gut: die schöne Jungfrau ist geopfert. Aber sie ersteht als schönere Frau, als Gattin vom Tode wieder auf ... Gütige Venus! Wenn ich, geliebte Tullia an solche Genüsse denke, da brennt mir das innerste Mark der Knochen von blinder Glut. Geht es nicht auch dir ebenso?

TULLIA: Ich bin vor Wollust ausser mir, du dumme! fahre fort. Deine Schilderung gefällt mir köstlich.

OCTAVIA: Den Rest fasse ich in ein einziges Wort zusammen, liebe Tullia. Sie verschafften sich gegenseitig jene höchste Wonne, die selbst für Jupiter, Juno und die grossen Götter die höchste ist. Luiz fand sich am Ziel aller seiner Wünsche; höheren Genuss hatte auch Sencea nicht, wenn er Agrippina bearbeitete, hatte auch Ovid nicht, wenn er des Kaisers Augustus Tochter Julia besass. Warum lachst du. Auch Lampridius hatte noch niemals einen schöneren Erfolg, wenn er keuchend und schwitzend auf dir lag ... ›Durch dieses Vorspiel, liebe

Margaris, bist du in die Geheimnisse der Ehe eingeweiht,‹ sagte Luiz. ›Morgen nach der Trauung wird Emanuel mit dir, seiner neuvermählten Gattin, den wirklichen Kampf beginnen. Heute hast du einen Mann gehabt, teure Margaris; morgen aber wirst du einen Eselhengst tragen. Rodrigo nennt seinen Neffen Emanuel, diesen sonst in jedem Betracht angenehmen und vortrefflichen Jüngling, Onosander, das heisst: Eselsmensch, denn nicht weniger als vierzehn Zoll lang ragt ihm der Schwanz, o Graus, und schwillt ihm an, wie wir's bei einem Esel sehen.‹ – ›Ich weiss, dass er ungeheuerlich ausgerüstet ist,‹ sagte Margaris. ›Justina hat mich auf die Gefahr vorbereitet. Ich werde gemartert werden, aber der Marter wird, sagt sie, eine doppelt so grosse Wonne folgen. Nun, ich werde ja sehen ... Aber du. Luiz hast mir wunderbar gefallen; Emanuel wird mir nicht so gefallen wie du – davon sei überzeugt.‹ – ›Und du wirst über alles meine Wonne sein, o meine Göttin!‹ antwortete Luiz. ›Wenn ich dich besitze, so habe ich in diesem Leben nichts mehr zu wünschen.‹ – ›Du wirst mich besitzen, so lange ich lebe,‹ sagte Margaris; ›du warst der erste, der meine Liebe gewann, und kein Mann, kein Flug der Zeit soll dich aus diesem Besitz vertreiben ... Niemals soll Emanuel an deiner Wonne teilnehmen. Nur dir allein möchte ich angehören und ausser dir keinem andern!‹ ... Und nun kommt eine schmerzhaft komische Geschichte! Als sie zum Brautbett geführt wurde, sagte sie, sie habe Kopfweh. – ›Alle Wetter!‹ rief ihre Mutter lachend, ›wenn meine Hoffnung mich nicht trügt, so wird dir, ehe eine Stunde um ist, etwas anderes weh tun und zwar ganz gehörig. Was für Schmerzen erdichtest du, liebes Kind, um deine Unvernunft zu verbergen? Hast du deinen Gatten gebeten, dass er deiner Angst zuliebe auf seine Brautnacht verzichte! Du kleine Närrin. Aber was fürchtest du denn in deiner Feigheit? Er wird dich durchbohren, aber nicht töten. Ich war jünger als du, da hielt ich viel fürchterlichere Schmerzen aus, als sie dir beschieden sein werden. Ich hatte noch nicht mein zwölftes Jahr vollendet; aber meine Brautnacht ist mir ganz ausserordentlich gut bekommen. Willfahre deinem Gatten, das wird nur zu deinem Besten sein.‹ Nachdem sie ihr diese Ermahnungen gegeben, Hess sie sie nackt in ihrem Bette allein. Aber Margaris hatte eine seidene Unterhose angezogen, die überall zugenäht war, so dass Hymens Knecht von keiner Seite her Zugang finden konnte ... Emanuel tritt ein; er gibt ihr trotz ihres Sträubens einen Kuss. Sie weint bitterlich. ›Warum weinst du denn, meine Wonne?‹ fragt er. ›Neidest du mir mein Glück?‹ Er befiehlt seinen Dienern hinaus zu gehen, aber die Kerzen brennen zu lassen, und umschlingt dann mit seinen Armen das auf dem Rücken liegende Mädchen. Sie sträubt sich und weicht ihm aus. Der Jüngling wirft die Kleider ab; hoch bäumt sich sein Glied; das Mädchen sieht es und glaubt ihren Tod vor Augen zu sehen. Sie schaudert. ›Er hätte mir die Eingeweide durchbohrt!‹ sagt sie bei sich selber. ›Aber ich bin in Sicherheit.‹ Emanuel spielte an ihren Brüsten die so schön waren, wie Venus, als sie der Meeresmuschel entstieg, sie nicht schöner hätte wünschen können. Dann greift er zwischen ihre Schenkel und findet ihre Kleine gepanzert. Er wundert sich, entrüstet sich, regt sich auf. Was soll er machen? Da gibt ihm sein Zorn guten Rat. Er ruft: ›Was, glaubst du, könnte solch eine Schutzwehr dir nützen?‹ und reisst sofort die Unterhose entzwei, Dies kostete ihm nicht einmal allzugrosse Mühe, denn Metina hatte der törichten List ihrer Herrin mit Absicht schlecht gedient. Margaris beklagt sich laut und gerät in Zorn? Emanuel aber steigt zu Pferde. – ›Warum willst du mich quälen?‹ ruft sie. ›Ehe du mir meine Keuschheit nimmst, musst du mir erst mein Leben nehmen?‹ Mit den Fäusten schlägt sie auf den keuchenden Jüngling los; dieser reitet jedoch unverdrossen weiter, denn in seiner Liebesglut kümmert er sich um nichts. Er hatte sich, nicht ohne Kampf den Weg zur höchsten Wonne gebahnt und hatte beinahe schon den Sieg in Händen. Als Margaris nun aher fühlt, dass ihre Kräfte zu schwinden drohen, da verliert sie alle Besinnung; sie krallt ihre Nägel in das Gesicht des auf ihr liegenden Gatten und reisst ihm die Haut herunter. Eine regelrechte Schlacht entspinnt sich; es wird geprügelt, es wird geschimpft. Entrüstet steigt der Jüngling aus dem Sattel der Jungfrau. Diese aber springt aus dem Bett. Feindselig stehen sie einander gegenüber. Der Zorn macht sie besinnungslos; die Mutter hört den Lärm und eilt herbei. Sie sieht ihre Tochter, die sich in einer Ecke hinter einem Teppich verbirgt; sie sieht ihren Schwiegersohn, der in einem Spiegel sein zerkratztes Gesicht betrachtet und es mit kaltem Wasser kühlt. ›Gütige Venus!‹ ruft sie. ›Was ist das für eine neumodische Brautnacht? Was bedeutet dieser Streit? Ist das eure Hochzeitsfeier, lieber Sohn, liebe Tochter? Liebt ihr so einander? Was muss ich sehen!‹ – ›Nicht eine Frau, süsse Mutter, habt ihr mir gegeben, antwortet Emanuel, sondern eine Tigerin. O Hymen! welche Laune des Schicksals hat es gefügt, dass sie, die die balsamischste Blüte der Jungfrauen war, sich plötzlich in eine Tigerin verwandelt hat? Sicherlich ist dies nicht durch meine Schuld geschehen. Seht doch, liebe Mutter, was für Schrammen sie mir ins Gesicht gezeichnet hat.‹ Die gute alte Dame gerät in Hitze und ruft Margaris zu: ›Heda, du Scheusal! Wo hast du meine sanfte, so gehorsame, so gute Tochtet begraben? fürwahr, du bist nicht meine Tochter. Aber du sollst nicht straflos davonkommen! Du wirst deine Züchtigung erhalten.‹ – ›Verzeiht euerer Tochter, liebe Mutter!‹ ergreift Emanuel das Wort. ›Als ihr Gatte verzeihe ich meiner Gattin. Lieber wollte ich sterben, als mit ansehen zu müssen, wie ihr sie straft. Denn sie ist meine Seele, ich liebe sie über alles, wenn sie auch undankbar ist.‹ – ›Was hast du zu sagen, du Böse,‹ fragt die Mutter; ›was antwortest du?‹ – ›Ich gestehe mein Unrecht ein und bedauere es von Herzen,‹ sagt

Margaris; ›fussfällig bitte ich um Verzeihung. Verzeiht mir diese augenblickliche Wutaufwallung; nicht ich bin an ihr schuld, sondern mein Schicksal.‹ – ›Ich verzeihe dir,‹ sagt Emanuel. ›Aber wer wäre ich, dass ich meiner Königin zu verzeihen hätte? Wenn ich dir in irgend etwas zu nahe getreten bin, so will ich nichts gesagt, will ich nichts getan haben.‹ Diese edlen Worte brachen Margaris' wilden Zorn und sie sprach: ›Lass mich, liebe Mutter, mit meinem Gatten mich wieder aussöhnen; und lass mich dies zu Wege bringen, ohne deine Hilfe. Ich hoffe, ich werde ihn besänftigen, werde seiner Verzeihung teilhaftig werden. Geh hinaus, lieb Mütterchen – ich bitte dich. Soll ich mich denn nackt vor deinen Augen zeigen. Ich werde deinen Befehlen gehorchen; ich werde den Launen und der Liebe meines Gatten gehorchen.‹ – ›So gehe ich denn, liebe Tochter,‹ antwortete die Mutter. ›Bemühe dich deine Pflicht zu erfüllen, wie eine Gattin es mit Freuden tun muss, wie man von einer ehrbaren Frau es erwarten kann.‹ Nackt wie sie war, eilte die junge Frau in die Arme ihres Gatten. Sie küsst ihn, bittet ihn um Verzeihung. ›Komm!‹ ruft sie, ›räche dich an der Sünderin wie du willst, mein süsser Emanuel; ich werde mich gegen keine Strafe wehren!‹ Er drückt die Seufzende an seine Brust und antwortet: ›Wenn ich auch besser wäre, als du gewesen bist – welche Rache könnte ich nehmen? Ich begnüge mich mit deinen Küssen und mit der Blüte deiner Jugend.‹ Er wirft das liebestolle Mädchen aufs Bett. Seine Augen gemessen alle Schönheiten ihres Leibes. Er lobt, er bewundert, er ist ausser sich vor Erstaunen. Zeuxis hätte bei ihr allein jene der Venus würdige höchste Schönheit gefunden, deren einzelne Bestandteile er sich bei mehreren Frauen zusammensuchte ... Plötzlich stürzt er sich auf sie, seine Lanze schwingend, wie die einst war, womit Herkules Omphele bedrohte. Die Mauer vermag nicht zu widerstehen, der Stoss des kräftigen Rammbocks legt Bresche in sie. Der Speer wird tief hineingestossen; er steckt fest. Die Jungfrau stösst einen lauten Schrei aus. Ihre Mutter horchte an der Tür des Brautgemachs; wie freute sie sich, als sie diesen Schrei hörte! ›Mut, lieber Schwiegersohn, Mut!‹ rief sie mit lauter Stimme; ›räche dich für das, was dir angetan wurde! Lass dich von keinem Mitleid rühren. Sie muss wissen, dass du ihr Mann bist, dass sie deine Frau ist!‹ Angespornt durch diesen Trompetenstoss, erneuert Emanuel den Angriff; die Jungfrau verdoppelt ihr Gezeter. ›O meine Mutter! Zu Hilfe! Ich sterbe – ach, meine Mutter!‹ Vergebens aber schluchzte und schrie sie. Ihr Geschrei wurde zum Geheul. Tränenströme stürzen aus ihren Augen. Emanuel aber führte noch einen letzten Stoss; noch tiefer bohrte er den Speer hinein, und die Jungfrau zitterte vom Schmerz der empfangenen Wunde. Noch einmal seufzt sie, noch einmal schreit sie auf. Da schwinden dem Jüngling die Sinne ... Ins Zimmer tritt die Mutter mit ihrer Zofe Justina. Sie hatte gehört, wie die Liebesraserei sich beruhigte; Margaris schwieg, das Bett krachte nicht mehr, Emanuel lag ganz still da. Die Mutter aber sagte: Jetzt, liebe Margaris, erkenne ich mein Kind wieder an. Du hast mir meine Tochter wiedergegeben, indem du deinem Gatten seine Gattin wiedergabst. ›O Mutter,‹ rief Margaris, ›kein Mensch ist der Gatte, den du mir gegeben hast, denn einen Menschen kannst du doch nicht jemanden nennen, der einen Eselsschwanz hat.‹ Laut auf lacht die Mutter; auch Emanuel lacht. ›Aber dieser Eselsschwanz, liebes Kind,‹ versetzte die Mutter, ›passt ganz ausgezeichnet zu deiner Kleinen. Sei guten Mutes. Die höchste Wonne musste freilich recht teuer von dir erkauft werden – aber so wolltens die Liebesgötter.‹ Sie gab hierauf ihrer Tochter zwei gezuckerte Nüsse, ihrem Schwiegersohn aber vier. ›Ihr müsst,‹ sagte sie, ›lieber Sohn, eure Kräfte wieder auffrischen; ihr werdet eure Muskeln heute Nacht noch nötig haben.‹ Unterdessen brachte Justina die zerknitterten und zerwühlten Betttücher in Ordnung und seufzte dabei. – ›Was hast du denn zu seufzen?‹ fragte Catarina. – ›Seht doch, o Herrin,‹ antwortete Justina, ›seht doch welche grausige Metzelei eurem Kinde widerfahren ist!‹ Da sah die Mutter, dass die Bettlaken reichlich mit Blut bespritzt waren, und sie antwortete: ›An diesem roten Jungfernblut erkenne ich die Keuschheit und Züchtigkeit meiner Tochter.‹ – ›O liebe Mutter!‹ rief Margaris, ›du hast mir eine Hochzeit versprochen; für dich wie für mich hofftest du auf eine Hochzeit – und es ist eine Schlächterei gewesen!‹ – Ihre Mutter gab ihr einen Kuss und sagte! ›Sei starken Mutes; so wirst du beweisen, dass du deiner Pflichten eingedenk bist. Du aber, lieber Schwiegersohn, stosse feste! Ich weiss, du wirst feste stossen, denn du bist ja voll Liebe und Jugendkraft.‹ Mit diesen Worten ging sie hinaus. Emanuel aber drückte seine junge Frau ans Herz und sagte: ›Verzeih mir, Gebieterin! Dein Held musste so kämpfen, da er seine Heldin in ihren Verschanzungen anzugreifen hatte.‹ – ›Ich verzeihe dir,‹ antwortete sie; ›ich weiss, aus Liebe hast du mir weh getan, Wenn du mich weniger liebtest, wärest du nicht so stark und eifrig ins Gefecht gegangen. Aber einen Trost habe ich: aus dem nächtlichen Kampf bringen wir beide Wunden heim.‹ – ›Unsere Seelen hatten sich zusammen gefunden, ehe unsere Leiber vereint waren,‹ antwortete Emanuel. ›Aber, teuerste Gattin, wenn du mich liebst ...‹ – ›Zweifelst du, dass ich dich liebe, o mein süssester Gatte?‹ unterbricht ihn Margaris. ›Dein Zweifel ist mein Tod!‹ – ›Nun denn, wenn du mich liebst,‹ fährt Emanuel fort, ›so ergib dich meiner Begier, gib mir diesen köstlichen Leib voll Schönheit und Kraft!‹ – ›Gewiss!‹ antwortet sie, ›und von Herzen gern werde ich deiner Lust dienen.‹ ... So wurde zwischen ihnen der Friede geschlossen. Margaris aber hatte gar nicht gewusst, wie wollüstig sie war, denn in Zeit von neun Stunden machte sie zehnmal den Ritt in ihrer eigenen Stechbahn. Seit dieser Nacht brannte sie vor Liebesbegier. Als Luiz sie fragte, wie sie einen so gewaltig ausgerüsteten Gatten habe befriedigen können, antwortete sie, selbst dieser Gatte befriedige sie bei weitem nicht. Von diesen Augenblick an verbrachte sie keinen Tag und keine Nacht allein. Nachts erschöpfte sie im Liebeskampf Emanuel, tags aber Luiz. Erst nach Verlauf von zwei Monaten bekam sie allmählich genug davon. Sie bat ihre Mutter um die Erlaubnis, einige Nächte, von ihrem Gatten getrennt, allein schlafen zu dürfen. Denn sie sei – so behauptete sie – einem solchen Athleten an Kraft nicht gewachsen. Ihre Mutter erhielt für sie die Erlaubnis. Margaris schimpfte auf das Verheiratetsein – ihre Mutter hat's mir erzählt – und preist die Jungfrauen selig wegen ihrer unschuldigen Ruhe. Lache, Tullia! sie kehrte zur Keuschheit zurück, nachdem ihre Tugend unzählige Stösse erlitten hatte.

TULLIA: Ein bequemer Weg! Hahaha.

– –

[Lücke im Original]

– – – ›Und dies war eben der Irrtum‹, sagte er, ›der mich zur Liebe entflammte. Ich hielt sie für gut – und sie war eine Bärin; ich hielt sie für keusch – und sie war eine Wölfin.‹ Als seine Gefühle sich änderten, übertrug er auch seine Liebe auf einen anderen Gegenstand. Juan verliess die wollüstige, unzüchtige, ihrer tollen Leidenschaft hingegebene und wandte der guten, der ehrbaren, der geistvollen Clementia seine Neigung und seine Liebe zu. Der schöne Jüngling gefiel der trefflichen Frau. Aber Clementia wollte wohl geliebt werden, aber nicht wieder lieben. Padilla starb an seinem Herzenskummer und Clementia sah mit Schmerz, wie ihr Liebhaber dahinsiechte; sie tröstete ihn nach Kräften durch Worte und kleine Gefälligkeiten. ›Wenn ihr mich liebt,‹ sagte sie oft, ›so werdet ihr euch nicht durch ein Verbrechen besudeln wollen. Ihr habt mich geliebt, weil ich ehrbar bin, weil ich keusch bin; und wenn ihr selber ehrbar seid, so werdet ihr mich nicht mehr lieben, sobald ihr erfahret, dass ich meinen Charakter geändert habe und ausschweifend und unrein geworden bin. Wahrlich, meine Ehrbarkeit steht mir höher als selbst mein Leben; wenn ich nicht in Züchten leben kann, so will ich lieber sterben. Ihr aber gleichet nicht dem gewöhnlichen Tross der Menschen, die wie vernunftlose Tiere sich in schmutzigen Lastern wälzen, sondern ihr liebt meinen Geist, meine guten Sitten.‹ Sie begleitete diese Bemerkungen mit Küssen – aber es waren trockene, eiskalte Küsse – Küsse, wie einst Philistaea sie ihrem Bruder Sokrates gab. – ›Wollt ihr denn,‹ sagte Padilla, ›dass ich als Opfer eurer grausamen Keuschheit sterbe? Gerne will ich mich opfern. Aber warum gebt ihr eurer blutdürstigen Grausamkeit den Vorwand der Ehrbarkeit? Glaubt ihr es sei ehrbar, euren Liebhaber sterben zu lassen?‹ Da weder seine Klagen noch seine Bitten ihn auch nur um einen einzigen Schritt weiter brachte, so wurde er krank. Die Aerzte erklärten seine Krankheit für tötlich. Da sie keine Ursache derselben entdecken konnten und demnach auch im Zweifel waren, welche Heilmittel sie anzuwenden hätten, so nahmen sie ihre Zuflucht zur chimärischen Kunst des Jabalus. Raimondo weinte als er seinen Vetter, diesen trefflichen Menschen, in der Blüte seiner Jahre dahinwelken sah; Clementia weinte ebenfalls, denn sie wusste wohl, dass sie die Ursache war für den Tod des Jünglings. Raimondo bat sie, den Kranken zu besuchen, weil dieser in seinen Fieberträumen irgend etwas von Clementia murmelte, wie, wenn er ihr eine Mitteilung zu machen hätte. Als nun der Sterbende sie mit tränenüberströmtem Antlitz vor seinem Bette stehen sah, da lächelte er; er hiess alle Anwesenden aus seinem Zimmer hinausgehen und sprach: ›Ich bin ein zu unbedeutendes Ding auf dieser Welt, göttliche Clementia. Warum weinet ihr? Ich gehorche eurem Willen. Ihr habt mir zu sterben befohlen – und seht: ich sterbe!‹ – ›Ich habe dir solches nicht befohlen,‹ antwortet sie, ›im Gegenteil, wenn ich irgendwelche Macht über dich habe, so befehle ich dir zu leben. Wenn du nicht lebst, so wird mir Unglücklichen das Leben zur Last sein. Ich werde bald dem Tode angehören. Wenn du aus dem Leben scheidest, so werde ich dir folgen, der du auch von mir geschieden bist. Lebe also, mein Padilla, wenn du nicht willst, dass ich mir den Tod wünsche! Denn ich bin dein Leben, wie du oftmals sagtest, mein Lieb! Du wirst mich gefälliger finden; du wirst dich meiner und des Lebens freuen.‹ Sie gab ihm einen Kuss und entriss ihn dadurch seinem Verhängnis. Augenblicklich kehrten die Kräfte des Armen zurück und die Kraft der Krankheit war gebrochen. Er erlangte seine frühere Gesundheit wieder und konnte wenige Tage darauf bereits aufstehen, Clementia war darüber hocherfreut und wünschte ihm Glück zu seiner Genesung. – ›Aber,‹ sagte Padilla, ›du hast mich von den Ufern des Styx zurückgerufen, indem du mir das Leben versprachst; ich sehe aber dieses mir verheissene Leben sich mir nicht nahen. Du weisst um welchen Preis du mich der Verzweiflung entrissen hast. Nicht aus Liebe zum Leben bin ich dem Leben wiedergegeben worden; auf eine bessere Hoffnung hattest du mir Aussicht gemacht.‹ Er bat sie, Mitleid mit ihm zu haben oder ihn ruhig sterben zu lassen. Sie wich seinen dringenden Bitten aus und nährte den von Begierden erfüllten Jüngling mit leeren Hoffnungen. Seit acht Tagen war Raimondo verreist; da begab es sich, dass Kaiser Karl Padilla zu sich berief: der ausgezeichnete grosse Kaiser stellte den von Charakter wie von Geburt gleichermassen edlen Jüngling an die Spitze eines Regimentes, das er nach Italien sandte. Vor dem Abmarsch begab er sich noch einmal zu Clementia; er traf sie allein in ihrem Schlafzimmer und sie ergab sich ihm halb willig, halb gezwungen. Der Kampf war heftig und wurde viermal wiederholt; erst die Nacht machte dem

Gefecht ein Ende. Nun sieh, Octavia, wie mächtig bei einer ehrbaren Frau die Tugend und der Stolz auf ihren guten Ruf wirken. Als Padilla gegangen war, bereute sie, was sie getan; sie sah, mit welchem Verbrechen sie sich Leib und Seele befleckt hatte, und sie war von Entsetzen darob erfüllt. ›Was habe ich getan, ich Verbrecherin! Was ist mir geschehen, mir Unglücklichen!‹ rief sie. ›Weh mir! Wehe der Unreinen! Darf ich noch wagen, das Tageslicht zu sehen, das meines Fehltritts Zeuge war? Darf ich's noch wagen, mich sehen zu lassen? Wohin soll ich fliehen? Aber, ich Unglückliche, mir selber werde ich ja doch niemals entfliehen können! Wohin ich auch gehen mag, ich selber werde mir ewig zum Vorwurf, ewig zur Qual sein! O Tugend, meine Schutzgöttin: wie werde ich mein Leben ertragen können: Ein Verbrecherin zu sein, kann ich nicht ertragen; lieber will ich den Tod ertragen. Ich muss sterben!‹ Sie verurteilte sich zum Tode. Den übrigen Teil des Tages enthielt sie sich jeglicher Nahrung; dann verbrachte sie eine lange Nacht unter Weinen, Seufzen, Schluchzen. Am andern Tage kam Padilla wieder, Clementia sass in einem Winkel; sie weinte, sie schlug sich mit den Fäusten vor die Brust. ›Auf dieses Haupt, o Götter!‹ rief sie, ›lasst eure dreispitzigen Blitze herabfahren! Befreit Himmel und Erde von dem Anblick eines Ungeheuers, wie ich es bin.‹ Als aber Padilla vor ihr stand, da schwieg sie und bezähmte die Aufregung ihres Geistes. – ›Was sehe ich, ich Unglücklicher!‹ rief er, ›hast du mir das Leben geschenkt, um es mir zu nehmen, o meine Clementia, die du mein Leben bist? Was ist dies für eine wahnsinnige Laune eines schwankenden Willens?‹ Er wollte seine Worte mit innigen Küssen begleiten; Clementia aber warf ihm einen wilden Blick zu und stiess ihn entrüstet zurück. – ›Du hast mich mit deiner schmutzigen Unzucht besudelt, Giftmischer!‹ rief sie, ›und du verlangst, dass ich leben soll? Lieber will ich sterben.‹ – ›Wenn du stirbst,‹ antwortete Padilla, ›so wirst du einen Todesgefährten haben, daran zweifle nicht. So also hast du dich über meine Leichtgläubigkeit lustig gemacht! Du entrissest mich dem Tode ohne Zweifel nur, um mich einem noch grausameren Tode zu überantworten. Aber höre, o meine Hoffnung: wenn du nicht zu einem vernünftigeren Entschluss kommst, wenn du nicht aufhörst, Anschläge gegen dein eigenes Leben zu machen, so durchbohre ich mich auf der Stelle, vor deinen Augen, mit diesem Dolch.‹ Er hatte einen Dolch aus der Scheide gezogen. Von Schrecken erfasst rief Clementia: ›O nein, o nein, mein Padilla, denke nicht an so etwas! Ich werde leben. Ich verspreche es dir ohne Hinterhalt. Aber du wirst mir die Bitte nicht abschlagen, die ich an dich richten werde.‹ – ›Nein,‹ antwortete Padilla. – ›So versprich es mir denn,‹ fuhr Clementia fort, ›und schwöre, es mir nicht zu verweigern.‹ – ›Ich verspreche es dir, ich schwöre es dir bei den Göttern und Göttinnen. Wenn ich mein Wort breche, so möge dein Zorn mich treffen, o meine Göttin. Dies ist der höchste Schwur. Denn lieber noch will ich mich dem Zorn aller Götter und Göttinnen aussetzen!‹ – ›Nun denn, so verlange ich, dass wir fortan in geschwisterlicher, in ehrbarer Liebe uns lieben.‹ Padilla zauderte und Hess sich seinen Verdruss anmerken. ›Denn sieh,‹ fuhr Clementia fort, ›wenn du dies nicht willst, so ist es mein Tod, Grausamer! Vergebens wirst du mich am Sterben zu hindern suchen.‹ – ›Du sollst Leben und Gesundheit behalten, o du preiswürdigste Hausfrau! Da du mir's befiehlst, meine Königin, so gehorche ich; ich nehme diese Bedingung an.‹ Wie am klaren Himmel die Sonne schöner erscheint, nachdem die Wolken sich verzogen haben, so lächelte auf Clementias Antlitz eine reizendere Schönheit, nachdem ihr Kummer gestillt war. Ungezwungen und heiter speiste sie mit diesem Bruder, der soeben noch ihr Liebhaber gewesen war. Trotzdem aber bemächtigten sich unzählige Sorgen der jungen Frau, nachdem Padilla nach Italien abmarschiert war. Unaufhörlich seufzte und stöhnte sie. Sie schämte sich ihres Fehltritts, sie schämte sich, dass sie noch am Leben sei; aber sie vergass auch das Versprechen nicht, dass sie dem Jüngling gegeben hatte und unternahm daher nichts gegen sich selbst. Vier Monate darauf empfing sie die Nachricht, er sei in der Schlacht bei Pavia gefallen, wo König Franz gefangen genommen wurde. Da war es mit der Festigkeit der jungen Frau vorbei und sie überliess sich der Verzweiflung; eine Beute ihres ungeheuren Schmerzes, verzehrte sie sich binnen wenigen Monaten. Endlich erlag sie ihrem Kummer und ihr Lebenslicht erlosch. Raimondo fragte sie, warum sie freiwillig aus dem Leben und von einem Gatten scheide, der sie, wie sie wohl wisse, heiss und innig liebe. Es war einen Augenblick bevor sie ihre Seele aushauchte, und sie antwortete ihm: ›Ich bin nicht würdig, einen so trefflichen Gatten zu haben; du aber verdienst eine bessere Gattin zu bekommen. Ich Unglückliche habe gesündigt – gesündigt gegen mich und gegen dich. Aber als Rächerin habe ich das an dir und an mir begangene Unrecht gesühnt. Auch darin bin ich löblich, dass ich, sobald ich mich als deiner Liebe unwert erkannte, mir selber wegen meines Verbrechens das Todesurteil sprach. Habe Mitleid mit mir und verzeihe mir!‹ Kaum hatte sie diese Worte gesprochen, so verschied sie in den Armen ihres Gatten. In ihrem Fehltritt, Octavia, siehst du das Weib, in ihrer Sühne die Heldin.

OCTAVIA: Du scherzest, Tullia, du sprichst nicht im Ernst. Wer wollte so töricht sein und eine Wahnsinnige, die ein blinder Anfall von Verzweiflung fortriss, eine Heldin nennen? Uns alle ohne Ausnahme erwartet der Tod. Nicht ihrem eigenen Willen ist sie gefolgt. Die Schicksalsmächte haben die Willenlose mit sich fortgerissen.

TULLIA: Und doch ist auch der Selbstmord ruhmwürdig. Da ist Cato Zeuge, der Hand an sich selber legte, als er an sich selber und an der Republik verzweifelte. Die Stoiker verehren in Cato die maje-stätische Verkörperung heroischen Mutes. Als Clementia keine Hoffnung mehr sah, fortan auf der Höhe der Ehre bleiben zu können, wo sie gethront hatte, da siechte sie dahin. Meiner Meinung nach ist sie würdig, von uns anständigen Huren verehrt zu werden – nämlich verehrt zu werden als Verkörperung der unzüchtigen Tugend.

OCTAVIA: Uebrigens hatte sie alles von ihrem Gatten zu befürchten, wenn er hinter ihren Ehebruch gekommen wäre, und diese Furcht gab ihr Mut. Auch ich würde mich dem Tod in die Arme werfen; auch ich würde, um der Schande zu entgehen, meine Seele entweichen lassen.

TULLIA: Auch ich wollte lieber von meiner eigenen Hand sterben als von der meines Gatten. O, wie unmenschlich sind die Männer! Sie selber erlauben sich alles, und uns versagen sie alles! Als Schande für sich selber – welche Dummheit! – sehen sie es an, uns unsere Verfehlungen zu vergeben – ihre Frauen zu verschonen, die doch sogar ein wilder Löwe verschonen würde! ... Als König Franz von Bourbon und Lannoy nach der Niederlage seines Heeres bei Pavia gefangen genommen wurde, da überströmte Francisca von Foix, die schönste, ja die allerschönste aller Frauen, mit Tränen ihren Busen und erfüllte mit Wehklagen die Lüfte. Ich werde dir, liebe Octavia, die Geschichte erzählen; sie ist interessant und rührend. Mars focht mit dem Fürsten, der Fürst focht mit Frau Venus; als grosser Feldherr kämpfte er mit Mars, als wackerer Soldat mit Venus. Er liebte es sein Haupt mit Lorbeer und Myrte zu umkränzen. Unter den Edelleuten seines Hofes war auch Jean de Chateaubriand, der Spross einer sehr vornehmen Familie der Bretagne und Gatte einer Frau von göttlicher Schönheit. Er kannte die Sitten des Königs und den Charakter der Frauen. Seine Freunde fragten ihn, warum er sie und den ganzen Hof des Anblickes seiner Gemahlin beraubte – wie wenn er sie des Anblicks der Sonne berauben wollte. Die junge Frau, die erst ein einziges Kind gehabt hatte, war kaum zwanzig Jahre alt; aber sie sah noch jünger aus. Jeder der sie sah hätte sie für eine Jungfrau gehalten. Der Ritter erwiderte stets, seine Frau finde keinen Geschmack am Reisen und wolle die Bretagne durchaus nicht verlassen. Er schrieb ihr auf Drängen des Königs, sie solle doch kommen. Alles war ver-geblich. Der Schelm tat als sei er auf seine Frau zornig. Eines Abends lässt er beim Schlafengehen, ohne es zu bemerken, die Hälfte eines goldenen Ringes fallen; ein Kammerdiener sieht das Kleinod, hebt es auf und gibt es seinem Herrn zurück. – ›Lieber hätte ich,‹ ruft dieser, ›eine halbe Million verlieren wollen!‹ Der König, ein schlauer Fuchs erriet den Sachverhalt. Der Kammerdiener wurde durch Geld und gute Worte gewonnen, seinem Herrn den halben Ring auf einen

Augenblick zu entwenden, und nach diesem Muster ließ man eine völlig gleiche Ringhälfte anfertigen. Die Arbeit war so geschickt gemacht, dass kein Unterschied zu entdecken war und dass der Gatte leicht die falsche Ringhälfte für die rechte halten konnte. Die echte wurde seiner Frau übersandt, die wenige Tage darauf fröhlich in Paris ankam und ihrem Gemahl um den Hals fiel. Er war erstaunt und aufgebracht, dass sie seinen Befehl missachtet habe und ungerufen gekommen sei. Sie ist ebenfalls erstaunt und zeigt ihm den halben Ring, indem sie fragt! ›Verlangst du von mir, dass ich dir eine vollgültigere Erlaubnis vorweise? Du hast mir befohlen, zu dir zu kommen, sobald du mir den halben Ring schicken würdest. Ich bin nicht ohne deine Erlaubnis gekommen; ich habe diesen halben Ring empfangen, der genau zu der von mir aufbewahrten Hälfte passt.‹ Der Ritter begriff, dass man ihm einen Streich gespielt hatte, und verhehlte seinen Kummer, um nicht ausgelacht zu werden. Am nächsten Tage rief die Königin-Mutter, Louise, die junge Frau zu sich; sie begünstigte nämlich stets nach besten Kräften die Liebschaften ihres Sohnes. Sie sprach zu ihr: ›Ihr seid die erste bei Hofe an Geist und Schönheit. Warum hauset ihr versteckt in einem Winkel des Reiches, wundervolles Weib? Dieses Gestirn hat dem Hof gefehlt.‹ Den Rest darf ich dir wohl in ein paar Worten sagen: die junge Frau gefiel dem König über alle Massen, und ebenso sehr gefiel der König ihr; nichts stand dem Glück der Liebenden im Wege. Dem Gott Amor ist alles willfährig, selbst wenn er nicht herrscht und auf dem Throne sitzt; aber selbst die trotzige Jungfrau Minervas ist ihm zu willen, wenn er König ist. Der Gatte ließ sich merken, dass er sich die Geschichte zu Herzen nehme. Er brummte, er drohte. Seine Frau schwebte in tausend Aengsten und war mehr tot als lebendig. Ihr königlicher Liebhaber bemerkte ihren geheimen Schmerz; er ließ sie fortbringen und verbarg sie an einem sicheren Ort. So flössen ihnen in innigem Verein glückliche Tage dahin; aber der blutdürstige Mars beneidete die friedliche Venus um solche Seligkeit. Ein paar Monate darauf erklärte der König, mehr kühn als vorsichtig, den Mailändern den Krieg. Die arme Geliebte fand sich vom Gipfel des Glückes herabgestürzt, als er bei Pavia gefangen genommen und nach Spanien gebracht worden war. Ins tiefste Elend versetzt – wen sollte sie um Rat fragen? – fragte sie ihre Verzweiflung um Rat. Die Eumeniden wollten sie verderben: sie begab sich zu ihrem Gatten. Verwandte hatten sich ins Mittel gelegt, um eine Versöhnung herbeizuführen. Aber kein Franzose, nein ein Szythe war der Mann, der das blasse, tränenüberströmte Weib in sein Haus aufnahm. Und er nahm sie nicht einmal in Gnaden auf. Er behandelte sie nicht wie seine Gattin, sondern wie eine Hexe und Giftmischerin. Mit ihrem Kinde und einer Magd sperrte er sie in ein Schlafzimmer ein: jeder Verkehr mit andern Menschen war der Unglücklichen abgeschnitten. Seine Tochter schied in zartem

Kindesalter aus diesem Leben und nahm durch ihren Tod jeden Rest von Menschlichkeit mit, der etwa noch in der Brust des Mordgesellen gewesen war. Noch waren keine zehn Tage seit dem Tode des Kindes verflossen, da drang er, wütend vor Zorn, in ihr Zimmer ein und brüllte: ›Du weisst, Ehebrecherin, welche unverdienten Brandmale du mir aufgedrückt hast! Durch deinen Fehltritt hast du dich selber zum Tode verurteilt. Fürwahr, das Leben muss dir zur Last sein – denn seitdem du die Ehre verloren hast, bist du in Wirklichkeit nicht mehr am Leben. Denn für ehrenhafte Menschen ist die Ehre das wahre Leben. Du musst sterben. Alles ist zu deiner Hinrichtung fertig. Bist du bereit? Habe wenigstens den Mut, durch einen edlen Tod dieses Leben wieder zu Ehren zu bringen, dass du mit Schmach besudelt hast. Glaube nicht, mich durch Bitten rühren zu können. Eher würdest du den Acheron rühren.‹ – Zwei Trabanten und ein Henker von einem Arzt leisteten dem Schurken Beistand. Die junge Frau wird trotz ihres Schreiens aus dem Bett gerissen; vergebens fleht sie Götter und Men schen um Hilfe und Beistand an: an Armen und Beinen werden ihr die Adern geöffnet und sie stirbt eines grausamen Todes. So ging sie zugrunde, die eines besseren Geschickes oder eines besseren Gatten würdig gewesen wäre. Und diese erbärmlichen Henkersknechte rühmen sich noch einer Handlung, die bei Bären und Leoparden – wenn diese Bestien einer solchen überhaupt fähig wären – für eine Sünde gegen die Natur, die Mutter aller Menschen und Tiere, gelten würde. Nach meiner Meinung wäre es für dieses adelige junge Weib eine hinreichende Strafe gewesen, wenn sie gewusst hätte, dass sie den Tod verdient, dass ihr Gatte die Macht hatte, das Urteil an ihr zu vollziehen. – –

Aber während wir plaudern und schwatzen, liebe Octavia, geht der Tag zur Rüste. Wenn du morgen Zeit hast, wollen wir uns mehr erzählen. Lebe wohl, mein Herz, und liebe mich, wenn du willst, dass ich glücklich sei.

OCTAVIA: Niemals hat der gütige Amor bei Nacht mir grössere Wollust bereitet, als du, liebe Tullia, mir am heutigen Tage mit deinen Geschichtchen verschafft hast! Bei der vertrockneten Muschel der Minerva! Lieber wollte ich einen ganzen Tag in solchem Geplauder mit dir verbringen, als eine ganze Nacht hindurch mich von Amor selber reiten lassen. Lebe wohl, Base!

TULLIA: Holdes Kind, leb wohl! Wenn es dir nicht wohl ginge, das wäre mein Tod. Lebe wohl!

OCTAVIA: Lass auch du dir's gut gehen, meine Kotytho! Wärest du nicht eine so geistreiche Frau, so wäre ich eine dumme Gans geblieben. Meine Eltern gaben mir das Leben; aber den Geist habe ich von dir empfangen. Ohne Geist aber ist eine Frau nichts weiter als Kot.

TULLIA: Wenn eine Frau nicht durch eine mutige Anstrengung ihrer Seele sich über ihre Niedrigkeit emporhebt – was gibt es denn [ich frage dich, Octavia!], was gibt es denn gemeineres, elenderes, schmutzigeres als das Weib? Sie ist ein lebendiger Nachttopf, in den der Mann, der sie beschläft, seine Blase entleert. Genug! Pfui des Schmutzes! Pfui der Schande! Und nun: leb wohl und gib mir einen Kuss!

Fußnoten

1 Fescennini versus: ›ursprünglich Gesänge festlicher Art und bei festlichen Gelegenheiten, die einen heiteren und fröhlichen Charakter an sich trugen aber nicht ohne derben Witz waren, später neckende Hohn- und Spottlieder voll zweideutiger und oft unsittlicher Gedanken, die die freude- und weintrunkene Jugend in Wechselversen, die an kein bestimmtes Metrum gebunden waren, bei Erntefesten, Hochzeiten und dergl. gegen einander ausstiess. – Der Name stammt von der etruskischen Stadt Fescennia, wo diese Dichtgattung zuerst aufkam.‹ Ueber dieses Siebente Gespräch und besonders die Verlegung des Schauplatzes nach Spanien vergl. das in der Einleitung gesagte.

2 Horaz, Satiren. I. 2. 93.

3 Pietro Aretino.

4 Cicero, epist. 9. 22.4. Lanuvium war eine Stadt der Latiner, Cliternum eine Stadt der Aequer.

3087630R00157

Printed in Germany
by Amazon Distribution
GmbH, Leipzig